CB131963

A RAINHA DO CINE ROMA

Alejandro Reyes

A Rainha do Cine Roma

LeYa

Copyright © 2010, Alejandro Reyes e Oficina do Livro

Revisão de textos **Vitor Rodrigo Donofrio Arruda**
Capa **Kiko Farkas**
Imagem de capa © **Sambaphoto**
Diagramação **Bruno Tenan**

Dados internacionais de catalogação na publicação (CIP-Brasil)
Ficha catalográfica elaborada por Oficina Miríade, RJ, Brasil.

R457 Reyes, Alejandro, 1963-
A rainha do cine Roma / Alejando Reyes. – São Paulo : Leya, 2010.
287 p.

ISBN 978-85-62936-71-5.

1. Ficção brasileira. 2. Literatura brasileira – Séc. XXI. 3. Literatura brasileira – Salvador (BA).
I. Título.

10-0020 CDD B869.3

2010
Todos os direitos desta edição reservados à
TEXTO EDITORES LTDA.
[Uma editora do grupo Leya]
Av. Angélica, 2163 – Conjunto 175
01227-200 – Santa Cecília – São Paulo – SP – Brasil
www.leya.com

A Milena

O Linguiça e a turma dele estavam sempre enchendo a paciência dos outros. Era um bando de meninos que morava lá na Barroquinha, espalhado pelos cantos, e que vivia de roubo, droga e malandragem. Os tiras deixavam eles tranquilos porque o Linguiça era esperto, repassava uma parte da grana pra eles, não mexia com quem não tinha de mexer e caguetava direitinho qualquer abestalhado que não entrasse na linha. Além disso, conhecia lugares, pessoas, movimentos... e essas informações ele passava à polícia em troca de proteção. E não era só do pessoal da rua que ele falava, tinha comerciante fazendo tramoia, dono de casa de massagem, traficante e até tira da PM... vai saber como o Linguiça ficava sabendo de coisa que não era pra ninguém ficar sabendo. Ele ia se chegando a um tal dum sargento filho da puta que todo mundo temia e dava jeito de passar as informações de mansinho, ninguém nem se apercebia. Às vezes, o tal do sargento levava ele preso e dava-lhe de porrada, só pra guardar as aparências, e depois de uns dias lá vinha o Linguiça todo roxo e mancando, mas cheio de si, todo gaiato, mal disfarçando sua alegria e com o bolso cheio da grana.

Eu nunca mexi com eles, não gosto de me envolver com esse tipo de povo mau-caráter, só traz é atraso pra gente. Só que eles me passaram a perna com um negócio que eu tinha com uns gringos e me dei mal. Estava tudo acertado e ficamos de nos encontrar lá nas Sete Portas, por volta das onze da noite. Nem sei como foi que o diabo do Linguiça ficou sabendo. Lá vêm chegando os dois gringos, todos felizes e despreocupados no meio da noite, contentes porque iam encher a cara de pó de qualidade, e ainda por cima comer umas garotas que eu arranjei pra eles, meninas caprichadas mesmo, peitudas do jeito que gringo gosta. Mas, ao chegar, não é que sai, sabe-se lá de onde, o cão do Linguiça e uns sete meninos e caem em cima dos gringos? Eu tentei dar o fora, mas levei uma rasteira e lá se foi meu pó, os filhos da puta arrancaram da minha mão e ainda me quebraram todinho. Depois de deixar os gringos meio mortos, pegaram a grana deles e se mandaram tranquilos, rindo e cantando, os filhos duma desgraça, como se fossem os donos do mundo.

Aí, sujou pra mim. Tinha que me mandar, ficar quieto um tempo, porque o Zequinha não ia me perdoar nunca por ter perdido o pó dele... e onde é que eu ia arranjar a grana pra lhe pagar? E também porque os gringos com certeza iam dar queixa à polícia, e os tiras iam falar com o pessoal da rua e decerto ficariam sabendo que era eu que estava metido nessa confusão... sempre tem gente que não presta falando coisa que não deve.

Até os gringos irem embora, se eu desse as caras, tava lenhado.

Essa noite, me arrastei como pude até a ruína da igreja da Barroquinha, me cagando de medo e de raiva. É um lugar ruim pro diabo pra se dormir, empesteado de rato e barata, e ainda por cima a gente tem que ficar ligado por causa dos vagabundos que chegam lá a toda hora. A maioria vai lá pra transar, comer garota que dá pra qualquer um ou puta de cinco reais. Mas tem também marginal se escondendo da polícia, menino cheirando cola ou se injetando merda nas veias, bêbado, doido e tudo quanto é porcaria. Me enfiei num canto bem escuro pra ninguém mexer comigo, espantei os ratos do jeito que pude e apaguei de vez. Estava todo quebrado e só queria dormir e não pensar em mais nada.

Quando acordei, já era perto de dez horas. Ainda estava todo dolorido, mas dava pra caminhar. Pensei que era bom dar o fora logo, antes de o Zequinha mandar me procurar pelas ruas do centro. Mas não me mexi, estava gostoso ficar ali deitado olhando pro céu, sentindo o calor do sol na minha pele. Virei de lado e foi aí que vi a menina.

Era uma pretinha novinha, devia ter uns dez anos no máximo, linda que só. Estava dormindo perto de mim, toda enrolada num pano sujo que deve ter achado na rua. Fiquei olhando um tempão. Eu já tinha visto essa menina no Pelô, vendia amendoim junto com o irmãozinho, uma coisinha de nada que andava pra cima e pra baixo com sua caixa de engraxate, enquanto ela enchia a paciência dos turistas com seus pacotinhos. Mas, na verdade, eu nunca tinha prestado atenção neles e muito menos falado com ela. Era uma criança como outra qualquer, que vinha lá do subúrbio para ganhar uns trocados, como tantas. Eu não tinha nada a ver com ela, nunca gostei de meninas e não tinha por que ficar procurando conversa. Mas, agora que estava ali, deitada tão perto de mim, fiquei olhando e algo nela mexeu comigo.

Eu não sei nem como explicar o que eu senti. Achei ela tão frágil, tão indefesa, dormindo ali como anjo no meio da merda. Ela não era menina de rua, dava pra ver que tinha casa, usava roupas bem simples, mas não esfarrapadas. Que diabo é que ela estava fazendo ali? Com certeza deu algum pepino lá na casa dela, é sempre a mesma coisa. Comigo foi assim. Eu já estava de saco cheio de levar porrada do filho da puta do meu padrasto. E não só porrada... mas não vou falar disso agora. O negócio é que eu fugi aos sete anos... melhor a rua do que ficar apanhando à toa, e ainda... mas eu disse que não vou falar disso, diabo! Fiquei olhando a carinha preta dessa menina e fiquei me lembrando de quando eu saí de casa e de todas as coisas que eu tinha vivido nesse tempo todo. Vai entender o que dá na gente assim de repente, sem razão. Comecei a chorar, coisa que eu não fazia há anos. Desde que eu estava na rua, eu quase nunca pensei na minha vida, só deixava correr um dia após o outro, sobrevivendo de qualquer jeito, comendo o que dava pra comer, fazendo qualquer malandragem para ganhar uns centavos, vendo os outros se foder com a cola e o craque e as porradas dos tiras, e tentando driblar a sorte para não acabar no buraco antes da hora. Para que ficar pensando?... Pensa demais e a gente se fode, não dá pra pensar. Mas agora, olhando para essa menina, tudo chegou, assim de repente. Olhava pra ela e ficava com pena de mim, com pena dela, com pena do mundo, dos meus irmãos, do pessoal todo da Baixa de Sapateiros e da Avenida Sete, do Zé Faísca, que apareceu no outro dia morto lá embaixo na Barroquinha, da minha mãe — vai saber onde é que ela estava — da mulherada toda da Montanha, dos travecos da Carlos Gomes, da criançada cheirada, faminta, fodida, espalhada pela cidade toda. Sei lá, fiquei com uma raiva danada. Menina linda desse jeito, toda encolhidinha ali nesse canto cheio de rato e barata e fedendo a mijo com merda... não era pra ela estar ali, porra, não era mesmo não, vida do caralho. Inda bem que Deus não tinha costume de andar por esses cantos naquele horário, porque eu teria enchido ele de porrada e aí eu torrava de vez no Inferno.

Fui sentar perto dela. Devia estar morta de cansaço, dormia como pedra. Botei a mão na sua cabeça devagarinho, fiquei mexendo no seu cabelo. Deu um negócio em mim que não consigo explicar, uma coisa doida que não tinha como controlar, um chororô do caralho, coisa de viado mesmo, não conseguia me endireitar. De repente, acordou, abriu os olhos muito grandes, deu um grito de medo, bateu no meu braço e recuou até a parede, me olhando como se eu fosse o maligno em pessoa.

— Calma, menina, o que é isso?

— Me largue! Que é que cê quer?

— Não quero nada, ué, tava só te fazendo carinho. Se acalme, pô.

— Me deixe! Vá embora!

— Calma, rapaz, não vou te fazer nada.

— Saia! Não me toque! Me deixe!

— Tá, tá... desculpe. Só tava mesmo te fazendo carinho...

Ela me olhava com muito medo e com ódio, e eu fiquei todo acanhado, me sentindo mal pro diabo, puto da vida comigo mesmo. Que porra é que eu tinha que ficar me emocionando desse jeito por uma menina qualquer. Eu só fiz foi meter susto nela, coitada, e agora ela tava ali toda se tremendo, apavorada... E eu, afinal, quem era eu pra ficar tendo pena de ninguém? Pois é, mas sentia pena mesmo. Dela e de mim. Dava vontade de cuidar dela como ninguém tinha cuidado de mim. Mas, ó ela aí, me olhando com ódio como se eu fosse bicho... desgraça de vida, a gente não pode mesmo ficar nesse negócio de sentimentalismo, a gente tem é que ser duro, um filho da puta como o Linguiça, ele é que tá certo. Deu vontade de chorar de novo, mas segurei.

— Olha — falei — isto aqui não é lugar pra você ficar dormindo. Tem muito vagabundo mau-caráter.

Ela não respondeu, mas olhou pra mim com menos raiva. Acho que viu que eu estava com os olhos chorosos.

— Cê mora onde?

— Não é da sua conta — respondeu, mas sua voz já não era agressiva.

— Por que é que cê tá aqui? Cê não tem casa, não? Que foi que houve?

Ela não respondeu, só ficou me olhando, e eu vi que não adiantava continuar perguntando.

— Cê não pode ficar dormindo aqui, vai se dar mal.

— E onde cê quer que eu vá?

— Tem tanto lugar... sei lá... Pô, rapaz...

E aí o aperto de novo... Porra, velho, não tinha jeito mesmo não, aqui ou ali, ela ia se dar mal de qualquer jeito, mais cedo ou mais tarde, algum filho da puta ia terminar fazendo alguma sacanagem. Ela agora me olhava assim com uma carinha desconsolada, e como é que a gente vai ficar tranquila com uma carinha dessa? Tem jeito não, ninguém é de ferro.

— Venha comigo — falei, sem pensar, e ela deixou escapar um sorriso.

Me arrependi na hora. Que diabo é que eu tinha de ficar arrumando confusão pra mim, cacete? É sempre a mesma coisa, já estou no buraco e fico me enfiando mais ainda. Tô fodido, com o Zequinha e os tiras e todo o mundo atrás de mim, e ainda arrumo uma mala sem alça para ficar me atrapalhando à toa. Mas não tinha mais jeito, a menina de repente virou, decidiu que eu era um cara bacana e agora estava toda pronta pra me seguir seja lá onde for.

Tinha um pessoal lá na Cidade Baixa que eu conhecia: três garotos de programa que moravam no largo de Roma, no velho cinema abandonado. O Melê era o mais novo, tinha onze ou doze anos, mas nem parecia, era malandro como ele só, esperto que nem diabo, e tinha uma piroca deste tamanho, de tirar o fôlego. O Calungo, o mais velho, tinha quase quinze e era bem mais pacato, ensimesmado, de poucas palavras, mas camarada até a morte. E o Maruim era todo delicado, franzino, na verdade, era uma menina em corpo de menino, dava um jeito de estar sempre arrumado, vai saber como, e estava sempre esperneando e fazendo cenas porque o povo todo da rua ficava abusando e chamando de bicha, embora, de fato, todo mundo soubesse que ele gostava de se exibir. Não sei ao certo quantos anos ele tinha, nem ele mesmo sabia, mas não era muito mais velho do que o Melê, mais ou menos da minha idade.

Esse pessoal eu conhecia desde que eu fui pras ruas. A gente não se via muito porque eu nunca ia para esses cantos e eles só apareciam no Pelô quando estavam querendo fumo, mas a gente se ajudava uns aos outros sempre que precisava. Nós éramos camaradas porque lá atrás, nos meus primeiros tempos de rua, eu, o Maruim e o Calungo passamos por muita coisa juntos, muito aperto, muita merda mesmo, e também muita coisa gostosa, muita bagunça, e aí a gente fica com essa coisa no peito, essa camaradagem, esse carinho mesmo, chapas finos como eles a gente não esquece não.

Por isso eu decidi procurar eles, para ver se tinha jeito de ficar lá um tempo, até o zuzuê[1] dos gringos se acalmar e até eu achar um jeito de devolver a grana do Zequinha.

Lá fomos nós, ela bem mais à vontade, parecendo até alegre de ter encontrado alguém que não a maltratasse, e eu caminhando que nem velho, todo quebrado, todo fodido, mas feliz não sei bem por quê. Saímos de mansinho da igreja, subimos à Praça Castro Alves, descemos a Montanha e nos enfiamos pelas ruas do Comércio, a caminho do Bonfim. O dia estava lindo e a gente ia tagarelando sobre tudo quanto é coisa. Ela me ajudava a caminhar porque eu realmente estava todo quebrado, doíam os ossos todos do corpo.

Era uma menina alegre e gostava de jogar conversa fora. Acho que nesse dia estava tagarela até demais, meio nervosa, sabe, essa coisa que dá na gente quando fica meio sem jeito e quer compensar na conversa. Eu também estava me sentindo esquisito, numa felicidade que há muito tempo não sentia. O sol queimava nossas peles e a gente se sentia os donos do mundo. Na Calçada dei um jeito de roubar uma manga de uma barraquinha e melamos a cara toda num prazer tão gostoso que demos pra rir feito doidos e nos jogamos na grama no Largo dos Mares para ficar olhando as nuvens e falando besteira.

[1] Zuzuê — confusão; barulho.

Aí ela começou a contar histórias da vida dela e casos que aconteceram lá na ilha, onde ela morou até uns anos atrás. Não acreditei quase nada, estava tudo muito mal contado, mas era gostoso de se ouvir e não fiz questão de discutir.

Disse que a família dela era cheia da grana, tinha uma casa grandona, máquina de lavar roupa e até carro. Disse mesmo que era limusine, e que ela andava pra cima e pra baixo com o motorista, pra ficar tomando sol nas praias todas da ilha, e vinha a Salvador de *ferry* fazer compras no shopping, porque sua mãe só deixava ela usar roupa de grife. Mas esse negócio de limusine não tinha mesmo jeito de acreditar, né?... quando já se viu limusine na ilha? Disse que um tio dela trabalhava com bicicleta e mandou fazer uma vermelha pra ela, bicicleta porreta mesmo, e que ela era a líder da garotada toda, saíam pra andar pra tudo quanto é canto e faziam uma arruaça dos mil diabos. E aí ficou contando caso de empinar pipa e roubar fruta nos quintais dos vizinhos e pintar o sete na rua, e eu me empolguei e fui também inventando histórias, coisas que nunca aconteceram, mas que eu gostaria que tivessem acontecido, e nessa viagem a gente ficou um tempão. Eu disse que eu era do Rio e que morávamos na cobertura de um prédio de vinte andares, que só comia coisa fina todos os dias e que ia para escola de rico.

— E seus pais, tão lá ainda? — perguntou ela.

— Tão... cê precisa ver só o apartamento deles.

— E que é que cê tá fazendo aqui, então? — disse, me olhando com gaiatice.

— Eu... cansei de morar lá. Uns anos atrás a gente veio de férias e eu fiquei por aqui mesmo. Esse negócio de escola de rico, sabe, é um porre. Professora fica pegando no pé, não tenho saco pra isso não. E tem que tomar banho todos os dias, pentear o cabelo, se encher de perfume... um monte de frescura. Gosto não. Fico por aqui mesmo. Um dia, quem sabe, vou visitar eles, mas morar que é morar, não moro não. Além disso... meu pai é meio grosso, sabe? Não volto mesmo não. E você, por que é que cê não tá na ilha?

Ela ficou calada um tempo e só depois respondeu, com uma voz meio triste.

— Minha mãe morreu. Coisa do coração. Ela era tão legal, mainha, fiquei tão triste...

— Faz muito tempo?

— Uns três anos, acho.

— E seu pai?

— Cara valente... — exclamou, me olhando com um olhar esquisito. — Brigou com uns cara que ficava enchendo o saco dele, deu uns tiro logo, matou na hora. Meu pai não leva desaforo pra casa... é um cara valente mesmo. Aí a gente teve que se mandar. Veio pra Salvador, fomos morar lá na Baixa do Cacau.

— Porra... largou tudo, foi? Casa, limusine, bicicreta?

— Foi, não tinha jeito.

— E ele tá na Baixa do Cacau agora?

— Tá.

— E você, por que é que cê não vai lá?

— Não vou porque não quero, ué.

— Mas por quê?

— Já disse que não quero, ora essa. Qualé?

— Sim, mas...

— Mas, o quê? — falou desafiante.

Fiquei calado uns instantes, sem saber como falar. Depois continuei, olhando com carinho nos olhos dela:

— Mas... me diga uma coisa... ele te fez alguma maldade?

O rosto dela mudou de repente, me olhou com esses olhos de ódio que fazem a gente gelar. Ela tem isso, dá um negócio nela de repente e sai de baixo. No início eu ficava espantado, mas com o tempo me acostumei. Ela é assim mesmo. Anos depois, a gente dava até risada. Chamávamos de "trucutru". Ela começava a virar o cão e eu dizia logo: "Iiiih, lá vem trucutru..." Aí, com sorte, ela caía na risada e não tinha quebra-quebra. Mas, na época, eu não entendia nada disso. Fiquei foi com medo.

— Olha, seu filho da puta, com meu pai cê não se mete não!

— Pô, rapaz, que negócio é esse, só fiz uma pergunta.

— Pergunte a sua mãe, seu vagabundo do caralho!

— Oxente, menina! O que é isso? Pra que essa grosseria toda? — e tentei alisar o cabelo dela.

— Não me toque, desgraça!

E levantou, puta da vida, me encheu de pontapés e disse que ia embora. Mas não foi, e deu pra ver que não queria ir coisa nenhuma.

— Vai não, menina, foi mal, tá? Desculpe. Não quis dizer nada, não. Só queria saber por que você não volta pra casa.

— Não volto porque não quero, só isso, e vai pra puta que pariu com suas perguntas, cê não tem nada a ver com isso.

— Tá, tá... desculpe.

— Desculpo porra nenhuma!

— Foi mal, eu sei... passou... chega... Venha, fique zangada não. Me ajude a levantar. Já tava todo quebrado e cê terminou de me acabar. Agora cê vai ter que me carregar até a casa do pessoal. Vai, me ajude, porra.

Ela se abaixou, ainda zangada, e me ajudou como pôde a levantar. Era até engraçado, uma menina tão pequenina tentando levantar um moleque bem maior do que ela, todo acabado. Caímos no chão, demos risada, e quando finalmente consegui levantar, a abracei e ela encostou a cabeça no meu ombro. Fomos andando assim, sem falar, a caminho do largo de Roma, e dali a pouco ela esqueceu a briga e já estava tagarelando de novo.

Chegamos ao cinema, mas não tinha ninguém, e ficamos esperando no largo um tempão, até que chegou o Maruim.

— E aí, Betinho?! Menino... cê tá feito um traste!

— Foi a porra do Linguiça, me arrebentou todo e ainda levou cem gramas do bom. Tô numa encrenca da zorra, Maruim, preciso de sua ajuda.

— Esse filho da puta... preocupe não, maninho, eu pego ele e encho de porrada.

— Cê vai encher de porrada o quê, Maruim, cê não assusta nem as moscas, ele é que vai te dar de pau.

— Ui, gostoso...

— Deixe de presepada, seu viado. Cadê o Calungo e o Melê?

— Sei lá, por aí...

— Olha, será que dá pra ficar um tempo aqui com vocês?

— Dar até que dá, mas... quem é a menina?

O Maruim olhava para a menina curioso.

— É minha prima.

— E por acaso vagabundo tem prima?

— Não tá vendo que tem?

— E ela vai ficar onde?

— Eu tava pensando de ela ficar aqui com a gente.

— Rapaz, não sei não.

— Ó, Maruim, quebre esse galho pra mim.

— Por mim, cê pode trazer cinquenta primas, que eu não tô nem aí. Mas o Capitão Gay, cê sabe como é, não vai gostar mesmo não.

— E como é que ele vai saber? A gente esconde ela, só traz à noite, deixa ela dormir num dos quartos de trás.

— Meu filho, cê sabe muito bem que o Capitão sabe tudo. O guarda da fábrica fica ligado, fala tudo pra ele. Tem jeito não, o Capitão é esperto demais.

— Vai, Maruim, eu falo com o Calungo, a gente esconde ela, cê vai ver que dá certo.

— Cê é que sabe... Por mim... Mas que vai dar confusão, vai.

O Capitão Gay era um cara da PM que gostava de comer meninos. Todo o mundo chamava ele de Capitão Gay, mas ele não gostava não, bancava o machão, quando ouvia alguém fazendo troça dele, tirava o revólver e ia logo fazendo presepada, gostava de meter medo nas pessoas, ficava feliz da vida quando algum espertinho mijava nas calças quando ele botava o revólver na cabeça e anunciava que ia estourar os miolos dele. Eu morria de medo, e de nojo também. Os meninos não, já estavam acostumados. Ele controlava o velho cinema, e deixava meus camaradas ficar lá porque eles davam pra ele. Comia todos três sempre que dava na telha, mas gostava mesmo é do Melê... menino novinho com esse pauzão, o Capitão ficava é doido. Aí, eles tinham uma certa liberdade, porque o Capitão não podia nem pensar em ficar uma semana sem comer o Melê, e eles se aproveitavam para fazer suas exigências. Por isso, eu podia ficar no cinema sempre que eu precisava, e o Capitão não mexia comigo porque os garotos não deixavam. Mas uma menina... aí já era outra coisa. Porque o Capitão Gay detestava menina, não queria ver nem de longe, seu negócio era garoto. O Maruim tinha razão, se achasse a menina no cinema, botava ela pra fora na hora, e ainda fazia um zuzuê do caralho.

Ficamos esperando o Melê e o Calungo chegar pra decidir o que fazer, e enquanto isso eu levei a menina pra conhecer o cinema. Ela estava encantada, achou um barato. E era mesmo. Estava caindo aos pedaços, mas era grande que nem palácio e a gente se sentia como reis num castelo. Tudo bem que era muito escuro e estava cheio de rato e barata, mas, e daí? Inda tinha os velhos bancos, feitos pra barão sentar, o telão rasgado, uns aparelhos esquisitos abandonados por aí, uns quartos cheios de tralhas e uma escada que subia até o teto, de onde a gente enxergava toda a Cidade Baixa. Eu teria ficado lá com eles há muito tempo... imagine só, morando num palácio, com meus chapas da vida, perto da praia, perto do Comércio e nem tão longe do Pelô, aonde dava pra ir todo dia, tirar alguma grana dos gringos e arranjar um baseado de vez em quando... que mais é que a gente pode pedir da vida? Mas não ficava porque o tal do Capitão Gay ficava enchendo saco, se insinuando, passando a mão na minha bunda, e eu tinha um nojo do cão. Ficar alguns dias, dava, mas morar mesmo, de jeito nenhum. O cara não ia se controlar, mesmo que o Melê ameaçasse dar o fora, e mais cedo ou mais tarde eu estava lenhado.

Chegaram o Melê e o Calungo e falaram a mesma coisa: o Capitão vai virar o cão. E eu pirado porque não tinha mais pra onde ir e não podia dar as caras no centro de jeito nenhum. Aí, o Calungo me chamou pra conversar à parte.

— Olha, Betinho, deixe essa menina pra lá, mande ela embora, ela que se vire.

— Posso não, Calungo, é minha prima.

— Prima coisa nenhuma, rapaz, quando é que cê já teve prima?

— É prima, tô falando...

— Pois diga à sua prima pra ir cuidar da sua vida, que a sua já tá compricada demais.

— Ó pra ela, Calungo, cê não tem pena não? Tão novinha... Posso não, velho, na moral.

O Calungo olhou pra mim pensativo.

— Então... só você acertando com o Capitão...

No fundo no fundo, eu já sabia.

Só acertando com o Capitão...

Olhei pra menina, que me olhava sentada lá no canto, com o rostinho todo angustiado. Abaixei a cabeça, não respondi pro Calungo, dei as costas e fui sentar com ela.

— E aí? — perguntou toda ansiosa.

— Tá tudo certo. Cê pode ficar.

Ela deu uma risada alegre, se pendurou no meu pescoço e me encheu a cara de beijos.

— Valeu, Betinho, valeu!

Olhei pra ela, feliz. Era a primeira vez que me chamava de Betinho, tinha ouvido os meninos me chamarem assim.

— E então, cê vai me dizer o seu nome, menina?

— Maria Aparecida. Meu nome é Maria Aparecida.

E ficamos assim, abraçados, dando risada.

Passamos dois dias porretas, fomos todos à praia da Boa Viagem, catamos siri na Pedra Furada, empinamos pipa na Ribeira e o Maruim cozinhou um ensopado de arraia gostoso pro diabo, com a grana de um programa que ele e o Melê arrumaram com uns caras lá na Barra.

Mas, no terceiro dia, chegou o Capitão Gay fazendo uma barulheira da zorra.

— Que porra é essa de ficar trazendo meninas pra cá sem falar comigo, seus desgraçados? Vocês estão achando que isto aqui é hotel? Vocês estão curtindo com a minha cara, bando de viados infelizes?

Mas o Maruim foi logo se chegando com aquele jeitinho dele, todo dengoso.

— Ô, Capitão, se zangue não.

— Eu me zango tudo o que eu quiser, sua bicha do caralho! Saia da minha frente! Cês tão achando que eu sou moleque!

— Não é isso não, seu Capitão, imagine! É só que o Betinho aí tava querendo falar um negócio com o sinhô.

— Ah, é? E que negócio é esse? Pode se saber, *seu Betinho*? — disse, imitando a voz aviadada do Maruim.

Alisei a cabeça da Maria Aparecida, que olhava assustada, levantei de onde estava sentado com ela e me aproximei do Capitão, olhando-o com um sorriso nos lábios e um aperto nas tripas.

— É um negócio, Capitão. Mas acho melhor a gente ir lá no quartinho de cima pra conversar.

Ele me olhou com uma cara de sacanagem e deu uma gargalhada.

— Então é assim, é? E será que você consegue me convencer, moleque?

— Consigo sim, Capitão. O sinhô vai ver.

— Então vamos ver — disse rindo.

Pisquei para a menina enquanto subia as escadas atrás do Capitão, e acho que ela ficou mais tranquila. Meu coração batia, minhas mãos suavam, caminhava meio tonto, mas o sorriso de Maria Aparecida, meio tímido, meio assustado, agradecido, ajudou a me acalmar.

O quarto era pequeno e cheirava a mofo. Numa parede tinha um velho cartaz de cinema. Por uma janela, lá em cima, dava pra ver um pedaço do céu. O sol brilhava lá fora. Algum rádio tocava pagode. O sofá era verde e estava rasgado. As mãos do Capitão estavam geladas. Ele tinha um cheiro esquisito.

Pensei no meu padrasto. E chorei.

Maria Aparecida falava uma coisa, falava outra, contava tudo quanto é história, e a gente ficava sem saber o que era verdade e o que era invenção da sua cabeça. Eu fiquei futucando esses anos todos, colecionando pedaços de histórias, tentando fazer com isso alguma coisa que tivesse sentido. Sei lá se o que vou contar aqui é verdade, vai ver que não foi nada disso, vai ver que não sei coisa nenhuma e não deveria nem estar falando.

Mas, me diga, você acha realmente que existe esse negócio de verdade? Porque, quando penso na minha vida, quando penso em tudo o que tem acontecido neste tempo todo, me pergunto se tudo aconteceu realmente como acho que aconteceu, ou se lembro as coisas do jeito que eu lembro simplesmente porque me convém. E quem é que não faz isso? Veja só. Acontece um babado e todo o mundo fica logo abalado, empolgado, chateado, feliz, seja lá o que for. Mas passa um tempo e daqui a pouco está todo o mundo falando e dizendo coisa que não tem nada a ver, e você escuta e parece que não é nada do que você viu e viveu, tem gente acrescentando doidice, trocando limão por laranja, e é um tira daqui, bota ali... e aí, você vai ouvindo o que povo diz e começa a acreditar e vai misturando coisa com coisa e daqui a pouco o negócio fica uma confusão retada, ninguém mais sabe o que aconteceu e nem quer saber. Com certeza se alguém fosse contar a coisa do jeito que foi, todo o mundo ficaria puto da vida... coisa mais sem graça, lá vem careta tirando o sabor das coisas!... é capaz de até levar porrada.

Pois é. De jeito que nem fique muito empolgado achando que o que está escrito aqui foi o que foi. Leia como quiser, acredite no que você preferir. Eu não sei de nada, falo só por falar, para botar as palavras pra fora, porque se não fizer, apodrecem cá dentro e eu termino fazendo alguma besteira.

Agora, que Maria Aparecida gostava da macumba, gostava, disso aí tenho certeza. Imagine só. Nunca fui lá, mas posso até ver. É um sítio pequenininho, bem no mato, não muito longe do Bom Despacho. Uma casinha de taipa, uma roça com quiabo, mandioca, feijão, tomate e um bocado de ervas. E lá no fundo, meio escondido no mato, ao lado da gameleira, o barracão: um quarto grande de tábua, telhado de piaçava, chão batido, uns banquinhos do lado direito, outros do lado esquerdo, e a mãe Edinólia no fundo, com os alabês[2] de um lado e os ogãs[3] do outro. E Maria Aparecida se acabando de dançar com as outras meninas perto dos atabaques, batendo palmas, cantando, gritando, fazendo uma zoada do cão. Ó pra ela aí. Pequenina desse jeito e já conhece todas as cantigas, todas as saudações, Êparrei Oiá, Ogum Iê, tem santo descendo por tudo quanto é canto e, cada vez que chega um, é uma gritaria que só. A noite está uma lindeza, a lua brilha lá no alto, iluminando a gameleira e a mangueira e o riacho que passa por perto, e cá dentro tem bandeirolas e folhas e laços vermelhos e um bocado de filhos e filhas de santo vestidos com as roupas de Xangô, Iansã, Ogum, Oxum, Iemanjá. Maria Aparecida fica doida nos dias de festa, não tem coisa que ela mais goste, tanta boniteza e tanta alegria, foguetes lá fora, gente chegada de tudo quanto é canto e comida para todos, xinxim[4] de galinha, amalá[5], feijão fradinho. E quando a festa é de Iansã... aí que é bom mesmo, é gente como o quê, foguete pra valer e comida à vontade, aluá[6] e vinho tinto de garrafão. A festa se prolonga até altas horas da madrugada e ninguém manda ela cedo pra cama, porque dia de Iansã é o seu dia.

Mãe Edinólia era muito querida pelo pessoal lá da ilha. Era gente que vinha para tirar mau-olhado, para conseguir emprego, para dar

[2] Alabê — chefe dos tocadores de atabaque.
[3] Ogã — protector da casa de culto.
[4] Xinxim — prato baiano de origem africana.
[5] Amalá — prato com quiabos e camarões secos.
[6] Aluá — bebida feita de arroz, milho torrado ou casca de abacaxi.

um jeito nessa moça bonitinha de Itaparica que não dava bola pro coitado do rapaz que se desfazia em galanteios pra nada, para curar doença, para saber do futuro e da vida alheia, ou simplesmente para desabafar, pra tirar do peito aquelas coisas todas que ficavam lá engasgadas e que só a mãe Edinólia conseguia aliviar com esse seu jeito carinhoso e avisado de velha mãe-de-santo. Embora eu ache que não era tão velha assim; afinal, Maria Aparecida tinha uns sete anos no máximo, e o Pedrinho, o caçula, quatro. Mas, mãe-de-santo, cê sabe como é, tem aquela postura, aquele olhar, aquele jeito, e mesmo que não seja velha, tem um ar de quem sabe tudo. O povo todo a respeitava e a amava, e Maria Aparecida, nem se fala. Tinha um orgulho retado de ser filha dela, achava que não tinha gente no mundo mais sábia, mais gentil, mais esperta, mais bacana que sua mãe. Não desgrudava dela, imitava seu jeito de falar, seu jeito de mexer, seu jeito de dançar. E quando tinha os ataques, era ela que ficava ao seu lado dia e noite, ela que via que nada faltasse, ela que a ajudava a se arrastar até a latrina e que lhe dava de comer a comida que uma das filhas-de-santo preparava enquanto a mãe Edinólia se recuperava. Maria Aparecida ficava numa agonia de preocupação, mas, no fundo no fundo, achava um barato, pois nesses dias sua mãe era toda sua, não recebia visitas, não lia os búzios, não fazia trabalhos e nem sequer dava muita atenção ao marido, que andava se arrastando pelos cantos ignorado por todo o mundo, esperando, todo abatido, que sua mulher levantasse da cama pro mundo voltar a rodar. Os dias passavam numa lentidão gostosa, enquanto mãe e filha se encontravam num lugar que era só delas. Mãe Edinólia contava histórias, velhas histórias dos tempos da bisavó escrava, do avô pai-de-santo, dela própria e do seu encontro com o pai de Maria Aparecida.

O diabo foi que os ataques começaram a piorar. No início, aconteciam uma vez ou outra, sobretudo nos momentos difíceis, quando o bicho pegava mesmo, como quando os fazendeiros mandaram matar o seu pai, um velho babalaô[7] que ficava botando pilha no povo com suas adivinhações subversivas. Isso foi há muito tempo, lá nos cus de Judas no interior da Bahia, não sei bem ao certo onde. O caso é que o velho

[7] Babalaô — guia espiritual do candomblé.

bateu as botas e a mãe Edinólia teve uma crise daquelas, ficou de cama quase duas semanas e os parentes chegaram até a pensar que ela se ia junto com o pai. Depois, quando a crise passou, se mandou pra ilha de Itaparica, onde sabia que morava uma prima, e lá comprou essa chácara e construiu com suas próprias mãos o barracão, para continuar cultuando os orixás do jeito que seu pai lhe ensinou.

Durante anos, ninguém deu bola aos ataques da mãe Edinólia. Aconteciam de vez em quando e todos achavam que era só mais um dos muitos mistérios dessa mulher misteriosa. Mas, com o tempo, e sobretudo depois que a Maria Aparecida nasceu, os ataques ficaram mais e mais frequentes, chegando a acontecer duas ou três vezes por mês. Chegavam de repente, a qualquer hora e em qualquer lugar; começava a tremer sem razão, virava os olhos e ficava com uma cara de dar medo, como se estivesse vendo o coisa-ruim em pessoa, e então caía no chão esperneando e babando e se batendo toda. Parecia até que Exu tinha descido feito doido pra atrapalhar a vida da mulher.

Foram os crentes que começaram a espalhar a história de que a mulher tava com o diabo no corpo. Falavam isso para todo o mundo, assustando os ingênuos com histórias do inferno, anunciando que o castigo de Deus estava perto para aqueles que tivessem qualquer coisa a ver com ela. Nos cultos, com uma gritaria do inferno, diziam que era tudo culpa da macumba e que tinham que exorcizar a velha e botar ela pra fora antes que o pé-de-cabra tomasse conta do povoado de vez. Tinha uma tal duma história da Bíblia onde um cara lá da Galileia estava todo cheio de demônios, coitado, até que chegou Jesus e fez sabe-se lá que negócio, e os bichos saíram espavoridos e se enfiaram nuns porcos que passavam por lá e foram se espatifar na pirambeira[8] que dava pro mar. Coisa bonita de se ver, imagine só. Pois é, os crentes diziam que era isso que precisavam fazer com a mãe Edinólia, só que ninguém ali era Jesus e não faziam a menor ideia de como era que se tirava demônio de gente.

Mas, no fim das contas, não foi preciso fazer nada disso. A mãe Edinólia já estava mais pra lá do que pra cá. Os ataques eram tão frequentes que passava mais tempo deitada do que de pé. Era um atrás do outro, e no intervalo ela andava meio zonza, meio desnorteada, meio

[8] Pirambeira — abismo.

caquética, falando coisa que não tinha nada a ver. Perguntavam uma coisa, respondia outra, enxergava coisa que ninguém mais via, falava de um jeito esquisito. O povo começou a ficar com medo mesmo. Será que os crentes tinham razão? Ninguém sabia de nada, mas, por via das dúvidas, começaram a se afastar. Até os filhos e filhas-de-santo começaram a se dispersar, até porque a mãe Edinólia não tinha mais condição de orientar ninguém, mandava fazer coisas que não tinham pé nem cabeça, as obrigações eram feitas de qualquer jeito ou simplesmente não se faziam, quando não eram trocadas por outras que só podiam é dar azar... orixá ia ficar conforme com isso nada, melhor era se mandar, fazer as obrigações por sua conta, deixar a mãe Edinólia lá no seu canto pra não atrair desgraça.

De jeito que ela foi ficando sozinha, abandonada por todos, até que só ficou a Maria Aparecida e o Pedrinho, além do marido, que andava cada vez mais amuado, carregando uma mágoa que crescia e crescia e não sabia mais o que fazer com ela.

É que o marido — e não me pergunte qual era o seu nome, porque eu nunca tive jeito de tirar isso da Maria Aparecida — não tinha lá muita visão na vida, era um cara meio limitado, sabe, um desses caras simples que vivem no mundinho deles e não sabem o que fazer quando as coisas mudam. E na vida tudo muda, né? Que é que não muda? Nasceu lá no vilarejo dele, em Itaparica, filho de pescador, e aprendeu a pescar, cresceu pescando e passou a vida toda pescando. Aí, ele conheceu a mãe Edinólia. Mulher bonita, jovem e, sobretudo, decidida, independente, criativa, sem medo de enfrentar a vida. Mulher retada. Não sei o que foi que ela viu nele... aliás, eu sei. Deve ter sido bonitão, posso até imaginar: braços fortes, peito musculoso, pernas grossas, um olhar assim meio besta, mas nada feio, mãos rudes, barba malfeita, cheiro de mar. A chácara da mãe Edinólia ficava perto do local onde desembarcavam os pescadores, e ela ficava todas as tardes sentada num toco na praia olhando-os chegar, tirar os peixes e os mariscos dos barcos e das jangadas, carregar os instrumentos da pescaria com seus corpos bonitos e suarentos. Dá até água na boca, só de pensar. Entre eles, estava o futuro pai da Maria Aparecida. Trocaram olhares, gracejos, risadas, começaram a se curtir. O pescador levava um peixe grande de presente, ela correspondia cozinhando uma moqueca no fogão de lenha no quintal, e a comida e o vinho que ela sempre dava jeito de comprar os incitavam a outros prazeres, e acabavam num afobamento doido na cama dela, encharcados de suor e com um sorriso gostoso no rosto. Assim, o rapaz foi passando mais e mais tempo na casa dela, até que deixaram de lado esse ir e vir à toa e ficou de vez.

Não sei se falavam muita coisa, acho que não, o homem nunca foi muito de falar. Estava acostumado com o silêncio do mar, ficava horas lá sozinho. Mas, também, não tinham muita precisão de falar, eles se curtiam do seu jeito, com o corpo e a pele, com os olhos e a língua e as pernas e o ventre, na empolgação da cama... Bom, isso sou eu que está dizendo. Como é que eu poderia saber? É isso que eu acho, é assim que eu gosto de imaginar e não preciso ficar dando satisfação a você. Fiquei imaginando isso desde que Maria Aparecida me contou do dia em que viu eles transando. Não tinha por que ter visto nada disso, ela e o Pedrinho tinham seu próprio canto, um quartinho que o pai construiu a pedido da mãe Edinólia quando ela engravidou. Ela era muito particular nisso, não gostava que seus filhos ficassem vendo essas coisas, o que os pais fazem não é da conta dos filhos, achava ela e acho eu, nada dessa sem-vergonhice de tantas mães que não estão nem aí e não se importam que os filhos fiquem vendo o filho da puta do padrasto enfiando nelas a qualquer hora, desgraça!

Mas, calma, rapaz. Tava falando dos pais da Maria Aparecida. Acontece que eles sempre transavam de porta fechada, olha só que luxos para uma casinha de taipa, portas nos quartos, até parece casa de barão. Mas, naquele dia, deve ter sido a pressa, a bebedeira, a empolgação... enfim, esqueceram de botar o trinco na porta. Maria Aparecida, que tinha costume de ficar acordada até altas horas, olhando pro teto e pensando besteira, como sempre fez, ouviu os gemidos e ficou curiosa. Levantou de mansinho e foi espiar pela fresta da porta, que estava só encostada. Essa cena ficou gravada na sua cabeça para sempre, me falou disso muitas vezes. Sua mãe sentada em cima do pai, seus peitos balançando, subindo e descendo, olhando para o teto, fazendo caretas, gemendo, e o pau entrando e saindo, entrando e saindo... Foi assim que ela me contou: "Entrava e saía, Betinho, entrava e saía, e eu aí olhando, não conseguia me mexer. Achei, sei lá, achei sujo, fiquei com nojo. Fiquei puta da vida." Depois ela se calava, ficava mesmo puta da vida de novo, só de se lembrar, vai saber quanta coisa não acontecia dentro dessa cabecinha, e para tirar ela desse mau humor dava uma trabalheira retada... eu fazia gaiatice, contava história engraçada de viado, fazia besteira dando risada e sentindo uma pena danada.

Mas isso tudo pra dizer que eu acho que o tal era gostosão e era isso que a mãe Edinólia via nele. Porque fora isso, o homem não tinha lá muitas qualidades. Não digo isso só porque o cara era meio ignorante, sem muita instrução. Afinal, quem sou eu pra ficar criticando a ignorância alheia, eu que sou um monumento à ignorância, como ficava me dizendo aquele imbecil do Rodolfo Beija-flor, que em paz descanse. O problema é que o cara não sabia de nada e nem queria saber. Levantar antes da alvorada, sair pro mar na jangada, ficar lá sozinho o dia todo — vai saber que diabos é que ele pensava, se é que pensava —, voltar com um monte de peixe, jantar em silêncio, biritar com o bando de colegas vagabundos no boteco de seu João, comer a mulher. Todos os dias da vida. E não se preocupar por coisa nenhuma, a venda do peixe, as coisas da casa, a doença da mulher, a educação dos filhos... que educação porra nenhuma!... Pescar, comer, beber e foder, a vida era isso. Vai ver que ele estava certo, a gente é que complica demais.

Pois é, pode até ser. Só que, quando a mulher começou a perder a bússola, quando começou a falar doideira e a fazer coisa que não tinha pé nem cabeça, ele foi ficando amuado, encolhendo, encolhendo, todo perdido na vida. Porque, até esse momento, ele não tinha se dado conta que, sem ela, ele não era grande coisa. Não sabia o que fazer, como tomar conta da roça, como se virar para vender o peixe sozinho no mercado de Bom Despacho, como tomar conta desses dois pirralhos que ele quase nem tinha se dado conta que existiam. E o pior, como lidar com os falatórios e os olhares maldosos do povo que antes era devoto da mãe Edinólia e agora se afastava como se fosse sarnenta. Ficava puto da vida, magoado, acanhado, desesperado, não dá nem para descrever o que o homem sentia, parecia que seu mundo estava desabando. Não suportava ver sua mulher nesse estado, ela que sempre mandava, dispunha, ordenava, inventava, e agora andava pela casa falando sozinha, xingando as pessoas à toa, brigando com ele toda vez que o via, discutindo com os orixás e se queixando dos Ibejis[9], que ficavam atazanando seu juízo com suas pirraças o tempo todo. Quando tinha as crises, o marido nem passava mais em casa depois da pescaria, ia direto pro boteco de seu João e enchia a cara para esquecer as mágoas, choramingando com o pessoal, se queixando da sua puta sorte e dessa vida miserável que estava lhe roubando a mulher que tanto amava. Ele, que nunca foi de ficar jogando conversa fora, deu-lhe de entrar nesse chororô de bêbado e nesse papo meloso e nojento de moleque apaixonado. Mas, por que estou falando assim do rapaz? É só de preconceito mesmo, tô vendo que estou de prevenção. Não seria que ele realmente amava a mulher e que ele realmente estava sofrendo? Pode até ser, numa alma humana cabe de tudo, sabe, flores e porcaria, é uma coisa doida, às vezes eu fico espantado só de ver as bondades que um filho da puta é capaz de fazer, e também as safadezas de gente boa como anjo. Tudo bom, então, digamos que o homem tava sofrendo. Mas, e daí? Isso é razão para largar a mulher e os filhos à toa pra ficar comendo água feito vagabundo? Olha aí pra Maria Aparecida, sentada no chão ao lado do leito da sua mãe, se acabando de chorar. A mãe Edinólia está agora dormindo, depois de uma crise daquelas... agora deu até de sair quebrando tudo, e a Maria Aparecida tem que ficar atrás dela para ela não acabar com a casa toda ou se machucar. Mas agora está dormindo, e a menina pode se dar o luxo de chorar, segurando a mão da mãe com todas suas forças e com a cabeça enfiada nos lençóis. Só que daqui a pouco vai ter que se controlar de novo, porque o Pedrinho, que está no quintal brincando com o porco, está todo assustado, coitado, todo largado, quase que nem come mais, não quer saber de mais nada, só de ficar brincando com o porco na lama, não tem quem tire ele dali, todo sujo e cheio de piolho... e quem é que vai tomar conta dele, se não a Maria Aparecida? Lá vai ela, limpando as lágrimas, pra ver se consegue pegar o menino para dar banho nele, tentar tirar os piolhos, dar de comer, fazer um cafuné.

— Venha, Pedrinho, vamos tomar banho.

Mas o menino nem responde.

---

[9] Ibeji — orixá gêmeo.

— Venha, rapaz — e tenta pegar ele pelo braço.

Mas ele recua, olhando com ódio, e pega uma pedra.

— Me largue, sua puta!

— Venha, Pedrinho, deixe disso.

— Vai embora, desgraça! — e levanta o braço com a pedra.

Maria Aparecida fica puta da vida, mas tenta sorrir; afinal, coitado, está todo doido desse jeito porque não entende nada, está com medo da vida, todo o mundo sumiu, o pai só anda bêbado e a mãe virou o cão. "Venha, rapaz", diz Maria Aparecida, se aproxima com carinho, só quer é pegar o menino nos braços e chorar com ele, quer que ele também lhe diga, "venha, minha irmã, nós dois, eu e você, a gente segura, eu também te amo". Seria bom demais. "Venha, Pedrinho", repete. Mas o Pedrinho está que nem bicho acuado, e quando sua irmã se aproxima, joga a pedra com todas suas forças, bate na testa. O sangue encharca as mãos de Maria Aparecida quando ela segura a cabeça. A dor é demais, a frustração é demais, a raiva é demais, a impotência é demais.

Caiu em cima do garoto parecendo uma fera, foi murro, arranhão, mordida, chute, tudo quanto é possível imaginar, o menino só tinha cinco anos, não tinha jeito de se defender. Escorregava na lama tentando fugir, bateu a cabeça na parede, ficou no canto encolhido tentando se proteger, e Maria Aparecida a dar-lhe de porrada, não tinha como esgotar essa raiva que tinha guardada lá dentro. E quanto mais batia, com mais ódio ficava, queria arrebentar mesmo, quebrar os ossos, ver sangue escorrendo, estourar os miolos. Chutava sua cabeça furiosa, e o menino chorava, gritava, coisa horrorosa de se ver. Eu acho que teria matado mesmo, se a mãe Edinólia não tivesse levantado naquele momento, fazendo uma zoada dos mil diabos.

— Botaram fogo na casa! Botaram fogo na casa! — repetia enlouquecida.

Maria Aparecida estacou, como se tivesse acordado de repente de um pesadelo, não entendendo o que estava acontecendo.

— Cidinha, Cidinha, venha, filha, venha logo! Botaram fogo na casa!

A mãe Edinólia apareceu no quintal, descabelada, com esse olhar de doida que tinha toda vez que ficava atacada. Maria Aparecida não respondeu, ficou olhando surpresa, uma coisa louca acontecendo lá dentro no seu peito.

— Cidinha, diabo! Venha, filha, rápido! Botaram fogo na casa!

— Quem, minha mãe? Quem botou fogo na casa? — conseguiu dizer.

— Os Ibejis, quem mais? Não aguento mais esses moleques! Eu vou enlouquecer! Venha rápido!

Maria Aparecida ficou olhando pra ela sem responder, sem se mexer, sem pensar. De repente, a raiva toda voltou. Virou de costas e saiu correndo, foi embora pela praia, correndo, correndo, enquanto sua mãe gritava, "Cidinha! Cidinha! Me ajude, a casa tá pegando fogo, Cidinha! Vai embora não!" A mulher chorava de desespero, dava dó só de ver, arrancava os cabelos. Mas a Maria Aparecida não queria nem saber, só queria era correr e correr, sumir dali, sumir da terra, se esquecer de tudo e de todos, não ter que ficar tomando conta de ninguém, foda-se todo o mundo! Correu e correu feito doida, e só parou de correr quando chegou no terminal dos *ferrys* em Bom Despacho. Aí, sentou num canto longe do povo e chorou de ódio, vendo os passageiros subirem e descerem dos *ferrys*. "Tomara que queime tudo mesmo", pensou. "Tomara que o diabo leve todos pro inferno!" Teria se mandado pra Salvador, se tivesse a grana pra pegar o *ferry* nesse momento. E, na moral, teria sido melhor, mesmo que não visse ninguém da família mais nunca, mesmo que tivesse que morar na rua. Não foi isso que aconteceu, de qualquer jeito? Pelo menos, assim, ela não teria ficado sabendo de nada, nem ela teria tido que carregar a vida toda uma culpa que ela não teve. Que culpa ela podia ter? Mas vai dizer isso pra ela. Não tem jeito de enfiar isso nesse porre dessa cabecinha teimosa dela.

A casa pegou fogo. Sabe Deus o que aconteceu, vai ver que foram mesmo os Ibejis, só de pirraça, ou talvez a doideira da cabeça da mãe Edinólia lhe fez botar fogo na própria casa. Foi o que Maria Aparecida sempre acreditou, que sua mãe tinha feito isso por piração. Mas, quer saber duma coisa? Eu não acredito nisso não. Eu acho que foram os crentes. Diabo dos crentes já estavam de olho nela há muito tempo, queriam é acabar com a praga que, segundo eles, empesteava o povoado. Mas, enfim, seja lá como for, o fato é que a casa se foi. A mãe

Edinólia ficou endoidecida tentando apagar o fogo e tirar suas coisas de dentro da casa, e só não torrou porque o santo dela tava ali grudado e não achou de bom gosto ela morrer feita churrasco. Omolu, eu acho. Ou Xangô? Sei lá, não me lembro mais. Santo forte, isso sim. De jeito que não morreu queimada, e conseguiu até salvar algumas tralhas, panelas, roupas, coisas de santo, um pequeno baú com algumas lembranças do pai. Encontraram ela sentada em cima do baú, embaixo da gameleira, com o Pedrinho nos braços, todo roxo de porrada. Estava coberta de cinzas, tinha parte do cabelo queimado e o vestido estava feito uma miséria, sujo e chamuscado. Acariciava o rostinho inchado do Pedrinho, que tinha adormecido, e cantava uma cantiga de ninar. De vez em quando, parava de cantar, olhava ao redor como assustada, falava alguma coisa em ioruba, ria e depois voltava a arrulhar o seu menino. Tossia muito, seu corpo todo tremia, e tinha um olhar desvairado e febril.

Enquanto isso, Maria Aparecida pegou no sono lá no cais. Acordou umas horas depois, com uma dor de cabeça do inferno. Foi lavar o rosto com água do mar, pra tirar essa crosta de sangue grudada na testa. A ferida não era tão grave assim, de fato, era bastante pequena, ardia com a água salgada, mas nem tanto. Lembrou de tudo o que tinha acontecido e, de repente, sentiu um aperto danado no peito. "Pedrinho... ai, Pedrinho, como pude fazer isso com ele? E minha mãe, meu Deus, larguei ela sozinha desse jeito!" Ficou doida. Saiu correndo, rezando para que nada de ruim tivesse acontecido, para que o Pedrinho não estivesse muito machucado e, sobretudo, para que sua mãe não tivesse feito alguma besteira. E cê acha que adiantou essa reza toda? Eu sei lá, eu acho que, às vezes, Deus, os orixás, os santos... todo mundo está muito distraído. Porque, não é possível, né?, que esteja todo o mundo ali, ouvindo essa menina desesperada pedindo um milagre e ninguém se mexa. É muita falta de compaixão pro meu gosto.

Ia ela correndo pela praia, já perto da sua casa, quando ouviu a voz da sua tia Jacinta que a chamava, puta da vida: "Maria Aparecida!" Não gostava dessa tia. Era a irmã do seu pai, uma mulher gorda e vulgar que vivia se metendo nas vidas alheias. Não deu bola, continuou correndo em direção à sua casa, mas a tia saiu atrás dela gritando:

— Maria Aparecida! Volte aqui imediatamente! Se sua mãe morrer vai ser sua culpa!

Parou. Seu coração disparou.

— Que foi que houve? — perguntou tremendo.

Mas a tia não respondeu, pegou ela pelo braço e a arrastou até a casa da avó.

— Aí, sua filha — disse a tia Jacinta ao pai da menina quando entraram na casa. — Peguei ela correndo na praia.

A pequena sala, escura e abafada, estava cheia de gente. Eram todos os parentes, vários vizinhos e até alguns curiosos que ninguém tinha convidado. E todos olhavam para ela como se fosse bicho, uma ratazana, algo nojento.

— Cadê minha mãe? — perguntou a menina, assustada.

O pai dela levantou do canto onde estava sentado e, sem responder, deu-lhe um tapa na cara que a derrubou. Seus olhos se encheram de lágrimas, e todo o mundo pareceu achar isso muito correto. As mulheres cochichavam.

— Como é que pode, né?

— Uma menina novinha desse tamanho...

— Parecia tão boazinha...

— Eu tenho até pena, coitada, ela deve estar toda confusa...

— Pena uma ova! Botar fogo na própria casa não é coisa que se faça!

— E o irmãozinho dela, quebrou ele todo, tadinho, quase que o mata...

— Ela queria é matar a mãe dela...

— Vai entender, né? Ela parecia tão chegada...

— Chegada... chegada... Um pequeno diabo, isso sim.

— Ela surtou. Doideira é assim, chega de repente, a gente nem sabe por quê. Já viu a mãe dela...

— Ninguém acreditaria uma coisa dessas.

— Pois eu sempre achei ela esquisita.

— E eu... assim que nasceu, logo eu vi que ela não ia dar em nada que preste...

As mulheres falavam abertamente, sem sequer disfarçar, como se quisessem mesmo que ela ouvisse. A avó, que gostava muito dela, levantou com trabalho de onde estava sentada e a pegou pela mão com carinho.

— Venha, filha.

Entraram no quarto, sob os olhares acusadores da mulherada. Lá estava a mãe Edinólia, estendida numa cama suja. Sentado na cama, ao lado dela, estava Pedrinho, com uma bandagem no braço e outra na cabeça. Quando viu sua irmã entrar, o menino se endireitou e olhou pra ela com uma carinha tão triste, que Maria Aparecida desatou a chorar.

— Pedrinho, desculpe!

O menino estendeu os braços, e assim ficaram, abraçados, chorando, um de cada lado da mãe Edinólia, que os olhava com ternura. A mãe dos meninos estava muito fraca, não conseguia mais falar, mas estava lúcida, um desses momentos que Maria Aparecida tanto gostava, quando sua mãe parecia estar de volta desse mundo maluco onde ela andava perdida quase o tempo todo. Levantou o braço com muito trabalho e acariciou o rosto da menina. E ela se jogou nos seus braços e o Pedrinho também... todo o mundo se acabando de chorar, mãe, filho e filha, uma coisa linda que só...

Imagine, o que eu não daria por ter tido um momento assim. Maria Aparecida não entende quanta sorte ela teve. Tudo bem que depois vá tudo pro beleléu e a vida vire um puta bagunça, tanto faz, você guarda esse momento e tá ali pra você toda vez que você precisar. Tá sozinha, tá ali. Tá com saudade, tá ali. Tá deprimida, tá ali. Sua mãe, seu irmão, todo mundo se abraçando e chorando e se amando. Como eu queria ter uma lembrança dessas... Sim, sim, tô sabendo, isso é coisa de viado, sentimentalismo brega que não faz boa literatura. E daí? Eu queria ter uma lembrança dessas, sim, e foda-se quem não gostar.

Maria Aparecida é que devia entender que isso não se dá todo dia na vida. Afinal, todo o mundo a perdoou. Quer dizer, os que importam, a perdoaram: sua mãe e o Pedrinho. Mas não, haja teimosia, o que interessa não é isso, o que interessa é o pai. Que diabo de pai o caralho! Vai entender as pessoas. O pai não acreditava nela, tinha certeza que foi ela que botou fogo na casa, que foi ela que acabou com a vida dele. Por mim, eu estaria muito me lixando com o que ele pensasse. Ele nunca ligou pra ninguém, nunca nem se deu conta que tinha filhos. Que se dane! Mas não, a angústia dela toda era que o pai não a perdoava.

Aquele foi o último momento que a mãe Edinólia teve de lucidez. Parecia até que estava só esperando a Maria Aparecida chegar para se despedir. Não precisou dizer nada, seu olhar falava tudo, suas carícias, suas lágrimas. Depois disso, pegou no sono e nunca mais acordou. Passou o resto do dia e da noite gemendo, delirando, encharcada em suor. Maria Aparecida ficou com ela o tempo todo, como sempre fez quando estava doente, limpando o suor, molhando sua testa e seus lábios com um pano úmido, segurando sua mão. A filha da puta da tia Jacinta tentou tirar ela do quarto, mas a avó não deixou.

— A menina vai ficar com a mãe dela — sentenciou, e ninguém teve coragem de desafiá-la.

O Pedrinho também ficou no quarto, e eu acho que foi esse tempo que passaram juntos, vendo a mãe morrer, que fez com que eles ficassem tão chegados um ao outro. A mãe Edinólia parecia assustada, esbugalhava os olhos de repente e jogava os braços pra frente, como que querendo afugentar alguma visão medonha, e as duas crianças tentavam acalmá-la com carinhos e palavras infantis. O pai entrava no quarto de vez em quando, ficava uns minutos, mas não aguentava, se mandava de novo pra sala, para não ter que ver sua mulher desse jeito, parecendo já mais morta do que viva. Toda vez que entrava, Maria Aparecida o olhava com uma carinha de súplica, mas ele nem olhava pra ela, e quando olhava, era com tanto desgosto que a menina ficava com um nó na garganta e uma vontade doida de morrer. Quando chegou a noite, o Pedrinho pegou no sono, mas ela ficou acordada a noite toda. Estava de novo sozinha com sua mãe, do jeito que ela gostava. Todos dormiam, só ela estava ali, segurando sua mão, cuidando dela. Agora, a mãe Edinólia estava tranquila, dormia que nem anjo, e Maria Aparecida a abraçava. "Vai não, mãe, me deixe sozinha não..." Aos poucos, porém, sua respiração foi ficando mais e mais fraca, sua pele mais e mais fria, até que, pouco antes de raiar o sol, deixou de respirar.

Maria Aparecida chorou sem parar durante todo o velório e o enterro. Até as mulheres que mais a tinham criticado, ficaram com pena dela. Não tinha modo de se acalmar, parecia que o mundo tinha desabado. Quando desceram o caixão, ficou tão pirada que terminou desmaiando, e o pai teve que levar ela nos braços de volta à casa da avó.

Depois disso, foi tudo de mal a pior. A avó, que era gente fina, arrumou um cantinho na casa dela para eles ficarem enquanto se ajeitavam. Mas era uma casa pequena pro diabo, abafada, caindo aos pedaços, com as paredes mofadas e goteiras por tudo quanto é canto, e tinha uma porrada de gente morando lá dentro. Tinha a tia Jacinta, dois tios com seus respectivos achegos, duas primas e três primos, a avó e um diabo dum cachorro sarnento que a velha insistia em deixar dormir na cama com ela, isso tudo numa casinha de dois quartos e uma sala tão pequena que parecia banheiro. Por isso, ninguém gostou da chegada de três novos hóspedes, e teriam mandado eles pra rua na hora com um chute na bunda, não fosse porque a velha não era flor que se cheirasse, e ninguém era doido de enfrentá-la quando botava alguma coisa na cabeça. De jeito que os três se ajeitaram num cantinho da sala, dormindo amontoados numas esteiras que enrolavam de dia e botavam embaixo do sofá. Mas era só a velha não estar por perto, que todos os habitantes da casa, até as crianças, faziam questão de mostrar de todas as formas que não estavam nem um pouco contentes com sua presença. Era tanta grosseria, tanta pirraça, tanta provocação, que Maria Aparecida achou que ia endoidecer. Por isso, ficava o dia inteiro fora de casa, vadiando por aí junto com o irmão. Essa era a única coisa boa na sua nova vida. O Pedrinho agora só ficava grudado nela, com medo que alguém lhe tirasse a única pessoa que lhe dava um pouco de segurança e carinho. Não faziam nada, largaram a escola e todo dia se mandavam pra rua bem cedinho, para não ter que ficar ajudando o pessoal com as tarefas da casa ou da roça. Ficavam brincando o dia todo na praia ou no mato, iam caminhando ao Bom Despacho e roubavam frutas no mercado, se juntavam com outras crianças para fazer pequenas malandragens. Mas, quando chegava a noite e tinham que voltar para a casa, ô aporrinhação do caralho. As outras crianças e até os tios e tias faziam questão de reclamar por qualquer coisa e deixar bem claro que estavam de saco cheio de ter que aturar gente que não presta.

— O povo aqui tá achando que esta é casa de rico... a farinha já foi toda embora, eu é que não compro mais, não tenho dinheiro pra ficar sustentando vagabundo...

— Sumiram meus brincos, porra! Se eu souber que essa menina tá pegando nas minhas coisas, juro que arrebento ela!

— Tá um fedor nesta sala, que vou te contar... Parece até que tem porco morando aqui.

— Largue esses fósforos, desgraça, cê tá querendo queimar esta casa também, sua desnaturada?

Até aí, tudo bem. Ela ficava com um ódio do cão, mas não dizia nada, ia sentar no cantinho dela e não falava com ninguém. Mas, no dia em que a tal da tia Jacinta teve a ideia de insinuar que ela tinha tentado matar a própria mãe e que Edinólia tinha morrido de desgosto, aí sim o bicho pegou. Foi trucutru pra valer, a menina virou o cão, caiu em cima da tia, pronta para lhe furar os olhos, arranhou ela toda, rasgou o vestido, mordeu um dos seus peitos, jogou tudo o que tinha por perto nela e a encheu de porrada, e vai saber o que teria acontecido se dois dos seus tios não tivessem chegado na hora para segurar a menina, que continuava se batendo feita furacão, enquanto o vagabundo do pai se acabava de rir, jogado no chão com uma garrafa de cachaça.

O pai da Maria Aparecida, depois da morte de mãe Edinólia, tinha caído na bebedeira de vez. Se ele já estava desse jeito antes de ela morrer, imagine como ficou depois que ela se foi. Às vezes, nem pra pescar ele levantava, acordava lá pro meio dia e ficava o dia inteiro enchendo a cara. Não fazia nada, deixou a roça se estragar, pescava lá de vez em quando, largou os meninos ao Deus dará e não estava nem aí com coisa alguma, podia todo mundo até morrer de fome, conquanto que ele tivesse uma garrafa na mão.

A mãe dele, que tinha fama de briguenta e mal-encarada, era, de fato, gente fina, tinha um bom coração. Por isso é que aturava a vagabundice do filho, porque tinha pena dele e achava que, com o tempo, ia se endireitar. Só que o cara não se endireitava coisa nenhuma, só fazia era piorar. Se tivesse sido barão de cidade, teria ido fazer terapia, tomado antidepressivo, viajado pra Europa, feito ioga, recebido passes de Reiki e vai lá saber quantas outras frescuras que esse povo faz, ou, pelo menos, teria ido a uma dessas casas de massagem classe A, pra se presentear com um tratamento de boceta, que é um negócio que resolve qualquer problema nos homens, inda mais homens como esse, que não têm muita coisa girando na cabeça. Só que o cara não era barão coisa nenhuma, era um pescador fodido que não tinha onde cair morto, literalmente, agora que até sua casa tinha torrado. E gente pobre, ou se endireita sozinha, ou cai na cachaça.

Quem sabe quanto tempo as coisas teriam continuado desse jeito, pois a mãe dele não tinha coragem de botar ele e as crianças pra fora, mesmo que o povo todo que morava com ela já estivesse começando a perder a paciência. Eram os netos dela, como é que ia deixar eles na rua? Mas, quando Maria Aparecida brigou com a tia Jacinta e deixou a cara dela feito um farrapo de arranhões e porradas, a avó não teve mais jeito. No mesmo dia, ela foi falar com Tomás, o único filho dela que se deu bem na vida. Na verdade, o cara se deu bem porque era um grandíssimo filho da puta, um pilantra que venderia até a própria mãe, se com isso ele achasse que poderia tirar algum proveito. Tinha uma pousada em Praia Grande e duas escunas, nas quais, além de levar turistas a passear pela baía, organizava belíssimas putarias pra políticos e empresários, com champanhe, coca e maconha e menininhas de doze a quinze anos, que seu sócio arrumava nos cantos mais pobres da ilha e nas favelas da cidade.

No dia seguinte, apareceu no boteco de seu João, todo maneiro, de calças, camisa, sapatos e chapeuzinho brancos, parecendo pai-de-santo. O pai da Maria Aparecida, como sempre, estava lá, enchendo a cara com outros dois bêbados, que se diziam amigos.

— E aí, meu irmão, quanto tempo!

— É você? Não acredito... Cê tá fazendo o quê aqui? Pensei até que cê já tinha morrido... Gente! Olha só quem chegou! O doutor aqui é meu irmão!

— Todo o mundo sabe que eu sou seu irmão, seu imbecil, deixe de presepada.

— Pois, então, sou eu que tava esquecido... como você nem se dignou a aparecer no enterro...

— Eu sei, rapaz, não deu pra vir. Cê não sabe os pepinos que eu tive esse dia. Fiz de tudo pra vir, mas não deu.

— Sei, sei, vida de coronel é assim mesmo...

— Olha, irmão, na verdade, eu vim aqui hoje porque estou preocupado com você.

— E você alguma vez se preocupou com alguém? Tá ouvindo, gente, o homem tá preocupado, coitado!

— Tô preocupado, sim, você não pode ficar nessa, rapaz, minha mãe me disse que você largou tudo, tá aí se acabando na cachaça.

— E isso aí é da sua conta, por acaso?

— E não é? Você é meu irmão.

— Deixe de encher a paciência, cara.

— Por que você não vai pra Salvador? Começa tudo de novo.

— Você é doido, é? Salvador? Até parece...

— Ô, rapaz, cê tem que sair daqui, cara, isto aqui é um atraso. Cê acha que eu tô numa boa por quê? Porque eu me mandei daqui, esta vida não tá com nada. Em Salvador... aí é que tem progresso, tem grana, é outra coisa, velho. Cê não vai ficar aqui a vida toda, eu não aceito uma coisa dessas. Meu irmão preferido vivendo uma vida dessas, de jeito nenhum!

— Deixe de bancar o santinho, Tomás, que não tô comendo nada. E que porra é que eu ia fazer em Salvador? Vá embora, não encha o saco.

— Eu arrumo trabalho pra você.

— Vá pra merda, vai, me largue.

— Olha, tô falando sério. Tem um cara que tá me devendo uma grana e não tem como pagar. Ele me ofereceu uma casa que ele tem lá, não me lembro bem qual é o bairro, mas parece que é um lugar bom. Não é negócio pra mim, na verdade eu não quero casa nenhuma, mas aí eu pensei: porra, meu irmão tá fodido, tá precisando duma casa, tá precisando sair deste fim de mundo atrasado... Por que é que eu não vendo pra ele? Vendo baratinho, fico perdendo, mas tanto faz, família é família, quando eu precisar um favor, eu sei que cê não vai me negar.

— Agora você pirou mesmo, né, cara? E com que é que eu vou te pagar? Cê tá vendo alguma grana, por acaso?

— E sua chácara? Cê me paga com a chácara. Não vale lá grande coisa, na verdade, mas entre a gente não tem isso não.

— Como não vale grande coisa? É um terreno muito bom.

— Bom, bom, não é não. Pode até ser mais ou menos, mas aqui ninguém vai chegar nem perto. O povo diz que está assombrado. Os crentes ficaram espalhando história... Eu, pra dizer verdade, não compraria. Não sou de ficar acreditando em história do povo, cê sabe disso, mas, por via das dúvidas... Cê sabe como é, né?, não é bom ficar mexendo com coisa que a gente não entende. Mas, por você, eu arrisco. E olha, eu arranjo trabalho pra você. Coisa simples, de pedreiro, mas dá pra você se virar. Já falei com um cara lá que tem uma construtora e está precisando de gente pra construir sei lá que coisa, um prédio, acho. Olha, eu estou fazendo isso só por você. Você me conhece, eu não faço isso por ninguém.

O tio Tomás acabou convencendo o pai da Maria Aparecida, e o abestalhado se desfez da chácara que, com tanto trabalho, a mãe Edinólia tinha ido arrumando durante tantos anos, e que com certeza valia muito mais do que o barraco miserável onde eles foram parar, na favela da Baixa do Cacau.

Ô vida do cão! Já imaginou? Aquele trio desajeitado descendo do *ferryboat*, carregando suas poucas tralhas em sacolas de plástico, parecendo um bando de tabaréus[10], pegando o ônibus e indo parar lá na Baixa do Cacau, perto dos Alagados. Lá estão eles, atravessando a via do trem, perguntando ao povo onde fica a tal casa que era do seu Cosme. Por ali, por ali, sobe essa escada, desce esse beco, vira pra lá, vira pra cá. Puta que pariu, em que buraco é que a gente foi se meter, A casa de seu Cosme?, é essa ali, ó, Essa?, É, Não brinque... meu Deus, como é que a gente vai morar nessa pocilga? Morando, rapaz, morando.

[10] Tabaréu — aldeão.

E tinha outro jeito? Já estavam lá, agora não tinham mais jeito de voltar. Quatro paredes, um banheirinho fedorento, um cantinho com uma pia pra fazer as vezes de cozinha, telhado de eternite, um abafamento, um bolor de purgatório, um calor de inferno, barata por tudo quanto é canto. Sem se falar da zoada dos vizinhos, a bagunça, o lixo, a sujeira, o fedor de esgoto, as brigas, as balas perdidas. Ô depressão.

Mas, pelo menos, teve a vantagem que o pai ficou sóbrio alguns dias. Tinha coisa demais pra fazer, não tinha como ficar fugindo na cachaça. Além disso, não conhecia ninguém, era tudo novo demais. E o povo era muito diferente, fechado, desconfiado, outro mundo. Estava acostumado com a vida na ilha, vida de pescador, gente simples sem essa desconfiança e essa malandragem da cidade. Se sentia todo acuado, achava que todo mundo estava tentando lhe passar a perna. E era, né? Em Salvador é assim mesmo, a gente não pode confiar em ninguém, jacaré que vacila vira bolsa, tem que passar por cima dos outros antes que os outros passem por cima da gente. Um cara foi lhe vender um fogãozinho de duas bocas, pagou, o cara sumiu e o treco não funcionou. Besta ele por não ter testado antes de comprar. Mas, se não tinha com que comprar um bujão? Arruma primeiro a grana pro bujão e depois compra o fogão, né? Vai ser burro assim na China! O jeito foi cozinhar à lenha, pelo menos a fumaça espantava as muriçocas[11]. Depois teve que contratar um cara que se dizia encanador, pois o banheiro estava entupido e o barraco tinha um fedor do caralho, e ele não entendia de nada que não fosse de peixe. O tal do suposto encanador cobrou caro, fez uma miséria desgraçada, quebrou tudo e, quando recebeu a grana, que o besta pagou adiantado, se mandou e não voltou mais. O banheiro ficou desse jeito mais de uma semana, até que o vizinho do lado não aguentou mais o fedor e ajudou o pescador a fazer um armengue[12] que mais ou menos resolveu o problema.

No trabalho, o pai dos meninos dava um duro lascado. Era uma construção lá em Patamares. Tinha que pegar dois ônibus, mas a empresa só pagava um vale transporte, de jeito que, enquanto não recebia o primeiro pagamento, tinha que se virar para pagar o outro com o

[11] Muriçoca — mosquito.
[12] Armengue — coisa mal feita.

pouquíssimo dinheiro que tinha guardado e que, por milagre, não tinha ainda bebido. Trabalhava de carregador, porque nem como ajudante de pedreiro ele sabia trabalhar; ele era pescador, esse negócio de construção não tinha nada a ver com ele. Pegava no pesado, subindo e descendo as escadas com sacos de cimento e areia nas costas o dia inteiro, e chegava em casa feito um trapo. O chefe da obra foi logo lhe dizendo, no primeiro dia, que não tinha como assinar carteira e que ia lhe pagar menos de um salário mínimo, a empresa estava passando por dificuldades, eram tempos duros para todo mundo etc, etc, e que, se não gostasse, podia ir procurar outro bico em outro lugar, afinal, essa não era casa de caridade e era só por causa do irmão que o estavam contratando. O pagamento devia sair a cada duas semanas, mas sempre chegava atrasado, e ai de quem reclamasse, ia pra rua na hora. Além disso, os que não tinham carteira assinada eram os que mais se fodiam, porque, segundo a gerência da firma, quem era funcionário tinha precedência, os outros que se danem, já era sorte eles terem trabalho do jeito que estava a situação.

Na terceira semana, quando o pai recebeu o salário, se enfiou no barzinho da esquina com alguns colegas e bebeu a metade da grana na mesma hora. À noite, chegou caindo de bêbado, fez uma barulheira do cão, brigou com Maria Aparecida, ninguém soube o por quê, e lhe deu uma surra que a deixou toda roxa. O Pedrinho chorava e gritava, e só foi se calar quando levou um pontapé que o deixou estatelado no chão. Esse foi o começo. Daí em diante, era cachaça e porrada direto. Os meninos não sabiam mais o que fazer. Tinha dias que ele chegava alegre, tratava eles bem e até lhes fazia carinhos, coisa que nunca antes fez, sobretudo à Maria Aparecida. "Venha minha menina", dizia ele, pedia pra ela sentar nos seus joelhos e ficava alisando seus cabelos, passando sua mão pelas costas, pelos braços. A menina ficava feliz, parecia até que era o Papa que lhe fazia cafuné. Sempre com esse negócio da culpa, do remorso, de achar que seu pai não a amava, de ficar pensando que ela foi a responsável pela morte da mãe... de jeito que qualquer pinguinho de carinho era motivo de festa. Como cachorro abanando o rabo porque recebeu algumas migalhas do dono. Ela não gosta que eu fale isso, dá trucutru, mas é isso mesmo, ficava ali feito besta, abanando o rabo com esse sorrisinho agradecido de "quero mais". E pra quê? No outro dia, ia tudo por água abaixo, o cara chegava chumbado, xingava todo mundo e toma-lhe de porrada.

Mal passaram alguns dias depois do primeiro pagamento, a grana acabou e não tinham mais jeito de comprar comida, quanto mais cachaça. Aí, o bicho pegou. Chupa-rolha sem birita não dá em nada que preste. O gênio achou que a culpa era dos meninos e bateu nos dois. Depois trocou o fogão, que não prestava, por uma caixa de engraxate e arrumou um balde com amendoim torrado, os entregou a Pedrinho e a Maria Aparecida, e os mandou pro centro com instruções de não voltar sem a grana.

Lá se foram os dois, morrendo de medo, mas aliviados de poder sair de casa. Já tinham estado na cidade algumas vezes, acompanhando a mãe Edinólia ao Comércio, à Feira de São Joaquim e, em uma ocasião, a visitar o terreiro da mãe Estela, em São Gonçalo. Mas nunca tinham andado sós, não conheciam a Cidade Alta e, sobretudo, nunca tinham precisado vender nem pedir nada a ninguém. Aquelas viagens com a mãe Edinólia eram pequenas aventuras que as duas crianças curtiam à beça, subiam no *ferryboat* doidas de excitação e andavam pelas ruas da cidade e pelo caos da feira deslumbradas, achando um barato aquela piração de gente por tudo quanto é canto, carros, doidos, gente engravatada, edifícios desse tamanho... e aqueles carrinhos de cafezinho, cada um mais bacana do que o outro, verdadeiros trios elétricos com rodas de borracha, cabine, volante, buzina, som... Olha esse aí, dizia agora o Pedrinho a Maria Aparecida, tem até TV, velho, que massa! O Pedrinho não queria ser engraxate, não sabia nem o que fazer com essa escova e esse pano e essas tintas... o seu pai não explicou direito porque nem ele mesmo entendia muito bem. "Se vire aí, seu otário", disse exasperado, e foi o final da explicação. Engraxate coisa nenhuma... o sonho do Pedrinho era mesmo ser vendedor de cafezinho, ter o carrinho mais porreta da cidade, um trambolho desse tamanho, bem maior do que ele mesmo, cheio de garrafa térmica, cigarro, copinho, tudo o que tem direito e, sobretudo, um som daqueles de estourar os ouvidos. Desceram do ônibus perto do Mercado Modelo e ficaram curtindo as ruas do Comércio, olhando pro povo e matando a saudade dos passeios com a mãe... Ô, mãezinha, cê tinha que estar aqui com a gente, pô, cê não imagina que coisa horrorosa é essa casa onde a gente foi parar, o pai anda todo esquisito, todo maluco, xingando e batendo na gente o tempo todo, não tem jeito de ele ficar tranquilo, anda todo acabado por causa do trabalho e desconta tudo na gente... e o calor, mãezinha, e as baratas e as pulgas e o fedor... bem que cê podia não ter morrido, porra!

Subiram o elevador Lacerda e lá se foram pelas ruas do Pelourinho. O Pedrinho não teve muita sorte com sua caixinha de engraxate. Ninguém dava bola e ele era muito tímido para ficar enchendo a paciência dos outros. Se aproximava de cabeça baixa do povo sentado nos bares, mostrava sua caixinha e, quando recebia um gesto exasperado com a mão, se afastava logo sem falar uma palavra. E quando, finalmente, uma turista deixou que ele engraxasse seus sapatos por curiosidade e porque achou ele bonitinho, o menino fez uma tremenda meleira e a moça teve que voltar ao hotel para trocar os sapatos, porque não dava pra usar desse jeito. A Maria Aparecida pirraçou ele tanto que o menino ficou puto da vida e deu um chilique de raiva e jogou sua caixa no chão, mas ela estava de tão bom humor e tão carinhosa que o Pedrinho terminou achando graça e os dois caíram na risada, lembrando a cara espantada da gringa, que tentava sorrir e ser amável, enquanto olhava desolada para o destroço que o menino tinha feito.

Já a Maria Aparecida se deu bem melhor no seu primeiro dia de trabalho. Sempre foi bonita, até hoje é uma mulher de deixar os homens doidos, e naquela época tinha um rostinho tão lindo que parecia um anjo... um anjo preto na tal da Roma preta que encantava os turistas, que os deixava todos assanhados com fantasias de paraísos tropicais cheios de mocinhas exóticas, igualzinhas a frutas cheirosas prontas pra serem saboreadas por bocas gulosas ao som do batuque. Chegava toda dengosa às mesas dos bares, dava um beijinho na bochecha de um, outro na bochecha do outro, se grudava no pescoço de uma moça, fazia biquinho de *please*, dava um sorriso de primavera que iluminava todo o Pelô, e o pessoal ficava encantado, ó que coisa mais linda, não tinha jeito de negar, compravam o pacotinho por um real.

Curtiu, curtiu, curtiu, ó liberdade gostosa, andaram de um lado pro outro, vendeu pra caramba, jogou conversa fora com a garotada, se acabou de dançar na Cantina da Lua entre putas e turistas e meninos de rua, ela não estava nem aí, o negócio era curtir essa alegria toda, olhar pras meninas da Banda Didá batucando e rebolando, cair na gandaia, esquecer essa vida de cão que levavam e fazer de conta que não viu a polícia arrastando o moleque que jogou uma garrafa quebrada na puta, nem o mendigo jogado no chão, nem aquela magricela acabada de crack, chega de coisa ruim, hoje o negócio é curtir, rir, dançar, vender todo o amendoim e esquecer, sobretudo esquecer.

Lá pras nove vendeu o último pacotinho e decidiram voltar, desceram o elevador, pegaram o ônibus no Comércio. Mas o Pedrinho estava preocupado.

— Que é que eu vou falar pra papai? Só ganhei um real. Ele vai me bater...

— Que bater que nada, rapaz. Pegue aí a metade da grana. Olha só, tamos ricos, papai vai ficar feliz, hoje a gente não apanha!

Não apanha uma ova. O pai estava puto da vida.

— Essa é hora de chegar, seus filhos da puta!

Maria Aparecida tentou explicar, mostrou o dinheiro.

— Olha só, pai, trabalhamos pra caramba, olha só o que a gente trouxe pra você...

Mas não adiantou.

— Não quero filhos vagabundos. Não aceito uma coisa dessas!

Bateu nos dois. Não muito, não como outras vezes, mas bateu. Tinha que dar uma lição, filhos vagabundos é que não ia aceitar mesmo não, muito menos filha. Ficou enchendo o saco dela:

— Cê tá querendo virar piranha que fica se agarrando com turista, é isso? Já é descarada e agora quer virar puta?

Estava irado porque ela tinha chegado com esse sorriso no rosto, toda alegre, tirando onda e se achando o máximo. Com certeza ficou toda assanhada porque ficou vendo homem na rua. Mulher é assim, tem natureza de puta. Mesmo de nove anos, já tá com putaria na cabeça.

Ficou olhando pra ela de um jeito esquisito, como se fosse a primeira vez que a via. Nunca tinha prestado muita atenção nela; estava ali, fazia suas coisas, brincava, comia, cagava, dormia... enfim, existia, mas nunca tinha se dado conta que tinha corpo, que era bonita, que tinha pernas, braços, bunda, sexo, que era gente, menina-mulher.

— Todas as mulheres são putas — disse, enquanto a olhava com seu novo olhar.

Maria Aparecida chorava, encolhida num canto, sua alegria já enterrada, sua nova liberdade destruída, e ainda por cima sem entender esse olhar tão estranho do seu pai, que a deixava sem graça, se sentindo nua, esquisita, com medo.

O pai mudou de tom, ficou mais maneiro.

— Vai, levante daí e faça alguma coisa pra mim comer, tô com uma fome retada. Fiquei esperando vocês a tarde toda. E pode deixar de chorar. Vai, levante.

Maria Aparecida limpou as lágrimas e foi esquentar um pouco de arroz e feijão, enquanto o pai ia à vendinha da esquina a comprar duas cervejas e um saco de farinha com a grana que seus filhos lhe deram. O Pedrinho, que estava morto de cansaço, depois do dia inteiro de andar pra cima e pra baixo e de ter apanhado de graça, deitou em seu cantinho, virado pra parede, e apagou na mesma hora.

Maria Aparecida não quis comer e o pai comeu sozinho, calado, bebendo suas cervejas. Ela quis se deitar, mas ele não deixou.

— Fique aqui comigo — disse, num tom carinhoso e o olhar esquisito.

Quando acabou de comer, pediu para ela sentar no seu colo.

— Eu gosto muito de você, Cida — dizia enquanto alisava seu cabelo e acariciava suas costas e braços com suas mãos ásperas. — Você é minha única filha. Você é minha, entende? Minha. Ninguém vai tirar você de mim.

Ele nunca tinha falado com ela desse jeito, e Maria Aparecida se sentiu feliz por um instante. Gosta de mim, pensava, ele gosta de mim... Mas tinha alguma coisa errada, ele estava bêbado e a olhava desse jeito estranho, pegava nela demais, apalpava suas pernas. Ela começou a ficar com medo.

— Os homens são muito ruins, sabe, filha, fazem muita sacanagem com as mulheres, você não pode confiar em ninguém, só no seu pai. Entendeu? Só no seu pai.

Enquanto falava, pegava no seu rosto, alisava seu peito.

— Não fale nunca com homens estranhos, eles são ruins. Seu pai vai cuidar de você, viu, Cidinha, você não precisa de mais nada. Eu vou te ensinar tudo o que você precisa saber.

Acariciava seus joelhos, suas coxas. Lentamente, sua mão foi subindo, até se colocar entre suas pernas. Maria Aparecida gelou, tentou tirar a mão, mas ele a apertou com força.

— Assim não... — disse sem graça, tentando se sair.

— Eu sou seu pai, você faz o que eu quero — disse num tom firme e agressivo. — Eu vou te ensinar tudo o que você precisa saber.

Ela estava com muito medo, com pânico, mas não teve mais coragem de se mexer. Seu pai enfiou o dedo por baixo da calcinha e começou a alisar sua xoxota, enquanto roçava o pau duro na sua perna. Coisa mais horrível, pavor misturado com nojo, um sentimento violento de culpa, um terror de coisas que não conseguia nem entender, um desgosto do caralho, como se estivesse caindo num abismo. Queria fugir, mas seu pai segurava ela com força, e era uma sensação pavorosa de impotência e desespero. Seu pai respirava agitado com olhar de doido e bafo de bêbado. Maria Aparecida começou a chorar baixinho, mas ele fez de conta que não viu e continuou a mexer nela, se excitando mais e mais, até que tirou a rola da calça e pediu para ela pegar. Ficaram assim, ele mexendo em sua xoxota e ela com aquela coisa na mão, aquela mesma coisa que ela tinha visto entrando e saindo da sua mãe, sua pobre mãe morta.

— Mexa, mexa... assim... mexa... não pare de mexer...

Finalmente a levou para deitar na esteira com ele, tirou sua roupa e a penetrou. Maria Aparecida gritou de dor, mas ele tapou sua boca para não acordar o Pedrinho e continuou estocando com força. Gozou nela e ficou ali deitado, enquanto ela queimava de dor. Depois, a levou ao banheiro para lavar o sangue.

— Este é nosso segredo, viu? — disse ele quando voltou a deitar com ela, satisfeito. — Se você contar pra alguém, eu mato você.

Nessa noite, Maria Aparecida não dormiu. Algo se quebrou nela. Queria sumir do mundo, queria desaparecer, queria gritar, queria bater a cabeça na parede, queria morrer. Tinha horror de pensar que ela era ela, que tinha corpo, pele e sexo, horror de ser mulher, horror de ser gente, horror de viver. No meio da noite, seu pai acordou, a bolinou e a fodeu de novo.

Mas, pra ela me contar isso, demorou um tempão. Naqueles tempos do cine Roma, a gente ainda fazia de conta que acreditava nas histórias malucas que a gente se contou naquele dia na grama do Largo dos Mares. Ninguém era otário pra acreditar nessas coisas, mas fazia parte da brincadeira, eu era o barão do Rio de Janeiro, ela, a baronesa de Itaparica. Passeávamos pelas ruas ou pela praia, olhávamos para o povo, mesmo pros ricos, e levantávamos o nariz, ô povinho miserável, não sabem o que é vida, gente bonita uma ova, bando de remediado, isso sim, nós é que sabe o que é gente grã-fina!

Pois é, a gente é o que quer ser na vida. Não é isso? É o que um coroa paulista sempre me dizia. Era meio místico, fazia mapa astral, só bebia chá, acreditava nos anjos. É só você querer, dizia, é só você visualizar o sucesso, que as energias positivas vão chegar. Faça, você vai ver. Eu comia ele de quatro, ele gozava, e depois ficávamos ali deitados vendo filme de putaria, ele filosofando num quarto de motel com um viado e a mulher dele correndo atrás dos guris lá em São Paulo. Vida boa, é só visualizar.

Nos tempos do cine Roma, eu e a Maria Aparecida visualizávamos vida de barão, mas não acontecia porra nenhuma. E ia acontecer? Já era muito a gente morar num castelo, fedido e cheio de barata, mas castelo mesmo assim, e ficar curtindo a praia, os amigos, as aventuras pela cidade e, sobretudo, a alegria de estar com essa menina cheia de luz, com essa menina que me fazia sentir como nunca antes tinha me sentido, mesmo que pra isso tivesse que dar o cu todo dia pro Capitão Gay.

A gente só não curtia mais porque, de vez em quando, dava um negócio na Maria Aparecida, ficava toda doida, chorava, gritava, berrava, e sempre quem levava a pior era eu, falava tudo quanto é merda, tentava me bater, e eu ficava maluco sem saber o que fazer. "Bicha fedida", era assim que ela me chamava, "vai pra merda, sua bicha, vai dar o rabo pro Capitão, me deixe em paz". Ora, a gente também não é de pedra, né? Dava vontade de sumir, de ir pra bem longe e ficar ali chorando, chorando feito bicha mesmo, e daí, é disso que dava vontade, porra, ninguém sabe o que era ter que aturar esse filho da puta, que o diabo o leve, e ainda por cima ter que ouvir desaforo dessa menina que eu tanto gostava. Dava vontade de sumir, mas não ia pra canto algum porque, no fundo, eu sabia que ela precisava de mim; mesmo sem ela me contar, eu sabia que ela ficava piradinha assim desse jeito por causa de um mundo de coisas que deviam ter acontecido com ela...

— O Pedrinho sumiu — disse ela um dia.

— Como sumiu? — perguntei espantado.

— Sumiu, simplesmente sumiu. Desapareceu. Sumiu.

E, quando falava, parecia que queria arrancar os cabelos.

— Foi minha culpa!

Sempre a mesma coisa, tudo sua culpa. Vai botar juízo nessa cabeça!

Acontece que, depois que o pai a violentou, ela e o Pedrinho começaram a ir ao Pelô todo dia, para vender amendoim e engraxar sapatos, só que tinham que voltar antes das seis, para preparar o rango pro pai. Tinham que trazer dinheiro pra casa, mas nada de ficar chegando a qualquer hora, o cara tinha um ciúme retado. "Homem nenhum toca na minha filha!", gritava, quando botava na telha que ela andava fazendo putaria com os turistas. O cara encarnou com os turistas. Segundo ele, queriam pegar sua filha, levar pra longe, e ela ficava dando bola, vagabunda do caralho. E chovia porrada. E, à noite, a usava. Uma, duas, três vezes. E ela rezava pra deixar de existir.

De dia, era só o pai sair que ela se mandava com o Pedrinho pra rua, longe dessa casa onde tudo lhe lembrava um pesadelo do qual não podia escapar. Mas não tinha mais a alegria daquele primeiro dia. Tudo estava apagado, triste, obscuro. Andava sempre com um nó na garganta, se sentindo suja, imunda, com vergonha do seu corpo, das suas pernas, do seu sexo sempre dolorido. Não conseguia mais brincar com os turistas, dar beijinhos, se fazer de bonitinha. Tinha nojo quando alguém tocava nela, dava um aperto nas tripas quando um homem qualquer tentava alisar seu cabelo ou botava a mão no seu ombro, e, se alguém insistia, dava ataque, podia até jogar a lata de amendoim na cabeça do homem. Parecia que seu mundo tinha mudado e ela nunca mais ia ser a mesma pessoa. Agora era amarga, vivia sempre com medo e queimava de ódio, muito ódio, do pai e de todos os homens. E, sobretudo, dela mesma. Não tinha mais como se olhar no espelho, queria arrancar sua pele, queria que seu corpo queimasse, queria ter torrado no incêndio lá em Itaparica.

O Pedrinho também não andava nessa alegria toda. A tristeza da irmã passava para ele, não tinha como não passar. Ele adorava ela, era seu único sentido na vida, coitado, tão pequenino e já tão sozinho. Tinha medo de tudo, do pai, do bairro onde moravam, das ruas da cidade, dos moleques do centro, das putas com suas roupas berrantes, do povo que o enxotava incomodado quando se aproximava com sua caixinha. Só ela, sua irmã, o fazia se sentir seguro. De jeito que sua tristeza o deixava desamparado, perdido na vida.

Mas, também, não era só isso. O fato é que o menino não era besta. Tinha apenas seis anos, mas percebia muita coisa. Gente que pensa que criança não sabe de nada, tá muito enganada. Criança é esperta. Pode não ter entendido bem ao certo o que se passava, mas sabia que algo de muito errado estava acontecendo. Ouvia os barulhos à noite, o pai se mexendo, sua irmã chorando, o pai gemendo. E, algumas vezes, viu sangue nos lençóis de manhã. Se já não era muito chegado ao pai, começou a ter ódio dele. Você já sentiu o que é ódio? Ódio mesmo, desse que queima no peito? Ódio que te rasga no meio? Ódio de enlouquecer, de te deixar pirado, de querer matar? Eu já. Eu já. Por isso é que eu entendo o Pedrinho, por isso é que eu entendo a Maria Aparecida. O Pedrinho não falou nada pra ela, não teria sabido nem o que dizer, o que perguntar, tinha medo até de pensar. Não falou nada, mas ficou com esse negócio engasgado, e todas as noites tampava os ouvidos, se virava pra parede, ficava encolhido no canto para não ver, nem ouvir, nem pensar... Mas pensava.

Assim foi passando o tempo, eles naquela vida, ir ao centro de manhã, vender amendoim e engraxar sapatos, voltar à tarde, apanhar do pai, aguentar o pesadelo da noite. Dizem que a gente se acostuma a tudo, que, com o tempo, as coisas vão ficando mais fáceis. Pode até ser, mas pra isso a gente tem que ir morrendo aos poucos, a gente se acostuma porque fica meio morta, leva porrada e não sente, vira carne no açougue, tá ali pra ser usada, amassada, comida.

Tinha passado, talvez, um ano desde que o pai da Maria Aparecida a violentou pela primeira vez. Um dia, quando já estava perto da hora de voltar pra casa, um bêbado tentou fazer ela sentar no seu colo. Um desses caras nojentos, tirando onda, se amostrando pros amigos, achando muita graça das suas próprias asneiras.

— Venha pra cá, menina.

— Não.

— Venha cá, bonitinha, qual é seu nome?

— Não quero, porra!

— Venha, eu disse!

O cara a puxou, pegou ela pela cintura e tentou botá-la no seu colo. A Maria Aparecida sentiu as mãos do homem na sua pele, o bafo de álcool, viu os olhos vermelhos e a risada escrota, e pirou. Deu ataque, trucutru. Bateu na cara dele com todas suas forças, quebrando seus óculos, e se soltou, e quando ele tentou pegar ela pelo braço, jogou a mesa em cima dele, com garrafas, copos e tudo o mais. Depois se picou feito doida, os homens todos atrás dela, xingando, furiosos.

— Filha da puta!

— Vagabunda!

— Pegue a desgraçada!

Um bando de bêbado abestalhado não ia pegar nunca, veja só! Se enfiou num beco, desceu pra Baixa de Sapateiros, subiu pra Saúde e foi andando até a Calçada, onde pegou um ônibus para a favela.

Quem dançou foi o Pedrinho. Não teve como segui-la, ficou por aí. Maria Aparecida ficou doidinha de preocupação, mas não tinha jeito de voltar, os caras pegariam ela com certeza. Só de pensar nas mãos daquele vagabundo, dava vontade de vomitar. O jeito era esperar que o Pedrinho fosse esperto, que descesse o elevador Lacerda e pegasse o ônibus no Comércio, como faziam todos os dias. Com certeza apareceria lá em casa.

Mas não apareceu.

Quando o pai soube que ela voltou sem o Pedrinho, arrebentou ela toda. Foi muito pior que as outras vezes, o homem estava enlouquecido, gritava feito doido e batia, batia, parecia que nunca ia parar de bater. Era tapa, murro, pontapé, arrastava a menina de um lado pra outro, pegava pelos cabelos, jogava no chão, até que a Maria Aparecida não conseguiu mais se mexer, ficou encolhida num canto esperando, quem sabe, a morte chegar. Desgraça do homem nunca tinha se preocupado com o menino, nunca tinha nem pensado na sua existência, e agora fazia essa presepada toda porque seu filho tinha se perdido.

— Vagabunda! — gritava. — Você vai me pagar, sua desgraçada! Puta, descarada, você fica se roçando com turista e esquece que tem irmão, sua vagabunda. Se eu não achar o Pedrinho você tá morta, tá entendendo? Morta!

Largou Maria Aparecida toda quebrada e foi pro centro procurar o menino, mas não o achou e voltou caindo de bêbado, se jogou na esteira e apagou sem falar uma palavra. Maria Aparecida não pôde sair de casa durante vários dias, estava toda moída, com o corpo todo roxo e dolorido, vai ver se não quebrou alguma coisa. Ela estava muito mal, muito mal mesmo, mas o pai não quis levar ela pro médico, por medo de que desconfiassem que ele tinha batido, e pior, que descobrissem que ela era violentada. De jeito que ela teve que segurar as dores do corpo e da cabeça que estava estourando, a febre, o delírio, o medo, jogada ali numa esteira suja sem ninguém para cuidar dela. E o pior: o pavor de nunca mais ver o Pedrinho, o pânico de alguma coisa de ruim ter acontecido com ele, o horror de achar que ela o tinha abandonado e o menino estava sozinho, perdido, morrendo de medo. Só queria poder levantar, sair dessa casa do inferno e ir ao centro procurar por seu irmão, e ficava pirada por não conseguir se mexer, queimando de febre, rezando, pedindo a Deus que a perdoasse e lhe trouxesse de volta o Pedrinho.

Três dias depois, a febre passou e ela se arrastou de qualquer jeito até o ponto de ônibus e foi até o Pelourinho para procurar o menino. Andou por tudo quanto é canto, falou com os moleques e o pessoal dos bares, mas ninguém sabia de nada, o Pedrinho tinha sumido mesmo, ninguém o tinha visto desde aquele dia.

Quando voltou, já eram quase oito da noite, o pai já estava em casa, comendo sozinho. Pensou que ia apanhar, mas ela não estava nem aí. Mal conseguia caminhar. Nem olhou pra ele e foi se deitar, achando que o cara ia pegar ela pelos cabelos a qualquer momento e ia começar a bater. Mas não aconteceu nada, o pai ficou na dele e ela pegou no sono. Só acordou mais tarde quando seu pai a virou de frente, tirou seu short e se enfiou nela, coisa que não tinha feito nesses últimos dias, mas ela nem se importou, ficou ali jogada como carne morta, carne de açougue, já nada importava. Sem o Pedrinho, que é que podia importar?

A partir daquele dia, o pai pegava ela a toda hora, em qualquer lugar, de qualquer jeito. Não tinha mais que ter cuidado para não acordar o Pedrinho, metendo nela de ladinho sem fazer barulho, sempre à noite, sempre escondido. Agora não, agora podia fazer tudo o que lhe dava na telha, pegava ela sentada na cadeira, de quatro no chão, de bruços na mesa, forçava ela a chupá-lo. Sempre que batia nela, a violentava. Batia, jogava ela na esteira, arrancava sua roupa e a estuprava com violência. Bater e estuprar, como se uma coisa fosse parte da outra, coisas inseparáveis.

Até o dia que ela não aguentou mais. O cara chegou bêbado, brigou com ela, lhe deu um tapa na cara e um soco na barriga, arrancou sua roupa, botou ela de quatro e a penetrou por trás. Foi tanta a dor, tanta a humilhação, tanto o desespero, que foi só ele sair de manhã para o trabalho, que ela se mandou do jeito que estava, com a roupa do corpo, e foi parar na igreja da Barroquinha, onde eu a encontrei naquele dia em que o pessoal do Linguiça me arrebentou.

Maria Aparecida. Sempre me recusei a chamar ela de Cida, Cidinha... O nome dela é Maria Aparecida, nome bonito, elegante, à altura dela.

Maria Aparecida apareceu na minha vida assim de repente e tudo, tudo mudou. Eu antes não ligava pra nada, sabe, levava a vida do jeito que vinha. Desde que minha mãe se juntou ao meu padrasto, desde que eu comecei a ver ela apanhar todo dia, desde que o filho da puta começou a me pegar, quando eu tinha apenas seis anos, desde que minha mãe tomou ódio de mim e meus irmãos começaram a me pirraçar e a me chamar de bicha, desde que eu tomei coragem e fugi daquele inferno para nunca mais voltar e mandei todos pro diabo que os parta... desde então, eu nunca mais quis pensar muito nas coisas e nem me ligar em ninguém. Não estava nem aí pra nada, era só viver, sobreviver, comer o que desse pra comer, dormir em qualquer canto, me meter em qualquer malandragem só pra curtir. Só não mexia com a turma do Linguiça e muito menos com marginal pesado, não por consciência, escrúpulo, moral e essas coisas, mas por medo mesmo, porque esse negócio de levar tiro e facada não é comigo não, tinha um medo do caralho desse povo mau-caráter que matava por qualquer coisa. Também não me viciei em cola, crack e essas merdas todas, porque não tinha nenhuma intenção de acabar como esses moleques que a gente vê todo dia, mortos ambulantes, zumbis, gente que não é mais gente, bichos famintos com os olhos perdidos no espaço. Ficava na minha, pedia esmola, roubava, lavava carro, vendia maconha, arrumava putas pros turistas. E tinha camaradas, conhecia um bocado de gente, mas não me ligava em ninguém. Conhecia algum moleque, a gente se dava bem e ficava curtindo um tempo, mas depois ele sumia, a polícia levava, morria por aí, se mandava pra algum canto, se perdia nas drogas, entrava na malandragem... tanto fazia, eu não queria nem saber, era sempre a mesma coisa, todo o mundo sumia, a vida era assim mesmo, pra que ficar se apegando? Só o Maruim, o Calungo e o Melê eram camaradas de verdade, aí sim, se algo acontecesse com eles, eu ia ficar muito mal, mas por isso mesmo eu tentava não ficar muito ligado, a gente se via uma vez na vida, outra na morte.

Aí, chegou a Maria Aparecida e tudo mudou. Vai saber o que foi que deu em mim. Endoidava só de pensar que alguma coisa de ruim pudesse acontecer com ela. A melhor coisa do mundo era ver ela feliz, dando risada, falando besteira. O pessoal ficava enchendo o saco. "Tá apaixonado, heim, Betinho?" pirraçava o Maruim, e a Maria Aparecida ficava me olhando meio sem graça, meio gaiata.

Apaixonado, apaixonado... Como é isso? Eu sou viado, não gosto de mulher, gosto é de homem. Homem forte, gostoso, bonitão, aí sim, eu fico com um frio na barriga... mas mulher... Não, rapaz, a Maria Aparecida era, sei lá, irmã, filha, pedaço de mim. Eu sabia, entendeu? Ela não precisava dizer nada, podia ficar contando história de baronesa, disfarçar de todo jeito, mas eu sabia. Sabia... Quando ela ficava ensimesmada, deitada ali num canto, olhando pro teto, numa solidão de doer o coração... quando ela chorava sem motivo nos momentos mais esquisitos e não conseguia parar... e até quando dava trucutru, fazia um zuzuê do caralho, quebrava tudo, batia, xingava... eu sabia. E aí dava um negócio em mim que eu não sei nem explicar. Não sei mesmo, até porque o que não falta é gente com as mesmas histórias. Tanto pivete por aí endoidecido por causa dos pais, tios, irmãos, primos, vizinhos, avôs, o diabo a quatro, que ficam fazendo sacanagem com eles desde pequeninos, e isso dá no que dá, não tem jeito, a gente fica assim meio desvairado, meio desmiolado, alguma coisa se quebra na gente, e a gente vai andando, vai driblando, vai levando a vida do jeito que pode, e até parece que já esqueceu tudo, mas, lá no fundo, o negócio fica engasgado, se retorcendo, fedendo, enchendo o saco pro resto da vida. É isso, não podia imaginar alguém fazendo uma coisa dessas com a Maria Aparecida. Com todas as outras crianças que eu conhecia, comigo mesmo, sei lá, nunca nem questionei, a vida é do jeito que é, as coisas acontecem e pronto. Mas com a Maria Aparecida, com ela não, diabo, ela não tinha por que passar por essas coisas, porra... ficava revoltado; só de pensar, ficava com um ódio do cão.

Talvez tenha sido por isso que eu decidi cuidar dela, fazer por ela tudo o que ninguém nunca fez por mim. Só que nada na vida é simples, sabe? Sempre tem alguma complicação pra atrapalhar a gente. Ela era mulher, eu era homem. Quer dizer, mais ou menos. Deus fez uma bagunça retada, misturou tudo, botou tudo no lugar errado. Eu até queria entender por que é que Deus inventou esse negócio de sexo. Nunca deu certo, só tem dado problema, desde a Criação até hoje, só deu pepino. Eu, se fosse Deus, não inventava um negócio desse, de jeito nenhum, imagine só como seria maneiro o mundo sem sexo, nada de estupros, brigas, guerras, apaixonamentos fora da hora... todo mundo numa boa. Mas não, vai e inventa uma coisa dessas pra atrapalhar a vida de todo mundo, e ainda por cima erra na hora de botar as coisas no lugar, faz uma confusão da zorra. Parece até que está curtindo com a cara da gente!

Mas nada disso me passou pela cabeça naquela época. Naquele tempo, a única coisa que me interessava era que eu estava curtindo pra caramba viver com essa menina, como se pela primeira vez minha vida tivesse um sentido, como se minha verdadeira vida tivesse começado naquela manhã, quando a vi dormindo encolhida na ruína da igreja da Barroquinha.

A gente bagunçou, brincou, fez tudo quanto é coisa juntos, naqueles tempos maravilhosos do cine Roma. Era lindo ver ela curtindo com tanta alegria. Ela também renascia, acho que nunca tinha vivido tanta coisa boa desde que sua mãe adoeceu. Éramos a gangue de cinco: quatro viados e uma menina, aprontando pela cidade. Catávamos siri na maré da Pedra Furada para vender nos restaurantes, vendíamos fitinhas no Bonfim, pedíamos esmola, roubávamos o que dava pra roubar nas praias da Boa Viagem e da Ribeira. Passávamos os dias numa curtição deliciosa sem pensar em mais nada, deixando a gostosura dos dias molhar nossas peles como a água do mar. Vida boa, lá em Itapagipe! Mas, você acha que eu ia deixar minha menina crescer toda tabaroa nesse mundinho da Cidade Baixa? De jeito nenhum, a baronesa de Itaparica ia conhecer o mundo, e quem melhor do que o barão do Rio de Janeiro para mostrá-lo? De jeito que íamos à Barra, sobretudo nos fins de semana, e enquanto os meninos procuravam clientes no Porto da Barra, eu e ela brincávamos de pular do píer do forte, corríamos pela praia feito doidos e eu lhe ensinava a dar salto mortal e outros movimentos de capoeira. Inventávamos histórias para conseguir esmolas e, assim, comprar um acarajé, que comíamos com tanto prazer, como se fosse o maior dos manjares. Ela era uma cega perfeita, virava os olhos pra cima e andava se batendo nas pessoas, enquanto eu, paraplégico desconjuntado, a guiava direto para os turistas mais desavisados, arrastando uma perna e fazendo caretas de doido. Outras vezes, quando algum cobrador camarada deixava a gente entrar sem pagar, pegávamos um ônibus e subíamos pela orla, até Itapoã. Haja mundo, rapaz, ela nunca tinha visto tanta coisa, tanto edifício, tanto carro, tanta gente bonita nas praias. Eu e ela andávamos todos esfarrapados, nossas roupas estavam um lixo, e o povo ficava nos enxotando das praias mais bacanas e nos chamando de ladrões, mas a gente não ligava não, ficávamos até provocando, só pra ver a cara de desconfiança do pessoal, que logo pegava suas bolsas e carteiras quando via a gente se aproximar. Aí, só pra pirraçar, fazíamos a nossa encenação, a cega e o paraplégico choramingando, até que chegava o garçom e nos botava pra correr à base de ameaças e empurrões.

Na volta, depois de muito curtir e muito bagunçar, voltávamos todos felizes, batucando no fundo do ônibus, e Maria Aparecida dançava e dançava, sem se importar com os olhares do povo, que não gostava que a gente fizesse tanta zoada.

Maria Aparecida gostava muito do pessoal, sobretudo do Maruim, com suas brincadeiras e gaiatices, se fazendo de bicha louca. Lembro-me bem do dia que ele inventou de montar um show para ela. Eu queria fazer algo especial, ela tinha andado toda amuada esse dia porque, na praia da Ribeira, tinha visto um menino que parecia muito com o Pedrinho. Ficou doida de alegria, saiu correndo gritando seu nome, mas quando viu que não era ele, ficou desesperada, chorou muito e andou o resto do dia deprimida e triste. Por isso, à noite, eu quis fazer alguma coisa para alegrá-la e o Maruim inventou de fazer um show.

Conseguimos um bocado de velas, não me lembro nem onde, um lençol velho como cortina, uns microfones de mentira. Aí, arrumamos o palco do cinema como se fosse teatro, com pedaços de papelão, tralha velha, pedaços de pano... uma beleza, tudo iluminado por velas por tudo quanto é canto. Sentamos a Maria Aparecida bem no meio da plateia... um espetáculo inteirinho só pra ela. O Melê e o Calungo eram os músicos, arrumaram um monte de tralha pra fazer barulho e foram sentar num canto do palco. Começou o batuque, uma zoada do inferno, abriu-se o telão e aparecemos eu e o Maruim, vestidos de mulher, enfeitados com penas e flores de todas as cores... O Maruim colecionava vestidos, alguns ele pegava no lixo, mas também conseguia de pessoas do bairro que ele conhecia e até de alguns clientes. Demos um show de foder: eu era a Marilyn Monroe, o Maruim, a Carmem Miranda, e embora a Maria Aparecida nunca tivesse ouvido falar de uma ou de outra, se dobrava de rir das nossas palhaçadas. Era um negócio esquisito, tudo improvisado, a gente cantava e dançava, depois o Calungo aparecia caminhando pelo palco com jeito de malandro e as duas ficávamos apaixonadas por ele, e aí era a briga, a gente se xingava de todos os jeitos, se pegava pelos cabelos, tinha tudo quanto é baixaria, mas no final fazíamos as pazes e decidíamos compartilhar o galã, só que ele resultava ser viado e lá se ia com o Melê, enquanto nós duas ficávamos chorando no palco, até que o Melê puxava a cortina e o show acabava. A Maria Aparecida curtiu que você nem imagina, ria e ria... ela era nossa princesa, nossa rainha... a baronesa de Itaparica transformada em rainha do Cine Roma. Quando terminou o show, o Maruim apareceu com um pacote embrulhado em papel de jornal.

— Um presente de aniversário para a rainha do Cine Roma...

— Aniversário? — riu Maria Aparecida. — E eu tenho aniversário? Nem sei quando é.

— Pois a gente decidiu que hoje é seu aniversário. A partir de hoje, você faz aniversário no 2 de fevereiro.

Era o vestido mais bonito do Maruim. Tinha ganho de um rapaz que ele tinha namorado um tempo atrás. Na verdade, era um cliente que gostava de vê-lo vestido de mulher e lhe deu vários vestidos. A Maria Aparecida ficou doidinha de alegria, não podia acreditar numa coisa dessas... ela, com um vestido de rainha! Foi logo botar e o Maruim arrumou seu cabelo com um pano vermelho. Que coisa mais linda! Você não sabe de nada, rapaz, ninguém viu beleza se não viu a Maria Aparecida. Todos ficamos de queixo caído. Como pode, né, uma menina de rua, toda esfarrapada, se transformar desse jeito? Ficamos todos brincando no palco, fazendo de conta que éramos artistas, rindo, cantando e dançando. O Calungo tirou um baseado que ganhou de um cara lá na Barra, e passamos uma das melhores noites da minha vida... meus camaradas, minha rainha, que mais é que a gente pode querer na vida?

Essa noite, quando a gente deitou pra dormir, o Melê e o Calungo ficaram namorando num canto. Desde que a gente chegou, eu pedi pro pessoal não fazer sacanagem na frente da menina. Cara de pau, né? Chego convidado na casa dos outros e já vou botando regras. Mas eles entenderam, são chapas bacanas. Ficaram rindo da minha cara, me chamando de careta, mas nunca mais fizeram nada na frente dela. Quando estavam com vontade, iam lá pra cima, pro mesmo quartinho onde o Capitão Gay levava a vítima do dia. Mas, naquela noite, com a alegria, com a maconha, com o astral tão gostoso que estava, não teve jeito, e eu não ia cortar o barato de ninguém. Deixei pra lá. O Maruim ficou me olhando quando eu estava apagando as últimas velas; estava a fim de ficar comigo, e eu, na verdade, também, mas a menina estava ali e tava ligada. Era ciumenta, não tinha jeito de eu fazer nada quando ela estava por perto, nem que fosse pra ir no quartinho de cima. De jeito que apaguei as velas e fui deitar no meu canto, perto do lugar onde ela já estava deitada. Na escuridão, só se ouviam os suspiros apagados do Melê e do Calungo e os ratos roendo o papelão velho. Não conseguia dormir, fiquei ali olhando pro ponto de luz que entrava pelo buraco lá em cima, ouvindo os meus colegas namorando e pensando em Maria Aparecida. De repente, ouvi que alguém levantava, se aproximava de mansinho e ia se enfiando embaixo do lençol comigo. Era ela. Tinha tirado o vestido e agora estava com uma velha camisa de homem que lhe chegava até os joelhos. Deitou no meu ombro, me abraçou com braços e pernas e ficamos assim, entrelaçados, sem falar nada. Vi que estava chorando, suas lágrimas molhavam meu peito, seus braços me apertavam com força, quase desesperados, enquanto eu alisava seu cabelo e sentia crescer em mim uma coisa doida, uma mistura de tristeza, alegria, loucura e vertigem.

— Obrigada, Betinho — disse baixinho. — Obrigada. Eu te amo.

E dormimos assim, o calor dos nossos corpos esquentando nossas almas e espantando a solidão.

Voltar para esses tempos e ficar lá, não crescer, não fazer mais nada... Eu, por mim, ficava o resto da vida ali, deitado no escuro com a Maria Aparecida, alisando seu cabelo e ouvindo essas palavras... Mas é besteira a gente querer que o tempo pare e que o mundo deixe de rodar, a vida é assim mesmo, vai andando, andando... Não existe esse negócio de eternidade, eternidade é o que a gente leva por dentro, a lembrança desse momento, o carinho que preenche tudo e uma alegria tão grande que a gente não precisa de mais nada na vida.

Eu pensei que, com o tempo, a Maria Aparecida ia esquecer ou, pelo menos, ia aceitar a falta do Pedrinho. Pensei que, com o tempo, deixaria de doer dessa forma tão terrível. Mas foi o contrário. Conforme passava o tempo, ela ficava mais e mais angustiada. Eu e os meninos ficávamos fazendo de tudo para distraí-la e, de fato, ela curtia todas as nossas aventuras, mas era só ela ficar quieta um tempinho que começava a entrar em parafuso. Explodia por qualquer coisa, gritava, xingava, ou simplesmente ficava no cantinho dela, sem querer falar com ninguém. Quando estava desse jeito, era tudo minha culpa.

— Você é que não quer me ajudar, desgraça!

Ela queria porque queria que eu fosse com ela ao Pelourinho para procurar o Pedrinho. Ela já tinha ido sozinha ou com algum dos meninos algumas vezes, mas achava que só eu podia achar o seu irmão, vai saber por quê.

— Você conhece todo mundo, Beto, esses meninos não estão com nada, ficam rodando feito bestas e não adianta nada. Preciso de você, porra, mas você não tá nem aí, né? Você só pensa em você!

— Como eu só penso em mim, diabo? Cê acha que eu não quero te ajudar? Eu não posso, porra, se eu aparecer por lá o Zequinha manda me furar.

— Você é viado mesmo...

— Posso até ser, mas que é que isso tem a ver?

Lógica de mulher é um negócio que eu nunca entendi, dá nó na cabeça. Muda de uma coisa pra outra e nem adianta ficar discutindo. Besteira minha foi admitir que eu era viado. Ela sabia, mas eu admitir, isso ela não aceitava mesmo não. Ficava invocada, fora de si, como se fosse uma ofensa pessoal.

— É viado, né?! É por isso que você não me ajuda, cê tá no bem bom dando o rabo pro nojento do Capitão Gay, né, sua bicha bonitinha? E quem se fode sou eu, mas você não tá nem aí.

— Oxente, Maria Aparecida, que é que tem uma coisa a ver com a outra? Não precisa falar comigo desse jeito!

— É assim mesmo, sua bicha fedida! Vai lá se agarrar com seus viados, eu me viro sozinha.

— Não tem nada a ver cê ficar falando isso. Cê tá cansada de saber que eu não posso ir lá por causa do Zequinha. Ou cê tá querendo me ver morto?

— Morto uma ova, se você fosse homem de verdade, o Pedrinho estaria aqui com a gente!

— Venha cá, cê tá muito nervosa. Vamos dar um jeito, prometo que vou dar um jeito.

— Jeito o caralho! Você não presta pra nada! Saia daqui, não me toque, desgraça!

E por aí vai. Um inferno. Até os meninos ficavam sem graça.

Depois, é claro, quando passava o ataque, ela ficava numa tristeza de dar dó, se achando o cão em pessoa. Ficava toda amuada, se arrastando pelos cantos, sem conseguir nem olhar pra mim, e eu tinha que fazer de tudo para ela voltar a sorrir. Brincava, contava piadas, fazia besteiras, levava ela pra algum lugar que ainda não conhecia... dava um trabalho da zorra, mas aos poucos ela ia se acalmando. E, quando finalmente sorria, era como se o mundo todo se iluminasse de repente. Se jogava nos meus braços, pedia desculpas, chorava, e depois ficava nessa sua alegria doida que eu tanto gostava, numa agitação que só, vamos pra cá, vamos pra lá, não me deixava tranquilo... haja energia! E assim a gente passava os dias, pra cima e pra baixo, pra cima e pra baixo, na montanha russa da sua piração.

Um dia, chegou o Capitão Gay mais cedo que de costume e me chamou pro quartinho de cima. Lá fui eu, resignado, enquanto a Maria Aparecida ficava lá embaixo com uma cara de ódio. Era sempre assim, chegava o Capitão e ela ficava muda, transtornada, olhando pra gente furiosa. Era difícil saber de quem ela tinha mais ódio, se do Capitão ou de mim. Quando eu voltava, ela não falava comigo, não falava com ninguém, ficava nesse mutismo às vezes até o outro dia. Eu detestava o tal Capitão, mas não tinha jeito, era o preço que tinha que pagar, de jeito que não pensava muito no assunto, segurava o nojo, deixava ele fazer o que tinha que fazer e não encompridava a conversa. Ele gostava de me humilhar, me forçava a fazer tudo quanto é coisa, mas eu não sou besta, fazia de conta que não me incomodava com nada e aí a brincadeira perdia a graça, me largava e se mandava sem encher muito o meu saco.

Mas, naquele dia, ficou ali deitado no sofá, pelado, fumando um cigarro.

— Sente aí que eu quero falar com você — disse quando eu já estava saindo.

— É o quê, Capitão?

— Sente aí, rapaz. Tá afim de ganhar uma grana?

— Depende.

— Tenho dez contos pra você.

Fiquei calado. Dez contos, pra quem não tem onde cair morto, é uma fortuna. Mas, vindo dele, só podia ser alguma sacanagem.

— E então?

— Pra fazer o quê, Capitão?

— Você, nada. Eu quero a menina.

— Como assim, a menina? — perguntei espantado.

— Tenho uns camaradas que trabalham com turismo. Sempre vem gringo que gosta de sair com meninas bonitinhas como essa... qual é o nome dela?

— Maria Aparecida — falei sem olhar pra ele, meu coração querendo sair pela boca.

— Maria Aparecida... que nome horroroso! Mas enfim, uma menina dessas vale ouro... só tem que trocar o nome... Tem dez contos pra você e dez pra ela por cada gringo que ficar com ela.

Fiquei calado, minha cabeça girando como num pesadelo, um ódio violento crescendo dentro de mim. Como eu não respondia, o Capitão continuou:

— Dez contos pra cada... Amanhã eu pego ela. E veja como você faz para ela se comportar direitinho. Não quero confusão.

Eu não me mexia, não conseguia nem pensar.

— Ela não faz isso não, Capitão — disse enfim com uma voz agressiva, cravando uns olhos irados nele. Mas ele fez de conta que não percebeu o ódio na voz ou no olhar.

— Faz sim, não tem garota que não faça.

— Faz não, Capitão! Ninguém mexe com ela, tá entendendo? Ninguém mexe com ela! — gritei.

Eu estava virado, teria furado os olhos dele naquele momento. Mas o Capitão só deu risada, ficou olhando pro teto.

— Esse Beto... engraçado, esse rapaz...

Levantou devagar, sorrindo, mexendo a cabeça como se achasse tudo muito divertido, e de repente me deu um murro no estômago que me derrubou no chão. Pegou o revólver e botou na minha testa, enquanto eu tossia desesperadamente, tentando respirar.

— Olhe bem, seu filho da puta. Eu não estou perguntando, estou mandando. Ouviu, sua desgraça? Não se meta comigo, se não quiser levar um tiro, e sua namoradinha também. Amanhã eu quero ela pronta às seis. Vou levar ela pra tomar um banho e se arrumar, porque fedida desse jeito ninguém chega perto. E dê graças que eu ainda sou generoso e vou te pagar, que por mim eu acabava com você agora mesmo e me livrava de problemas. Tá entendendo, seu imbecil? Amanhã eu quero ela às seis. E vê se você não me apronta uma, seu filho duma desgraça! Eu acabo com você! Tá ouvindo?!

Ô vida do caralho. Acabaram os bons tempos, acabou a mordomia. A gente tinha que se mandar, nem fodendo eu ia deixar alguém fazer sacanagem com a Maria Aparecida. Mas, pra onde é que a gente ia? No centro, nem pensar. Na Barra, também não dava, o mesmo pessoal do centro circulava por lá, e uma coisa era passar o dia na praia, sempre ligado no movimento, e outro era dormir na rua, onde eu podia ser esfaqueado e ninguém nem ficaria sabendo. Decidimos pelo Rio Vermelho. Tinha o largo da Dinha, o Mercado do Peixe, a gente podia pedir esmola, pegar as sobras da comida que o pessoal jogava fora, se virar de qualquer jeito. Saímos cedo porque eu estava com muito medo do Capitão aparecer por lá antes da hora e a gente se ferrar. Os meninos foram com a gente pra se despedir. Foi um negócio triste como o quê. Sabíamos que a gente não se veria tão cedo.

Tempos difíceis pra zorra. Engraçado como a gente vai mudando, né? Eu já tinha passado por tanta coisa pior, mas nunca tinha me preocupado. Levava um dia de cada vez, não pensava em nada. Futuro? Que diabo de futuro, rapaz, isso não é coisa que se pense quando você está na rua. Mas, agora, com a Maria Aparecida, pensava, sim, no futuro. Pensava em tudo, dava uma agonia retada.

Dormíamos na Rua do Meio, na porta de uma loja de informática, e passávamos o dia procurando comida. Íamos nadar na praia do Rio Vermelho ou da Paciência, e às vezes íamos à Barra, esperando encontrar nossos camaradas. Mas era difícil eles estarem por lá. O mundo deles era mesmo a Cidade Baixa, se apareciam na Barra era para fazer programa lá de vez em quando, e a gente quase nunca se batia. Foi um tempo esquisito demais. Estávamos tristes, apagados, sentindo uma falta retada do pessoal do Cine Roma e passando umas dificuldades do caralho, catando comida até no lixo, sujos e mais esfarrapados ainda do que antes. E, ao mesmo tempo, foi um tempo bacana, um tempo que eu nunca vou esquecer, porque éramos só nós dois, eu e ela, tentando sobreviver no dia a dia, compartilhando a comida, o cantinho na porta da loja de informática, a solidão e a miséria. A gente quase não brigou, naquela época, e quando ela me via preocupado e triste, ela tentava me alegrar como eu antes fazia com ela, brincando, falando besteira, inventando molecagem para a gente se divertir. À noite, dormíamos agarradinhos, como irmãos, como se sempre tivéssemos estado juntos e nunca mais a gente fosse se separar.

Foi no carnaval que eu tive uma ótima notícia. Estávamos na Barra, catando latas de cerveja para vender, arrastando dois sacos imensos no meio da muvuca, quando me bati com um dos moleques do Campo da Pólvora.

— E aí, rapaz, tá sumido, né?

— Tô, velho, tô por aí.

— Cê soube que despacharam o Zequinha?

— Como é?

— Mataram, rapaz, deram fim, já tem duas semanas.

— Cê tá brincando... Como foi? Quem matou?

— Ninguém sabe. Acharam ele todo furado lá em Brotas.

Fiz de conta que não dava muita bola, mas foi só o menino sair que peguei Maria Aparecida nos braços e rodei, rodei, rodei, e depois puxei ela pelo braço e saímos pulando atrás do trio elétrico...

— As latas, seu doido! — gritou ela, rindo.

As latas que se fodam, hoje vamos curtir, celebrar, dançar até o sol raiar, mesmo com o buraco na barriga, foda-se tudo, somos livres, chega de medo, chega de preocupação! Agora podíamos voltar pro centro, sair procurando o Pedrinho, voltar à vida que eu conhecia!

Nessa mesma noite a gente foi pro Pelô, andando desde a Barra, levando cotovelada, empurrão, porrada e tudo o mais, esmagados pelo povo, pulando atrás da Timbalada. O Pelô estava uma beleza, todo decorado, gente por tudo quanto é canto. Maria Aparecida estava encantada, nunca tinha visto o Pelourinho tão bonito. Aliás, nunca tinha visto o carnaval e estava achando tudo um barato, queria ficar pulando o tempo todo. Encontrei um bocado de gente que eu conhecia, matamos saudades, botamos as notícias em dia. Saímos perguntando pelo Pedrinho, mas não adiantou nada. Na confusão do carnaval, ninguém sabia nem queria saber de nada, estava todo mundo muito ocupado na farra ou tentando ganhar uns trocados de qualquer jeito, não é todo dia que tem carnaval e tem que aproveitar.

— Não esquente não — falei pra ela. — Depois do carnaval a gente acha.

E ela aceitou numa boa. Com certeza, depois do carnaval a gente acharia. Ela tinha uma fé cega em mim, tudo o que eu falava era verdade absoluta. Coitada, se soubesse que eu não acreditava em nada disso... Mas, como é que eu ia falar uma coisa dessas? Não podia tirar a esperança dela, né?

A gente arrumou um cantinho pra dormir na Baixa de Sapateiros e passamos o resto do carnaval catando latas de cerveja, se virando pra arranjar comida e curtindo a muvuca. Mas, quando chegou a quarta-feira de cinzas e o Pelourinho amanheceu tranquilo, o pessoal da limpeza passou lavando o chão com jatos de sabão e, na igreja de Rosário dos Pretos e na Catedral, se ouviram as missas, a Maria Aparecida me pegou pelo braço com um olhar ansioso, com uma alegria de expectativa, com a impaciência de quem sabe que vai ganhar um presente que há muito tempo estava esperando, e me disse, toda sorridente:

— Vamos procurar o Pedrinho?

— Vamos — respondi sorrindo, com um nó na barriga.

Nada, nada, nada... Ninguém viu. Que menino? Ah, sim, um engraxate? Acho que eu lembro... não, não vi não. Um branquinho, né? Não, cara, preto preto, desta cor, ó, o irmão desta menina. Ah... não, então não sei não. Fomos ao Juizado de Menores, ninguém sabia de nada. Qual é o nome? Pedro. De quê? Dos Santos. Pedro dos Santos. Não, não teve Pedro dos Santos nenhum. Perguntar mais pra quem? Fomos de loja em loja, de bar em bar, não teve um comércio onde a gente não perguntou, embora de muitos lugares tenhamos sido enxotados na porrada sem conseguir nem falar. Menino de rua não é bem gente, todo o mundo sabe disso. Uma moça ficou com pena, acho que trabalhava num projeto desses que ajudam moleques como a gente, e ficou pra cima e pra baixo conosco, mas nem ela conseguiu saber nada. Ninguém tinha visto mesmo, o menino sumiu, evaporou no ar. Como é possível uma coisa dessas! A Maria Aparecida estava doida, sentou pra chorar no meio da rua, desesperada.

— É minha culpa, é minha culpa! — ficava repetindo.

Ficou tão deprimida que eu não sabia mais o que fazer. Não queria saber de nada, não queria nem se mexer. Passou o dia todo calada, apática, parecendo robô, como se tivesse morrido e o corpo dela andasse vazio e sem alma, sem pensar, sem sentir, sem desejar, sem se importar com nada.

Essa noite a gente mudou da Baixa de Sapateiros pro largo do relógio de São Pedro, na Avenida Sete de Setembro. Era lá que eu morava antes de ter que me mandar pra Cidade Baixa, antes de eu conhecer a Maria Aparecida. É um ótimo lugar pra morar. É sujo e fede pro diabo, mas o pessoal é quase todo gente fina, tem muito velho, alguns doidos que não fazem mal a ninguém e um bocado de criança, muitas famílias, muita gente do interior, que vem à cidade para ganhar uma grana e termina jogada por aí, sem um centavo, sem teto e sem jeito de voltar. Lá de vez em quando chega algum malandro, algum cara viciado em droga ou algum marginal, mas eles não ficam muito tempo, marginal não gosta de gente pacata, gosta de confusão e baderna e lá não tem nada disso.

O pessoal me recebeu com alegria e a velha Martinica fez uma festa danada, gostava muito de mim. Foi bom demais matar saudade. Muitas pessoas já não estavam e tinha outras novas, mas isso é normal, é sempre assim. O pessoal que me conhecia fez um bocado de perguntas, e fiquei contando nossas aventuras na Cidade Baixa um tempão, exagerando nas coisas mais gostosas e contando muito caso engraçado, para tentar alegrar a Maria Aparecida, que estava toda murcha. Contei a história do show e de como tínhamos batizado ela de "rainha do Cine Roma", e todo mundo achou um barato e começaram a chamar ela assim. Eu estava curtindo demais ser o centro de atenção, até porque a Maria Aparecida estava impressionadíssima de ver que eu era um cara tão importante. Também fiz questão de perguntar sobre o Pedrinho, mas ninguém sabia sequer de quem eu estava falando. A velha Martinica ficou com pena da Maria Aparecida e tentou distraí-la contando as histórias doidas dela, de quando era puta nos tempos gloriosos da Ladeira da Montanha, mas foi interrompida por dois guris pequeninos que eu não conhecia e que ficaram empolgadíssimos com a história do sumiço de Pedrinho e começaram a discutir, quebrando a cabeça sobre o que poderia ter acontecido com o menino e como é que a gente poderia achar. Depois, passou o carro dos espíritas repartindo sopa e fomos todos correndo pra encher a barriga.

Isso tudo, as boas-vindas do pessoal, os casos da doida Martinica, a empolgação dos guris, o novo ambiente, a sopa esquentando nossos corpos e renovando nossas energias, fez com que a Maria Aparecida ficasse menos triste. Arrumamos umas caixas de papelão e fomos procurar um cantinho onde dormir. O meu antigo lugar, na frente da farmácia, já estava ocupado por uma família que tinha chegado de Jequié há umas semanas, de jeito que tivemos que nos ajeitar num canto com fedor de mijo, mas não muito ruim. Eu ensinei ela a construir uma casinha, empilhando as caixas de jeito a fazer um abrigo onde cabíamos os dois apertados. Quando finalmente nos acomodamos na nossa nova casa e fechamos a "entrada" com uma caixa, ela deitou a cabeça no meu ombro, como sempre fazia. Estava emocionada: triste, alegre, confusa, sem saber o que fazer com essa vontade de chorar que trazia atravessada na garganta.

— A gente nunca vai se separar, né, Betinho?

— Nunca, rainha. Nunca.

Ficamos quase um ano morando no largo do relógio de São Pedro, nessa nossa casa improvisada de papelão, deixando a vida correr, se virando pra comer e ganhar uns trocados. Vida complicada nas ruas, sabe... vida de cão. Mas, naquele tempo, a gente nem pensava muito na questão. Era o que era, só isso. Vida de pivete, vida de meninos de rua. A gente curtia, só fazia o que nos dava na telha e não tinha ninguém pra ficar dizendo o que podia ou não podia fazer. Mas passávamos por muita ruindade. Sempre ligados, sempre de olho pra ninguém fazer alguma merda com a gente, sempre com fome, sujos, fedidos. É coisa. E de tanto o povo ficar tratando a gente como bicho, a pessoa começa a achar que é bicho mesmo, começa a agir como bicho, fazer qualquer besteira sem pensar em mais nada. É o cão. Mas o mais difícil é ficar centrado, não perder a cabeça, não se meter em merda que não dá em nada que preste. É... o diabo é esse: como fazer pra não virar bicho. O resto... é resto... a gente vai driblando. Se conseguir não virar bicho...

Um dia, eu ia caminhando pela Praça da Sé, quando encontrei a Perereca. Era uma menina que eu tinha conhecido uns anos atrás, novinha, bonitinha, engraçada, toda alegre, toda gaiata, uma graça. Gostava muito dela. Na época, tinha uns nove anos. Agora, doze ou treze, no máximo. Quando a vi, fiquei espantado. Estava feito um caco, parecia uma caveira, chupada de crack, com os olhos esbugalhados. Andava pra cima e pra baixo pedindo dinheiro aos turistas e convidando taxistas e vagabundos pro hotel. Fui falar com ela. Não tenho certeza de que me reconheceu, estava toda agitada, me pediu um cigarro, falei que não tinha. Olhava de um lado pro outro, suas mãos tremiam. Disse que estava fazendo programa por dez reais e chupada por cinco. Queria porque queria que eu lhe desse dinheiro.

— Me dê três real, vai, faço uma chupeta gostosa.

— Já falei que não gosto disso. Sou viado, tá ligada? Deixe de falar besteira.

— Então me dê um real pra comer.

— Cê é louca! E onde é que eu arranjo um real?

Ficou naquele chororô, dizendo que o negócio tava ruim, que estava com fome, que isto e aquilo. Estava toda acabada e confessou que tudo o que ela ganhava ela queimava no crack. Ficou falando um bocado de coisa. Disse que, muitas vezes, os vagabundos pegavam ela pra foder e depois não pagavam, batiam nela e se mandavam. Disse que tinha perdido dois dentes de uma porrada que um policial lhe deu porque ela não queria chupá-lo de graça. Arrebentou ela e depois ele e o companheiro a violentaram e a deixaram jogada na Baixa do Fiscal. Enquanto falávamos, passou um turista e ela foi atrás no meio da conversa, sem nem olhar pra mim. Fiquei com uma pena retada. Viver nas ruas dá nisso, sabe, porque a gente não é gente e o mundo inteiro sabe disso. Com certeza a Perereca estaria morta daí a um tempo, uns dias, uns meses, um ou dois anos, no máximo. De AIDS, overdose, fome ou facada, tanto faz. Fiquei abalado, abalado mesmo, andei o dia todo calado, triste, remexido, e a Maria Aparecida até brigou comigo porque achou que eu estava de mal com ela. Mas é que, porra velho, eu gostava da Perereca, achava ela linda com esse seu jeito gaiato e alegre, e agora ela estava morta, mesmo antes de morrer já estava morta. Contei pra Maria Aparecida, mas ela não deu muita bola, fez de conta que não estava nem aí.

Eu ainda estava com essa história na cabeça, ainda abalado e achando que estava tudo errado e que eu tinha que fazer alguma coisa pra tirar a gente da rua, quando eu peguei a Maria Aparecida fumando crack com uns moleques. Eu tinha ido arrumar uns baseados pra uns gringos e andava todo feliz porque tinha ganho dez contos, quando a vi sentada no passeio na Carlos Gomes, fumando com esses pivetes vagabundos. Gelei, deu um aperto violento no peito... na minha cabeça só via o rosto da Perereca todo chupado, todo acabado, e ela saindo atrás de vagabundo pra trepar por cinco, dez reais, como cão faminto atrás de um pedaço de pão. De repente, senti um ódio do diabo, um ódio louco, uma coisa que há muito tempo não sentia, desde que o Capitão Gay quis levar a Maria Aparecida. Caí em cima dos moleques com tudo, e por pouco não me dei mal. Um deles jogou uma pedra na minha cabeça e o outro puxou um canivete e me furou no braço, mas consegui dar uma rasteira nele. Não sei nem o que foi que aconteceu, mas terminei tirando o canivete do malandro e teria matado todos dois se eles não tivessem se mandado, apavorados de ver um doido enlouquecido desse jeito. Aí me virei e vi a Maria Aparecida, que me olhava com uns olhos imensos, e fiz uma coisa horrorosa. Bati nela. Bati mesmo, bati pra valer. Ela ficou apavorada, nunca imaginou que eu iria fazer uma coisa dessas. Ficou doida, como se tivesse o pai dela na frente tudo de novo. Foi horrível, não gosto nem de me lembrar. Mas, porra, que é que eu podia fazer? Às vezes dá um negócio na gente e não dá pra controlar. Eu tinha pavor de cola, crack e essas merdas todas, sobretudo depois de ter visto a Perereca e imaginado que a Maria Aparecida, minha rainha, poderia terminar desse jeito. Ela virou o cão, gritava, chorava, arranhava, mordia, esperneava no chão, e quando eu caí na real, já era tarde demais, ela estava toda enlouquecida e não tinha jeito de acalmá-la. Fiquei assustado, pedi desculpas, tentei fazer carinho nela, mas ela não parava de gritar:

— Não me toque, desgraça! Você é um filho da puta! Você é um filho da puta!

— Me desculpe... me desculpe...

— Filho da puta! Desgraçado!

Me partia o coração. De repente, levantou e saiu correndo feita doida, e eu atrás dela, o cabelo todo melado de sangue e o meu braço doendo pro diabo, implorando pra ela se acalmar. Chegou à Ladeira da Montanha, atravessou sem olhar e por pouco um ônibus não a esmagou. Correu até a Praça Castro Alves e lá tentou se jogar, mas eu consegui segurá-la. Só que aí ela entrou em pânico de novo, tentando se soltar, gritando feito doida pra eu largar ela. Eu segurava seu braço direito e ela batia no meu rosto com o outro braço enquanto gritava como se eu fosse assassino. As pessoas olhavam, e uns policiais vieram andando pra pegar a gente.

— Os tiras, porra! — gritei, e ela se soltou e se mandou correndo ladeira abaixo, e eu atrás dela.

Foi um inferno. Não faço ideia quanto tempo durou. Ela se jogava na frente dos carros, corria por tudo quanto é canto, fazia tudo quanto é loucura e não deixava que eu chegasse perto, dizia que ia se matar. Depois pegou um caco de vidro na rua e tentou cortar os pulsos. Eu segurei seus braços antes de ela se cortar, e levei chute, mordida e cuspida, enquanto tentava abrir sua mão pra tirar o vidro. Quando, finalmente, consegui, sua mão estava toda ensanguentada. Saiu correndo de novo e eu atrás... Você não faz ideia o que é isso, rapaz, a impotência, o desespero. Falava sozinha, gritava, chorava, ria, batia a cabeça nas paredes. Andamos pra caralho, não sei mais todos os lugares por onde a gente passou. As pessoas ficavam olhando e eu estava com medo de os tiras pegarem a gente e me encher de porrada achando que eu estava tentando pegar a menina. Aos poucos, depois de muito tempo, ela foi se acalmando, o medo e a loucura foram passando, mas mesmo assim não deixava que eu chegasse perto. Acho que já era de noite quando passamos na frente de uma igreja abandonada, perto da Feira de São Joaquim. Tinha uma escadaria alta que subia pro átrio lá em cima. Não sei o que foi que deu nela, ficou olhando e, de repente, subiu a escada. Ficou ali parada, olhando para a fachada com os olhos chorosos e os punhos fechados. Não se mexia, vai saber o que estava pensando, e eu não me atrevia a falar e muito menos tocá-la, não fosse ficar maluca de novo. De repente, virou pra mim e perguntou, com a voz mais natural do mundo e olhos de doida:

— Cê acredita em Deus?

— Eu sei lá — respondi confuso.

Ela fez um muxoxo[13] e voltou a me ignorar. Tentou abrir a porta, mas estava trancada. Fez um gesto de frustração e então deu a volta na igreja e foi andando pelo lado direito. Eu nunca gostei de igreja, sabe, e muito menos de igreja abandonada. Dá um negócio estranho, como

[13] Muxoxo — gesto de desdém.

se alguém estivesse me vigiando, vendo tudo o que eu faço e penso e achando que eu sou um filho da puta que não presta pra nada e que merece torrar no inferno. E depois, tem espírito, todo o mundo sabe disso, e eu não gosto de espírito. Onde tem igreja tem gente enterrada, um cara me contou isso um dia, e esse negócio de morto, na moral, não é comigo não. Já tem problema suficiente com os vivos, e ainda arruma morto pra atazanar o juízo da gente... tá doido! Tenho um medo retado. Eu não estava gostando nem um pouco de andar nesse lugar assombrado, todo caindo aos pedaços, mas não tinha jeito, discutir com a Maria Aparecida quando estava de trucutru era a mesma coisa que falar com as paredes, ou pior, porque podia endoidar de novo e começar a me bater ou tentar se jogar na pista na frente dos carros ou se cortar com um caco de vidro... De jeito que lá fui eu, atrás dela, sem falar nada, me cagando de medo.

Eu estava esperando que ela visse que não tinha nada lá e decidisse se mandar sem eu ter que falar nada, mas não é que ela achou uma porta? Diabo de menina problemática do caralho.

— Vamos embora, Maria Aparecida — eu disse timidamente, mas ela me ignorou.

Empurrou a porta e ela se abriu. Tinha um quartinho todo arrumado com coisas de igreja, iluminado por uma vela. A igreja não estava abandonada coisa nenhuma! Ficamos olhando, surpresos. Logo eu fui procurando alguma coisa pra roubar. Mesmo que Deus ficasse puto comigo, tanto fazia... eu ia torrar no inferno de qualquer jeito, né? Eu já ia pegar um crucifixo que tinha na parede, quando eu levei o pior susto da minha vida. Por trás de uma cortina, não é que aparece Jesus em pessoa? Quase eu cago nas calças, e só não saí feito doido porque a Maria Aparecida não se mexeu, ficou ali olhando embasbacada, e eu não ia deixar ela sozinha com o homem, mesmo que fosse o próprio.

Mas Jesus não era Jesus. O nome dele é Rafael, e é um cara bacana. Francês, de nascença, embora ele não acredite nesse negócio de nacionalidade e deteste que as pessoas chamem ele de gringo. Mas, naquele momento, eu não sabia nada disso, e eu estava crente que Deus tinha aparecido em pessoa bem na hora em que eu ia roubar o crucifixo, e agora sim tava frito.

— Vocês estão procurando alguma coisa?

— Não... desculpe, senhor, a gente se perdeu.

— Vocês moram onde?

— Por aí, no Centro.

— Na rua?

— É — eu disse, abaixando a cabeça.

Ficou olhando um tempão, examinando a gente com curiosidade.

— Teve briga, foi? — disse olhando para nossas feridas.

A gente não respondeu. Ele ficou calado um tempo e depois sorriu com um olhar amável.

— Vocês estão com fome?

— Tamos.

— Sentem aí — e sumiu atrás da cortina.

Supliquei a Maria Aparecida pra gente fugir, mas ela me mandou calar a boca. Depois de uns minutos, o Cristo voltou com duas tigelas de sopa meio fria e dois pedaços de pão. A gente devorou a comida, estávamos mesmo com fome. Quando terminamos, tirou uma caixinha de plástico de uma gaveta e fez um curativo no meu braço, na minha cabeça e na mão da Maria Aparecida. Depois falou simplesmente:

— Venham.

Puxou a cortina e entramos num quarto maior muito escuro, e daí à parte principal da igreja. Ficamos bestas, olhando de boca aberta. Ô lugar bonito, meu! Todo decorado com pinturas coloridas e flores, velas no altar, tudo simples, nada como nas outras igrejas, cheias de ouro e essas coisas. Na verdade, não parecia igreja, era como um palácio de pobres, coisa que eu nunca tinha visto na minha vida. Tinha um bocado de gente, todo mundo esfarrapado igual a gente, crianças, adultos e velhos, conversando, sentados aqui e ali, alguns dormindo junto às paredes, sobre pedaços de papelão. Tudo era silencioso lá dentro, quase não se ouviam os carros lá fora, e o pessoal falava baixinho. Era tudo muito calmo, muito gostoso, e não dava pra imaginar que lá tivesse morto enterrado nem espírito pra encher o saco de ninguém.

O Cristo perguntou nossos nomes e depois nos apresentou ao pessoal.

— Vocês podem ficar aqui, se quiserem. Só que têm que obedecer as regras. Aqui todo mundo é família.

— O senhor não vai prender a gente aqui não — falei desconfiado, mas o Cristo deu uma risada tranquila.

— Aqui ninguém prende ninguém. Vocês podem entrar e sair quando quiserem. Só não podem bagunçar. E as mulheres dormem desse lado e os homens do outro. Domingos! Vai pegar dois lençóis pros meninos... Amanhã vocês vão tomar banho...

O Cristo nos deixou sós e o Domingos, um cara engraçado com um boné de Papai Noel na cabeça, trouxe uns pedaços de papelão e dois lençóis velhos.

— Como é isto aqui? — perguntei intrigado.

— A gente mora aqui.

— E quem é esse cara?

— O Rafael. É francês.

— É o dono?

— Dono não é não. Ele conseguiu que o bispo deixasse a gente morar aqui. Ele mora com a gente, dorme nesse canto aí, ó.

— E tem que fazer o quê pra ficar? — eu continuava desconfiado, e o cara percebeu.

— Nada, rapaz, não tem que fazer nada... fique frio...

O Domingos voltou pro seu canto e ficamos a Maria Aparecida e eu ali no meio da igreja, atordoados com tanta coisa e com medo de a gente se olhar e se falar. Segurei sua mão de mansinho e ela não tirou.

— Me desculpe... — falei.

Mas ela não respondeu, ficou me olhando toda triste, pegou suas coisas e foi deitar no seu canto. Era a primeira vez que a gente não dormia junta desde que saímos do Cine Roma.

Acordei com o som de vozes que cantavam ao ritmo de um violão desafinado. Não fazia ideia de onde eu estava, achei que tinha morrido e tinha subido ao céu: um lugar imenso, inundado de luz que entrava pelas janelas lá em cima, o coro repetindo louvores a Deus, o cheiro de incenso. Demorei pra entender onde eu estava e lembrar tudo o que tinha acontecido no dia anterior: a maconha que o Perna Mole me vendeu, os dez contos que eu ganhei dos gringos, a Maria Aparecida chumbada de crack, a briga com os moleques, as porradas que eu dei nela, as suas loucuras pela cidade, as muitas vezes que ela poderia ter morrido, o caco de vidro na sua mão, a igreja, o Cristo francês, a sopa e os curativos, o palácio dos pobres, o olhar triste da minha rainha, irmã e única amiga no mundo... e a minha primeira noite de sono sob um teto de verdade, sem sujeira, rato, baratas e cheiro de mijo, sem o medo de apanhar ou levar facada de algum vagabundo. E a pergunta esquisita da Maria Aparecida: "Cê acredita em Deus?" E agora isto, um coro de vozes cantando à glória do Senhor, um monte de mendigo igual a gente, ajoelhado ou sentado no chão, olhando pro Cristo francês que cantava de braços abertos na frente do altar. Procurei a Maria Aparecida com os olhos e lá estava ela, no meio do povo, ajoelhada, cantando e rezando com um olhar deslumbrado, cheio de esperança. Senti um aperto no peito. É linda, pensei... e tá crescendo. De repente, não parecia mais uma menina, começava a virar mulher. Nunca tinha pensado nela desse jeito, como mulher. Para mim, era uma menina, minha irmã, parceira de molecagem, de aventuras, de vida. Mas ela não ia ficar assim a vida toda, ia crescer, já estava crescendo, virando mulher, e daqui a pouco ia querer um homem ao seu lado, um homem de verdade... Tinha tomado banho, estava de cabelo molhado e usava uma camisa e um short limpos. E parecia feliz. Senti vontade de chorar, sei lá por quê. E chorei, encolhido no meu canto, fazendo de conta que estava dormindo, pra ninguém vir me incomodar. Fechei os olhos, com vontade de sumir e não pensar em mais nada, e aos poucos peguei no sono de novo.

Acordei com uma mão mexendo no meu cabelo. Era Maria Aparecida, com esse seu sorriso de primavera, um caneco de café e um pedaço de pão.

— Oi — falou.

— Oi...

— Cê tá preguiçoso...

— Mmm...

— Ó, a Renata me deixou trazer o café pra você, mas falou que é só hoje, amanhã cê tem que levantar cedo. Ajudei ela acender o fogo e torrar o pão. Disse que posso ajudar a fazer o almoço. Tem umas panelas desse tamanho, ó, igual às do pessoal da sopa... Tomei banho cedinho. A água tá gostosa, cara... Tem sabão, ó, cheire meu cabelo. A Manuela penteou meu cabelo. Ela é doidinha, coitada... E tem um bocado de galinha lá no fundo... e pintinhos, uma porrada de pintinhos. Fazem uma zoada da porra... A Manuela me disse que daqui a uns dias vai nascer mais. Tô doida pra ver, é como na ilha... E tem um cara doidão que faz uns troços engraçados com madeira. Faz passarinhos, cabeças de gente, cruzes, altares... cada coisa bonita. Diz que vai me ensinar. E o Rafael, velho... é um cara maneiro... ficamos falando um tempão. Disse que a gente pode ficar aqui o tempo que quiser. Ó pra mim... já arrumei roupa nova. Foi a Renata que me deu, disse que minha roupa tava uma merda e me deu isto aqui. Que é que cê acha... tô bonita? Agora sou a rainha da igreja...

E ficou rodando, fazendo palhaçada como se fosse modelo. Estava feliz, tagarela, não parava de falar. Me puxou pelo braço, me levou ao banheiro dos homens pra eu tomar banho e saiu para tagarelar com suas novas amigas. Eu estava contente de ver ela assim, eu estava contente de estar ali.

Abri a torneira... Ah, coisa boa, a água no corpo, o sabão na cabeça, nos braços no peito, na bunda, no pau. Estava sozinho, ninguém por perto, passava sabão gostoso no corpo, fiquei de pau duro. Me masturbei, pensando nos garotos com quem eu transava de vez em quando nos becos. Uma mão passando o sabão no meu corpo, a outra brincando com o pau; na minha mente, montes de homens gostosos, bonitos, limpos, cheirosos, esfregando seus corpos no meu... gozei de olhos fechados, sentindo a água cair no meu corpo. Mas, quando os abri, fiquei espantado ao ver a silhueta da Maria Aparecida na porta meio aberta, me olhando como estátua, antes de a porta se fechar de mansinho.

A gente se ajeitou na rotina numa boa. Acordar cedo, tomar café, rezar, ficar por aí ajudando na roça, fazendo velas pra vender, consertando qualquer coisa que precisasse ser consertada, ou simplesmente brincando, empinando pipa, jogando conversa fora com o pessoal. Às vezes, íamos à praia ou a vadiar pela cidade. Ao meio dia, Maria Aparecida sempre ajudava a fazer o almoço, e depois de comer eu lavava pratos e ajudava a arrumar. Deitávamos um tempinho e depois a gente se mandava pras ruas para ganhar alguns trocados, vendendo amendoim e fitas do Bonfim, lavando carros, pedindo esmola. Eu sempre queria ficar até tarde, gostava da vida nas ruas, tinha a molecada no Pelourinho, na Piedade, na Barra... Mas a Maria Aparecida teimava em voltar à igreja pra reza das sete. Ela estava com esse negócio de Deus na cabeça e estava encantada com tudo, com o pessoal, com o Rafael, com a roça, as galinhas, os pintinhos, o trabalho e tudo o mais. A gente pintava o sete, curtia a tarde nas ruas, mas logo depois do pôr do sol ela voltava pra igreja. Às vezes eu ia, outras eu ficava por aí, vadiando, curtindo a liberdade. Na verdade, eu me sentia preso na igreja, achava tudo muito careta, muito direitinho, não estava acostumado com isso. E esse negócio de reza também não era comigo não, eu nunca me dei muito bem com o bom Deus, o máximo que cheguei a sentir por Ele foi medo, caso Ele existisse... Mas eu não podia falar isso pra Maria Aparecida. Ela estava feliz e, além disso, nunca mais quis saber de cheirar cola, fumar ou fazer besteira. Essa vida era tudo o que ela precisava, teto e comida, gente que gostava dela, ninguém pra encher saco e meter medo nela, ninguém pra ficar lhe ensinando coisa que não presta. Segundo a Renata, a gente podia até se matricular na escola no próximo ano, se a gente topasse, e a Maria Aparecida estava toda empolgada com a ideia.

Estava tudo na boa, tudo maneiro, tínhamos tudo o que a gente precisava, compramos algumas roupas e umas sandálias de camelô com os trocados que a gente ganhava na rua, estávamos limpos e cheirosos e de barriga cheia. Mas, vai saber por que cargas d'água, eu tava me sentindo esquisito, com saudade dos tempos do Cine Roma e até do Rio Vermelho, da Baixa de Sapateiros e do largo do relógio de São Pedro. As coisas tinham mudado entre a gente e eu sentia que nunca mais iam ser como antes. É que agora não éramos só eu e ela sozinhos no mundo; tinha outras pessoas, Maria Aparecida tinha amigas, tinha a Renata, a Manuela, o Rafael e a meninada toda que adorava ela, e tinha Deus... E a gente não dormia junta, apertada numa casinha de papelão; eu não era mais o seu protetor, o centro do seu mundo, seu irmão. É de lascar, né? Era tudo o que eu queria, uma vida decente pra ela e pra mim, e agora que a gente tinha, eu estava todo cheio de frescura, todo incomodado, meio perdido na vida.

Mas não era só o fato de ela ter amigas e não precisar tanto de mim. Tinha algo mais. Ela não precisava de mim pra cuidar dela, mas começou a querer outra coisa que eu não tinha jeito de dar... Sim, as coisas tinham mudado entre a gente e não dava pra ignorar. Como o jeito dela ficar me olhando, às vezes, quando achava que eu não tava ligado. E o jeito de ela encostar seu corpo no meu quando a gente se abraçava, o jeito dos lábios dela ficarem molhados e os olhos vidrados quando deitava a cabeça no meu ombro e alisava minhas costas e pegava na minha perna, quando a gente sentava na balaustrada da praça Castro Alves pra ver o pôr do sol. Eu ficava todo sem graça, todo encabulado. Tudo tinha mudado entre a gente, desde o dia em que ela me viu pelado, me masturbando no banheiro. A gente nunca falou disso, mas, depois daquele dia, a gente deixou de ser apenas duas crianças que andavam juntas pela vida e se adoravam. Agora não, agora éramos mulher e homem, homem e mulher, gente com sexo, corpos, pau e xoxota. Ela me olhava com esses olhos e eu morria de vergonha, sem saber o que fazer. Foi isso mesmo o que eu senti naquele primeiro dia na igreja, quando vi ela rezando, de cabelo molhado, nas suas roupas limpas e cheirosas, os pequenos peitos balançando sob a camisa folgada, as formas de mulher, o jeito de mulher aparecendo assim, de repente. Eu olhava pra ela encantado: ela era a mulher que eu queria ser. Ela, a Maria Aparecida, a baronesa de Itaparica, a rainha do Cine Roma e da igreja da Trindade. Era assim que eu queria ser, feminina, sensual, bonita, cheia de alegria e de vida e de feminidade, uma flor naquele mundo de esterco... ai, como eu a invejava, a admirava, a adorava... Por que diabos eu não podia ter nascido mulher, uma mulher igualzinha a ela, a Maria Aparecida? E ela, a mulher que eu queria ser, olhava pra mim como homem... como o homem que eu não tinha jeito de ser.

Tá vendo? Depois pergunta por que eu não me dou muito bem com Deus. Quem é que aguenta tanta pirraça? Pra que é que foi me dar esse corpo de homem, esse pau, se tudo o que eu queria era ser mulher? E, já que me deu, por que diabos Ele tinha que me fazer gostar tanto de homem? E já que fez, por que cargas d'água Ele tinha que botar a Maria Aparecida no meu caminho, pra eu adorar ela e ela se apaixonar por mim e a gente não poder fazer coisa nenhuma?

Já falei que Deus não devia nem ter inventado esse negócio de sexo. Bota sexo no meio e vai tudo pro beleléu. A gente tinha tudo pra levar uma vida boa, se endireitar, estudar, sei lá, arrumar um emprego, alugar um quartinho pra morar, quem sabe até casar na igreja, ter uma família, ser gente normal. Ser gente, porra, só isso, sem confusão. Mas Deus fez uma bagunça do caralho, uma misturada desgraçada... e a gente botou tudo pra perder.

A gente viveu bem um bom tempo. A Maria Aparecida feliz, o Rafael e o resto do pessoal nos tratando como nunca ninguém tinha nos tratado, como se fôssemos gente de verdade, a barriga sem esse buraco que a gente sentiu tanto tempo, o sono gostoso, sem ratos, baratas, formigas, vagabundos e fedor de mijo e merda. E tinha muita gente engraçada. O Lalau, antigo ladrão de profissão, hoje muito religioso, colecionava tampinhas de lata de cerveja e fazia umas roupas esquisitas, engraçadíssimas, e com elas saía, bíblia embaixo do braço, para pregar a palavra de Deus. E a Imaculada... essa sim era lelé da cuca, doida varrida, pirada pirada. Falava sozinha, contava história sem pé nem cabeça, mas era gente finíssima. Fazia uns troços bacanas, toalhas de mesa, vestidos, panos de cozinha, tudo bordado com bichos que só existiam na cabeça dela, cada coisa doida, borboleta com cabeça de dragão, peixe voador com cauda de cavalo, tudo cheio de cores. Tinha um pessoal que encomendava, trazia os panos e as linhas e depois pagava com notas de cinco e dez reais. Ela dava a metade a Rafael pra ajudar nas despesas e guardava o resto num saco plástico embaixo do sutiã. Nunca comprava nada, nunca saía, vai saber pra que ela queria essa grana toda. O Caburé me disse que ela tinha sido rica, teve casa, família e tudo o mais, mas ela começou a ficar desmiolada e o marido a internou no Roberto Santos e se mandou pra São Paulo com os filhos. Quando ela saiu, não teve mais pra onde ir e ficou por aí, largada pelas ruas, até que o Rafael a encontrou um dia e a levou pra morar na igreja. Já o Caburé, coitado, tava doido pra voltar pro interior dele, onde largou mulher e filhos e tudo o mais para ganhar uma grana em Salvador, mas não se atrevia a voltar sem um tostão, todo fodido e esfarrapado do jeito que estava. Tinha sido motorista de ônibus lá nos tempos de Matusalém, mas foi demitido há um tempão e nunca mais voltou a achar trabalho. Ia todo dia ao terminal da Lapa, segundo ele para procurar emprego, e ficava ali, andando de um lado pro outro, namorando os ônibus com uma cara de tristeza de partir o coração. De nada adiantava falar que desse jeito ele não ia achar trabalho nunca, até porque sua carteira de motorista, que ele carregava sempre no bolso da calça e mostrava a todo mundo a toda hora, tinha vencido uns vinte anos atrás.

A garotada também era bacana. Tinha uns moleques descarados que viviam roubando e cheirando cola nas ruas, mas a gente não dava bola pra eles. De qualquer jeito, não ficavam muito tempo, o Rafael apertava e eles se mandavam porque não gostavam de muita regra. Mas o resto dos guris era legal. A maioria era mais nova do que a gente. Alguns moravam na igreja com a mãe, outros eram órfãos, mas quase nenhum tinha conhecido uma casa ou uma família; nasceram e cresceram assim, na rua, sem nada, e eram todos descompensados. Quer dizer...

somos todos descompensados, né? Todos doentes do miolo, não tem jeito de esconder, eu, a Maria Aparecida e todos os outros. Só que eles eram mais do que a gente, porque nós, pelo menos, tivemos em algum momento uma vida de gente e eles não, eles só sabiam de rua, mendigar, catar comida no lixo, apanhar de vagabundo, ver desgraça acontecendo com os outros. E as mães deles, os que tinham mães, a mesma coisa, não se lembravam mais do que era ter casa, comida e trabalho, serem tratadas como seres humanos e não como coisas imundas. A gente curtia a meninada e eles gostavam da gente, sobretudo da Maria Aparecida, que os tratava como se fosse a mãe deles. Alguns até a chamavam de tia. Tia Cida isto, tia Cida aquilo, e ela se empertigava toda, se achando o máximo.

Quando a gente estava com a garotada, empinando pipa, brincando, passeando, vendendo fitinhas do Bonfim no Mercado Modelo, a gente curtia como sempre curtiu, felizes da vida, companheiraços de aventuras e molecagem. Mas era só a gente ficar sozinho que as coisas se complicavam. Maria Aparecida vinha se chegando, me abraçava, me pegava, às vezes tentava me beijar, e eu ficava todo tenso, sem graça, e ia me saindo. Aí, ela se zangava, ficava toda ressentida, não falava mais comigo, parecia que queimava de ódio por dentro, e eu ficava sem saber o que fazer, com pena, com raiva, com uma saudade da zorra de voltar a ser criança e continuar sendo criança pro resto da vida. Ela começou a ter ciúme de tudo, ficava puta da vida quando eu falava com gente desconhecida, garotos ou garotas, tanto fazia. E quando eu não queria voltar na hora da reza e ficava na rua... aí é que o bicho pegava, tinha briga certa. Um inferno porque, na verdade, tudo o que eu queria era voltar àqueles tempos do Cine Roma, àquela noite quando ela dormiu comigo pela primeira vez e disse baixinho no meu ouvido, toda emocionada, "eu te amo", com esse amor ainda ingênuo que era só amor, amor simples, amor de criança, descomplicado e puro, sem confusões.

Mais e mais, eu ficava na rua até tarde. Me sentia abafado pelas regras da igreja e, sobretudo, pelos ciúmes da Maria Aparecida. Ficava andando pela Sete de Setembro e pela Carlos Gomes. É engraçado, agora que eu estava limpo, de cabelo curto e roupas decentes, o povo me olhava diferente, não era mais um monte de lixo no passeio, era gente, uma pessoa normal andando pelas ruas. E percebi que alguns homens, homens bonitos até, donos de comércio, estudantes de faculdade, gente que antes não teria nem se apercebido da minha existência, olhavam pra mim com esse olhar maroto, com esse sorriso convidativo, que me deixava meio trêmulo, todo nervoso e assanhado. Comecei a curtir demais essa nova visibilidade, esse novo eu. É claro que minhas roupas eram muito simples, roupas de pobre, e não tinha sapatos, só umas havaianas azuis de camelô. Mas mesmo assim eu chamava a atenção. Afinal, sou bonito, né?

Um dia, quando eu estava sentado na Praça da Piedade, olhando pro povo que passeava por aí, os casais namorando, o pessoal apressado a caminho do shopping e os primeiros travecos andando devagar do outro lado da rua, um cara bonitão de meia idade sentou do meu lado e começou a puxar conversa. Falou de uma coisa e de outra, perguntou meu nome, disse que eu era lindo e daqui a pouco já estava se insinuando.

— Você deve estar cheio de namoradas, né?

— Tenho namorada não.

— E namorado? — disse me olhando gaiato.

— Também não...

Me convidou a tomar uma cerveja, sentamos num barzinho no largo Dois de Julho e ficamos falando besteira. Quando terminamos a cerveja, sem muita cerimônia pegou no meu pau por baixo da mesa e disse no meu ouvido que queria me comer. Fomos a um hotel perto do largo e transamos gostoso. Nunca tinha transado numa cama. Aliás, há anos e anos que eu não via uma cama de verdade, com colchão, lençóis e almofadas. Depois tomamos banho com água morninha, ele ensaboou meu corpo, me chupou e me comeu de novo. Antes de sair, me beijou na boca e botou vinte reais na minha mão.

Vinte reais, imagine só. Gostei. Depois disso, ficava por aí, andando pelas ruas, perto dos travestis, e quase sempre arrumava um ou dois caras por noite pra transar. Só que agora cobrava trinta, quarenta reais. Maria Aparecida ficava virada porque a cada dia eu chegava mais e mais tarde. Eu tentava tapeá-la com presentes, mas não adiantava, ficava toda triste, toda amuada, aborrecida, chateada, puta da vida, alternando entre raiva e saudades, ódio e carinho, numa montanha russa de endoidecer. Fazia cada escândalo, gritava, xingava, caía em cima de mim pra me bater, deixava de falar comigo vários dias, mas depois se arrependia, ficava toda carinhosa, me olhando com esses olhinhos carentes, voltávamos a ser os mesmos companheiros de sempre, até que eu voltava a chegar tarde e começava tudo de novo. Eu ficava com pena, me sentia mal pro diabo, mas não tinha jeito, eu estava gostando demais dessa minha nova vida, da grana, do sexo, de me sentir atrativo, cobiçado, desejado, em vez de desprezado e maltratado, como sempre fui. Comprei uma calça jeans e uns tênis no camelô, uma camisa decente e até um perfume vagabundo — cheiro de rosas, acho que era — e me arrumava todo pra sair. Era o máximo, tava me achando o bicho. Tudo bom que de vez em quando pintavam uns caras medonhos de feios, e além disso eu sabia muito bem que era um negócio perigoso, tem gente que odeia viado e pega michê só pra fazer sacanagem, jogam toda a raiva da própria viadagem enrustida em cima da gente, batem, matam, fazem tudo quanto é merda. Mas faz parte, nem tudo na vida é como a gente quer... aliás, quase nunca é. As travas[14] ficavam me contando cada história horrorosa, mas eu não estava nem aí. Eu achava que eu era esperto, sabia ler a cara das pessoas, sabia o que estavam pensando antes mesmo de falar. Ficava ligado, pedia o pagamento adiantado e sempre levava o canivete no bolso da calça.

Fiz amizade com as travecas. Adorava ver elas. Eram lindas! Travesti... rapaz, não tem nada igual. É mulher, é homem, é tudo. Elas me contavam tanta história, diziam que os homens ficavam doidos, alucinados, quando viam o pau no meio dessas pernas torneadas, emoldurado por corpo de ninfa, cinturinha fininha, bunda e seios de enlouquecer. Eu ficava fantasiando ser assim... imagine, usar salto alto, uma saia curtinha, blusa decotada mostrando a metade dos peitos, maquiagem, batom, cabelo comprido, unhas pintadas, toda cheirosa... Andavam rebolando pela rua, falavam putaria pros homens que passavam andando ou de carro, seduziam com jeito de patricinha quando queriam e brigavam como marginal quando era preciso.

[14] Trava — travesti.

A Giovana me convidou uma noite pra Âncora do Marujo. Disse que tava fazendo um show, sua primeira vez no palco, e eu não podia perder. Lá fomos nós, eu, ela e um bocado de traveco barulhento. Fizemos sucesso... O pessoal adorou nossa chegada, as travas todas se achando o máximo, rebolando e jogando o cabelo pra trás e todo mundo assobiando, passando a mão na bunda e gritando elogio ordinário, tudo na brincadeira. É engraçado porque todo mundo lá é viado, e viado não gosta de transar com traveco... viado gosta é de bofe. Mas todo o mundo gosta de ver travesti porque travesti é fantasia, faz todo mundo viajar achando que tudo é possível, atravessa todas as fronteiras e ri da cara da sociedade e de todas as suas frescuras. É barra ser travesti e enfrentar todos os preconceitos, todos os tabus... é preciso ser muito homem pra ser travesti. E os viados sabem disso e acham massa, um barato. Sentamos em duas mesas perto do palco, pedimos cervejas, brindamos pela Giovana. É um lugar pequeno, apertado, cheio de fumaça, de viados e algumas sapatas... maravilhoso. Ficamos conversando e rindo enquanto começava o show. Vanessa estava animadíssima, não parava de tagarelar. Pagou uma rodada de cerveja pra todos, coisa que ela nunca fazia.

— Que é que deu nela? — perguntei.

— Diz que arrumou marido novo, cê acredita? — disse Flávia zombeteira.

— Arrumei sim, sua vaca, e é uma lindeza de dar água na boca.

— E quantas vezes você já falou a mesma coisa? Daqui a três semanas você vem choramingando dizendo que ele largou você e que a vida é uma merda e que você não quer mais viver e a gente tem que ficar te paparicando pra você não fazer besteiras...

— Vai pra merda, Flávia, o que acontece é que você está com ciúme porque você só arruma velho imprestável.

— E rico. Eu quero marido coisa nenhuma... Eu quero é dinheiro, minha filha, e meus coroas tão todos cheios da grana.

— Pois eu quero marido, sim, e o Pedro vai me dar um apartamento e a gente vai comprar um cachorrinho *poodle* e eu vou cozinhar pra ele todos os dias.

— Deixe de ser besta, rapaz, os homens são todos uma bosta.

— Bosta o quê, sua puta! Se respeite... — interrompi.

— Você não conta, Betinho, você não é homem.

— Vai tomar no cu... — respondi rindo.

— Ui, promete?

— Ele broxa, rapaz, esse aí não tá com nada não — disse Janine.

— Vamos ver?

E veio todo mundo em cima de mim, me pegando e fazendo de conta que iam tirar minha roupa e dando muita risada. Aí, saiu a anfitrioa e anunciou a nova estrela Giovana, que já tinha ido se arrumar. As luzes diminuíram, a música começou e saiu Giovana por trás de uma cortina preta, com um vestido lilás cheio de rendas e uma peruca loira, parecendo artista de cinema. Que espetáculo. A gente assobiava, batia palmas, e ela andava pra cima e pra baixo, fazendo gestos teatrais e mexendo os lábios como se fosse a mesmíssima Diana Ross que cantava no palco...

Eu estava curtindo tanto o número da Giovana que nem vi quando o cara de camisa vermelha estampada, que eu tinha reparado desde que a gente chegou, veio sentar do meu lado. Quando o número acabou, bati palmas emocionado, a Giovana chorava de alegria e mandava beijos pra plateia.

— É linda, ela! Sua amiga? — disse o cara da camisa estampada.

Olhei pra ele surpreso.

— Oi... é, é minha amiga...

Era um quarentão bonito, bem vestido, calças pretas, sapatos de sair, aquela camisa vermelha aberta o suficiente para mostrar a corrente de ouro e o peito peludo, o cabelo preto penteado pra trás. Meio brega, tô ligado, mas eu gostei, e não encha meu saco.

— Qual é seu nome? — perguntou.

— Roberto. E o seu?

— Rodolfo Beija-flor.

— Beija-flor?

— É assim que os amigos me chamam.

Apresentei ele às meninas, e ele pediu uma garrafa de uísque pra todos.

— À Giovana — brindou.

As meninas gostaram dele, e sobretudo da garrafa de uísque. Em um instante, ele se tornou o centro de atenção. Disse que era empresário, que viajava muito pra Itália, que tinha uma casa em Roma, outra no Rio e um apartamento em Salvador, onde vinha de vez em quando a negócios. As meninas ficaram impressionadas e queriam saber como era a Europa, e o Rodolfo Beija-flor começou a contar histórias de riquezas nunca vistas, castelos medievais e Ferraris nas estradas.

— Eu tenho uma amiga que foi pra Itália... — começou a contar Flávia, querendo também se aparecer, mas o Rodolfo não deixou.

— Será que não foi a Danila? Rapaz, que trava baiana retada é essa...

E contou o caso do travesti Danila, que foi pro hotel com um empresário italiano, fez de tudo com ele e o abestalhado pagou com um cheque sem fundos. Pois não é que a Danila descobriu um dia o restaurante onde o cara estava jantando com a mulher e outras pessoas? Entrou fazendo um zuzuê dos mil diabos, foi até a mesa do empresário e começou a contar aos berros como o tal gostava que o batesse e o chamasse de puta enquanto comia o rabo dele...

— "*Puttana, puttana*", gritava Danila, mexendo a cintura como se estivesse comendo e batendo no empresário, enquanto a mulher do babaca olhava horrorizada — dizia o Rodolfo Beija-flor com uma gargalhada.

As meninas se acabaram na risada. O cara sabia falar, tinha uma voz profunda, melodiosa, gostosa de se ouvir. A Vanessa esqueceu o seu novo marido e foi se chegando ao galã, toda sedutora. Mas ele só tinha olhos pra mim. Falava, contava histórias, fazia todo mundo rir, mas dava pra ver que fazia isso tudo só pra me impressionar. Depois, como quem não quer nada, colocou sua mão na minha perna e deixou ela lá, acariciando meu joelho como se fôssemos velhos amantes. Eu estava todo acanhado, achava ele coisa demais pra mim, homem rico, empresário, com casa em Roma... imagine só... eu, que há pouco tempo era um pivete qualquer, esfarrapado e sujo, sendo paquerado agora por um cara rico desse jeito... e bonito pra porra, como se fosse pouco... Bebi demais, não estava acostumado, e ele teve que me segurar pra eu não cair quando fomos embora. Subimos no seu Pálio cinza e ele me levou ao seu apartamento na Vitória.

Passei a noite com ele e acordei com uma ressaca da zorra lá pro meio dia. Ele já estava acordado, falando ao telefone na sala. Ô lugar bonito. Na noite anterior, não tinha enxergado nada, chumbado do jeito que eu estava... lembrava vagamente ele ter tirado minha roupa e mais nada. Agora, via pela primeira vez o apartamento. Tudo branco, tudo brilhante, a vista da baía inteira da varanda, um monte de esculturas de anjos, santos e virgens nas prateleiras e na mesa de centro. O café estava pronto, frutas, pão, leite fresco, iogurte, queijos, presunto. Luxo demais pra um moleque de dezesseis anos que até então só conhecia a rua. Fiquei encantado.

— Bom dia, meu bem.

— Bom dia.

— Toma café?

— Tomo... tô com uma ressaca danada...

— A gente cura isso já já... — e me beijou na boca.

Passamos o fim de semana juntos. Nem me lembrei da Maria Aparecida, de tão feliz que estava. Fiquei vidrado no cara. Apaixonado, doido, perdido, doente, maluco, caído. Nunca tinha sido tratado assim na minha vida, como se eu fosse o centro do mundo. Fomos à praia em Stella Maris, comemos lagosta em restaurante de barão, comprou roupa nova pra mim no shopping Barra e passamos a noite toda na cama, bebendo vinho tinto e transando. Já imaginou? Almofadas macias, lençóis cheirosos, branquíssimos, o gosto de vinho tinto e sexo na boca.

Na segunda-feira, ele disse que tinha que sair pra trabalhar, mas a gente ficou de se encontrar à noite. Se ofereceu para me dar uma carona até a minha casa, mas eu inventei que eu tinha que fazer alguma coisa perto do Campo Grande e disse que eu iria andando. Foi só quando saí pra rua e comecei a andar a caminho da igreja que eu me lembrei da Maria Aparecida. Ela devia estar pirada. Deu um aperto no peito, um sentimento de culpa do caralho e, ao mesmo tempo, uma raiva danada. Por que porra eu tinha que ficar desse jeito, com medo, me sentindo culpado como se eu tivesse feito algo horrível, como se eu fosse o pior verme do mundo? Por que é que eu não podia viver minha vida, fazer o que eu quisesse, me apaixonar por quem eu bem entendesse? Por que porra eu tinha que dar satisfação a essa menina, como se fosse minha mulher, como se eu devesse algo a ela?

Quando eu cheguei, o Caburé veio logo correndo.

— Rapaz, a menina tá feita o cão!

— Como é?

— Ficou pirada, velho. Achou que cê tinha morrido.

— Cadê ela?

— Tá lá atrás, com as galinhas. Ninguém consegue tirar ela de lá.

— Cacete... — exclamei, já imaginando o problema que eu ia ter que enfrentar.

Dei a volta à igreja. Lá estava ela, sentada no chão, falando sozinha, jogando grãozinhos de milho às galinhas. Fiquei olhando uns minutos, cheio de tristeza e de dor. O rosto dela estava transtornado, do jeito que sempre fica quando dá ataque. Eu queria chegar perto dela, lhe fazer carinho, pegá-la nos meus braços e lhe dizer que estava tudo bem, que eu não tinha morrido e que eu não iria deixá-la sozinha nunca mais. Mas, ao mesmo tempo, tinha medo de me aproximar, não queria ter que passar de novo por um dos seus ataques, correr atrás dela pela cidade toda, ela se jogando na frente dos carros e querendo se cortar com um caco de vidro... Voltei a sentir raiva. Por que porra eu não tinha direito de viver minha vida, cacete, ficar o fim de semana onde eu quisesse, me apaixonar, curtir, amar, sem ter que passar por essas coisas?

— Maria Aparecida — falei baixinho, e fui chegando devagar.

Ela olhou surpresa, e uma coisa doida passou por seu rosto. Uma alegria intensa, alívio, dor, raiva, ódio... Os olhos se encheram de lágrimas e ela ficou ali uns instantes, olhando pra mim com uma expressão maluca, como se não soubesse se devia se jogar nos meus braços e me cobrir de beijos ou me encher de porrada.

— Maria Aparecida — repeti. — Tudo bem?

E me abaixei pra acariciar seu rosto. Então reagiu, levantou bruscamente, examinou minhas roupas novas, meus sapatos, sentiu o cheiro do perfume de Rodolfo Beija-flor, e o ódio encheu seus olhos com essa expressão que eu já conhecia muito bem.

— Filho da puta! — gritou, e foi em cima. — Desgraça! Vagabundo! Bicha fedida! Filho da puta!

— Calma, rapaz, deixa eu explicar...

— Vai pra puta que pariu! Odeio você, tá ouvindo? Odeio! Tomara que você morra, desgraçado!

E começou a jogar tudo quanto é coisa em mim, pau, pedra, terra, ovos de galinha, emporcalhando minha roupa.

Fiquei com ódio. Pela primeira vez, fiquei com ódio da Maria Aparecida.

— Vai pra merda! — gritei enfurecido. — Vai pro inferno! Eu não sou nada seu! Tá ouvindo? Nada! Tô cansado de você!

Ela parou. Estacou, com os olhos arregalados, como se eu tivesse acabado de assassinar a mãe dela. Deixou escapar um berro esquisito, como o uivo de algum bicho ferido. Olhou em volta dela, como um animal acuado que procura loucamente um jeito de fugir, e, de repente, tirou um canivete do bolso, com o olhar alucinado. Fiquei apavorado.

— Não! — gritei, e me joguei em cima dela desesperado, antes de ela conseguir se enfiar o canivete na barriga.

Caímos no chão, ela gritando feita doida e eu segurando seu braço. Chegou Rafael, seguido de Renata e outras pessoas, e seguraram a gente. A Maria Aparecida esperneava furiosa, mas conseguiram tirar o canivete da sua mão. O Adair me segurava pelo pescoço e torcia meu braço como se eu fosse criminoso.

— Me largue, porra, eu não fiz nada.

— Cale a boca! — gritou, e apertou mais ainda.

O Rafael falou pra Renata trazer um calmante para a Maria Aparecida.

— E você — disse pra mim — vá embora.

— Mas eu não fiz nada!

— Vá embora. Mais tarde você volta pra falar comigo. Mas agora vá embora.

Olhei pra Maria Aparecida, quis falar algo, mas não me deixaram. Ela estava agora sentada no chão, com os punhos fechados, me olhando com um olhar duro, dolorido, desesperado... um olhar que falava tantas e tantas coisas... mas eu estava cego e surdo, não soube entender sua linguagem. O Adair me arrastou até a frente da igreja, me empurrou escada abaixo e ficou ali olhando até eu me afastar.

Minhas roupas novas rasgadas, sujas de lama e de ovo, arranhões no rosto e nos braços, enxotado da igreja como se fosse marginal, a vida toda uma merda... e o ódio da Maria Aparecida, a violência, a exigência, a loucura. Caminhei pela cidade durante horas, cansado de tudo, querendo fugir pra bem longe. Cheguei ao apartamento do Rodolfo Beija-flor e fiquei sentado no passeio até ele chegar.

— Que foi que aconteceu? — perguntou quando viu minhas roupas e minha cara de desespero.

— Meus pais — menti. — Tô de saco cheio dos meus pais.

— Venha — disse carinhoso.

Subimos ao apartamento. Fechou a porta, me beijou, tirou minha roupa e me levou para tomar banho. Transamos lá mesmo, no chuveiro. E, na cama, transamos de novo. Depois, acendeu um cigarro e ficou acariciando minha cabeça.

— Gosto muito de você, garoto.

Tomou um gole de vinho, ficou fumando e olhando a baía pela janela.

— Amanhã vou pro Rio. Por que você não vem comigo?

— Eu vou... — falei sem pensar.

No outro dia, o ajudei a embrulhar umas esculturas antigas e botá-las no porta-malas do carro. Saímos cedinho, antes das oito. Não tive tempo nem de me despedir da Maria Aparecida.

"Os dias gotejavam cáusticos em suas entranhas". Eu li isso num livro dum tal dum poeta mexicano, um troço chato pra porra, na casa do Rodolfo Beija-flor. Não faço ideia do que significa esse negócio de cáustico, mas gostei da frase. Aliás, foi da única coisa que gostei. Perguntei ao Rodolfo.

— Vai ser burro assim na China, meu! Puta que pariu!... Que bicha ignorante da porra é essa! — exclamou, rindo da minha cara, como sempre. — Cáustico vem de causa. Cáustico é aquilo que causa. Entendeu? Se você não fosse tão burro não estaria perguntando uma coisa dessas.

— Causa? Causa de quê? Não entendo um caralho.

Eu acho que não é causa coisa nenhuma, mas até agora ninguém soube me explicar. Quem sabe o Chico, o Chico é sabido pro diabo... vou perguntar ao Chico, quando ele vier me visitar. De qualquer jeito, com causa ou sem causa, essa frase, hoje, me faz pensar no que a Maria Aparecida deve ter sentido naquela época.

Os dias gotejando, gotejando, sabe como é? Como aquela tortura que dizem que os chineses inventaram, gotinhas caindo no meio da testa, só isso, e o resto, silêncio e escuridão... só aquelas gotinhas e a espera, a angústia da espera, sem saber quando é que a próxima vai cair.

Os dias passavam assim, lentos e dolorosos, e a Maria Aparecida parecia zumbi, não falava com ninguém, andava se arrastando pelos cantos, com uma tristeza de partir o coração. Estava assustada, ansiosa, nervosa, esperando que alguma coisa acontecesse, não sabia bem o quê. Que eu voltasse, que o Pedrinho aparecesse, talvez, mas também podia ser que chegasse alguém pra avisar que eu tinha morrido, que trouxessem meu cadáver já meio apodrecido e todo cheio de buraco, ou que o Capitão Gay viesse um dia e pegasse ela e a vendesse pros gringos, que a igreja desabasse, que o Rafael sumisse, que todo o mundo sumisse, como todo o mundo sempre sumia... sua mãe, Pedrinho e agora eu... deixando ela mais sozinha ainda do que já estava, sem nada nem ninguém.

Às vezes, ficava o dia inteiro com as galinhas, falando sozinha, ignorando todo mundo, parecendo bicho. Outras vezes saía pra caminhar pela cidade e ficava andando pra cima e pra baixo, sem pensar em nada, mas com a esperança de me encontrar em algum canto. Ia a todos os lugares que a gente frequentava, o Mercado Modelo, o Pelourinho, a Praça Municipal, a Barroquinha, Nazaré, Sete Portas, o largo de São Pedro, o Campo da Pólvora, o Campo Grande, a Barra... E tudo lhe lembrava os momentos bacanas que a gente viveu, as maluquices que a gente aprontou, a alegria com que a gente compartilhava um acarajé quando juntávamos nossos trocados, nossa felicidade doida no carnaval, as vezes que a gente ficava vendo o pôr do sol na praça Castro Alves, e até as dificuldades, a gente se abraçando à noite para se proteger do frio e da chuva no inverno, os dias e noites que a gente passou sem comer, o desespero que sentimos quando os tiras nos pegaram roubando numa loja e pensamos que iam nos separar, as promessas que a gente se fez de sempre ficar juntos, a vida toda... E agora... agora não sabia nem onde eu estava, se eu estava vivo ou morto, se a gente ia se encontrar de novo algum dia. E tudo por sua culpa. Era isso que ela achava: que era tudo sua culpa. A morte da sua mãe, o desespero e a cachaça do seu pai, o sumiço do Pedrinho e, agora, o fato de eu ter me mandado. Minha culpa, minha culpa, minha culpa, repetia ela na sua cabeça pirada. Vai entender uma coisa dessas! Culpa o quê, menina? Culpa é do filho da puta, egoísta, viado, cão, desgraçado do seu amigo, que se mandou pro Rio atrás do pau, da grana, das roupas, dos lençóis brancos e das almofadas macias do Rodolfo Beija-flor, sem pensar que você ia ficar nesse desespero louco e nessa solidão horrorosa, coitada, como se a vida não já tivesse feito suficiente sacanagem com você... Maria Aparecida andava pelas ruas parecendo assombração, pedindo a Deus que eu aparecesse e se dizendo que nunca, nunca mais ia brigar comigo, que eu podia ficar as noites todas que eu quisesse com seja lá quem for, que eu podia comer homem, mulher, gato, periquito e cachorro, que ela não tava nem aí, ela queria apenas saber que eu estava bem, que eu ia voltar, que a gente ia cuidar de novo um do outro e aprontar pelas ruas e se adorar como a gente sempre se adorou... Mas não adiantava rezar e sonhar, eu não estava em canto algum, tinha sumido como sumiu o Pedrinho, como sumiu sua mãe, como sumiu todo o mundo. Voltava à igreja acabada e ia direto pro galinheiro sem falar com ninguém.

Quase não comia e começou a ficar um palito, mais magra ainda do que ela estava quando a gente morava na rua. O pessoal até que tentou cuidar dela, a Imaculada via ela no galinheiro e levava biscoitos, a Renata tentava conversar com ela e o Rafael sentava ao seu lado e lhe fazia companhia em silêncio. Mas, com o tempo, o pessoal foi esquecendo, se ocupando com outras coisas. Não é por mal, acontece que todo mundo tem seus próprios problemas e ninguém pode ficar se ocupando de uma menina a vida toda só porque o escroto do chapa dela se mandou por aí e nem sequer se despediu. Sobretudo quando as outras pessoas têm problemas mais sérios, quando chegam crianças com AIDS, malucos viciados em crack, mães que perderam filhos, filhos que perderam mães... quando se tem que levar alguém ao HGE porque está tendo um troço por overdose ou ir à delegacia pra ver se consegue tirar da cana o rapaz que já estava se endireitando e foi fazer a besteira de enfiar uma faca num moleque drogado que estava enchendo o saco dele. O Rafael gostava muito da Maria Aparecida, todo mundo gostava dela, mas não tinha como ficar lhe dando atenção o tempo todo, já era muito ter que aturar os ataques dela, quando inventava de quebrar tudo e xingar todo mundo nos momentos mais inesperados e pelas razões mais doidas. Tudo bem que todo mundo gostava dela, que ela era linda e estava maluquinha de tristeza e tudo o mais, mas, tenha paciência, né? O Rafael, que é um santo, respirava fundo, segurava ela e tentava acalmá-la, levava chute, porrada e mordida e, mesmo assim, ficava ali do seu lado até o trucutru passar.

Um dia, caminhando pela Baixa de Sapateiros, Maria Aparecida se bateu com a dona Zica. Dona Zica era uma antiga vizinha da Baixa do Cacau, a única pessoa da qual a Maria Aparecida se lembrava com algum carinho. Era espírita, recebia mensagens das almas que, segundo dizia, andam por aí, sempre tentando ajudar as pessoas. Eu é que nunca entendi muito bem esse negócio de espírito. Não entendo como é que pode ter tanto pilantra no mundo e tanto espírito bom por aí, flutuando no ar. Se os espíritos são gente desencarnada, e eles são todos bonzinhos, como é que é tão difícil encontrar gente de carne e ossos que preste? Se todo o mundo que morresse ficasse por aí, ao invés de se mandar logo pro céu ou pro inferno, imagine só o bando de espírito mau-caráter que estaria atazanando nosso juízo a toda hora... dá até arrepio só de pensar. Se fosse assim, não teria mais assassino. Quem é doido de matar, sabendo que o finado vai ficar enchendo a paciência pro resto da vida? Não, eu acho essa história toda muito mal contada. Mas, enfim, o fato é que a dona Zica, espírita e vidente, ficava ajudando os outros o tempo todo, mesmo que ela quase nem tivesse onde cair morta. Vida dura, essa de dona Zica, já tinha passado por tudo quanto é miséria, tinha filho espalhado por tudo quanto é canto e, mesmo assim, continuava vivendo das vendas de acarajé. Coisa estranha, né?, uma baiana espírita, mas dona Zica não estava nem aí, ela acreditava em espírito, orixá, santo, virgem, caboclo, para ela era tudo a mesma coisa, Deus estava em tudo quanto é canto e não tinha essa de ficar brigando por causa disso. Gente fina, essa dona Zica, embora meio tapada. Botou na cabeça esse negócio de caridade, dizia que todos somos iguais aos olhos de Deus e que todos merecemos caridade e compaixão. Iguais uma ova. Tem cada filho da puta que merece mais é um tiro na cabeça... que compaixão porra nenhuma!

Acontece que o pai da Maria Aparecida estava doente, e a dona Zica inventou de sentir compaixão. Os espíritos falaram pra ela que era pra cuidar do homem, que estava de cama há quase um mês, sem poder trabalhar. Teve um infarto, foi parar no HGE e, quando deram de alta, o médico falou que tinha que ficar de cama e que não podia, de jeito nenhum, fazer esforço físico, se não quisesse ir parar na cova. Tudo bom, mas sem trabalhar, pararia na cova do mesmo jeito. Perdeu o trabalho e o dono da empresa não quis pagar um tostão. Não tinha carteira assinada, e se quisesse entrar na justiça, tudo bem, talvez receberia alguma coisa daí a uns três anos, e olhe lá. De jeito que a dona Zica sentiu pena dele e levava todo dia um prato de arroz e feijão pro cara não morrer de fome. Quando dona Zica viu a Maria Aparecida, achou que era um sinal dos céus, dos espíritos, sei lá de quem.

— Minha filha! Foi Deus que me fez encontrar você! — a abraçou toda animada. — Seu pai está morrendo. Você tem que ir tomar conta dele...

A Maria Aparecida ficou gelada. Difícil explicar o que se passou na cabeça dela. A primeira reação foi de repulsa, talvez até de pavor. Voltar a ver o pai dela? Nem pensar! Parecia que o coração ia pular do seu peito, suas mãos tremiam. Mas a dona Zica insistia.

— É seu pai, Cidinha, ninguém pode abandonar o próprio pai desse jeito. Tá ali se acabando, sem poder trabalhar, quase sem poder andar, e só não morreu de fome porque eu arrumo alguma coisa pra ele comer todo dia, mas precisa de alguém pra cuidar dele. Eu não posso, não tenho tempo, a duras penas vou lá uma vez por dia. E você... eu tenho certeza de que foram os espíritos que fizeram a gente se encontrar. Nada acontece por acaso, filha. Deus sabe tudo, Deus vê tudo, e Deus quer que você tome conta dele. Vou ser sincera com você: eu acho que seu pai não vai durar muito tempo, ele está muito mal. Já imaginou se você não for e ele morrer e você nunca mais puder ver ele? Como é que você vai ficar? Eu sei que vocês não se davam muito bem, mas é seu pai, filha, é seu pai...

Tá vendo no que dá ficar rezando? Quanto mais a gente reza, mais assombração aparece. Inventou de ficar rezando pra Deus ajudar ela, e Deus manda uma mensagem escrota dessas. Eu não entendo mesmo não, só pode ser pirraça. A Maria Aparecida não soube o que dizer, o que fazer, só queria sumir, esquecer do mundo e de si mesma. Mas a dona Zica não parava com o lengalenga.

— Você tem que ter fé, minha filha, Deus é grande. Eu tenho certeza de que foi o espírito da sua mãe que fez a gente se encontrar...

Chega. Não quis mais saber de nada. Ao diabo com Deus e os espíritos e o caralho.

— Ah! Me deixe... — disse exasperada e largou a velha falando sozinha.

Saiu andando feita doida, tentando esquecer tudo, solidão, tristeza, culpas e responsabilidades, mas quando chegou à igreja foi direto sentar na frente do altar e começou a chorar. Deus... que é que Deus queria dela? Por que tanta provação? Era isso que o padre falava na missa da quinta-feira, que tudo era provação, essas vidas duras, fodidas que eles todos levavam, eram apenas provação, pra fazer deles pessoas melhores. Era preciso saber passar pelas tais provações, aguentar as porradas da vida e mesmo assim continuar adiante, firmes, honestos, humildes, bondosos. Sim, soa bonito, mas, tenha paciência, né? Assim também é demais. Provação é uma coisa, mas isto já é sacanagem. Não só tinha perdido seu único amigo no mundo, agora Deus mandava dizer que era pra ela ir tomar conta do pai ou carregar para sempre na consciência a culpa da morte dele, como se não já tivesse suficientes culpas pra carregar. Chorou, chorou, chorou, e finalmente adormeceu.

Quando acordou, abriu os olhos e ficou ali deitada, olhando pro retrato de Jesus, pintado em aquarela com cores alegres, olhos sorridentes, o rosto bondoso, carinhoso. E, coisa mais estranha, sentiu pena do pai. Sozinho, doente, morrendo, largado desse jeito naquele barraco. Sim, talvez tenha sido mesmo Deus que quis que ela encontrasse a dona Zica na Baixa de Sapateiros, talvez tenha sido até o espírito da mãe dela que estava tentando lhe dizer que precisava voltar pra casa. Porque, quando o pai visse ela cuidar dele, quando visse o quanto, no fundo, ela gostava dele, talvez ele acreditasse que não foi ela quem botou fogo na casa da ilha e talvez ele a perdoasse por ter batido no Pedrinho e ter se mandado correndo quando a mãe precisava dela. Talvez o próprio Deus a perdoasse por tudo, pela morte da sua mãe, por ter deixado o Pedrinho se perder, por ter brigado comigo e falado que queria que eu morresse... Porque, afinal, ela achava que tudo o que acontecia com ela, ela merecia, que tudo era castigo de Deus por seus muitos pecados. Quem sabe, cuidando do pai, ela seria perdoada, por ele e por Deus.

Pegou suas poucas coisas, as roupas que eu lhe dei de presente, um perfume, um pente e um espelho baratinhos que eu comprei no camelô, botou tudo num saco plástico e foi se despedir do pessoal. Foi a primeira vez que ela parecia ter voltado à vida desde que eu sumi. Falou com todo mundo, agradeceu, chorou, riu e saiu andando, sentindo uma coisa estranha, algo que há muito tempo não sentia, era quase uma alegria, a sensação de estar começando tudo de novo, de estar saindo do buraco onde tinha estado enterrada esse tempo todo.

Foi andando. Era longe pro diabo, mas ela não estava nem aí, gostava de andar, sentir os cheiros da cidade, ver os carros e o povo. Também, não estava com essa pressa toda de chegar. Era bom sentir que estava começando tudo de novo, que tinha algum sentido estar viva neste mundo, mas, no fundo, tinha medo de encontrar o pai. Roubou uma manga na Calçada, só pra lembrar do nosso primeiro dia juntos, e a saudade bateu forte. Betinho, porra... Deu vontade de chorar, mas segurou.

Chegou à Baixa do Cacau, atravessou a via do trem, foi andando pelos becos. Tanta lembrança horrorosa. Deu uma volta retada pra não ter que passar pela casa da dona Zica, não queria que a velha a visse e ficasse atazanando seu juízo, minha filha isto, minha filha aquilo...

Na porta da casa, ficou um tempão sem se decidir a entrar, o coração batendo a mil. Finalmente, empurrou a porta e entrou devagarinho. O quarto estava muito escuro, as janelas estavam fechadas e tinha um cheiro rançoso de coisa morta. Olhou pra todas as coisas conhecidas — o fogão, a mesinha e as cadeiras, a porta do banheiro, pintada de verde escuro, as roupas penduradas em pregos na parede — e sentiu que estava sonhando, como se nada disso fosse real, como se isso tudo fosse parte de um passado que não existia mais. Coisa mais esquisita... tudo era conhecido, tudo estava do mesmo jeito que no dia que ela fugiu, mas, mesmo assim, sentiu que esse lugar não tinha mais nada a ver com ela. Em parte porque, sem ela e o Pedrinho, o barraco parecia morto, decadente, podre. Mas também porque ela não cabia mais nesse lugar, ela era diferente, uma vida inteira tinha se passado nesses poucos anos.

Num canto, deitado num catre, estava o pai dela, parecendo defunto, magro, vestindo apenas uma cueca velha. Não se mexeu quando ela entrou, devia estar dormindo. Se aproximou devagarinho e se acocorou do lado dele. Coisa estranha, não sentiu mais medo. Só pena. O homem tava acabado, parecia uma caveira. Teve nojo de tocar sua pele.

— Pai... — falou baixinho.

O pai abriu os olhos, virou a cabeça em sua direção e ficou assim, olhando, sem falar.

— Sou eu... Cida.

— Que é que cê tá fazendo aqui? — disse secamente.

— Encontrei a dona Zica, ela me disse que cê tava doente. Como você está?

— Fodido, cê não tá vendo?

— Também... tá tudo fechado, aqui. Cê já comeu?

— Vou comer o quê?

— Trouxe um dinheirinho, vou comprar alguma coisa.

Foi à vendinha, aliviada de sair dessa casa, mas decidida a fazer tudo pra cuidar do pai. Não queria que ele batesse as botas. Queria ganhar o amor dele, conseguir que a perdoasse por tudo o que tinha acontecido na ilha. Queria mostrar pra ele que ela não era mais uma criancinha besta e assustada, agora era uma adolescente, quase uma mulher... uma garota que sabia cuidar dele e de si mesma. Quando voltou, abriu as janelas, deixou a porta aberta, arrumou a bagunça, lavou os pratos e panelas amontoados na pia e fez uma sopa de verduras, como a Renata lhe ensinou a fazer na igreja. Ajudou o pai a sentar na cama e ele comeu com apetite, recobrando um pouco as forças. Olhou pra ela fixamente e sorriu.

— Obrigado — disse, e a Maria Aparecida achou que nunca tinha lhe acontecido melhor coisa na vida.

Assumiu os cuidados do pai como se fosse a coisa mais importante no mundo. Do mesmo jeito que ela cuidava da mãe quando ela começou a perder a bússola, ela ficava ao lado do pai, arrumando a casa, preparando o rango, fazendo todas suas vontades. Conseguiu um emprego numa lanchonete na Calçada. Ganhava uma mixaria, mas podia levar o pão velho e outras sobras de comida, e com isso ela inventava novos pratos pra agradar o pai. Ele gostava, achava massa ter a roupa limpa e a casa arrumada e, sobretudo, comida na mesa. Nunca agradeceu de novo, isso não era muito do seu feitio, mas dava pra ver que estava muito satisfeito com a volta da filha. Ainda estava muito mal, dormia quase o tempo todo e, quando levantava, estava tão fraco que mal conseguia andar do catre à mesa e da mesa ao banheiro. Mas parecia recobrar as forças aos poucos.

Maria Aparecida estava feliz quase o tempo todo. Mas, às vezes, no meio da noite, acordava de repente com um aperto no peito que deixava ela maluca... tentava dormir, tentava esquecer, mas não tinha jeito, as lembranças do passado chegavam uma após a outra e ela ficava mais e mais pirada, dava uma vontade doida de chorar e uma raiva danada, um ódio que crescia e crescia e parecia que ia explodir. Passava a noite toda assim, tentando fugir do passado e queimando de tristeza, de solidão e de ódio, até que o sol nascia e ela levantava, fazia o café, descia pro trabalho e esquecia o pesadelo.

Mas era justamente essa mistura de amor e de ódio que fazia ela se jogar com tanta loucura nos cuidados do pai...

Sei, você vai dizer que eu estou bancando o psicanalista sem saber do que eu estou falando, logo eu, um monumento à ignorância, como dizia o Rodolfo Beija-flor, bancando o sabido e falando um bando de clichê babaca de programinha de auto-ajuda. Tudo bem, pode até ser, mas é isso que eu acho. Porque eu sei que ela amava o cão do pai, disso eu não tenho dúvida. E muito menos dúvida eu tenho de que ela o odiava também. Era tanto ódio, tanto ódio, que era como a lava de um vulcão, que ficava se remoendo lá dentro, queimando lá dentro, até que não tinha mais como segurar e saía tudo ao mesmo tempo numa erupção medonha na cara de gente que não tinha nada a ver. Só que agora o pai estava indefeso, jogado ali nesse catre, magro que nem palito, e precisava dela. E ela tinha a oportunidade de voltar pro passado e conseguir que o seu pai a perdoasse e a amasse como filha, como filha mesmo, do jeito que sempre quis que ele a amasse.

Assim se passou quase um mês, ela dando um duro lascado, trabalhando, faxinando, cozinhando e cuidando, e ele se recuperando aos poucos, dormindo menos e conseguindo andar mais pela casa. E conforme ele melhorava, ela procurava mais e mais colher as migalhas do seu carinho, do seu agradecimento, do seu amor de pai.

Uma tarde, ela chegou toda feliz porque tinha recebido o salário e comprou carne, quiabo, camarão seco e azeite, pra fazer uma quiabada como sua mãe fazia lá na ilha, e que seu pai adorava.

— Ó, tem uma surpresa pra você hoje — disse sorridente quando entrou.

Largou os sacos na mesa e começou a lavar o quiabo na pia. O pai dela ficou deitado no catre, olhando sem responder, apoiando a cabeça no braço.

— Cê tá ficando muito bonita... — disse depois de um tempo.

Maria Aparecida se sentiu toda alegre e orgulhosa, mas, quando se virou e viu o olhar do seu pai, seu coração deu um pulo e seu sorriso sumiu dos seus lábios. Virou as costas de novo e continuou lavando o quiabo, sentindo que as mãos tremiam sob a água.

— Venha... — disse o pai.

Ela não respondeu, não se mexeu, fez de conta que não ouviu.

— Venha, Cida — falou mais alto.

— Para quê? — disse sem se virar.

— Venha, eu disse!

Maria Aparecida enxugou as mãos e deu uns passos em direção ao catre, mas parou no meio do caminho.

— Venha cá.

— É o quê, meu pai?

— Sente aqui.

— Pra quê?

— Sente aqui, tô falando.

Sem olhar pra ele, sentou na beira da cama, a cabeça baixa, as mãos juntas apertadas entre os joelhos. Ele alisou sua perna, começou a passar a mão pelo corpo, pelo ventre, pelos peitos.

— Não, pai, isso não... — disse Maria Aparecida e tentou levantar, mas ele a segurou pelo braço.

— Você é minha filha...

— Eu sou. Por isso mesmo que eu não faço. As filhas não fazem isso.

O pai estava só de cueca, e o volume do pau duro se mostrava descarado sob o pano.

— Você faz o que eu mando. Você é minha, lembra? Você é minha!

— Deixe eu ir...

— Eu disse venha, porra! — e a puxou com força, fazendo ela sentar de novo.

Pegou a mão dela e a botou no pau, mas ela a tirou violentamente. Ele a segurava firmemente pelo pulso e a Maria Aparecida começou a chorar.

— Por favor, meu pai... me solte... deixe eu fazer sua comida...

— Me chupe. Só isso. Só quero que você me chupe. Quero ver que é que você ficou aprendendo por aí com os seus vagabundos... Você está ficando uma gata gostosa... Deve ser uma putinha e tanto, né?...

Maria Aparecida sentiu que o mundo dela desabava, não acreditou estar ouvindo essas palavras. Seu pai pegou sua mão de novo e tentou botar no pau, mas ela deu um tapa no braço dele, o empurrou e se soltou. Levantou violentamente e ficou parada junto à pia, chorando em silêncio.

— Essa é boa! Agora cê tá bancando a santinha! Eu sei muito bem que cê virou uma puta, cê não me engana não. Cê deve estar dando pra tudo quanto é gringo. Diga que não é...

Maria Aparecida se virou pra ele com ódio e com uma dor imensa.

— Vai pra merda! — gritou, e saiu da casa chorando.

Vazio, vazio, vazio. Tudo seco, tudo morto. Passou a noite encolhida no canto mais distante do quarto, olhando pra fresta na janela, sem pensar, sem sentir, quase que sem existir. Acabou tudo. O novo começo, os cuidados, o perdão, o sentido. Tentou pensar em mim e na falta que sentia das nossas loucuras e alegrias, mas não conseguiu, estava tudo tão distante... Não queria nada, não queria esperança, alegria, companhia, nada. Só queria sumir.

Vazia, morta, levantou de manhã, fez o café. Vazia desceu os becos, pegou o trem, pulou na Calçada. Vazia passou o dia na lanchonete, fazendo sanduíche, sucos, café, vendendo pão. Vazia saiu no final da tarde, ignorando os elogios ordinários dos bêbados do boteco da esquina... venha cá, gostosa!... Vazia pegou o trem de volta, comprou o feijão na vendinha da Lulu. Vazia chegou em casa, entrou sem falar com seu pai, sem olhar pra ele. Vazia catou as pedrinhas do feijão, colocou na panela de pressão, preparou o arroz, botou a moela pra cozinhar. O pai dormia. Ou talvez não, talvez a olhasse com desejo nos olhos, talvez acariciasse o pau, talvez se masturbasse, olhando pra bunda dela... vai saber o que ele fazia, ela não estava nem aí, ela estava morta, vazia, vazia...

Foi sentar na soleira da porta enquanto o feijão e a moela cozinhavam, sem olhar pra ele, e ficou ali, vazia, vendo os telhados da favela lá embaixo, ouvindo o barulho da garotada brincando nos becos, o pagode saindo de algum rádio, o som dos carros passando apressados pela Suburbana. Por que estava aí?, pensou. Que é que ainda queria? Por que não se mandava pra qualquer canto? Mas, pra onde? Para quê? Pras ruas? Pra mesma vida vazia, odiosa, insuportável, solitária, sem Pedrinho nem Betinho nem ninguém? Um ódio louco começou a crescer no seu peito. Aquele ódio que guardava sempre como lava num vulcão, aquele ódio acumulado durante tantos anos, acrescentado mil vezes pela humilhação da noite anterior. Só queria cuidar dele, porra, só queria que ele a amasse, desgraça! Por que Deus fazia isto com ela?

Levantou pra olhar a moela, que estava começando a queimar, quando esbarrou no pai dela.

— Cê tá achando que pode me ignorar o dia todo?

O rosto dele estava transtornado e ela sentiu o bafo de álcool.

— Me deixe...

Ela tentou passar ao lado, mas ele a segurou pela cintura.

— O que foi, tá me estranhando? Hoje nós vamos brincar gostoso...

— Me largue!

— Cê já esqueceu como a gente trepava? Venha, que eu vou te lembrar — e começou a boliná-la, apalpando suas pernas, sua bunda, seus peitos.

— Me solte, porra!

A Maria Aparecida tentava se soltar dos braços do pai, mas, mesmo doente, era mais forte do que ela. Ele a segurou na marra e começou a esfregar o corpo no dela. Mas, quando ela sentiu o pau duro entre suas pernas, um nojo e um ódio do cão tomaram conta dela e o vulcão finalmente explodiu. Pirou. Deu um berro igualzinho ao que tinha dado quando eu falei que eu estava de saco cheio dela, seu rosto se transformou como se tivesse visto o demo em pessoa e deu trucutru em toda forma. Começou a gritar feito louca e a bater com todas suas forças no rosto do pai, esperneando desesperada, tentando se soltar. O cara nunca tinha visto ela desse jeito e ficou espantado, furioso de receber tanta porrada, mas ao mesmo tempo assustado pela força da doideira dela. Ela conseguiu se soltar, mas ele deu um murro na sua cara e ela caiu no chão. Completamente fora de si, a Maria Aparecida levantou e caiu em cima dele com tudo. Foi tanta pancadaria, tanta gritaria, tanto quebra-quebra, que os vizinhos saíram das suas casas pra ver o que estava acontecendo. Mas ninguém se animou a se meter. É sempre assim, briga de marido e mulher ou de pai e filha, ninguém se mete, mesmo que a mulher ou a filha estejam apanhando de todos os jeitos. Afinal, homem tem direito de bater em mulher, todo mundo sabe disso. Porque todas as mulheres são putas e, se apanham, é porque merecem. E se não merecem, não é da conta de ninguém.

No meio da pancadaria, conseguiram derrubar o fogão e a casa começou a pegar fogo. Só então, quando viram as chamas, foi que os vizinhos se meteram na confusão. Uma coisa é briga de família, outra coisa é deixar que a favela toda se vá. Arrastaram os dois pra fora e correram pra trazer baldes de água. Entre várias pessoas, conseguiram apagar o fogo antes que ele levasse o resto da favela. Mas a casa deles se foi. A Maria Aparecida continuava a gritar e a espernear nos braços dos homens que a seguravam, e foi só graças à dona Zica, que a pegou nos seus braços, que, finalmente, conseguiu se acalmar e caiu num choro desesperado. Enquanto isso, o pai dela, que todo mundo tinha esquecido na frente da casa de um vizinho, se estrebuchava no chão com um novo ataque ao coração.

Quando a filha caçula da Lulu veio correndo pra avisar que o velho tava passando mal, o cara já estava ficando azul. Pegaram ele de qualquer jeito e levaram pra pista, mas não adiantou porque todo mundo se fez de besta e ninguém quis ajudar a pagar o táxi. Quando finalmente foram avisar à dona Zica e ela juntou seus centavos, o cara já estava mais pra lá do que pra cá. Dois vizinhos foram com ele no táxi pro HGE, mas, quando chegaram, foram informados que não tinha suficiente médico de plantão, de jeito que largaram ele no corredor numa maca de ferro, à espera de que um médico se liberasse, e lá ele entregou a alma ao Diabo, no meio dos gritos de duas crianças queimadas de pés a cabeça e o fedor de sangue e de mijo dos acidentados, dos baleados e dos esfaqueados.

Dois passos. Pé esquerdo no chão de pedrinhas, pé direito no dormente[15], esquerdo no chão, direito no dormente... Suas pernas eram curtas, tinha que dar passos longos. Direito, esquerdo, direito, esquerdo. Cantava baixinho uma canção de Robertão...

— *Eu tenho tanto / pra lhe falar / mas com palavras / não sei dizer...*

Pé esquerdo no chão de pedrinhas, pé direito no dormente...

Não foi ao enterro, não quis saber de nada. Viu o corpo no HGE. Morto. Um corpo morto.

Voltou à Baixa do Cacau com a dona Zica, ela tagarelando, falando de Deus, dos espíritos, dos anjos, da fé e da vontade divina, e ela, Maria Aparecida, olhando pela janela do ônibus, surda e muda.

Muda ficou num cantinho da casa da dona Zica.

— Por enquanto, você fica aqui comigo. Depois a gente vê o que é que a gente faz.

Muda. Imóvel e muda. Quando a dona Zica saiu a caminho do cemitério, Maria Aparecida esperou um pouco e saiu também. E lá se foi, pela via do trem, cantando baixinho, olhando para os pés... esquerdo no chão de pedrinhas, direito no dormente... esquerdo, direito, esquerdo, direito... Às vezes tinha algo diferente, algo que chamava a atenção, um pedaço de papel, uma lata de cerveja, um pedaço de bosta. Mas não parava, olhava interessada no tempo entre um passo e outro, e continuava andando, direito, esquerdo, direito, esquerdo...

O barulho. Um apito, um chiado agudo. Perturbando a canção. Chatice. O apito aumentando, o chiado aumentando. Juntou os pés no dormente, olhou para a frente. Lá vinha o trem, apitando e chiando. Ficou ali olhando, só olhando. As rodas do trem chiavam, lançando faíscas, o apito cada vez mais forte. Ela olhava, os pés muito juntos no dormente, os braços pendendo do corpo, o olhar vazio, vazio. Viu alguém pendurado fora de uma janela, fazendo sinais, parecendo maluco. Ela sorriu.

Só no último momento, quando o trem já estava quase em cima dela, Maria Aparecida deu um pulo e saiu dos trilhos. O trem passou furioso ao seu lado, jogando poeira na sua cara.

---

[15] Dormente — travessa onde assentam os trilhos do comboio.

— *...como é grande / o meu amor / por você...*

Andou ao lado da via até a Calçada e continuou a pé até o Comércio, subiu a ladeira da Montanha, continuou pela avenida Sete e chegou ao largo do relógio de São Pedro quando já tinha escurecido.

— É a Maria Aparecida! — exclamou um dos guris que tinha feito amizade com ela nos tempos em que a gente morava lá.

— Oi — disse ela, passando a mão na cabeça.

As outras pessoas sorriram. O guri quis puxar conversa.

— A velha Martinica morreu.

— Foi? — disse Maria Aparecida indiferente e deu as costas.

Procurou alguns pedaços de papelão, fez um abrigo do jeito que pôde no mesmo lugar onde a gente morava, deitou e apagou. Não tinha comido nada esse dia.

"Tô nem aí... tô nem aí..."

Depois que o pai morreu, era isso que a Maria Aparecida se dizia.

"Tô nem aí..."

Foda-se todo mundo, é mais ou menos isso, filosofia que resolve tudo. "A velha Martinica morreu," disse o guri assim que ela chegou no Largo de São Pedro, seu velho lar. "Tô nem aí", pensou ela com raiva. É, a velha Martinica era um amor, tinha um coração desse tamanho, suas histórias eram maravilhosas, só merecia o melhor e sua vida foi uma merda de sofrimento. E agora, entregou a rapadura, espichou a canela, bateu as botas, se mandou pra cidade dos pé junto. E daí? Todo mundo morre, todo mundo se vai. Uma a mais, uma a menos, tanto faz. "Tô nem aí. E não encham o meu saco! Vai todo mundo se foder."

Vai ficar gostando de gente pra quê? Me diga só. A mãe se foi, o Pedrinho se foi, eu me fui, o pai se foi, a Martinica se foi. Todo mundo se vai, só não ela, ela ainda tava lá. Bem que podia ir também, pro diabo que o parta, tanto faz, contanto que não tivesse que continuar vivendo essa vida infeliz do caralho.

Pedir esmola, roubar, comer, cagar, dormir, mijar... só isso. Vai querer mais o quê na vida? Cheirar cola, de vez em quando, se esquecer do mundo. Se jogar na areia na praia, brincar nas ondas do mar. E olhar os dias passar, um após o outro, um após o outro, passando, passando...

Viveu muito tempo desse jeito, não faço ideia quanto. Nem ela sabe. Não gosta de pensar nisso e quase nunca fala dessa fase da sua vida. É um buraco na sua história, um ponto preto. Não fez nenhuma amizade, fugia das pessoas. Quando falava com alguém, era só pra passar o tempo ou por interesse, não queria se apegar. Não voltou à igreja, não quis saber de ninguém. Estava cheia de ódio, de revolta, de rancor.

Vivia de qualquer coisa, de esmolas, lavando carros, roubando, esperando o carro da sopa aos sábados, catando sobras de comida no lixo. Não tava nem aí... comida é comida, enche a barriga. Nas sinaleiras, às vezes, ganhava até bem. Fazia carinha de bonitinha, o pessoal gostava, dava vinte e cinco, cinquenta centavos. Um dinheirão, nos dias bons. Dois ou três dias de trabalho, dava pra comprar um PF, um baseado, um pouco de cachaça. Tava feita, vida boa... Se enfiava em algum canto escondido, na frente do mar, sempre de olho nos vagabundos. E então comia, bebia, fumava e esquecia. Era só isso que ela queria. Depois voltava para sua "casa" no largo de São Pedro, no mesmo lugar onde eu e ela moramos.

Roubar era bacana. Dava um frio na barriga, um batimento no coração. Os ricos não vão pra montanha russa na Disney, fazem rapel na Chapada, se jogam de *bungy* sei lá que coisa dos viadutos, parecendo malucos? É a mesma coisa. Adrenalina. Todo mundo gosta disso. O melhor lugar era a praia. Arrumava algumas fitinhas pra vender e lá ia ela de mesa em mesa, de olho nas bolsas de praia e nas carteiras, nas câmeras, nos óculos de sol. Geralmente conseguia pegar de mansinho, ninguém nem percebia. Pegava o dinheiro e jogava a carteira no lixo ou no mato. Ou vendia pra um malandro que ela conhecia, que ligava pro dono, dizia que tinha achado em algum canto e combinavam para se encontrar, para entregar a carteira e os documentos em troca de uma recompensa de dez, vinte reais... bom negócio pra todo mundo. Ela ganhava, o malandro ganhava e o dono da carteira ficava feliz e agradecido porque tinha recuperado seus documentos e porque achava que ainda tinha gente que presta no mundo. Quando ganhava uma grana decente, fazia a farra. Comia um prato imenso em algum restaurante, arrumava um baseado e pegava um quarto de hotel vagabundo na Avenida Sete. Paraíso. Ficava um tempão sentindo a água no corpo no banheiro, passando sabão devagarinho, se achando princesa. Depois passava a noite inteira pelada, espalhada na cama, assistindo TV, feliz da vida.

Mas às vezes, só às vezes, a saudade batia forte e se sentia tão só, que dava vontade de sair gritando pelas ruas, arrancando os cabelos. Tô nem aí, falava para si mesma, mas não adiantava. Um negócio apertava a garganta e não dava pra segurar, e então chorava encolhida na sua toca de papelão, segurando a cabeça que estourava de dor, com medo de ficar maluca de vez. E, quando a agonia era demais, levantava e saía endoidecida à procura de cola, maconha, cachaça, qualquer coisa, só pra esquecer.

Mas a menina é retada, sabe? Ela conta e diz: "eu não tava nem aí, queria era morrer, fazia qualquer merda, só pra me acabar." Mas não era bem assim. Tanto é que nunca mexeu com o crack. E olha que era a coisa mais fácil do mundo. Os malandros do Pelô ficam oferecendo o tempo todo. Mas ela não entrava nessa. Cê acha que era o quê? Escrúpulo, as lembranças dos ensinamentos da mãe, medo de morrer? Coisa nenhuma, rapaz. Era esperança. A esperança é a última coisa que morre, cê não sabe disso? Essa dureza toda, esse negócio de "foda-se todo mundo, eu quero só me acabar"... isso tudo é balela. No fundo no fundo, ela ainda tinha esperança. De que eu voltasse, de que algo de bom acontecesse na vida, não sei bem de quê, nem ela mesmo sabia. Esperança de algum dia poder viver como gente, só isso. De jeito que ficava brincando de malabarista na beira do abismo, mas não se jogava.

E olha que segurar a barra não é mole. Já não é fácil ter que passar fome, estar sempre suja, dormir na rua com formiga, rato, barata, mijo e maluco, ser tratada pelas "pessoas de bem", pela "gente bonita" e pela sociedade toda como se fosse um pedaço de bosta no meio do caminho. Ainda por cima, tinha que aturar as humilhações de todos os dias e os perigos que só sofre quem teve a infelicidade de ter nascido mulher.

Os moleques, os vagabundos, os taxistas, os donos de lojas e até alguns turistas, todos queriam pegar ela, sobretudo agora que seu corpo começava a mudar, agora que os peitos começavam a crescer, a cintura a se afinar, a bunda a se firmar, sua beleza a florescer. "Venha cá, gostosa..." É foda ser mulher e ser bonita em Salvador, ainda mais se for preta e pobre. Os caras nem perguntavam, a agarravam e iam logo pegando, e até ficavam ofendidos quando os mandava pra puta que os pariu. “Vai tomar no cu, seu porco imundo!” Dava um monte de porrada na cara do imbecil e se mandava correndo. Era rápida e ágil, conhecia a cidade, sabia onde se enfiar pra ninguém pegar ela. Todos os dias era a mesma coisa, as gracinhas, algum abestalhado tentando pegar ela na marra, ela dando de porrada e tendo que fugir correndo. Na maioria das vezes, o cara deixava pra lá. Trabalho demais sair atrás, deixe a puta pra lá, já aparecerá outra. Mas, às vezes, ficavam tão putos que queriam matar, corriam atrás da menina feitos o cão pra encher de porrada. Mas ela era sabida, não tinha jeito de pegar. E, no pior dos casos, tinha o canivete.

Foi o que aconteceu com o taxista no Bonocô. Era já muito tarde, ela vinha subindo a ladeira sozinha, chateada porque não tinha conseguido quase nada nos barzinhos onde ela ficou pedindo esmola e comida até tarde. Percebeu na hora o carro que diminuía de velocidade, mas não tinha pra onde correr. Encostou ao lado dela.

— E aí, gata, quer uma carona?

— Quero não — continuou caminhando sem olhar pra ele.

— Venha, gostosa, vamos brincar.

— Me deixe. Já falei que não quero.

— Te dou uma grana. Vinte reais. Suba aí.

— Vai pra merda, cara, eu não sou puta não.

— Tá certo... — riu o taxista. — Você não é puta não. Então cê vai fazer de graça. Chega aí.

— Vai encher o saco da sua mãe, porra!

O cara acelerou de repente e jogou o carro em cima da menina. Ela tropeçou, caiu no chão, e foi o tempo que deu pra ele abrir a porta e segurar pelo braço. Arrastou ela até o carro com violência, enquanto ela gritava e tentava se soltar. Mas ele deu um tapa na cara dela, abriu a porta e a jogou no banco de trás. Ela estava fora de si, dava murro e pontapé com todas as forças e gritava feita doida. Mas o cara nem ligou. Bateu nela com força, abriu suas pernas, arrancou a calcinha e se jogou em cima com violência e com uma risada nojenta.

— Você se fodeu, gata, agora você se fodeu...

Mas não conseguiu abrir a calça. Sentiu uma dor aguda nas costas, arregalou os olhos de surpresa e tentou reagir, mas não conseguiu se mexer. A Maria Aparecida o jogou de lado e conseguiu sair de baixo dele. Ficou parada indecisa na porta do táxi, tremendo de pés a cabeça, enquanto o cara olhava pra ela com ódio e gritava: "Eu vou te pegar, sua filha da puta, eu vou te pegar!"

Você acha que devia ter matado? Era tão simples. Estava com o canivete na mão, era só se jogar em cima dele e enfiar na barriga e no peito, uma e outra vez, uma e outra vez. Até tirar de dentro de si todo o ódio acumulado, todas as humilhações, todo o nojo, toda a imundície, e depositá-los nesse corpo de homem-coisa, de homem-animal. Jogar fora de si toda essa fúria de náusea e horror numa orgia de sangue e vingança. Que é que você acha... devia ou não devia? Vai, me diga!... devia ou não devia?

Bom, seja lá como for, não fez. Guardou o canivete, jogou longe as chaves do carro, por via das dúvidas, e foi andando depressa. Seu corpo tremia, não conseguia se controlar. Finalmente chegou ao largo e se enfiou no seu abrigo de papelão, sem falar com ninguém. Só então desmanchou e chorou. Betinho... pensou. Se sentia muito só.

O Chico. Veja bem, vamos fazer o seguinte. Eu passei a noite toda me virando de um lado pro outro, pensando como diabo é que eu ia contar a história do Chico. Na moral, eu não sei mesmo não. Decidi que não vou ficar dando palpite, me metendo no meio da história. Vou contar as coisas do jeito que eu acho que foram, como se eu pudesse me enfiar na cabeça dele, tá ligado? Difícil, né? Achar que eu posso saber como é que o rapaz pensava e sentia, um cara tão diferente de mim, moço instruído, sabido... todo um doutor. E eu... quem sou eu ao lado dele? Mas eu não tô nem aí, é assim que eu quero contar e acabou. Se nada disto for verdade, não quero nem saber. A verdade não existe, há muito tempo que eu sei disso.

De qualquer jeito, na época o Chico não era doutor coisa nenhuma, apenas um garoto tabaréu de uns nove ou dez anos, tímido e assustado, segurando a mão da sua mãe, moça ainda bonita, magrinha, enfiada numa saia azul e uma blusa branca de pano baratinho, dessas que o povo do interior usa para ir à igreja aos domingos e às festas de aniversário. Vinham a caminho de Salvador, todos dois se tremendo de medo, sentados lado a lado no ônibus, olhando pela janela a paisagem monótona do sertão, cobertos de poeira e torrando de calor. Parece até cena de filme, né? Mãe e filho, com aquelas carinhas assustadas, morenas, magrinhas, sentados num velho ônibus que pula de um lado pro outro na estrada com mais buraco do que asfalto e, lá fora, um negócio que não acaba nunca, terra e pedras e alguns arbustos solitários perdidos naquele fim de mundo, tudo amarelado e cinzento, urubus circulando lá em cima ou se deliciando com algum bicho na beira da estrada, um calor de torrar os miolos, o sol plantado no céu sem piedade, furioso... Consegue imaginar? Dá até pra ouvir a música saindo das caixas de som vagabundas, não é não? Lairton e seus Teclados, tocando o "Morango do Nordeste". "Ai, amor, ai ai ai ai amor..." Dá até dor de cabeça, só de pensar.

Pois é. Acontece que a mãe do menino, crente, fiel aos ensinamentos do nosso senhor Jesus Cristo e aquela coisa toda, apanhava todo dia do marido com a resignação de Jó, achando que era o justo pagamento por suas culpas de pecadora. Jesus não morreu na cruz para salvar a todos nós das chamas do inferno? Então, que é que eram umas pancadinhas todo dia? Era até simples demais, um preço muito baixo para a redenção dos seus pecados... Se bem que ela não se lembrava de ter cometido nenhum pecado, mas isso já era, em si, um pecado, o pastor bem que dizia. E, além disso, tinha o pecado original, que ela nunca entendeu muito bem, mas lá estava ele, não tinha como negar. E toma-lhe de porrada, pra tirar o tal do pecado original. Séculos e séculos e milhões de mulheres apanhando de todos os jeitos e o pecado original ainda tá lá, vai saber quanta gente vai ter que continuar sofrendo pra pagar pelo erro desses dois infelizes. Eu não entendo é nada...

O caso é que ela apanhava e apanhava e teria continuado a apanhar pelo resto da vida, se o Chico não tivesse um dia falado. "Chega, esta vida não é pra mim não, passar fome, aguentar a seca, aturar o escroto do pai, ver a mãe apanhar todo dia. Vou-me embora, vou pra cidade, pra qualquer canto, vou até andando, se for preciso, mas eu não fico aqui mais um dia", disse ele. E a mãe, finalmente, tomou vergonha na cara, fez duas malas pequenas com algumas roupas e algumas lembranças, vestiu suas roupas de domingo, botou o crucifixo no peito e a bíblia sob o braço, e saiu pra rodoviária com o menino.

E agora estavam ali, todos dois se cagando de medo, depois de ter passado a noite inteira sem poder dormir, por causa da buraqueira na estrada e da ansiedade no peito. O ônibus descia pela BR e as primeiras favelas apareciam, carros e caminhões por tudo quanto é canto, fábricas, depósitos, postos de gasolina. E pobreza, miséria, as casas de tijolo das favelas empilhadas uma em cima da outra, lixo nas encostas, um negócio horroroso, casas e mais casas, becos apertados. Ô cidade feia do caralho! E, deste lado, na estrada, uma agonia de carros apressados, uma barulheira de buzinas, um zuzuê dos mil diabos. Teve um acidente na estrada, ficaram no engarrafamento duas horas. Ambulâncias, polícia... uma baderna. Quando finalmente chegaram à rodoviária, estavam moídos de cansaço e já começavam a se perguntar se não teria sido melhor continuar nessa vidinha pacata de interior, com porrada e tudo o mais, mas sem essa loucura de carro e barulho, sem essa feiúra, sem essa infernação de gente agressiva e mal-educada. O Chico, então... parecia que uma tempestade crescia em sua barriga. Achava-se responsável por ter feito sua mãe largar tudo. E agora, se não desse certo? Se terminassem pior do que antes, nessa cidade medonha? Eu acho que foi nesse momento, ao descer do ônibus na rodoviária, que o Chico decidiu fazer de tudo pra se sair bem na vida e não desiludir a mãe, para lhe mostrar que o sacrifício valeu a pena. Porque o Chico, rapaz, é um menino de garra, não é qualquer um que é assim. E conseguiu... o danado conseguiu... Mas não é hora de falar disso inda não.

De alguma forma conseguiram chegar ao Vale das Pedrinhas, onde a tia Vanda os recebeu sem muita alegria. Um saco, achava a tia Vanda, ter de hospedar o diabo da irmã, que não tinha nada que ficar largando o marido pra vir atrapalhar a vida dos outros. Já era muito ter de se apertar naquela casa com o marido e os sete filhos, para agora ter que aguentar essa irmã tabaroa que nunca fez nada por ela, e ainda por cima com esse pirralho que não falava uma palavra e que só ficava olhando todo mundo com essa cara de susto. Tomaram um suco de goiaba e comeram um pouco de pão com manteiga, e foram dormir na cama da tia Vanda, pra se refazerem da viagem.

Já era mais de meio-dia quando acordaram, tomaram banho, almoçaram e saíram para procurar emprego. A tia Vanda tinha uma amiga que era gerente numa loja do centro, quem sabe tinha algum emprego para a mãe do Chico. E, se não tivesse, havia uma porrada de lojas e comércios por essas bandas, alguma coisa teria que achar. Pegaram um ônibus e desceram na Avenida Sete.

Falar "Avenida Sete" não quer dizer nada. Eu falo "Avenida Sete" e você pensa uma coisa, eu outra, mas, com certeza, não pensamos o que o menino viu naquele dia. Ô coisa doida, essa cidade! Nenhum dos dois tinha estado em Salvador, nenhum deles conhecia outra coisa que não fosse o sertão. Ribeira do Pombal era a maior cidade que eles tinham visto em sua vida. E agora, de repente, lá estavam eles no meio de tanta gente, tanto movimento, tanta gritaria. O menino gostou. Adorou. Achou bacanérrimo. Queria olhar tudo, entrar em todas as lojas, parar nas barracas de todos os camelôs. Acharam a loja da amiga da tia Vanda e a mãe do Chico ficou lá batendo papo com ela um tempão, enquanto ele olhava tudo, calças, camisas, bonecas, relógios de parede, flores de plástico, sapatos, calcinhas de um real — uns negócios pequenininhos que sua mãe, com certeza, não usaria nem morta.

Finalmente a mãe do menino se despediu da moça e foi pegar ele pela mão, com um sorriso meio triste. Não tinha emprego não, mas a moça foi legal. Falou que era pra ligar dali a duas semanas, quem sabe pintava uma vaga. E, por enquanto, recomendou procurar outras lojas. Se virar, o negócio é se virar, a situação não está mole pra ninguém. Lá se foram andando pela rua, entrando em todos os locais, pedindo pra falar com o gerente, ouvindo a mesma coisa de sempre, não tem vaga não, mas deixe seu currículo, qualquer coisa a gente liga... A mãe estava preocupada, angustiada mesmo. Mas ele, apesar de tudo, estava curtindo. Era tanta gente andando apressada pra cima e pra baixo, que não dava para andar no passeio, tinham que caminhar na rua, junto com os carros que passavam voando. As pessoas eram tão diferentes das que ele conhecia. Lá no sertão, tudo era bem mais devagar, bem mais pacato. Aqui o povo gritava, se empurrava, rostos negros, mulatos, suarentos, nesse calor abafado, úmido, grudento. E tinha de tudo, moleques de rua, camelôs, vendedores, jovens com o uniforme da escola, senhores importantes andando apressados. Se imaginava a si mesmo já homem, de terno e gravata, andando pelas ruas com ar de importância. "Vou ser o rei da cidade", pensou, "vou ter um carro preto como esse aí e uma casa porreta pra minha mãe ficar à vontade sem ter que trabalhar..."

Passaram por uma praça com uma fonte, muitas árvores e muita gente sentada nos bancos e andando de um lado pro outro. Sua mãe falava alguma coisa, estava preocupada, se queixava da má vontade da tia Vanda, que nem tentava esconder que estava achando um saco ter de aturá-los na casa dela, mas o menino não ligava pra mãe. Uma coisa fantástica acontecia no meio da praça e ele parou embasbacado, se enfiando no círculo de pessoas que olhavam curiosos e divertidos. Vários homens e mulheres — alguns jovens, outros mais velhos, uns deles com longas barbas, outros vestidos com roupas malucas e coloridas, alguns com as caras pintadas, outros com chapéus e penas na cabeça — andavam de um lado pro outro, faziam gestos doidos e falavam um monte de palavra esquisita. Entrava um no círculo, falava, gritava, fazia caretas, ria, chorava, dançava, até que enfim terminava, fazia uma saudação, se curvando até o chão, o povo batia palmas, o rapaz saía e outro doido entrava na roda.

— O que é isso? — perguntou o menino a uma senhora.

— São poetas.

Poetas. Olha só que coisa! Nunca imaginou que seria possível uma coisa dessas. Quer dizer que a poesia é isso? Foi como se um novo mundo tivesse aparecido assim, de repente, na sua frente. É que o menino achava que era só ele que gostava de poesia e das palavras escritas nos livros. Achava-se até meio doente, meio defeituoso do juízo, por ficar tão encasquetado com esse negócio de poesia, trancado no seu quarto, viajando nas palavras, enquanto a garotada se divertia jogando um baba[16] na rua, nessa quentura de inferno. Até sua mãe, que era um anjo, achava esquisito. Que é que você tanto lê nesse livro, menino? Era um livro de Castro Alves que um tio dele, sabendo da paixão que o menino tinha pela leitura, lhe deu de presente. Como explicar? Nem mesmo o tio entendia, lhe deu o livro só porque achou engraçado, ele mesmo nunca tinha lido. É, o Chico não tinha dúvida, ele não era certo da cuca. Ficava catando coisa pra ler em qualquer canto, gibis, livros escolares, folhas de jornal. Nem que fossem os classificados, ele lia. Nos tempos em que trabalhou de ajudante na farmácia do primo Toinho, então... que alegria! Tinha que embrulhar os remédios em papel de jornal, e tentava demorar o máximo possível, fazendo questão de fazer embrulhos perfeitos, bem dobradinhos, fita durex nos lu-

[16] Baba — futebol.

gares certinhos, nenhuma ruga no papel... e, enquanto isso, ia lendo as palavras. Não deixava nenhuma escapar. Se bem que não dava pra entender muita coisa, as frases se perdiam no ponto do corte do papel, as ideias ficavam suspensas na imaginação, retomavam na seguinte linha sem pé nem cabeça, e era preciso preencher os vazios com palavras inventadas. Mas era isso, justamente, o mais bacana, inventar histórias com fragmentos de histórias, refazer o mundo, pegar aquele pedacinho incompleto e construir com ele todo um universo.

Mas, agora, as palavras voavam livres, expressivas, vibrando no ar, não mais escondidas, presas nos pedacinhos de papel lidos às pressas na hora de fazer um embrulho ou repetidas em silêncio na penumbra do quarto. Reconheceu um poema e deu uma vontade retada de chorar:

Senhor dos desgraçados!
Dizei-me vós, Senhor Deus!
Se é loucura... se é verdade
Tanto horror perante os céus...

Era um rapaz alto e magro, vestindo uma longa capa sobre um terno preto, com uma gravata branca de borboleta. Quando terminou, se ajoelhou na sua frente, recitou um poeminha engraçado e lhe deu uma flor de papel. O Chico estava feliz; era, sem dúvida, o melhor dia da sua vida. Se virou para mostrar a flor à sua mãe e lhe contar o mundo de coisas que cresciam no seu peito, lhe dizer que não queria mais ser advogado coisa nenhuma, nem médico, nem piloto de avião. Queria ser poeta, igualzinho a esses caras doidos, e escrever livros e ficar recitando na praça todos os dias. Mas, quando procurou por sua mãe, ela não estava.

Veja só como o melhor dia da vida pode se transformar, de um momento para outro, no pior. A vida é assim, e é bom a gente aprender a ficar frio, não se empolgar demais com as coisas, porque vai que muda o vento, bem no meio da empolgação... e a alegria já era. Danou-se. Fodeu. Agora o menino olhava apavorado para todos os lados, e a cidade, que uns minutos atrás era a melhor coisa do mundo, virou um inimigo medonho. "Minha mãe!", gritava desesperado, correndo de um lado pro outro, chorando, enlouquecido com um pavor que nunca antes sentiu. Não fazia ideia onde estava, onde era a casa da tia Vanda, onde era nada. O menino corria e gritava, mas de nada adiantava, sua mãe não estava em canto algum. A cidade estava cheia de luzes, barulhos e cheiros, tudo alheio, tudo medonho. Algumas pessoas olhavam pra ele como se fosse um louco, outras ficaram com pena, mas o menino não queria saber de pena, queria era sua mãe... "Minha mãe, minha mãe!" Alguém tentou pegar ele, falou alguma coisa, o vendedor de picolé se aproximou, mas o menino fugiu, fugiu, se mandou correndo pelas ruas, procurando sua mãe. E, quanto mais corria, mais parecia cair num pesadelo sem saída.

A cidade começou a escurecer e os comércios a fechar suas portas. O Chico se batia com o povo que ia e vinha, na alegria do fim do expediente, a caminho dos bares, ao encontro com as namoradas e os namorados, de volta à família. "Olhe o que você faz, moleque... porra!", gritou a mulher que vendia cadeados e barbeadores, quando ele esbarrou no tabuleiro dela. "Uma peste, esses pivetes!", exclamou com nojo uma moça de cabelo alisado, tingido de loiro, na qual se bateu quando tentava atravessar a rua. Conforme escurecia, tudo virava mais assustador, os carros e os ônibus mais perigosos, o povo mais agressivo. E, de repente, começou a chover. Bem que a tia Vanda tinha falado, esse abafamento é chuva certa. O Chico não acreditou, com um calor desses, um céu limpo sem nuvens, só podia ser invenção dela, só pra meter susto neles. Mas, agora, o céu inteiro parecia desabar sobre sua cabeça. O povo sumiu das ruas num instante e tudo ficou numa escuridão medonha, iluminada apenas pelos relâmpagos e pelas luzes amareladas e tristes dos faróis. Passou na frente de um restaurante e viu as pessoas rindo, comendo, bebendo, quentes e confortáveis nos seus mundos distantes. Mas ele estava do lado de fora, na chuva violenta, nas ruas escuras e sujas, procurando uma mãe que não podia mais estar nesse mundo. Seu mundo era outro, a roça, o sertão, as pancadas do pai e seu bafo de álcool, tanto fazia, tudo era melhor que esse desespero e esse terror.

Vai saber quantas horas o menino andou, por que ruas ele se meteu. Não conseguia mais pensar nem chorar, andava por andar, porque não tinha outra coisa a fazer. Finalmente, morto de cansaço, de medo e de fome, sentou nas escadas de um prédio e tentou esquecer tudo, dormir pra sumir do mundo. Quem sabe, ao acordar, veria que tinha sido tudo só um pesadelo. Deitou de lado e pegou no sono na hora.

Mas acordou com uma dor nas costas e no rosto. Quando abriu os olhos, viu três meninos que batiam nele com ódio, tiravam seus sapatos, arrancavam sua camisa e futucavam seus bolsos. Moleques cheirados, com certeza. Pareciam bichos. Ainda deram alguns pontapés, só pra curtir, antes de se mandar e deixar ele ali jogado, todo dolorido e morrendo de frio.

Ficou ali sentado, chorando, querendo morrer. Depois levantou e começou a andar de novo, agora descalço, procurando sua mãe, já sem esperanças de achá-la. Tinha muita gente dormindo no passeio, uns grudados nos outros, cobertos com papelão ou lençóis imundos. A chuva diminuiu, mas não parou. Seu corpo tremia de frio e sua barriga doía de fome. Procurou algum canto seco para deitar, mas os mendigos já tinham ocupado os melhores lugares e o enxotavam com raiva quando se aproximava.

Andava por uma rua solitária, achando que nada de pior poderia lhe acontecer, quando apareceu um velho doido e invocou com ele.

— Venha cá, seu saco de bosta!

— O que foi? — respondeu o Chico assustado.

— Venha cá, sua desgraça!

O Chico tentou fugir, mas o velho conseguiu pegar ele pelo braço e começou a xingá-lo de todos os nomes. Tinha uma longa barba emaranhada e seu cabelo era uma meleira de porcaria acumulada durante vai saber quantos anos de dormir na rua sem tomar banho. Estava furioso, irado, e não falava coisa com coisa. O menino tentou se soltar, mas isso só fez piorar a maluquice do velho. Pegou o menino pelo pescoço, o jogou contra a parede e começou a gritar feito doido, botando seu punho bem na cara dele. O Chico ficou apavorado e sentiu vontade de vomitar ao respirar o bafo de carniça que saía da boca do louco, que gritava na frente do seu nariz, com os olhos esbugalhados.

Foi aí que ela apareceu. O Chico nunca soube de onde ela saiu nem como foi que ela chegou. Empurrou o doido com tanta força que ele cambaleou e, quando se virou furioso contra a menina, ela o recebeu a pauladas e com uma enxurrada de palavrões e xingamentos tão assombrosos, que o Chico ficou mais surpreso com eles do que com o fato de uma menina, apenas uns anos mais velha do que ele, ter surgido do nada para o salvar daquele maluco.

— Desgraça de vagabundo filho da puta! — disse ainda, enquanto puxava o menino pelo braço.

Saíram andando pela rua, a mão dela segurando firme a do rapaz.

— Esquente não, garoto — disse quando estavam a uma distância segura. — O cara está meio pirado. Dizem que os tiras encheram ele de porrada e ficou desse jeito, doido que nem o cão.

A menina continuava a segurar a mão dele, enquanto andavam pelas ruas molhadas, tentando passar por baixo das árvores e das marquises pra não se molhar demais.

— É cada coisa que a gente vê... — ela não deixava de tagarelar. — Imagine só, tem uma velha que mora lá na Baixa de Sapateiros que conhece o doido. Diz ela que ele tinha casa, mulhé, trabalho, tudo, rapaz, tudo mesmo. Até carro, o cara tinha. Aí, foi se meter em alguma confusão, a polícia pegou e deu-lhe de pau... Tortura, é assim que se chama. E o cara ficou doido lelé. Não voltou mais pra casa e anda largado por aí, enchendo o saco de gente que não tem nada a ver. Mas também, vai saber se isso é verdade, a velha fala tanta merda...

De repente, ela parou. A mão do menino tremia, e quando olhou pra ele, viu que estava chorando. Acho que juntou tudo, sabe? Todas as emoções do dia, o medo, as porradas, a chuva, o frio, a certeza de não ver sua mãe nunca mais e, no meio do pesadelo, a mão quente dessa menina que o salvou do maluco nojento. Chorava, chorava, e não conseguia se endireitar.

— O que foi, rapaz? Isso é razão pra chorar? É um velho doido, já disse...

Ele não respondeu, continuou chorando, olhando pro chão. Ela ficou pensativa.

— Coitado — disse, e botou o braço nos seus ombros com carinho. — Cê é novo na rua, né?

O menino mexeu a cabeça de cima pra baixo, sem olhar pra ela, e se sentiu perdido. "Novo" na rua? Era isso mesmo, né? Daqui pra frente, ia ser menino de rua. Nunca mais ia ver sua mãe, nunca mais ia dormir numa cama, sem frio, sem sujeira e sem chuva, sem pivetes e malucos.

— Venha — disse ela de repente, como se acabasse de ter uma grande ideia, toda sorridente. — Hoje cê vai dormir na minha casa.

Caminharam alguns quarteirões, por ruas cheias de gente jogada nos cantos, dormindo no passeio, nas escadas dos prédios, nas portas das lojas, famílias inteiras se abrigando de qualquer jeito da chuva e do vento. Chegaram a um largo pequeno e escuro, e lá, num canto mais ou menos seco, pararam na frente duma pilha de caixas de papelão, amontoadas contra a parede. A menina levantou uma das caixas e entrou pelo buraco. "Venha", disse, e o menino entrou atrás dela. Era um espaço pequeno, do tamanho de uma menina, de jeito que deitaram juntos, muito perto um do outro, e ela colocou de novo a caixa no seu lugar. Ele tremia, assustado e emocionado, achando que essa menina só podia ser um anjo enviado por Deus para o proteger desse mundo de cão.

— Minha mãe sumiu — falou o menino soluçando.

— Tadinho. Mas não esquente não. Amanhã você acha. Cê mora onde?

— Sei não. A gente chegou hoje do interior. Ficamos na casa da minha tia, mas não sei onde é.

— É... tá russo[17], né? Mas não fique pensando nisso agora não. Amanhã a gente dá um jeito.

Era uma menina de uns doze, treze anos. Olhou pra ela pela primeira vez com cuidado. Tinha um rosto bonito, forte, com uns olhos brilhantes e cheios de vida. Seus cabelos eram pretos e eriçados, num caos emaranhado que apontava pra todos os lados e que lhe dava um aspecto elétrico, vivaz e engraçado. Usava uma camisa muito larga, de homem, gasta e rasgada. Estava muito suja e tinha um cheiro penetrante de pele, de terra e de chuva, mas não era um cheiro ruim. Ao contrário, tinha algo forte, quase violento, mas ao mesmo tempo doce nesse seu cheiro, que combinava com seu olhar, com seus lábios, com sua pele, como se toda ela fosse feita de fogo e doçura. Que coisa doida! Ela era tão diferente dele, como um ser de outro planeta e, ao

[17] Estar russo — estar complicado.

mesmo tempo, naquele momento, era como uma irmã, como um anjo de Deus.

— Tô com frio — disse o menino tremendo.

— Tá todo molhado... Peraí.

Tirou a camisa e com ela começou a esfregar as costas do garoto, seu ventre, seus braços, suas pernas. Seu corpo magrinho e bonito se mexia com uma liberdade que o deixava todo tímido e encabulado. Tinha uma segurança de si que o menino nunca tinha visto e muito menos sentido. Sua pele era muito negra e muito suave, e brilhava com o reflexo das luzes que entravam pelas fendas das caixas. Seus seios pequenos roçavam sua pele e o faziam estremecer com sua suavidade e seu calor. Quando terminou, estendeu a camisa como coberta sobre os dois. O corpo do Chico tremia, era frio, medo, emoção e muitas coisas mais, não conseguia se controlar. Ela o abraçou para esquentá-lo com o calor do seu corpo. Era como um abrigo doce e macio, quente, aconchegante, no frio dessa noite medonha. Do lado de fora, a chuva continuava caindo, se ouviam passos, conversas, carros perdidos na noite, risadas. Só esses muros de nada os protegiam do resto do mundo. A violência da noite, tão diferente dessa intimidade gostosa e delicada de crianças, estava lá fora, separada apenas por essa barreira de papelão que o vento podia levar a qualquer momento. E, no entanto, o menino se sentia seguro, como se nada o pudesse atingir naquele lugar, nos braços dessa menina engraçada e bonita.

Ela enfiou o braço numa das caixas e tirou um saco plástico, onde guardava dois pães. Deu um pra ele e, assim, apertados um contra o outro, devoraram o jantar. O pão acalmou as dores da barriga, a pele da menina esquentava seu corpo, e um prazer como nunca tinha sentido começou a preencher ele aos poucos. Começou a rir à toa. Ria e chorava e ria de novo, e ela o futucava, dava risadas, acariciava seu cabelo, suas costas. "Moleque doido", ria ela, "meu novo irmãozinho". De repente, o garoto se sentiu feliz. Lembrou do que ela falou: "Esquente não, garoto, amanhã a gente acha sua mãe..." Só podia ser, né? Com certeza, no outro dia achava. E, por enquanto, estava ali, com essa menina linda de morrer, com seus cabelos malucos e seu jeito engraçado e o calor de sua pele... com essa alegria e essa coisa doida acontecendo dentro dele. As mãos das duas crianças brincavam, acariciavam, viajavam no escuro, passeavam pelos corpos magrinhos. Algo nele acordava, algo imenso que não tinha jeito de entender mas, ao mesmo tempo, algo simples e transparente. Os corpos apertados um contra o outro, as pernas emboladas numa brincadeira sem fim, as peles se procurando arrepiadas, na curtição desse contato tão gostoso e tão cheio de emoções, de tanta coisa maluca e misteriosa... carinho, calor, segurança, saudade, tristeza, alegria, amor. A menina terminou tirando o short dele. Ele não sabia bem ao certo o que estava acontecendo, se deixava levar por essa felicidade que o invadia, algo doido e belíssimo, algo maravilhoso, ela o envolvendo em seu corpo e o beijando e o chamando de irmãozinho, e ele caindo num abismo gigante, caindo, caindo...

O menino achou que não podia ser mais feliz. Não dormiram a noite toda, ficaram brincando, se curtindo, se amando. Parecia que o mundo todo tinha sumido, e que só tinha ficado esse cantinho minúsculo de papelão e esses dois corpos magrelos de crianças e esses sentimentos do tamanho do universo.

Quando o sol começou a nascer, finalmente pegaram no sono, abraçados, exaustos, felizes. Entre sonhos esquisitos, onde se misturavam cenas da sua mãe, do sertão, poetas, luzes, chuva, medo, alegria, carícias e beijos, chegavam aos ouvidos do menino os sons da cidade, os gritos dos camelôs, o movimento do povo, o barulho dos carros. Acordava de repente, atordoado, achando que ainda estava sonhando. Olhava pras caixas de papelão, via o rosto adormecido da menina, seu corpo nu, sua pele negra, seus cabelos emaranhados e sujos. Apertava seu corpo no dela, ela se aconchegava mais ainda, e ele pegava no sono de novo.

Era já muito tarde quando finalmente acordaram.

— Oi — disse ela sorrindo.

— Oi.

— Tá com fome?

— Morrendo de fome.

— Vamos procurá o que comer.

Saíram pras ruas. Sentiu um pouco de medo quando ela levantou a caixa que servia de entrada à sua "casa". Medo de que voltasse todo esse mundo medonho da noite anterior. Mas, lá fora, a cidade era outra, completamente distinta desse lugar horroroso onde viveu essas horas de pavor, tanto que chegou a achar que tudo tinha sido só um pesadelo. As ruas estavam cheias de gente, o sol brilhava de novo no céu azul e sem nuvens, as pessoas riam, conversavam, discutiam. Num canto do largo onde estava a "casa" da menina, um cara sem mãos tocava os teclados, mexendo nas teclas com os cotocos miudinhos. Grupos de estudantes caminhavam com seus livros e cadernos sob o braço, moças bonitas mostravam pernas e barrigas bronzeadas, camelôs vendiam tudo quanto é tralha, e uns caras, na frente das lojas, convidavam aos berros o povo pra entrar a comprar geladeiras, fogões, roupas, sapatos, colchões, brinquedos e tudo o que você possa imaginar. Só em certos momentos o menino pensava na sua mãe e ficava triste e com medo, mas era só olhar pro rosto alegre da menina, que esquecia de tudo e voltava a sorrir. Numa esquina pediram esmola, fazendo caretas de sofrimento e fingindo uma fome que não era, de fato, fingida. Depois de alguns minutos conseguiram algumas moedas e entraram numa padaria pra comprar dois pães com manteiga, que engoliram na hora.

— Vamos à praia — falou a menina quando saíram da padaria. — Vou te mostrar um lugar dez. Conheço o dono, é um cara porreta. Sempre me deixa pegar as sobras que joga no lixo. Outro dia comi um peixe quase inteirinho...

Lá se foram andando pra Barra, mas a saudade da mãe começava a apertar e a tristeza voltava aos poucos. Comer as sobras do lixo, morar em caixas de papelão, mendigar, nunca mais encontrar a mãe... Caralho! Sentiu um aperto no peito.

Andava assim, todo amuado e tentando não mostrar sua tristeza, quando passaram em frente ao Forte de São Pedro. Não prestava atenção por onde andava, nem ouvia a história que a menina contava. Só pensava na mãe, na saudade, na vida que nunca mais ia ter. Mas, de repente, ao passar por uma farmácia, olhou pra dentro e, ô coisa doida, seu coração quase que sai pela boca. Lá estava ela, sua mãe, no balcão, comprando alguma coisa! Parou, gelou, esqueceu de tudo, da menina, dos beijos, da pele macia, de tudo...

— Mãe! — gritou, e correu a abraçá-la.

A mulher deixou cair os remédios que tinha nas mãos, arregalou os olhos e pegou o menino em seus braços. Os dois choravam, se abraçavam, ela beijava o garoto.

— Meu Deus, Chico, como você faz uma coisa dessas comigo?! — exclamava e não parava de o beijar.

— Minha mãe!

— Graças a Deus, graças a Deus, o bom Pai ouviu minhas preces, louvado seja o Senhor!

Mas, de repente, olhou pra ele muito séria, seu rosto muito assustado.

— Aconteceu alguma coisa com você? Me diga, meu filho, alguém fez alguma ruindade com você?

— Não, minha mãe, estou bem, nada aconteceu.

— Mas olha só como você está! Cadê suas roupas? Cadê seus sapatos? Que foi que aconteceu, meu filho? Me diga logo, que foi que fizeram com você?

— Nada, mãe, não fizeram nada. Foram uns moleques, pegaram minha camisa e meus sapatos, só isso. Não aconteceu nada.

— Tem certeza? Olha pra você! Você está imundo! Me diga o que houve... não minta pra mim!

— Esquente não, mãe, na moral... — respondeu o menino, imitando o jeito de falar da menina.

Sua mãe olhou pra ele surpresa, e foi só então que o Chico lembrou da sua amiga. Olhou pra rua e lá estava ela, no mesmo lugar onde ele a deixou quando correu pra abraçar a sua mãe. Ela olhava pra eles com uma expressão tão esquisita, que o menino ficou espantado. Os olhos chorosos, os punhos fechados, uma expressão de ódio e tristeza que o deixou gelado. Olhou pra ela, parada ali na rua, suja, descalça, os cabelos de doida, a camisa de homem surrada mal cobrindo seu corpo pequeno, e de repente se deu conta de como seu mundo estava longe do dela. As mãos limpas da sua mãe, seu cheiro de sabão e alfazema, o seu jeito que ele tão bem conhecia, a sua pobreza ordenada... isso tudo era tão diferente dessa menina de rua miserável e livre, que o olhava com tanta raiva e tanta tristeza. Ainda tentou salvar o sonho, fazer de conta que seus mundos tinham jeito de se encontrar. Pensou em convencer a sua mãe a adotar a menina, convidar ela pra viver com eles como uma irmã, mesmo sabendo que sua mãe nunca iria topar.

— Minha mãe, venha conhecer uma amiga — disse o menino, puxando ela pela mão.

Mas a menina olhou pra ele chorosa e com ódio e se mandou correndo, fugiu rua abaixo, e ele não pôde fazer nada. E, enquanto olhava pra ela angustiado, se perdendo pra sempre nas ruas da cidade, pensou com tristeza que nem o seu nome tinha lembrado de perguntar. Ele não sabia ainda, mas acho que, no fundo, ele o sentiu: naquele dia, ele perdeu a sua infância... ficou pra sempre nos olhos despeitados dessa menina que ele aprendeu, tão rápido, a amar.

Quem mandou você ficar acreditando em coisa que não dá pra acreditar? Você não aprende não, né, menina? Você é tapada mesmo, né, rapaz? Cê ainda não se deu conta que esse negócio não é pra você? Você ainda não entendeu que você não presta, piveta? Que você não é nada? Que você é um caco na beira da estrada, uma tralha imprestável? Vai, continue achando que você pode ter alguma coisa boa na vida... Continue quebrando a cara... Vai, sua besta, continue acreditando...

Dureza, rapaz, dureza. Chega de molecagem. Chega.

É, mas, puxa... foi bom, não foi? Foi bom demais. Demais, demais...

Estava deitada na areia, na praia do Farol da Barra, olhando pro céu, pensando no garoto. Qual é o nome dele? Nem perguntou. Será que um dia eu encontro ele de novo? Deixe de pensar besteira, diabo! Tire esse negócio da cabeça, porra! Quem é você? Você não é nada, garota, abra os olhos!

Mas não conseguia. Ficava viajando, lembrando, imaginando. E se achasse ele de novo? Depois ficava com raiva, com ódio. E ele ia querer saber dela, por acaso? Uma menina de rua imunda, que dormia em caixas de papelão? Ele, que tinha mãe, que estava acostumado a tomar banho todos os dias, dormir numa cama macia, vestir roupa limpa, ir pra escola? É cada uma! Ou você não viu a cara de nojo da mãe dele, sua besta? Acorde, rapaz!

Estava de saco cheio. De saco cheio mesmo. Não conseguia tirar da cabeça o olhar da mãe do menino, um olhar ofendido, de nojo, quase que de ódio, de indignação só de pensar que seu filho podia ter algo a ver com uma porcaria suja como ela. De repente, pela primeira vez na vida, se deu conta do que ela era: um farrapo de gente. É estranho. Antes, ela nunca tinha se incomodado com o fato de ser menina de rua. De fato, nunca tinha nem pensado. O negócio era se virar pra arrumar comida, para fugir dos perigos, para ter um lugar pra dormir. Sobreviver no dia a dia, ter a cabeça firme para não acabar como a Perereca e como tantos outros, com os miolos torrados de crack ou cola ou qualquer outra merda, ou estuprada, quebrada de porrada, esfaqueada, assassinada. E o mais difícil: ser tratada como bicho e conseguir ainda se lembrar que é gente. Mas isso tudo era normal, nunca achou nada demais. Era a vida. Só a vida. E, na época em que eu e ela estávamos juntos, ainda tinha a curtição, a molecagem, a liberdade, a camaradagem.

Mas agora não tinha mais nada disso, não tinha curtição, camaradagem, coisa nenhuma. Só tinha a consciência de ser uma coisa suja e fedorenta que ninguém queria. Sentou, ficou olhando pra sua camisa surrada, seus pés imundos, pegou nos seus cabelos eriçados e fedorentos. Tinha ódio de si. Os turistas passavam olhando pras bundas das garotas, os casais namoravam, homens e mulheres se paqueravam. Mas ninguém olhava pra ela. Só quem olhava era homem nojento que achava que podia pegar sem perguntar, simplesmente comer e jogar fora… vagabundos como aquele taxista que tentou estuprá-la, que olhavam pra ela como se fosse apenas um buraco onde enfiar a rola. Viver desse jeito pra quê, me diga? Viver pra quê?

Morrer é a coisa mais simples do mundo. Basta andar no lugar errado na hora errada e levar tiro ou facada, procurar confusão onde não deve, brigar com traficante, andar pela favela e levar uma bala perdida, esperar o ônibus no ponto e ser atropelado por um filhinho de papai bêbado, morar num cortiço e ele desabar na sua cabeça. O difícil é continuar vivendo, ficar driblando os perigos. Mas, quando se quer morrer, aí o bicho pega, não é tão simples quanto parece. Ninguém chega e dá tiro quando a gente quer. Como fazer? Se jogar no mar? Mas, se ela sabia nadar? Ó o trabalho que ia dar. Veneno de rato? Você já viu alguém morrer com veneno de rato? Não queira nem ver, não tem coisa pior. Se jogar na frente de um ônibus? Tudo bom, e se não morrer? Aí, lascou. Ia ter que continuar nessa vida miserável e ainda por cima toda destrambelhada. Ou se jogar de um prédio bem alto, do décimo andar, se espatifar no chão. Só que ninguém ia deixar ela entrar num prédio, quando já se viu uma menina de rua num prédio?

Levantou anestesiada da vida, seu corpo pesado, com um cansaço como se fosse velha. Não tinha comido nada desde o dia anterior e foi procurar alguma coisa no lixo atrás da barraca. Achou um pouco de peixe, uns pedaços de tomate meio podres e farinha misturada com areia, que comeu faminta, e um pouco de refrigerante numa lata de guaraná amassada. Limpou as mãos na camisa e saiu andando, parecendo zumbi, sem olhar pra ninguém, sem vontade de nada. Subiu a Ladeira da Barra, continuou pela Vitória, chegou ao Campo Grande, foi andando pela Carlos Gomes e seguiu, seguiu, sem pensar em nada, sabendo apenas que não queria continuar nessa vida. Chegou à ladeira da Montanha, desceu pro Comércio. Quando chegou na frente da igreja da Trindade, parou, ficou olhando as escadas, com os olhos chorosos. Não conseguia se mexer. As lembranças chegaram com tanta violência... lembrou do dia em que eu bati nela, sua loucura pelas ruas, nossa chegada na igreja, a primeira noite, eu nu, me masturbando no banheiro. E nossos primeiros dias lá, a alegria, a fé, a esperança... e depois o ciúme, o ódio, as brigas e, finalmente, minhas palavras horríveis: "Vai pra merda! Eu não sou nada seu! Tô cansado de você!" E meu sumiço, o fim da camaradagem, dos tempos felizes. Só de pensar, ficou com dor de barriga, um aperto no peito, lágrimas nos olhos. Queria subir, queria rever Rafael, Renata, Manuela, Imaculada, o Lalau, os guris, o pessoal todo, queria saber deles e, sobretudo, ouvir alguém dizer que ela era legal, uma menina bacana que servia pra alguma coisa... Ficou ali, indecisa, revivendo tantas coisas, sentindo uma saudade horrível de mim, pensando no garoto, no prazer do seu corpo e na alegria de cuidar dele, no vazio de estar sozinha de novo.

Mas não conseguiu. Queria entrar e falar com o pessoal, matar saudades, se sentir bem-vinda como se fosse sua família, mas não conseguiu. Ter esperança de novo? Acreditar em Deus? Tá brincando...

Pra quê? Lembrava do tempo quando ficava rezando, se esforçando pra fazer tudo certo, sem roubar, sem cheirar cola, sem pensar besteira, feliz porque Deus estava na sua vida. E adiantou o quê? Foi tudo por água abaixo, perdeu tudo, a mim, seu pai, o menino sertanejo, e agora estava nessa vida, feito um lixo, sozinha, sozinha. Acreditar em Deus pra quê? Não, rapaz, já chega, né? Pra ficar quebrando a cara? Já chega.

Continuou andando, chegou à Calçada, passou pelo Largo dos Mares, continuou até o Largo de Roma e parou na frente do velho cinema, com o coração batendo a mil. Lá estava ele, igual a sempre, um negócio branco, imenso, com a pintura descascando. Estava tudo fechado, a porta estava trancada. Ficou batendo, sabendo que não tinha ninguém e que ia ter que esperar até algum dos meninos voltar. Se é que ainda moravam lá. Estava nervosa, suas mãos suavam...

Já estava desistindo, quando a porta se abriu e apareceu o Maruim, usando um vestido azul. Ficou olhando pra ela confuso e mal-humorado.

— É o quê? — disse, deixando claro na voz e no olhar que não gostava de ser incomodado à toa.

— Sou eu, Maruim...

De repente, a reconheceu e seu rosto se iluminou com um sorriso feliz, seus olhos se encheram de lágrimas. Levou as mãos à boca e exclamou:

— Maria Aparecida, não acredito!

Apertou a menina nos seus braços e ficaram assim muito tempo, balançando de um lado pro outro. Maria Aparecida, emocionada, sentiu seu corpo magro, esquelético. Estava pálido, os olhos fundos com olheiras escuras. Parecia que tinha envelhecido vinte anos.

— Maruim, que saudade! — falou ela, se segurando pra não chorar. — Você está bem, Maruim?

— Mais ou menos, filha, mais ou menos. Mas venha, entre...

O interior do cinema estava igual a antes, nada tinha mudado fora o palco, onde o Maruim tinha feito seu quarto de dormir, decorado com panos coloridos, fotos de artistas de cinema, flores de plástico e um espelho de corpo inteiro. Tinha até uma cama de casal, com um cortinado branco. E, num canto, tinha um monte de vestidos pendurados numa corda, arrumados segundo a cor.

— Mas, que alegria, menina, outro dia estava pensando em você, me perguntando como você estava. Ah, que saudades daqueles tempos! Cê lembra? A rainha do Cine Roma?

— Lembro, rapaz, como é que eu ia esquecer. E o Calungo e o Melê, cadê?

— Ai, rainha, tudo mudou no seu reino. O Calungo foi embora com um gringo, um italiano levou pra terra dele. Eu não sei não, viu? O Calungo tava todo empolgado porque ia conhecê as Oropas, morar que nem príncipe num castelo. Mas eu não caí nessa não. Tenho pra mim que o cara era um malandro. Nunca mais deu notícias, disso já faz mais de um ano.

— E o Melê?

— O Melê tá na cana. Foi se meter em confusão. Fica se misturando com gente que não presta, dá nisso. Tava assaltando ônibus na Suburbana. Um mês atrás teve *blitz*, deu pepino, foi tiro por tudo quanto é canto. A polícia matou dois deles e levaram ele preso. O pior é que morreu uma mulher e botaram a culpa nele. Ele diz que não foi, mas vai saber. Ele não tá nem aí pra nada, é capaz de tudo. A única coisa que sei é que ele tá ferrado. Não fosse de menor, não saía tão cedo. Mas era até melhor, porque o marido da mulher é PM e já falou que vai dar fim nele. Eu já liguei pra uma tia dele que mora lá em Aracaju. Assim que ele sair, se manda pra lá. Se ficar em Salvador, já era. De jeito que só tem eu aqui...

— E você?...

— Eu... vou levando... — sua voz saiu tremida, seus olhos se umedeceram. — Mas me fale de você, rainha, cadê o Betinho?

— Sumiu.

— Como sumiu?

— Foi embora... acho que não gostava mais de mim...

— Como é?

Ela abaixou a cabeça e ele olhou pra ela com pena e com carinho. Ficaram num silêncio pesado.

— Bom — disse o Maruim, levantando decidido. — Chega de tristeza. Vou esquentar um macarrão pra gente comer. E você vai tomar banho. Cê tá um caco, menina... E depois vai botar um vestido decente. Você já é uma moça, não pode andar desse jeito...

— Maruim, eu quero ficar aqui.

Ele olhou surpreso.

— Como é?

— Eu não quero mais ficar na rua. Eu quero morar aqui.

— E o Capitão Gay?

— Que é que tem?

— Cê sabe o que é que tem.

— Ah… — fez um gesto despreocupado com a mão. — Tô precisando trabalhar mesmo.

O Maruim ficou olhando, sério.

— Cê já caiu nessa, foi?

— Foi — mentiu.

O Maruim ficou pensativo, mas não disse nada.

— Bom. Vai tomar seu banho.

O Capitão Gay não tinha mais muita razão para visitar o Cine Roma, aparecia uma vez na vida, outra na morte, de jeito que tiveram tempo pra botar as novidades em dia e relembrar aqueles tempos gostosos, quando a turma dos cinco pintava o sete na península de Itapagipe e pela cidade afora.

Mas o Maruim não estava bem. Estava morrendo. Há tempos que ele ficou sabendo que estava de AIDS. Era só graças à CAASAH[18], que lhe dava remédios e assistência ali perto, em Monte Serrat, e a algumas pessoas caridosas do bairro, que ele ainda estava vivo e tinha alguma coisa pra comer. Tinha dores muito fortes, hemorróidas e ulcerações na língua. Mas, sobretudo, muito medo. De morrer, de ficar só, de seu corpo ser levado como o de um bicho, sem enterro nem ninguém pra acompanhar ele no seu caminho final. Todo mundo tinha sumido, não era à toa que o Calungo se foi, que o Melê tinha se afastado, ficando longe o máximo possível, antes mesmo de cair na malandragem. Todo mundo tinha medo de ficar perto dele. Cada dia que passava, se sentia mais fraco, mais acabado. Daqui a pouco, não ia ter mais jeito nem de mendigar pra comer.

[18] CAASAH — Casa de Apoio e Assistência ao Portador do vírus HIV/AIDS, instituição sem fins lucrativos do Estado da Bahia.

A Maria Aparecida estava arrasada de tristeza, mas decidiu fazer de tudo pra cuidar dele. Como o Capitão Gay não aparecia, decidiu ir procurar ele, e ficou rondando o bar de La Boca, na Ponta de Humaitá, onde sabia que ele gostava de ficar jogando conversa fora, para o imenso desgosto do dono do bar, um argentino porreta que sempre dava alguma coisa pro Maruim comer, quando a fome apertava. No segundo dia, encontrou ele, sentado com um menino que não devia ter mais de quinze anos. Chegou de mansinho.

— Boa noite, Capitão.

O homem olhou pra ela irritado, e não a reconheceu.

— O que é?

— O senhor lembra desse negócio que falou com o Betinho um tempo atrás?

Ele a olhou fixamente e, de repente, se lembrou e sorriu um sorriso sarcástico.

— Cê quer dizer com esse pilantra filho da puta?

— Eu tô interessada.

O Capitão Gay deu uma risada.

— Agora tá, né? Depois que vocês me passaram a perna?

— E aí, rola ou não rola?

— Cê tá onde?

— No cinema.

— Mas, veja só que cara de pau! Quem falou que cê podia ficar no cinema, hein, moleca?

— E então?

— Então... Eu passo lá amanhã de manhã. Agora dê o fora, que eu tô ocupado.

No outro dia, às dez da manhã, chegou o Capitão Gay.

— Diga aí, sua bicha louca! Inda tá viva? — gritou o Capitão pro Maruim.

E, sem esperar resposta, falou com a Maria Aparecida:

— E você, cadê o escroto do seu namorado?

— Nem é escroto, nem é namorado. E ele não tá aqui não — disse Maria Aparecida, encarando-o com raiva.

— Oxe... agora tá brava assim, é? Cê tá achando que está falando com qualquer abestalhado, é, menina? Se respeite. Pegue aí suas tralhas e vamos embora.

— E eu volto a que horas?

— Essa é boa... — disse rindo. — Volta quando tiver folga. Cê vai morar numa casa de gente, não neste buraco fedorento.

— Não. Eu quero morar aqui.

— Você não vai morar aqui coisa nenhuma. Se quiser ver essa bicha imprestável, pode vir na sua folga, aos domingos. E vamos logo, não tenho tempo pra perder. Também, se não quiser ir, pode se mandar agora mesmo.

Que jeito tinha? Pra rua é que não voltava mesmo não. E, além disso, não podia deixar o Maruim ali largado, e precisava de dinheiro pra cuidar dele. O Maruim pegou um vestido, uma saia, duas blusas e dois pares de sapatos de salto alto, botou tudo em dois sacos de plástico e entregou à Maria Aparecida.

— Cê tem certeza que quer ir? — perguntou preocupado.

— Tenho. Esquente não, tá? Eu venho te ver no domingo.

— Vai com Deus, então.

A tia Leonora é uma mulher gorda e branca, de cabelos oxigenados e lábios vermelhos, que sorriem melosos enquanto fala. Imaculada Conceição é o seu nome verdadeiro, mas trocou porque achou que não combinava com a profissão. Cumprimentou a Maria Aparecida, a olhando de cima a baixo, a avaliando com olhos profissionais, e depois se trancou num quarto com o Capitão Gay, enquanto a menina esperava numa sala decorada com pinturas muito bregas de mulheres peladas, morrendo de vergonha, sentada ali toda dura no seu vestido antiquado, no meio das meninas quase nuas que entravam, falavam "oi", ficavam ali um tempo, vendo o Faustão na TV, e saíam de novo. Eram todas bem mais velhas do que ela e pareciam alegres. Bebiam cerveja, dançavam, brincavam, rebolavam as bundas e os seios mal disfarçados nos panos minúsculos. Maria Aparecida, acostumada a ver as meninas da Avenida Sete, da Rua da Ajuda, da Praça da Sé, naquela dureza desesperada das putas de rua e dos barracos miseráveis da Ladeira da Montanha, ficou deslumbrada com todo esse colorido e essa alegria. Gostou, embora sentisse tanta vergonha que não conseguia olhar de frente pra ninguém. Vou ser puta, pensou, e achou bacana. Afinal, ser puta era ser algo. Bem melhor do que farrapo na rua. Inda mais puta como essas, despreocupadas, provocantes, risonhas.

A tia Leonora demorou um tempão com o Capitão. Não era besta, viu na hora que tinha uma mina de ouro nas mãos. A menina, toda desmilinguida, com esses cabelos de doida, enfiada nesse vestido horroroso, não parecia grande coisa. Mas dava pra ver que era só arrumar, alimentar direitinho e dar um jeito nesses cabelos, que qualquer homem ia ficar doido. O doutor James, então, pagaria uma fortuna! Porque a menina era linda, com um rosto meio de anjo e meio de diabo e um corpo que, com uma boa alimentação, daí a pouco seria a inveja das meninas. Negociou duro. Fez de conta que não estava interessada, mas não largou mão, e ficaram nesse vai e vem quase uma hora.

Finalmente concordaram e a tia Leonora acompanhou o Capitão até a porta. Depois, chamou a Maria Aparecida pra conversarem a sós no mesmo quarto onde ela tinha ficado com o Capitão.

— O negócio é o seguinte — disse a tia Leonora, — você vai morar aqui na minha casa, com mais quatro meninas. Você trabalha de segunda a sábado e folga domingo. Você vai gostar, as meninas são muito legais, nós somos como uma família.

O local era uma casa de massagem num casarão em Patamares. O negócio funcionava de dia, até as dez da noite. Os clientes chegavam, passavam à sala de espera, escolhiam a menina e iam com ela a um dos quartos. Só que com Maria Aparecida seria diferente, porque essa peste de campanha contra a exploração infantil estava uma merda, cada dia a situação ficava mais difícil.

— Parece até que querem acabar com o sustento da gente. E, além disso, como é esse negócio de "infantil"? Olha pra você. Você tem o que, quatorze, quinze anos?

— Dezesseis — mentiu Maria Aparecida, que ainda não cumpria treze.

— Tá vendo? Dezesseis anos já é uma mulher. Pra que ficar enchendo o saco da gente, né? Você já é adulta, faz o que quer.

A Maria Aparecida ia morar, com as outras meninas de menor, numa parte da casa separada do local da massagem. Os clientes de confiança que gostavam de brotinhos eram levados por uma porta, que estava sempre trancada, pra ver as novinhas. Depois dessa primeira vez, era só marcar pelo telefone e ir direto à casa pela outra entrada, na rua do fundo. Por isso, ela não tinha hora certa pra trabalhar. Na hora que algum cliente ligasse, tinha que estar pronta. Portanto, não podia sair a qualquer hora, ficar vadiando por aí, dava prejuízo à casa.

— Mas você vai gostar, são todos clientes classe A, você vai ver.

— E quanto é que eu vou ganhar?

— Quinze por cliente. É um dinheirão. Mais as gorjetas, isso aí é com você. Eu pago todo sábado. Só desconto o aluguel e a comida, mas é pouca coisa. E, no seu caso, tem também algumas roupas, porque esse vestidinho aí, minha filha, desculpe que eu fale, mas tá muito cafona. E o seu cabelo... a gente vai dar um jeito nesse cabelo, viu? Vamos fazer umas tranças, botar um *mega-hair*... você vai ver, cê vai ficar um arraso.

E ficou. Passou o resto da manhã no shopping com Janaína, assistente da tia Leonora, escolhendo as roupas. Depois almoçaram lá mesmo e voltaram pro casarão em Patamares, onde as esperava a cabeleireira, que demorou mais de cinco horas para colocar o cabelo, mistura de marrom com preto, e fazer as tranças. Quando ficou pronta, a Janaína ajudou ela a tirar o vestido e botar as novas roupas: um shortinho minúsculo encravado na bunda, salto alto, um top branco fininho, meio transparente, sem nada por baixo, deixando a barriga de fora e os peitos ainda de criança balançando sob o pano, os lábios de batom. Olhou no espelho e não acreditou. Meu Deus... sou eu mesma? Imagine só. Ontem, uma menina de rua esfarrapada, suja, fedorenta, catando comida no lixo, dormindo em caixas de papelão... e agora, uma mulher, um arraso, como dizia a tia Leonora, uma deusa africana. Ficou na frente do espelho um tempão, virando de um lado pro outro, jogando a cabeça pra trás, lançando beijos pro ar. Pensou na mãe do menino. Agora não ia ficar olhando pra ela com nojo, como se fosse um pedaço de bosta. Ficaria horrorizada, isso sim, acharia até que era o diabo em pessoa, mas não a desprezaria como se fosse lixo. E ela ficaria ali, olhando pra ela orgulhosa com seu salto alto e seu cabelo trançado, e riria na sua cara. Sim, seu filho tá com uma puta, e daí? Foda-se!

As outras meninas foram olhar, não só os brotinhos, as mais velhas também.

— Vige... ficou uma gata!

— Assim não dá, né? Vamos perder todos os clientes — brincou Cristina, a mais nova, que tinha não mais de onze anos.

Todas a elogiavam e ela ficou orgulhosa.

— Agora seu nome é Priscila — disse a tia Leonora.

Estavam nisso, quando a Janaína veio avisar que tinha um cliente que queria ver os brotinhos.

— Então, *Priscila*, tá pronta para o seu primeiro trabalho?

— Tô — respondeu, mas sua voz saiu tremida e seu coração deu um pulo.

Era um empresário de São Paulo, enviado por um antigo cliente da casa, diretor de uma empresa importante do Pólo Petroquímico de Camaçari. Estava em Salvador a negócios e queria relaxar com uma garota. "O mais novinha possível", foi assim que ele falou ao telefone. A tia Leonora chamou as novinhas, as mandou se ajeitar na sala de espera e foi receber o homem.

A Maria Aparecida tremia de nervoso, em pé ao lado das outras meninas, esperando o cara chegar. Cinco crianças, algumas mais novas que a Maria Aparecida, duas delas ainda sem peitos. Mas todas descontraídas, tranquilas, como se esperassem a coisa mais banal do mundo. Só ela estava sem graça, nervosa, assustada. O homem chegou.

— Cristina, Mônica, Fernanda, Rebeca e Priscila — a tia Leonor apresentou as meninas ao homem.

O cara olhava pra todas com interesse, avaliando as formas de cada uma. Era um homem de meia idade, meio barrigudo, meio careca. Maria Aparecida imaginou as mãos dele no seu corpo, fazendo dela gato e sapato, e teve medo e muito nojo. A empolgação com sua nova beleza sumiu na hora e se sentiu suja, com vergonha dos seus peitos tão expostos sob a tela quase transparente, da sua barriga, da sua bunda, que o homem olhava tão atentamente quando pediu pra elas se virarem de costas.

— A Priscila chegou hoje. Não tem experiência nenhuma. Se o senhor quiser, pode ficar com ela, só que ela não sabe muita coisa, viu? As outras meninas já são mais tarimbadas.

Os olhos do homem brilharam.

— Não, não é problema nenhum... fico com ela.

E agora... você quer o quê? Que eu fique contando os detalhes? Pra quê, se é sempre a mesma coisa? Pega, chupa, mete... sexo é sexo, você está cansado de saber. Ou você quer viajar na fantasia? Fazer de conta que você está indignado ou indignada e, de fato, estar, e ao mesmo tempo viajar nas descrições, sentir os arrepios, de nojo com algo mais? As mãos do homem segurando os peitinhos novinhos, as mãos da criança pegando no pau, a bunda arrebitada, bonitinha, a boca descendo no cacete, o homem fechando os olhos de prazer, o dedo dele mexendo na xoxotinha, a menina de quatro e a pica entrando, entrando, e ela olhando pra parede... Vai, fique indignado ou indignada, com ódio do mundo e do ser humano, que é uma merda, mas olhe lá, não vai ficar de pau duro ou xota molhadinha, viu? Tudo bom que ninguém tá percebendo, o que acontece lá dentro das suas calças não é da conta de ninguém, mas você percebe muito bem, você sabe, não é não?... E aí, onde fica a indignação? Vai, me diga! Onde fica a indignação?

Tá, rapaz, calma, você não aguenta nada, não é só porque eu estou enchendo seu saco que você vai fechar o livro! E não precisa ficar nessa agonia. Não tem nada demais. O que acontece é que nós somos todos uma bosta, eu, você e o mundo todo, e se você não entende isso, você não tá com nada. Foi Deus que nos fez assim, um bando de porcos imundos... e porcas também, viu, caso você for mulher, não ache que você está isenta.

O pior não foi isso, pega, chupa, mete, isso aí até que é simples. O difícil, o realmente foda, sacal, horrível, foi que o cara quis que ela dançasse, fizesse um *striptease* devagarinho e ficasse ali rebolando, peladinha, enquanto ele alisava o pau sob a barriga branca. Queria sumir, que a terra a engolisse, com uma vergonha do seu corpo como nunca antes sentiu, mas o cara não queria que ela parasse. "Dança, dança", repetia o homem, "rebola essa bundinha gostosa!" E ela tinha que sorrir, se fazer de faceira, sedutora, e segurar o ódio e a humilhação.

"Agora venha cá, minha filhinha, sente no colo de papai. Cê quer chupar um picolé?" E ainda fazer de conta que está gostando. "Ui, ai, mete gostoso..." foi assim que a tia Leonor lhe ensinou.

Fim das contas, recebeu dez reais da mão do homem.

— Gostei de você, bonitinha. Qual é seu nome mesmo?

— Priscila.

Teria gostado de se enfiar num canto com seus pensamentos, sem falar com ninguém, ficar encolhida na cama, abraçando o travesseiro. Mas não teve tempo. Foi só o cara sair que chegou outro cliente e lá foi ela. Todo mundo gosta de ouvir isso: "Ela é nova, viu?, chegou hoje, não tem experiência, se o senhor não se importar..." Pega, agarra, chupa, mete. Não vou ficar repetindo o que você já sabe. Depois descansou um pouco, mas uma hora depois teve outro. O dia estava movimentado. Depois do quarto, a xoxota já estava ardendo. A Fernanda falou que era só falta de prática, depois de umas semanas não ia sentir mais nada. E ela devia saber. Era pequenina, e esses paus imensos deviam doer pra caralho.

Maria Aparecida parecia robô, ficava na fila junto com as outras meninas, olhando para o espaço, inexpressiva. Quando a escolhiam, levava o cara pro quarto, mostrava o banheiro para ele tomar banho, e depois fazia tudo como se estivesse ausente, sem pensar em nada, como se seu corpo não fosse o seu corpo e tudo o que acontecesse fosse algo que não tinha nada a ver com ela. "Ui ai, ui ai, venha, gostoso, me coma..." falava sua boca enquanto fazia as contas de quanto ia ganhar e os presentes que ia levar pro Maruim no domingo. Depois do quinto, a tia Leonora teve pena dela e a deixou descansar até o outro dia. Tomou um banho demorado e depois foi deitar no quarto que dividiria com mais duas garotas. Os lençóis brancos, o travesseiro macio... pegou no sono assim que deitou, e só acordou no outro dia, na hora do café da manhã.

Assim passaram os dias, nessa rotina que, aos poucos, ficava mais e mais automática, ela ficando mais e mais insensível, procurando alegrias nas brincadeiras com as outras meninas, no prazer de comer como gente e de dormir numa cama e, sobretudo, na expectativa de pegar seu dinheiro no sábado e sair no domingo.

Só que no sábado não recebeu coisa nenhuma.

— Que dinheiro, minha filha, cê endoidou, foi? Se você está me devendo um dinheirão. Ou você acha que essas roupas e esse cabelo foram de graça? E o aluguel? E a comida? Na verdade, eu é que devia cobrar de você, do dinheiro que você ganhou com as gorjetas, mas não vou fazer isso não. A gente parcela, tá? Eu não gosto de explorar ninguém. Fique com seu dinheirinho, depois a gente acerta.

A Maria Aparecida não gostou nem um pouco, quis fazer as contas, mas não adiantou nada, ela não sabia ler e muito menos somar, a tia Leonora explicou um negócio complicado e a menina ficou na mesma.

No domingo, saiu cedo e pegou o ônibus pra Feira de São Joaquim, onde gastou quase todo o seu dinheiro em comida, e de lá foi direto pro cinema. O Maruim tinha piorado, estava de cama, sem força pra sair e procurar algo para comer. Foi um dia triste, a Maria Aparecida tinha sonhado em levar o Maruim à praia, curtir o sol, nadar no mar, se sentir viva, depois de ficar trancada naquele casarão a semana toda, trepando com homem nojento. O Maruim achou ela linda com os cabelos trançados, mas não teve forças pra fazer muita festa, e passou a maior parte do dia dormindo. Maria Aparecida saiu para procurar um botijão, porque o gás tinha acabado, e depois cozinhou e deixou um bocado de comida pronta, para o Maruim ter o que comer o resto da semana. Na segunda-feira, cedo de manhã, se despediu e voltou ao trabalho.

Assim passaram as semanas, nessa rotina vazia. Os dias passavam lentos, tortuosos, na prisão daquele casarão, onde não tinha nada pra fazer a não ser transar, comer, dormir, ver TV e jogar conversa fora com as meninas. Sua companhia, a maior parte do tempo, eram Cristina, Mônica, Fernanda e Rebeca, pois as mais velhas ela quase nunca via. Mônica e Rebeca tinham fugido de casa, a mesma história de sempre, pais filhos da puta, porradas, violência. Estavam de saco cheio, preferiam viver assim, nessa duvidosa proteção, torrando todo o dinheiro que ganhavam em roupas, cremes pro cabelo e coisas desse tipo, que só podiam exibir aos domingos, quando passeavam na praia e no shopping. A Cristina e a Fernanda, as mais novas, eram do interior, sabe-se lá de onde, e, pelo que Maria Aparecida pôde saber, foram vendidas por seus pais à tia Leonora. Maria Aparecida gostava delas, mas ficava impaciente, não entendia como podiam se conformar com essa vidinha chata, que a estava deixando doente de tédio. Trancadas dia e noite, sem ver o sol, sendo acordadas no meio da noite quando algum cliente ligava às duas, três da manhã... se arrumar, passar batom, se fazer de bonitinha e sedutora, esperar a escolha do cliente e, se for escolhida, você já sabe, pega, chupa, mete, ui ai, caindo de sono.

Às vezes, lá de vez em quando, eram convidadas a alguma festa de empresários. Aí, pelo menos, dava pra sair um pouco, ver lugares luxuosos, comer comidas gostosas, beber champanha, e ainda por cima ganhar uma boa grana, cinquenta por noite, mais as gorjetas. O problema é que, nessas festas, segurar a vergonha e o nojo não era brincadeira. Era um pega-pega, agarra-agarra, passar da mão de um pro outro, foder na frente de todo mundo, com um, com outro e outro e outro... Quando não queriam ficar brincando de dois ao mesmo tempo. Era uma dor da zorra, a xoxota ficava toda inflamada. Mas o pior não era isso, o pior era a vergonha e o ódio. Então, o único jeito era encher a cara de champanha, ficar tão chumbada que não estava mais nem aí pra nada, podiam pegar, chupar, meter, fazer tudo o que quisessem, que ela nem sentia mais o corpo... "Me foda, gostoso"... até apagar.

A única alegria eram os domingos, quando saía cedo, ansiosa pra ver a cidade e o mar e encontrar o Maruim. Às vezes o Maruim melhorava e dava para passear. Iam andando à Boa Viagem, e o Maruim ficava sentado na areia enquanto a Maria Aparecida se jogava no mar e sentia que a vida voltava ao seu corpo, num êxtase maravilhoso de liberdade. Então, a Priscila sumia e a velha Maria Aparecida voltava, a sua alegria doida, a sua fome de vida. Só ficavam os cabelos trançados e essa nova consciência do seu corpo, enfiado agora num biquíni amarelo e não mais na camisa larga de homem e as bermudas folgadas. O Maruim adorava vê-la desse jeito, olhava pra ela emocionado, com uma mistura de alegria e tristeza profunda.

Ficou muito sensível nesses últimos tempos da sua vida. Era como se, ao saber que a morte estava tão perto, ele tivesse aprendido de repente a olhar pro mundo e pras pessoas de outro jeito. Esqueceu as velhas mágoas, as rixas, os rancores e os ódios. Nunca criticava ninguém, achava o mundo um barato, uma beleza, apesar de todas as coisas horrorosas que aconteciam. Das pessoas como o Capitão Gay, preferia sentir pena.

— Todo mundo colhe o que semeia, Maria Aparecida — dizia o Maruim. — O negócio é a gente semear coisas boas.

A Maria Aparecida escutava, falava "Sim, Maruim, você tem razão", mas pensava que o Maruim só tinha semeado coisas boas, um cara tão bacana que nunca fez mal a ninguém, e lá estava ele agora, morrendo de AIDS. Mas não podia falar isso pra ele. O Maruim estava meditativo, introspectivo, e começou a ficar meio místico, a acreditar em coisas que nunca tinha acreditado. Tinha um altarzinho com um São Benedito, e a ele ficava rezando o tempo todo. Achava que foi o santo quem lhe mandou a Maria Aparecida pra cuidar dele nos seus últimos momentos. E, sendo assim, só podia significar que Deus tinha perdoado seus pecados e que o admitiria no céu. A única coisa que o deixava mesmo agoniado era pensar que seria esquecido por todos e que não seria enterrado como gente, num cemitério decente, com uma plaquinha com seu nome, para que sua passagem no mundo não se apagasse completamente, como se ele nunca tivesse existido.

O que eu não daria por ter podido estar com ele naquele momento. Joguei fora tanta coisa, por causa daquele imbecil do Rodolfo Beija-flor. Imagine como teria sido tudo diferente, se eu não tivesse feito essa asneira. Eu teria podido acompanhar meu chapa na hora da sua morte. E, sobretudo, eu teria estado com a Maria Aparecida e ela não teria passado por tanta merda. Eu fico me dizendo que não adianta ficar se lamentando, que todo mundo tem seu destino e o meu foi assim mesmo, mas, na moral, dá uma dor aqui no peito, rapaz, não consigo tirar isso de mim.

Depois de algumas semanas, a tia Leonora achou que a *Priscila* já tinha pago o custo das roupas e do cabelo, mas, mesmo assim, a menina nunca recebia o que esperava, sempre tinha descontos por isso ou aquilo, de forma que, desse jeito, o dinheirinho que ia guardando, num esconderijo no cinema, não ia dar nunca para comprar um quartinho próprio em algum canto. Era só esse sonho o que fazia ela ficar trabalhando com a tia Leonora. A Maria Aparecida é uma moça retada, já falei isso pra você, aguenta qualquer coisa, segura firme as porradas, e olhe que a vida nunca foi mole com ela. Mas tem uma coisa que ela não aguenta de jeito nenhum: ficar presa, se sentir morta, não ter nada que a faça se sentir viva. Estava pra explodir, a cada dia que passava naquele casarão ficava com mais ódio dos homens, da tia Leonora que lhe roubava o dinheiro que ganhava com tanto esforço, das meninas que aceitavam isso numa boa, feito besta, como se elas mesmas achassem que mereciam viver desse jeito. Mas segurava, imaginando ter o seu cantinho, um quartinho só pra ela, mesmo que fosse um barraco minúsculo na pior das favelas, tanto fazia, contanto que pudesse ter uma caminha, um fogão, algumas coisinhas suas, suas, para nunca mais ter que morar na rua nem presa num bordel.

Mas não deu certo. Na hora H, não deu certo. O Maruim bateu as botas. Pegou uma pneumonia e se foi em poucos dias. A Maria Aparecida chegou no domingo e encontrou ele jogado na cama, ainda consciente, mas sem forças pra se mexer, tossindo desesperadamente.

— Maruim...

— Acho que desta vez eu vou mesmo, minha filha... — disse com trabalho, se esforçando para respirar.

— Vai não, Maruim, cê vai ficar bom, cê vai ver.

— Não, Cidinha, desta vez não tem jeito. Mas fique tranquila, vou feliz. Vi São Benedito esta noite. Ele veio me visitar. Tá na hora. De qualquer jeito, já tô cansado desta vida...

Maria Aparecida não conseguiu se segurar, caiu no choro.

— Oxe, menina, fique assim não. É a minha hora.

O Maruim teve um novo ataque de tosse e depois ficaram calados um bom tempo.

— Cidinha... — disse finalmente o Maruim. — Prometa que vai me enterrar como gente. Promete?

— Prometo.

Maria Aparecida não foi trabalhar na segunda-feira. Ficou ao lado do Maruim, que tinha passado uma noite de cão, delirando, gemendo de dor, asfixiado pela infecção dos pulmões. De manhã cedo, finalmente pegou no sono e nunca mais acordou. Passou o dia todo assim, inconsciente, respirando com dificuldade. A Maria Aparecida não se afastou dele um segundo, ficou ao seu lado, convivendo com a morte, nesse cinema sombrio. Finalmente, na noite seguinte, o Maruim deixou de respirar. Maria Aparecida chorou muito tempo, lembrando da noite em que sua mãe morreu do mesmo jeito, enquanto ela segurava sua mão. Por que todo mundo se vai? Por que é que eu tenho que passar minha vida inteira sozinha? Por que, meu Deus por quê?!

De manhã cedo, pegou todo o dinheiro que tinha escondido e saiu para procurar uma funerária. O Maruim foi enterrado como gente, no Campo Santo, e teve uma plaquinha de mármore gravada com seu nome. Maria Aparecida não sabia qual era seu nome verdadeiro, de jeito que ficou assim mesmo: "Aqui jaz o Maruim". Sem datas. Datas pra quê?

Sobrou um dinheirinho e com isso alugou um quartinho de dez reais num hotel vagabundo da Avenida Sete, usado pelos travecos pra fazer programa, o mesmo onde ela ficava de vez em quando nos seus tempos de rua. Levou todos os vestidos e os sapatos do Maruim, os panos coloridos, o cortinado branco, as flores de plástico.

Mais tarde, comeu num boteco por dois reais. E, à noite, pegou o ônibus para a Pituba, vestindo seu shortinho e seu top transparente. Duas horas depois, estava num carro no Jardim dos Namorados, fazendo um boquete num cara com uma aliança no dedo, enquanto os punheteiros olhavam e se masturbavam a certa distância.

Creuza Botafogo era doida. Era um pouco mais velha que a Maria Aparecida, mas parecia que tinha uns dez anos a mais. Era sabida, esperta que só. Chamavam ela de Botafogo porque diziam que ela tinha botado fogo na casa dos pais. Na verdade, não foi bem na casa dos pais, mas ela deixava rolar essa história porque sua infância era complicada demais e não gostava de falar dela. Por isso, inventou uma outra infância, trágica e até mesmo heroica, a qual contava às outras garotas com grande prazer. Só a Maria Aparecida sabia que nada disso era verdade, embora tenha demorado um tempão pra conhecer a verdadeira história. E, mesmo assim, nunca ficou inteiramente convencida. A menina se acostumou tanto a mentir, que nem ela mesma sabia bem ao certo onde é que terminava a verdade e onde começava a mentira.

Se conheceram na rua, na esquina onde as duas faziam ponto na Pituba, numa travessa meio escura, quase em frente a uma igreja de crentes. Creuza era uma das várias meninas que ficavam por ali, junto com dois ou três travecos. Algo bateu entre elas desde o primeiro dia, foi algo assim, sei lá, como amizade à primeira vista, sabe como é? Maria Aparecida ficou encantada com o jeito despojado, barulhento, provocador da menina. Levantava a blusa pra mostrar os peitos quando passava algum carro com casais ou mulheres que não conseguiam disfarçar sua curiosidade ou indignação pelas putas, fazia palhaçadas no meio da rua, ficava enchendo o saco dos crentes que saíam da igreja, com palavrões e rebolados obscenos e, quando se entediava, tirava uma garrafinha de uísque que levava sempre na bolsa, junto com o batom, as camisinhas e o canivete. As outras meninas gostavam dela porque tinha um jeito de alegrar as noites com suas besteiras, suas piadas e suas obscenidades engraçadas.

A menina logo sacou que a Maria Aparecida era nova nessas andanças. Porque, você deve saber, uma coisa é trabalhar em casa de massagem, e outra bem diferente é enfrentar a dureza das ruas. Para o carro, negocia o preço, abre a porta e lá vai você, sem saber se o cara é apenas um marido entediado pela chatice do casamento ou um louco tarado com vai saber que perversão na cabeça. Maria Aparecida tinha um jeito meio tabaréu, meio assustado, de quem não está gostando nem um pouco de estar ali se oferecendo pra homens estranhos. Creuza Botafogo, por alguma razão, decidiu cuidar da menina, e foi assim que ela se tornou uma espécie de professora de putaria, lhe ensinando não só as artes da cama, mas sobretudo o melhor jeito de surrupiar grana ou objetos sem ser pega, as melhores mentiras pra contar quando o cara parecia mais sensível, para fazer ele soltar uma grana a mais, e também como saber quando o cara era malandro, maluco ou tarado, como se sair de apertos, como evitar perigos e o melhor lugar pra enfiar o canivete, se o caso fosse para tanto.

Ficaram tão boas amigas em tão pouco tempo que, quando a Maria Aparecida sugeriu dividir um quartinho em algum canto, pra não ter que ficar agoniada todo dia, sem saber se iria conseguir pagar os dez reais do hotel, Creuza Botafogo topou na hora. Morava com três garotas de programa na Boca do Rio, mas estava de saco cheio porque eram encrenqueiras demais. Bem melhor morar com essa menina bonitinha e bacana, praticamente da sua idade, sem brigas, chatices e histerias. Procuraram algum lugar barato e acharam um quartinho abafado na Ladeira do Taboão por cem reais.

Maria Aparecida achava Creuza o máximo. Imagine só, não se importar com nada, viver a vida sugando até a última gota de prazer, passando por cima de qualquer merda como quem não tá nem aí. Bebia, fumava, cheirava, fazia umas farras de se acabar. No outro dia, acordava com uma ressaca do caralho, mas ia no boteco, comia uma feijoada pra cinco, bebia uma cerveja, cheirava uma linha e, à noite, estava pronta para começar tudo de novo. A primeira vez que a convidou a uma suruba na cobertura de um tal dum político, Maria Aparecida não acreditou. Foi tanta comida, tanta bebida e tanto pó, que no outro dia não conseguia nem se mexer. Mas a Creuza não teve muito problema. Acordou mal-humorada no início da tarde, saiu sem dizer uma palavra, foi se entupir de comida num boteco do Comércio e, quando voltou, estava refeita, com a mesma alegria de sempre.

— Vai levantar não, sua praga?

— Porra, cara, fale baixo...

— Cale a boca, sua peste. Venha, levante, trouxe uma quentinha e uma cerveja pra você curar essa ressaca.

Maria Aparecida não entendia de onde ela tirava tanta energia, nem como podia estar sempre feliz, como se a vida não fosse nada além de uma eterna festa. No início, achou que era porque nunca tinha passado por todas as desgraças que ela própria tinha vivido. Mas, com o tempo, se deu conta que não era bem assim.

A primeira vez que a Maria Aparecida entendeu que a menina tinha uma porrada de merda escondida por trás desse seu jeito irreverente de "foda-se todo mundo" foi numa madrugada quente de verão, depois de as duas terem passado a noite toda num hotel com quatro alemães, bebendo uísque e passando de mão em mão e de pica em pica. Estavam sentadas numa tumba no Cemitério dos Ingleses, na Ladeira da Barra, onde a Creuza tinha mania de ir para ver o amanhecer.

— Ó... — disse Creuza Botafogo, e tirou da calcinha um punhado de notas de cinquenta reais.

— Porra, velho! — riu Maria Aparecida. — Cê pegou isso onde?

— Tava no armário, escondido no fundo da gaveta — sorriu Creuza, com um olhar gaiato.

— Bem melhor do que eu — disse Maria Aparecida, mostrando um relógio dourado.

Deram muita risada e combinaram de ir procurar o Pedro Jacaré mais tarde, pra arrumar uns gramas de pó. A Maria Aparecida tirou um baseado da bolsa e ficaram fumando, olhando pro mar, que começava a se tingir de rosa e de prata com os primeiros raios da manhã.

Uma moleza gostosa as envolveu. Creuza deitou de lado encolhida, colocando a cabeça nas pernas da Maria Aparecida, e ela ficou passando a mão pelo cabelo da amiga, olhando com carinho pro rosto bonito e cansado. Se alguém as tivesse visto naquele momento, não teria acreditado que eram as mesmas meninas que, umas horas antes, bebiam e fodiam com os gringos, falando palavrão e gemendo "*yes, foqui mi, foqui mi*", no único inglês que sabiam. Agora eram apenas duas crianças exaustas, ainda bêbadas e com olheiras, mas crianças do mesmo jeito, olhando para as primeiras luzes do dia com um prazer meio triste. Não sei o que foi que deu em Creuza, naquele momento. Devem ter sido os carinhos de Maria Aparecida, a sensação de companheirismo, que há tanto tempo não sentia, e talvez a mistura do álcool e da maconha com a beleza da manhã e o silêncio do cemitério, envolto nesse mato que crescia doido entre tumbas antigas. Começou a chorar.

— O que foi? — perguntou Maria Aparecida.

Mas Creuza não respondeu, abraçou sua amiga com força e ficou assim, com o rosto apertado na sua barriga, chorando o que não tinha chorado em muitos anos.

Ficaram assim muito tempo, Creuza chorando e Maria Aparecida lhe fazendo cafuné e perguntando "O que foi?... vai, me diga, o que houve?".

— Como é que uma mãe pode vender a própria filha, Cida, me diga?

— Tua mãe te vendeu?

— Eu gostava tanto dela...

Maria Aparecida queria ouvir toda a história, mas a menina não falou mais. Ficaram assim um tempão, a Creuza chorando baixinho, ignorando as perguntas da sua amiga. Finalmente, Maria Aparecida deitou também, se abraçaram e pegaram no sono. Só lá pro meio-dia acordaram, pularam a grade do cemitério, pegaram o ônibus para a Praça da Sé e foram andando até o Taboão, sem tocar mais no assunto.

Depois desse dia, a Creuza começou a se abrir aos poucos, contando pedacinhos da sua história aqui e ali, fazendo de conta que não dava muita bola, que tudo isso era passado e que não estava nem aí.

Tudo começou quando ela tinha sete anos. Um dia, um vereador de alguma cidade lá do interior do Ceará passou pelo vilarejo onde ela morava com a mãe e os irmãos, e viu a menina brincando à sombra de uma árvore. Parou o carro e desceu pra falar com a mãe. Disse que precisava de alguém para fazer companhia à sua velha mãe, que tinha sei lá que doença e não saía mais da cama. Pediu pra levar a menina, dizendo que queria adotá-la e prometendo que a botaria na melhor escola da cidade e lhe daria um futuro decente. Que futuro ela podia ter nesse fim de mundo? Ele estava oferecendo a oportunidade da sua vida! E, além disso, deixaria uma grana pra mãe.

— Cem reais, Cida, desgraça de cem reais. Como pode uma mãe fazer uma coisa dessas por cem reais? Você entende?

De nada adiantaram seu desespero nem as súplicas da sua irmã, e lá se foi a pequena Creuza no carro do vereador, a caminho do seu futuro decente.

O futuro decente foi um quartinho no fundo de uma casa da qual ela não podia sair. Limpava, arrumava, varria, cozinhava e fazia tudo o que era mandada fazer. E, quando a mulher do vereador encrencava, achando que não tinha feito direito, apanhava. Não tinha mãe doente coisa nenhuma, e muito menos escola. Só tinha trabalho e maus tratos.

Mas, se fosse só isso, ainda bem. Não tinham passado nem dois meses quando a mulher do vereador viajou pra Aracaju, para visitar os seus pais. Nessa mesma noite, o vereador apareceu no quarto de Creuza, tirou o pijama, se enfiou na sua cama e fez com ela o que quis. A menina ficou louca, apavorada, desesperada, e o vereador teve que bater à vontade pra poder pegar o que ele achava que era do seu direito. Afinal, não tinha pago por ela?

Mulher é igual bicho, todo o mundo sabe disso. Fica nesse esperneio, faz um escândalo da zorra e apanha as primeiras vezes, mas depois fica mansinha igual boi carreiro. A teoria do vereador era essa. Na noite seguinte, lá estava ele de novo, pra amansá-la à base de pica e porrada. E na noite seguinte, e na seguinte e na seguinte, até que a menina deixou de reclamar, ficava jogada na cama, com as pernas abertas, pro cara fazer o que bem entendesse e deixá-la tranquila o mais rápido possível.

No fim de três semanas, a mulher do vereador voltou finalmente. A mulher não era burra e conhecia o marido, não era a primeira vez que ele aprontava, nem seria a última. Foi só olhar pra cara da menina que ela desconfiou de tudo. Creuza estava muda, não olhava direito pra ninguém, andava com os olhos fixos nos pés e fazia tudo como se fosse robô. A mulher ficou furiosa, mas não teve coragem de encarar o marido, que de qualquer jeito iria negar tudo. Em vez disso, descontou a raiva na menina, batendo nela com mais frequência e mais ódio. Qualquer coisa era motivo de briga e qualquer briga levava às porradas.

Mas, mesmo apanhando, Creuza ficou aliviada de ter a patroa de volta, porque, pelo menos assim, o homem não mexia com ela. Porém, essa duvidosa segurança não durou muito. Pouco tempo depois, começou a receber novas visitas noturnas, desta vez dos filhos. Primeiro do mais velho, depois do caçula. Tinham quinze e catorze anos, e o vereador achou que estava na hora de aprenderem a ser homens. Inda bem que tem gente que se preocupa com a educação dos filhos, não é não? A mulher deve ter percebido, mas ficou na dela. Era melhor deixar que a puta servisse pros filhos do que pro marido. Os meninos se revezavam. Uma noite era um, na seguinte era o outro, mas depois de um tempo acharam graça de irem os dois juntos. E, quando a mãe estava fora de casa, era a vez do pai.

Creuza Botafogo viveu desse jeito quase quatro anos, até que não aguentou mais. Uma noite, quando os dois garotos deixaram seu quarto, depois de tê-la usado várias vezes, se divertindo com ela até a madrugada, Creuza esperou até que achou que já estavam dormindo, e então levantou de mansinho, abriu o gás de todas as bocas do fogão e do forno, pegou uma garrafa de álcool e uns fósforos e pulou pela janela da sala, espremendo seu corpo fininho entre as barras da grade. Depois, jogou todo o álcool na porta da entrada, acendeu um fósforo, o jogou na porta e se mandou correndo. Estava já na estrada quando ouviu a explosão e viu as chamas ao longe. Nunca soube se a família morreu, e isso era o que mais a chateava. Teria adorado saber que torraram todos e que agora ardiam nas chamas do inferno. Ou melhor, que tivessem queimado, que sua pele tivesse derretido, que tivessem ficado cegos e deformados e tão horríveis que ninguém pudesse nem chegar perto deles por causa do nojo que eles causavam, mas que tivessem sobrevivido para ter que viver desse jeito pro resto da vida.

Creuza passou três dias de cão, escondida numa toca na beira da estrada, morrendo de fome e de medo, enquanto a polícia procurava por ela por tudo quanto é canto. Finalmente, conseguiu que um caminhoneiro lhe desse uma carona até a próxima cidade em troca de sexo.

Foi assim que ela chegou a Salvador, fodendo na boleia dos caminhões. E fodendo continuou em Salvador, em troca de comida e de grana para comprar um pouco de cola, maconha, crack ou qualquer outra merda que a ajudasse a esquecer. Morou na rua um tempo, e depois passou a dividir um apartamento minúsculo com outras garotas de programa. No início, transava por qualquer preço, dez, quinze reais, procurando clientes no Pelourinho e na rua Chile. Mas logo aprendeu que era muito melhor procurar turistas no Porto da Barra ou fazer ponto na Pituba. Como era novinha e bonita, fazia sucesso.

Maria Aparecida descobriu que, apesar desse seu jeito despojado e sua aparente alegria, a Creuza tinha um ódio feroz de todos os homens. Sempre que podia, roubava ou fazia alguma malandragem, mesmo quando não tinha nada a ganhar com isso, só pra sacanear. Se pudesse, cortava o caralho de todos eles.

Maria Aparecida foi, de fato, sua primeira verdadeira amiga, a primeira pessoa da qual ela realmente gostou, desde que sua mãe a vendeu ao vereador. Nesses primeiros tempos, estavam tão felizes com sua amizade que achavam que tinham sido feitas uma pra outra. Faziam tudo juntas, até programa, quando algum cara topava levar as duas. Era um bom negócio, ganhavam bem e, além disso, era mais seguro.

A primeira vez, porém, a Maria Aparecida quase morreu de vergonha. Estavam no ponto quando parou um cara até que bastante educado, num carro novo, azul.

— Oi, meninas, quanto vocês cobram?

— Cinquenta cada uma, ou as duas por oitenta — disse Creuza, se abaixando para falar com ele pela janela, deixando os peitos à mostra sob a blusa folgada.

O rapaz olhou para as duas e sorriu para Maria Aparecida.

— Tudo bom... então subam aí...

Foram para um motel no Costa Azul. Tiraram a roupa e o rapaz quis que os três tomassem banho juntos. No chuveiro, as duas ficaram passando sabão no corpo dele e se revezando chupando o pau. Depois saíram, se enxugaram e foram pra cama. Creuza quis botar a camisinha no rapaz, para acabar logo, mas ele não deixou.

— Deixa eu ver vocês juntas.

Maria Aparecida já ia reclamar que elas não faziam isso, mas a Creuza nem piscou, largou o pau do homem e começou a beijar a sua amiga como se fosse a coisa mais natural do mundo. Ela ficou dura, sem saber o que fazer, enquanto a Creuza esfregava seu corpo no dela e passava suas mãos nas suas pernas, sua bunda, seus peitos. O homem olhava encantado, se masturbando lentamente, sem mexer nelas. Creuza deitou a Maria Aparecida de costas e ela fechou os olhos pra não ver o rapaz, enquanto sua amiga lhe beijava os peitos, o ventre, as pernas. E não é que a menina sabia o que estava fazendo? Apesar da vergonha, as carícias de Creuza começaram a despertar nela o que nunca antes tinha sentido. Porque, caso você não saiba, não tem nada melhor para uma mulher do que outra mulher. É mesmo, rapaz, não precisa fazer essa careta. Os beijos de uma mulher, o corpo de uma mulher, a língua no bico dos peitos, as mãos suaves, delicadas, sem essa aspereza desajeitada dos homens... Outra coisa, rapaz. Do mesmo jeito que, na minha humilde opinião, homem fica bem melhor com outro homem. Mas esse já é outro assunto.

Não teve jeito, Maria Aparecida esqueceu que tinha um cara olhando pra elas, esqueceu que nunca na vida tinha lhe passado pela cabeça desejar uma mulher, esqueceu até a vergonha de estar fazendo isso com sua melhor amiga, e começou também a tocar o seu corpo, beijar os seus peitos, sentir a sua perna roçando na xoxota da outra. E, quando a Creuza desceu entre suas pernas, aí é que não segurou mesmo. Pegou no seu cabelo, gemendo, mexendo os quadris, olhando a cabeça da sua amiga entre suas pernas refletida no espelho do teto, e em poucos instantes gozou pela primeira vez na sua vida.

Depois o cara comeu as duas, mas a Maria Aparecida quase que nem se deu conta de nada, deslumbrada ainda pelo que tinha sentido e morrendo de vergonha, só de pensar em como ia encarar a sua amiga depois. Mas, quando saíram, a Creuza ficou olhando pra ela com um sorriso gaiato e as duas caíram na risada.

— Gostou, não foi, sua puta? — disse, provocando, pegando na sua bunda.

— Gostei... — disse Maria Aparecida, corando.

— E olha que você não viu nada ainda...

— Então tô doida pra ver... — e riram de novo.

E, agora que eu fui falar isso, você vai dizer, Ah, então eram lésbicas, ficaram namoradas, não é não? E isso só mostra que você é muito besta. De que adianta, me diga, ficar fazendo esse tipo de pergunta, babaca? Lésbicas, não lésbicas, namoradas, não namoradas, como se tudo na vida fosse assim, preto ou branco, deste jeito ou daquele. Não é bem assim, rapaz, é bom você saber disso. Eram o que eram, tá entendendo? Amigas e companheiras, moravam juntas, faziam programa juntas, transavam com homem, mulher, casais, três, quatro, oito, tanto faz. E transavam entre elas, às vezes até quando estavam a sós, no quartinho do Taboão, mesmo sem estar fazendo programa, só pra curtir. E sim, elas se gostavam. É óbvio, né? Como não iam se gostar? Pode ser até que se amassem... pode até ser.

Mas esse não foi o problema. A questão foi a seguinte. Elas se curtiam, andavam felizes aprontando e fazendo besteira, zombando da vida, e tudo estava beleza. Mas, como eu disse, a Creuza era maluca, doida varrida. E doido não tem jeito, dá problema.

Tudo começou quando a Creuza teve a ideia dos assaltos. A menina conhecia um malandro da pesada, um tal de Zé do Cavaquinho, pagodeiro e ladrão, com quem combinou tudo. As primeiras vezes a Maria Aparecida não teve que fazer muita coisa, apenas fazer uma ligação. O negócio era assim. Quando a Creuza pegava um cara que queria só uma rapidinha, no Jardim dos Namorados, a Maria Aparecida ligava pro Zé do Cavaquinho, informando o tipo, a cor e a placa do carro. Depois, era só esperar meia hora, que a Creuza chegava toda feliz e rebolante, com duzentos paus na mão. Pronto, a noite tava feita, largavam o serviço e se mandavam pro pagode, para encher a cara e dançar a noite toda. Ficavam quietas um tempo, duas, três semanas, antes de dar o golpe de novo.

Depois de um tempo, porém, foi a vez da Maria Aparecida. Ela estava muito nervosa e teve que beber bastante cachaça da garrafinha da Creuza para ter coragem. Ficaram esperando quase uma hora no ponto, até que finalmente parou um carro e lá foi ela. Chupeta por dez reais, preço promocional. Estacionaram no Jardim dos Namorados, em frente ao mar, e ela abriu a calça do homem, tirou o pau pra fora, botou a camisinha com a boca e começou a chupar. Mas, depois de um tempo, parou.

— Abra a janela, tô morrendo de calor.

— Tá doida? É perigoso.

— Que perigo, rapaz, trabalho aqui todo dia e nunca teve nada.

— Não, não confio não. Tem assalto.

— Qual assalto, meu amor. Com esses carros todos? Vai, abra a janela, vou morrer de calor. Se você abrir, eu capricho pra você.

O cara não quis continuar discutindo, o negócio tava bom demais pra perder tempo com isso. Abriu a janela, fechou os olhos e pegou nos peitos da menina, enquanto ela voltava ao trabalho. Mas, quando estava prestes a gozar, sentiu um revólver na cabeça.

— Mexa não, seu filho da puta.

O rapaz broxou na hora e a Maria Aparecida começou a chorar.

— Cala boca, sua vaca, ou furo vocês dois.

O malandro entrou no carro pela porta de trás.

— Vai, sua desgraça, liga essa porra e vamos embora.

O rapaz quase não acertava ligar o carro, de tanto que tremia.

— Por favor, faça o que você quiser, leve o carro, só não me mate...

— Cale a boca, seu infeliz! Você abre a goela mais uma vez e eu encho sua cabeça de chumbo, tá ouvindo?

Mas, assim que o carro saiu do estacionamento, a Maria Aparecida voltou a chorar e começou a ficar mais e mais histérica.

— Deixe eu ir, por favor...

— Cale a boca, já disse!

— Por favor, por favor... eu só tô trabalhando...

Até que o marginal perdeu a paciência.

— Pare essa porra! — gritou pro rapaz. — Vai, se mande, sua puta, se mande logo, antes que eu acabe com você. E ó... — disse, enfiando a mão no seu short com um olhar descarado — eu ainda como você.

Maria Aparecida saiu do carro e ficou ali olhando ele se afastar. Depois, enfiou a mão no short, no lugar onde o Zé do Cavaquinho tinha botado a mão, e tirou duzentos reais. Pegou um táxi, voltou pro ponto na Pituba, pegou a Creuza e se mandaram pra celebrar.

No outro dia, porém, saiu uma nota na seção policial, com a foto do rapaz. A polícia o achou morto na beira da BR, dizia a notícia, vítima de sequestro. Quando Maria Aparecida soube, entrou em parafuso. Brigou com a Creuza.

— Não quero mais essa merda. Chega! Você mata quem você quiser. Eu tô fora.

— Eu não matei ninguém, sua idiota! E além disso, que é que tem? Você não fez nada. O Zé só queria o carro, foi o abestalhado que quis bancar o machão, tentou pegar o revólver. Que é que ele esperava? Burrice dá nisso. Cê não tem nada a ver. Esqueça.

— Esquecer como, me diga? Você é louca! Eu não quero nem saber. Eu tô fora.

— Tá fora o que? Não vai me deixar sozinha nessa, né? E o pó que você cheira, cê acha que vem de onde?

— Eu não preciso cheirar, eu não preciso roubar, eu não preciso matar... eu não preciso de nada. Tô fora, tá ouvindo? Tô fora!

— Ah é? Não precisa cheirar? Tô pagando pra ver.

— Vai pra merda, Creuza! Já falei que não quero mais. Você não manda em mim!

— Você é muito idiota mesmo. Vai pra puta que pariu, então! Eu é que não preciso de você!

Nessa noite, Maria Aparecida não foi pra Pituba. Se mandou sozinha pro Casquinha de Siri, encheu a cara de caipiroscas, paquerou uns italianos e terminou transando com eles no hotel, bebendo cachaça direto da garrafa, até desmaiar.

Ficaram alguns dias sem se falar, mas depois fizeram as pazes e voltaram a viver a mesma vida de sempre, dormindo de dia, virando a noite, vendo o dia nascer no Cemitério dos Ingleses, procurando grana fácil pra poder encher a cara de pó. Mas as coisas nunca voltaram a ser como antes. A Maria Aparecida estava cada dia mais deprimida. O negócio do cara assassinado mexeu com ela demais, não conseguia esquecer. Ficava incomodada com o jeito de Creuza, que não estava nem aí. Morreu morreu, pronto, tá feito, foda-se... era assim que ela pensava.

Foda-se uma ova, cara, ninguém tinha nada que fazer isso com o rapaz. Maria Aparecida não entendia como sua amiga podia se encolher de ombros desse jeito, como se nada na vida tivesse importância além da farra e da grana fácil. Lembrou do Maruim nos seus últimos dias, a sua estranha fé, a sua forma bondosa de ver o mundo. Lembrou de mim e dos nossos sonhos de criança, fodidos como estávamos, morando na rua, mas sempre com a esperança de fazer algo bom, viver uma vida decente. Lembrou da sua mãe lá na ilha, rodeada de filhas e filhos-de-santo, transmitindo sabedoria e amor. Lembrou de Rafael, do pessoal todo da igreja e do Cristo que sorria pra ela no altar, e se sentiu um lixo. Sou uma merda, se dizia, uma bosta de gente, uma puta imprestável, uma assassina. E, quanto mais se convencia disso, mais se refugiava na cachaça e nas drogas, mais se perdia nas orgias com Creuza, transando, bebendo e cheirando, mais e mais, desesperadamente. Passava o dia inteiro mal-humorada, calada, apagada, sem ânimo pra nada, e só à noite ela se animava, depois de uns goles de cachaça ou umas linhas de pó, para se perder de novo nessa vida louca. Muitas vezes, caiu desmaiada no meio da farra, e a Creuza teve que pedir ajuda pra levá-la carregada até o táxi. Outras vezes, era Creuza que terminava vomitando e delirando, e outras mais as duas perdiam a noção de tudo e acordavam no outro dia jogadas em alguma praia ou nuas em algum hotel entre os corpos de homens que elas não se lembravam ter visto na vida.

A relação entre elas também não estava lá essas coisas. Apesar de nunca mais ter tocado no assunto, Creuza sabia muito bem que Maria Aparecida a culpava pela morte do rapaz e a desprezava por seu descaso. Por isso, a depressão da sua amiga era para Creuza como uma afronta pessoal, que a tirava do eixo e as levava a brigar por qualquer coisa. Porque Creuza, depois de tantos anos de se virar sozinha na porrada pra sobreviver, tinha encontrado uma única pessoa na qual se segurar e, muito contra sua vontade, tinha feito de Maria Aparecida uma espécie de âncora, um lugar firme onde botar os pés, uma razão pra achar que a vida tinha algum sentido. E agora esse seu sentido andava desbussolado, a única pessoa que a tinha respeitado em toda a sua vida agora a desprezava, e isso lhe dava uma sensação de desespero e uma impressão de estar escorregando de novo num abismo de solidão. O que ela não entendia era que as duas estavam caindo no mesmo abismo, uma puxando a outra, no desespero da vertigem, numa espiral de perdição. Brigavam, se falavam tudo quanto é baixaria, chegavam até a se agredir na porrada, e só no esquecimento do álcool e da droga voltavam a se encontrar, se procurando desesperadas pra não se afogar no vazio. Quantas vezes não terminaram no Cemitério dos Ingleses, depois de uma noite de álcool, sexo e drogas, abraçadas em cima de uma tumba, chorando, se amando... Ambas sabiam que estavam afundando e, como duas náufragas, procuravam uma à outra para se salvar. Mas, nos seus movimentos desesperados, só conseguiam se levar mutuamente pro fundo.

Ninguém soube me explicar bem ao certo o que foi que aconteceu naquela noite terrível. O único que eu sei é que, nesse dia, quando acordaram, às duas da tarde, brigaram como nunca antes tinham brigado. Alguma coisa Maria Aparecida deve ter ficado maquinando a noite toda nessa sua cabecinha obcecada, e amanheceu muda, mal-humorada, sem querer falar com ninguém. Sempre que Maria Aparecida estava assim, a Creuza ficava pirada, perdida, desesperada, e fazia de tudo pra reconquistar a sua amiga. Se aproximou carinhosa, acariciou seu rosto, tentou beijá-la, mas a Maria Aparecida a empurrou e se virou pra parede.

— Venha, rapaz, deixe de besteira — disse Creuza solícita, passando a mão na barriga da amiga e beijando seu pescoço.

— Me deixe — disse a outra, tirando a mão.

— Tá, tudo bom, então levante, vamos comer alguma coisa.

Mas Maria Aparecida não respondeu, não se mexeu.

— Vamos, porra, deixe de me ignorar, que é que eu te fiz?

— Nada, cê não fez nada. Vai embora.

— Na moral, cara, eu não aguento mais você...

— Então vai embora, porra! Não quero falar com você!

— Sabe duma coisa? Você pode ir pra puta que pariu.

Mas, como a Maria Aparecida não respondeu e nem sequer se mexeu, a Creuza continuou insultando sua amiga, cada vez mais alterada, sem conseguir qualquer reação.

— Fale alguma coisa, desgraça! Eu não sou cachorra!

Finalmente, a puxou pelo braço e pegou no seu rosto com violência, para obrigá-la a olhar pra ela. Se eu tivesse estado ali, eu teria visto o rosto da Maria Aparecida e eu poderia ter falado pra Creuza, "rapaz, isso aí não vai dar certo não, é melhor você ficar na sua, deixar ela quieta, que daqui a pouco passa..."

Mas Creuza não conhecia a menina como eu a conheço. Ficou enchendo saco e não teve jeito... deu trucutru. E duas doidas de trucutru, você pode imaginar, né? O que teve de quebra-quebra, bicho, não queira nem saber. Não ficou um único objeto em pé, e só não se mataram porque algum anjo achou que elas ainda não tinham sofrido suficiente miséria para poder descansar tão cedo. Foi tanta gritaria e tanta porrada, que chegaram vizinhos e curiosos da rua e se amontoaram todos na porta e na janela, dando risada. "Ó as putas brigando, cara, venha ver!", chamavam aos berros. As roupas rasgadas, os peitos de fora, os cabelos em ponta, arranhões no corpo, e o povo rindo e provocando. "Bate nela, vai, sua puta, bate, vadia! Além de putas são sapatonas!" Uns gaiatos se meteram no bolo, dizendo que era pra separá-las, e aproveitaram pra pegar em peitos, bundas, pernas, xoxotas. O povo gostou, todo mundo deu risada e outros caras, e até algumas crianças, quiseram entrar na mesma, pegando daqui e dali. As crianças gritavam felizes, "Olha as putas! Olha as sapatonas!" Até algumas mulheres se divertiam com a cena, olhando para as duas meninas se debatendo desesperadas, com uma espécie de ódio rancoroso e feliz. "Vagabundas!", exclamavam. As meninas, ao se verem nas mãos de tantos homens que as puxavam de um lado pro outro, pegavam nelas como se fossem brinquedos e encostavam os paus duros nas bundas, ficaram apavoradas, desesperadas de medo, de raiva e de humilhação. Esqueceram seu ódio mútuo e tentaram se defender à base de porrada e arranhão, mas isso só conseguiu que os caras caíssem em cima delas com maior sanha. Um homem pegou a Maria Aparecida pelos cabelos e saiu arrastando ela pelo quarto, para a imensa alegria de todos os presentes, enquanto alguém arrancava o que restou da blusa da Creuza pra que todos vissem seus peitos à vontade. Vai saber no que teria dado isso tudo, se três policiais não tivessem chegado naquele momento e tirado esse povo todo de lá na porrada.

Os tiras enxotaram todo mundo, fecharam a janela e a porta e tentaram acalmar as meninas, que estavam apavoradas. Ficaram sem saber se deviam levar elas pra delegacia, prendê-las ou ameaçá-las, mas a sargento — sim, felizmente era mulher, uma tal Sargento Sueli, gente fina como o quê — decidiu que já tinham passado por suficiente vexame.

— Querem prestar queixa? — perguntou, amável.

As duas mexeram a cabeça, indicando que não.

— Então tranquem a porta — e os policiais saíram.

E agora veja, custava o quê, fazer o que todas duas tinham vontade de fazer, depois de ter passado por isso tudo? Custava o quê, me diga, deixar o orgulho de lado? Ficaram ali, encolhidas no chão, cada uma no seu canto, chorando sem se olhar, esperando que a outra falasse alguma coisa. Orgulho é uma merda, rapaz, não tem nada pior. Como é que nenhuma das duas percebeu o olhar de súplica da outra? Todas duas choravam, enfiadas num buraco de solidão, mas nenhuma se mexeu. Finalmente, o silêncio foi demais e a Creuza levantou, botou uma blusa, lavou o rosto, arrumou o cabelo e saiu sem falar.

Depois disso, ninguém sabe o que aconteceu. Maria Aparecida não lembra, mas o pessoal da vizinhança disse que viu ela sair do jeito que estava, com a roupa rasgada, o rosto sujo e arranhado, os cabelos emaranhados e o olhar de doida. Vai saber o que foi que ela fez. Com certeza ficou andando horas e horas, como sempre faz quando está de trucutru, mas depois deve ter encontrado algum cara pra lhe dar cachaça e drogas em troca de sexo. Um ou vários, sei lá, não gosto nem de pensar. Deve ter enchido a cara sem parar, misturado tudo quanto é merda, enquanto eles faziam dela gato e sapato. É até bom que essas coisas se esqueçam, são como um buraco negro na nossa consciência, como se não tivessem nunca acontecido. Só que aconteceram, e ela quase se vai. Minha menina, a Maria Aparecida, a baronesa de Itaparica, a rainha do Cine Roma, completamente chumbada, foi atropelada, não se sabe por que ou por quem, e quase morreu nessa noite. Será que Deus existe? Não tem como a gente não se perguntar. Porque ela bem que poderia ter morrido, e eu nunca a teria visto de novo. Por pouco ela não se foi, e aí, como é que eu ia me perdoar? Ai, rainha, só de pensar, dá um desespero de dó.

Ela apareceu no HGE perto das três horas da manhã, entregue num táxi e largada na porta, toda quebrada. Delirava e não conseguia respirar, gemia, gritava incoerências e chamava meu nome e o de Creuza. Estava apavorada, cobria o rosto com os braços quando as pessoas falavam com ela, chorava, gritava. Tiveram que amarrar ela na maca pra evitar que ela se jogasse no chão, mas ela esperneava com tanto pavor e fazia tanto escândalo que não teve jeito de deixá-la largada, como é o costume nesse hospital, e um médico teve que deixar o paciente que estava atendendo pra ver o que acontecia. Não faço ideia o que foi que fizeram, injetaram alguma coisa nela, vai saber o quê, para ela se acalmar, e fizeram os curativos mais urgentes. Passou uma noite terrível, delirando e sofrendo ataques de pânico, com dores violentas e dificuldade para respirar. Só de madrugada, finalmente, pegou no sono.

Passou vários dias se balançando entre a vida e a morte, delirando. Acordava assustada, olhando pra todos os lados sem entender, sem saber onde estava, querendo perguntar alguma coisa, sem saber bem o quê. Tentava falar, mas não conseguia juntar as palavras, como se seus pensamentos estivessem destrambelhados, embolados num labirinto do qual não achava o jeito de sair. Algumas vezes, quando abria os olhos, via o rosto de Creuza, que a olhava chorosa, a acariciava com carinho e falava coisas doces. Mas, outras vezes, o rosto não era o de Creuza, mas de outra mulher, e então ela sentia um arrepio de emoções que não conseguia entender. Fazia cambalhotas na confusão da sua cabeça por se lembrar quem era essa mulher, de onde ela vinha e por que lhe causava essa sensação de vertigem. Era uma mulher bonita, de cabelos longos e cacheados, que lhe falava com uma voz tão conhecida, dizendo coisas que ela não entendia, mas que a deixavam com um nó na garganta e uma vontade doida de chorar. Depois o rosto começava a sumir e em seu lugar aparecia o terreiro da sua infância e, no meio do barracão, Logum Edé dançando, num instante viril como um grande caçador, depois feminino e vaidoso, ao ritmo dos atabaques e da voz da mãe Edinólia. O batuque aumentava o ritmo e o orixá começava a girar e girar, flutuando no ar, até que as cores se misturavam numa confusão do diabo e tudo começava a desmanchar, e então despencava de novo na escuridão. Quando acordava, horas depois, via de novo o rosto de Creuza. Só no oitavo dia as alucinações começaram a diminuir e o mundo começou a ficar mais compreensível. Dormia muito, mas, quando acordava, dava pra ver que já não estava mais tão confusa. Nesse dia, quando viu Creuza, sorriu e apertou a sua mão, e a menina desmanchou a chorar de alegria. E, mais tarde, quando, ao abrir os olhos, viu a outra mulher, juntou suas forças, se concentrou e conseguiu perguntar:

— Quem é você?

— Roberta — falei. — Sou Roberta, rainha. Voltei.

Maria Aparecida olhou pra mim confusa, tentando desembolar a bagunça da sua cabeça, tentando entender a doideira de sentimentos que tomaram conta dela. E então reconheceu o rosto... um rosto tão diferente, com esses longos cílios e esses lábios vermelhos, mudado pelo passar dos anos e por algo mais, uma coisa esquisita, algo assim delicado, doce, bizarro, com esses cabelos cacheados... mas, mesmo assim, o mesmo rosto... o meu rosto. Abriu os olhos muito grandes e sorriu, ainda confusa, sem saber ao certo se era verdade o que via ou se ainda estava delirando.

— Betinho?!

Eu não consegui responder. Um nó desse tamanho apertou minha garganta, meus lábios tremeram e não tive jeito de segurar as lágrimas. Com muito trabalho, Maria Aparecida levantou o braço e colocou sua mão no meu rosto, passou os dedos pela boca, pela testa, pelos olhos molhados. Sorria com um sorriso tão triste, e também chorava. Depois, pegou meu braço e o apertou contra o peito, fechou os olhos e ficou assim muito tempo, apertando meu braço com muita força e chorando baixinho, até que pegou no sono de novo.

A Creuza, toda encolhida numa cadeira do outro lado da cama, olhava pra gente com uns olhos esquisitos, intensos e ao mesmo tempo vazios. Parecia tão novinha, tão pequena e tão frágil, abraçando seus joelhos. Senti muita pena dela. Ficamos assim, caladas, até que a enfermeira chegou pra avisar que o horário de visitas já tinha terminado.

Tirei meu braço com cuidado pra não acordar a Maria Aparecida e saímos juntas. Nem eu nem ela tínhamos comido o dia todo, e a convidei para comer num boteco no Acupe de Brotas. Ela deu de ombros e me seguiu, sem falar nada. Sentamos, fiz o pedido e fiquei olhando pra ela.

— Achei um quarto pra gente no Rio Vermelho, na Pedra da Sereia, cê sabe onde é? É um quartinho de nada, mas dá pra nós três.

Ela não respondeu, deu de ombros de novo e ficou olhando pra rua.

— Viu? A gente pode se mudar amanhã. Seria bom ter tudo arrumado, né? Pra quando a Maria Aparecida sair...

Ela continuou me ignorando, ficou calada um tempo e depois olhou pra mim fixamente.

— Ela gosta muito de você, né?

— Gostava. Não sei se ainda gosta.

— Ela foi sua namorada?

Eu dei risada.

— Que namorada, rapaz! Eu não gosto de mulher.

— E por que você chamou ela de rainha?

— Ah, porque ela é a rainha do Cine Roma, cê não sabia?

E contei a história do cinema, das aventuras na Cidade Baixa e do dia em que o Maruim batizou ela de rainha do Cine Roma. A Creuza ouviu interessada, mas, quando terminei, ficou séria e disse friamente:

— O Maruim entregou a rapadura.

— Como é?

— Empacotou, se mandou deste mundo... morreu. De AIDS. Cida me contou. Foi uma morte horrível — disse ela, e deu pra perceber uma certa crueldade na sua voz.

A notícia mexeu muito comigo, meus olhos ficaram chorosos. O Maruim, meu irmão... Tinha pensado tanto nele, no Calungo e no Melê esses anos todos, sonhei tanto em ir lá com a Maria Aparecida! De novo, o remorso por ter me mandado pro Rio com o filho da puta do Rodolfo Beija-flor me pegou em cheio.

— Maruim... — falei pra mim mesma.

A Creuza me olhava com um mal disfarçado prazer e eu fiquei com muita raiva dela.

Paguei a conta, levantamos e descemos a ladeira pra pegar o ônibus. A gente não se falou no caminho. Descemos no fim de linha, na Praça da Sé. Eu estava ficando num hotel horroroso ali perto, empesteado de rato, barata e vagabundo da pior espécie, na Rua da Oração.

— Tchau, Creuza — falei secamente.

Estava muito zangada com ela, emocionada por causa de Maria Aparecida e arrasada pela notícia da morte do Maruim, e só queria me trancar no meu quarto e ficar a sós com os meus pensamentos.

— Tchau — respondeu, também friamente, e deu as costas.

Mas, de repente, se virou com um olhar completamente diferente, triste, arrependido e quase que desolado, e pegou na minha mão.

— Roberta... fique comigo. Não quero ficar sozinha...

Não tem jeito. Eu tenho o coração mole. Sorri e fomos andando até a Ladeira do Taboão.

A Creuza estava feita um caco. Com tudo o que aconteceu, com a briga entre elas, com a humilhação dos vizinhos e, sobretudo, com o acidente da Maria Aparecida e o medo de ela morrer ou ficar aleijada, ficou completamente despirocada. Não fazia nada, não conseguia se mexer, ficava deitada o dia inteiro, esperando o horário de visitas no hospital. Vivia pra esse momento; só ao lado de Maria Aparecida ela voltava à vida, olhando pra ela com uma ansiedade danada, como se sua própria vida dependesse dessa menina que passava seus dias delirando ou dormindo. À noite, quando precisava de grana pra comer, beber ou fumar um baseado, fazia programa por qualquer mixaria lá mesmo, no Pelourinho, e gastava tudo na hora.

Eu não sabia muito dela, mas, nos poucos dias que a gente passou juntas, eu vi logo que algo grave acontecia dentro dela. Era orgulhosa e, às vezes, agressiva pro diabo, mas dava pra ver que estava com muito medo, como se estivesse caindo num buraco e tentasse se segurar de qualquer coisa. De certa forma, no tempo que a Maria Aparecida esteve no hospital, foi em mim que ela se segurou.

A primeira vez que eu vi ela, estava jogada na rua, no "beco dos bêbados", perto do Taboão.

— Ó a namorada dela ali... — me disse um cara com jeito de malandro, caindo de bêbado, que em teoria tomava conta de carros, vestindo um ridículo terno azul.

Eu tinha chegado do Rio há dois dias e tinha andado pela cidade toda, procurando a Maria Aparecida. No mesmo dia em que eu cheguei, assim que deixei minhas coisas no hotel da Rua da Oração, fui andando à igreja da Trindade. O Rafael não me reconheceu e, quando eu disse que era o Betinho, o menino que ficou ali um tempo com a Maria Aparecida, ficou espantado, mas feliz de me ver. A maioria do pessoal daquela época já não estava, muitos caíram de novo na rua, outros se deram bem e estavam morando no seu próprio canto, e outros tinham morrido, de overdose, doença, facada ou tiro.

— Ela foi embora há muito tempo — disse o Rafael, e me contou que ela foi ficar na casa do pai e que, depois disso, nunca mais soube dela.

Quase tive um troço. Na casa do pai? Cacete! Lá fui eu à Baixa do Cacau. Mas ninguém soube me dizer nada. Ela tinha sumido depois que a casa do pai torrou e ele se foi pros infernos. Aí, fui pro centro, para o Largo de São Pedro, achando que, se ela tivesse voltado pra rua, teria ficado lá mesmo, onde conhecia o pessoal. Mas não tinha mais ninguém conhecido e ninguém sabia de nada. Comecei a entrar em parafuso. Parecia que tudo tinha mudado, todo mundo tinha sumido. Como se, com as minhas próprias mudanças, o mundo todo também tivesse se transformado e toda a minha vida passada tivesse sumido. Não sei por que nem me passou pela cabeça procurar por ela no Cine Roma. E ainda bem que não fiz, porque teria descoberto que meus melhores amigos, meus chapas da vida, também já não estavam.

Nessa noite, me bati com duas amigas travecas na Carlos Gomes, a Giovana e a Vanessa.

— Menina... não acredito! É você mesmo, Betinho?

— Roberta, porra. Ro-ber-tA.

— Meu Deus! Você ficou linda!

— Olha só... é silicone? — perguntou Vanessa, interessadíssima nos meus peitos.

— E cê acha que é o quê? Eu sou rica, por acaso, pra botar prótese?

— Mas menina, você ficou um arraso. Também, no Rio, né? Vai, me conte, como foi? Cadê seu galã? Me conte tudo, vai!

— Agora não posso, gente, estou procurando uma amiga. A Maria Aparecida, vocês lembram dela? Eu a apresentei a vocês um dia.

— Aquela moreninha que morava na igreja com você?

— É.

— Olha, eu não tenho certeza, mas eu acho que eu vi ela fazendo programa na Pituba. Ela estava bem diferente, de cabelo trançado, mas acho que foi ela mesmo.

Programa? Maria Aparecida? Deu um aperto no peito. Peguei um ônibus e fui direto pra Pituba, doida para encontrá-la e, ao mesmo tempo, rezando pra que não fosse verdade. Não a achei, mas fiquei perguntando a todo mundo. Deu um trabalho danado, porque ninguém a conhecia por esse nome. Mas, quando já estava desistindo, alguém achou que podia ser a Priscila, e me disse que ela morava no Taboão com outra menina, mas que há um tempo as duas tinham sumido.

Nessa mesma noite fui ao Taboão. Não foi difícil encontrar o apartamento. As pessoas me olhavam de cima pra baixo com um olhar cínico e um sorrisinho idiota, como se achassem tudo muito divertido. Soube que a Maria Aparecida tinha sumido há vários dias, e que sua amiga — todo mundo chamava de namorada, com um sorriso gaiato — aparecia lá de vez em quando, chumbada de cachaça ou drogada. Bati na porta do apartamento, mas não tinha ninguém. Fiquei esperando muito tempo, mas finalmente tive que voltar ao meu hotel de mãos vazias.

Foi só no outro dia que o guardador de carros me mostrou a Creuza, jogada na rua, imunda e completamente em águas. Consegui levantar ela de qualquer jeito e a levei ao apartamento. Tirei sua roupa, a limpei do jeito que pude, botei ela na cama e fiquei ao lado dela a noite toda, deitada no chão.

No outro dia, quando acordou, não se lembrava de nada e não fazia ideia quem eu era nem por que é que eu estava no seu apartamento. Quando falei que eu era uma amiga da Maria Aparecida, ficou muito excitada.

— E você sabe onde ela tá? — perguntou, ansiosa.

— Não, rapaz, é por isso que eu vim aqui. Você não sabe?

Ela começou a chorar e me contou o que aconteceu. Me disse que, depois da briga, ela sumiu e ninguém tinha visto mais ela. Eu fiquei gelada quando ouvi a história. A Creuza estava pirada porque achava que a Maria Aparecida a tinha abandonado, mas eu conhecia melhor a minha rainha e sabia que, estando de trucutru, ela bem que podia ter feito uma besteira. Lembrei do dia que fiquei correndo atrás dela pela cidade toda, ela querendo se jogar na frente dos carros e se cortar com um caco de vidro, e também do dia em que tentou se furar a barriga com um canivete, na última vez que eu vi ela.

— Meu Deus... — falei.

— O que foi?

— Venha...

— Aonde?

— Venha...

Fomos quase correndo ao HGE e foi assim que a achamos, toda arrebentada e delirando.

Nos dias que se seguiram, passamos todo o horário de visitas ao lado dela. O médico disse que tinha quebrado várias costelas e o fêmur, mas que, disso, era bem possível que ela se recuperasse sem muitos problemas. Porém, ela tinha levado uma pancada muito forte na cabeça, e ainda não dava pra saber se ela tinha danos cerebrais.

— Pode ser que ela nunca mais consiga andar ou falar, pode até ser que ela entre em coma e nunca mais acorde, mas pode também se recuperar completamente. Ainda é cedo para saber. A gente já fez tudo o que podia fazer. Agora, o resto depende dela e de Deus.

Se for contar com Deus, pensei, tamos lenhados. Mas eu tinha fé nela. Ela lutava, dava pra ver, brigava para voltar à vida. Cada gesto dela, cada movimento, cada reação, deixava a gente loucas de ansiedade. Ela parecia tão frágil, tão vulnerável. E, ao mesmo tempo, tão forte, tão corajosa. Força, rainha... segurava sua mão, limpava o suor da sua testa. Força...

Por diferentes razões, tanto eu quanto Creuza sentíamos que, sem a Maria Aparecida, a gente não teria mais nada por que viver. Na agonia do nosso desespero, a gente se procurava uma a outra; eu me segurava nela e ela em mim. Mas, ao mesmo tempo, havia muita tensão entre nós. Porque, no fundo, eu não queria dividir a minha rainha; e a Creuza, pelo visto, também não.

No dia depois que a Maria Aparecida falou pela primeira vez, levantamos cedo e fomos ao hospital, cheias de esperança e ansiedade. Creuza entrou ao quarto na minha frente e encontrou a Maria Aparecida sentada na cama, muito fraca, mas consciente. Creuza soltou um grito e correu até ela.

— Cida!

Se abraçaram, emocionadas. Creuza chorava e Maria Aparecida a apertava contra si quase com desespero, balançando de um lado pro outro, com os olhos fechados, repetindo, "Creuza, Creuza..." Ficaram assim um tempo, mas, quando Maria Aparecida abriu os olhos e me viu, arregalou os olhos e soltou a Creuza.

— Então, é verdade?! Pensei que tinha sonhado... É você mesmo, Betinho?

— Roberta, rainha, agora sou Roberta.

— Meu Deus! Venha, deixe eu ver você. Não acredito... Que é que você fez, seu doido?

— Virei eu — disse, sentando ao seu lado e sorrindo, enquanto as lágrimas desciam dos meus olhos, estragando a maquiagem.

Como no dia anterior, ela passou a mão no meu rosto, me examinando como se não acreditasse que eu fosse real, olhando pro meu cabelo, para as formas das sobrancelhas, do nariz, da boca, do pescoço...

— Meu Deus... — repetia uma e outra vez. — Não posso acreditar...

Depois deitou a cabeça no meu peito, me abraçou com força e ficou assim, chorando baixinho, enquanto eu alisava seu cabelo com um nó na garganta e um desabamento na alma.

Enquanto Maria Aparecida me abraçava, Creuza tinha ido sentar numa cadeira afastada, onde ficou toda encolhida com um ar de cachorrinho abandonado. Maria Aparecida percebeu, limpou as lágrimas e a chamou do seu lado. Creuza sentou na cama, Maria Aparecida apertou sua mão e ficamos as três assim, felizes, tristes, confusas e meio sem graça, sem saber o que dizer.

Era óbvio que a Creuza queria estar sozinha com ela. Tinha tanto pra dizer, um mundo de coisas remoendo lá dentro, remorsos e dores, perdões, lágrimas e reconciliações... E, na minha frente, ela não tinha coragem de falar. Sim, tô ligada, eu sei o que você está pensando... eu tinha que ter me mandado, deixado elas a sós... Mas, com que cara você vem dar palpite? Cê entende o quê? Foram anos esperando esse encontro, cara, anos e anos me torturando com a saudade e com a culpa. Se o peito da Creuza era uma tempestade, o meu era um vulcão.

— Mas, Betinho... — disse por fim Maria Aparecida — quer dizer, Roberta... eu não consigo! O que foi que você fez? São de verdade?

— São.

— Ai, deixe eu ver, vai! — disse rindo.

— Deixe de besteira, menina!

— Eu quero ver, ora! Me mostre, vai!

Abri a blusa e tirei um dos meus peitos pra ela ver. A velhinha na cama ao lado, que um momento atrás parecia mais morta do que viva, se esticava toda e olhava pra gente de olhos arregalados.

— Vige... que inveja! — disse rindo. — Já viu, Creuza? Ó, pegue aí, não são lindos? Eu vou querer uns iguaizinhos! Mas, Betinho... Roberta, diabo... Por quê? Como? O que aconteceu?

Maria Aparecida brincava, falava besteira, mas estava assustada. Não aparentava, mas eu conhecia ela muito bem, sabia que ela fazia isso tudo justamente pra esconder a angústia e o medo.

— Ah, menina, isso aí é uma longa história. Outro dia eu te conto.

— Outro dia não. Eu quero saber agora! Você estava onde, esse tempo todo?

— No Rio.

— No Rio? E foi lá que você fez?

— Foi.

— Mas, como? Por quê? E como é que você foi parar no Rio? Vai, me conte tudo, porra! Deixe de me enrolar!

— Ai, mas não tem muito pra contar. O que aconteceu foi que o abestalhado do teu amigo Betinho era um jegue com corpo de gente. Inventei de me apaixonar por um tal dum Roberto Beija-flor, veja só que nome! Um ricaço cheio da grana e um grandessíssimo filho da puta. Me fez acreditar que estava caidão por mim e me convidou para ir pro Rio com ele. E lá fui eu de idiota, me sentindo a bicha mais porreta do mundo e achando que tinha encontrado o homem da minha vida, imagina só. Cê acredita numa coisa dessas?

Eu falava com ar brincalhão, tentando ser engraçada, mas olhava pra Maria Aparecida e sabia exatamente o que ela estava pensando... grandessíssimo filho da puta era eu, meu Deus, como pude ter abandonado ela?

— Mas o cara me enganou. Passei dois dias no apartamento dele no Rio, vivendo no luxo, com empregada e tudo o mais. Era um lugar chiquérrimo, num edifício de Copacabana, bem na orla. Dá pra imaginar, eu morando como príncipe e tomando o café da manhã servido pela empregada? Já estava todo empolgado, me achando o máximo e fazendo planos pra voltar à Bahia e te pegar pra você morar com a gente...

— Seu cu... deixe de mentir e conte direto!

— Mas é verdade, pô! Eu estava doido pra vir pegar você...

— Vai, que eu não sou besta, conte a história.

— Tô falando sério, diabo! Mas tudo bem. Eu ter pensado ou deixado de pensar não faz diferença, porque no terceiro dia ele me disse que era pra eu pegar minhas coisas, porque ia me levar pra Lapa, o bairro dos travestis. "E eu preciso levar minhas coisas por quê?", perguntei. "Como por quê, moleque? Você acha que vai ficar aqui na minha casa a vida toda? Dá não. Vai, pegue suas tralhas." Fiquei pirado, imagine. "Mas... eu pensei...", tentei falar. "Pensou o quê, garoto? Deixe de pensar. Quem pensa aqui sou eu. Você cala a boca e obedece." Ó o banho d'água fria! O filho duma desgraça tinha uma agência de garotos de programa e me botou pra trabalhar pra ele. Como eu estava sem grana e não tinha como voltar pra Bahia, não teve jeito, tive que entrar nessa. Fiquei trabalhando na agência vários meses, nem me lembro quantos. Até que cansei de ser explorado e me mandei.

Eu estava enrolando, né? Como não ia enrolar? Maria Aparecida já estava nesse estado, já tinha sofrido tanto, pra que ficar lhe contando mais desgraças? Ela me olhava, fazendo de conta que estava curtindo a história numa boa, mas eu sabia muito bem que um mundo de coisas estava se passando na sua cabeça. De jeito que deixei de contar uma porrada de coisas, pra ela não sofrer à toa e, também, pra ela não me desprezar mais do que eu já merecia. Não contei, por exemplo, que eu estava realmente apaixonado pelo cara e que, durante meses, eu fiquei nessa vida desgraçada porque eu não queria acreditar que ele estava apenas me usando; não contei que eu aceitei essa merda toda durante tanto tempo porque ainda tinha esperança de que ele chegasse a me amar. Não falei das humilhações e dos perigos, das surubas nas casas de traficantes, cheias dos piores marginais que você possa imaginar, e de tudo o que eu tive que aturar sem falar um piu. Não falei da vez que eu fui espancado na rua, pelo simples fato de ser viado. Nem contei que, nesse tempo todo, o Rodolfo não me pagou um centavo, dizendo que estava botando tudo numa poupança pra mim porque eu era muito novo e muito burro e ia torrar a grana toda na farra, e que, quando finalmente cansei de aguentar tanta merda e fui reclamar meu dinheiro, ele não quis me pagar um centavo e me botou na rua na porrada com a roupa do corpo. E muito menos falei das misérias que eu passei depois, tentando sobreviver, nem do pânico que eu tinha de nunca mais poder voltar à Bahia.

— Fiquei um tempo sem saber o que fazer, porque não tinha grana pra voltar a Salvador. Aí, uma traveca amiga minha, a Renata, me convidou pra morar com ela, lá mesmo, na Lapa. Era um quartinho minúsculo, com um fogãozinho de duas bocas, uma pia num canto e um armengue de compensado como armário. Só tinha um banheiro para todo o andar, fedorento e sempre entupido e alagado. Mas era barato e eu precisava economizar. E, além disso, a Renata era muito bacana.

Na verdade, a Renata foi boa até demais. Ela era amiga das duas travas com as quais eu morava quando trabalhava pro Rodolfo Beija-flor. Mas a gente se conhecia muito mal e, mesmo assim, teve pena de mim e me deixou ficar com ela pra eu não cair na rua. Eu não ia falar isso pra Maria Aparecida, mas, quando o Rodolfo me botou pra fora, mandou o gerente dele trocar a fechadura e levar todas as minhas coisas, minhas roupas e o pouquíssimo dinheiro que eu tinha. Não fosse por Renata, eu teria voltado a morar nas ruas e eu não teria podido voltar à Bahia tão cedo. Naquela época, depois da desilusão com o Rodolfo, a única coisa que eu queria era voltar e procurar a Maria Aparecida, esquecer tudo o que eu tinha vivido no Rio e ficar do lado da única pessoa que realmente importava na minha vida, minha amiga, irmã, companheira e razão de viver.

— Aí, fui fazer programa na rua pra me virar. Era meio complicado porque, na Lapa, o negócio é travesti, michê homem não faz muito sucesso. Mas eu gostava do ambiente, sempre gostei de travesti, achava um barato. Fazia ponto com elas, morava com a Renata, todas as minhas amigas eram travas... e aí eu fui me empolgando com essa coisa toda, sabe? As roupas, o *glamour*, o jeito. Você sabe, eu sempre tive um lado muito feminino, uma atração pelas coisas de mulher.

Não, a Maria Aparecida não sabia nada disso, ela nunca fez essa ideia de mim. Tudo bem que eu tinha um rosto fino, que eu era magro e não muito alto, com um corpo delicado. Mas ela estava acostumada a me ver me virando na rua na malandragem, caindo na porrada quando era preciso, defendendo ela de todo mundo, do Capitão Gay e dos vagabundos da rua. Um lado feminino? De jeito nenhum, pensava ela. Eu falava isso e via, pela sua expressão, que ela não entendia como eu podia ser a mesma pessoa... e que sentia muita falta do Betinho que ela conhecia.

— Aí, sei lá, comecei a querer usar roupa de mulher, só pra ver como era. A Renata me emprestou umas roupas, botou uma peruca e me maquiou, e quando me olhei no espelho... não sei nem como explicar... Foi como se eu tivesse descoberto o meu verdadeiro eu, sabe? Como se minha vida toda eu tivesse estado escondida no corpo errado e, de repente, eu tivesse pulado pra fora.

Não, não estava dando certo. A cara de Maria Aparecida ficava cada vez mais angustiada, mais desiludida. Sabia o que estava pensando: não, não pode ser, o verdadeiro Betinho é o que eu conhecia, esta Roberta é uma criação, uma máscara, uma impostora... quero o Betinho de volta!

— Mas, deixe pra lá — falei, sem graça. — Vamos falar de outra coisa.

— Não — insistiu Maria Aparecida. — Eu quero ouvir tudo.

— Depois eu te conto, rapaz. Você ainda não me falou nada de você...

— É tudo uma merda. Vai, fale, *Roberta*.

Não tinha como não perceber o tom meio cínico, quase que de raiva, no *Roberta*. E a Creuza mordeu os lábios quando ouviu isso de "é tudo uma merda". As coisas estavam indo de mal a pior, as três nos sentíamos cada vez mais deprimidas, mas não tinha jeito de mudar de conversa. Quando a Maria Aparecida implica numa coisa, não tem quem tire ela do assunto.

Na verdade, eu queria muito poder contar pra ela tudo o que eu vivi, a descoberta incrível de uma coisa que eu sempre tive dentro de mim e que nunca antes deixei sair. Você sabe o que significa você sentir a vida toda que você não é o que é? Como um peso que você tem de carregar simplesmente porque alguém lá em cima errou na hora de botar as coisas no lugar e porque, cá embaixo, todo mundo acha que você tem que aturar caladinho os erros da natureza? E, de repente, você descobre que pode mudar, que pode ser realmente o que você é... E não só isso, que você pode inventar um novo ser, não um homem, não uma mulher, mas algo diferente, algo mais, tudo ao mesmo tempo, mulher--homem e homem-mulher.

Tentei... tentei explicar, quis que a Maria Aparecida entendesse que Roberta era eu, que Roberta era Betinho e muito mais...

— Tudo começou com uma brincadeira da Renata. Queria porque queria me ver de calcinha e ficou enchendo meu saco pra eu botar uma das suas. Eu não queria, ficava dizendo que não era a minha, que eu não gostava disso. Mas, na verdade, eu nunca falei isso pra você, mas sempre tive uma vontade doida de vestir roupa de mulher e muitas vezes ficava fantasiando como seria. O Maruim tinha uma coleção de vestidos e de calcinhas, cê lembra disso, e eu poderia ter pego a qualquer momento. E minhas amigas travas da Carlos Gomes também teriam me emprestado, só pra curtir. Mas eu nunca nem pensei em fazer uma coisa dessas porque achava, sei lá, que eu tinha que ser duro, sabe, mesmo sendo viado, mas duro, tá ligada? Um malandro de calcinha... tenha paciência, né! Mas agora a Renata estava ali, me oferecendo uma das suas, me pedindo pra eu botar. Peguei a calcinha, senti sua textura, fiquei arrepiado. Por que não? Tirei a roupa, botei a calcinha e adorei. Depois botei um sutiã, uma saia curtinha, uma blusa vermelha, sapatos de salto alto e uma peruca ruiva. Meu Deus, que arrepio... A sensação de botar roupas de mulher, não tem nada igual. São tão diferentes... Veja só os tecidos, suaves, sedosos, fazem carícias no corpo. Você sabe como é. A Renata me maquiou e pintou minhas unhas. Quando me olhei no espelho, não acreditei. Foi nessa mesma noite que eu decidi que eu queria me transformar.

Eu queria que Maria Aparecida entendesse, mas ela me olhava de um jeito cada vez mais esquisito. Fechei o bico, não queria mais falar. Sentia que, com cada palavra, se quebrava mais e mais aquilo que a gente tinha há tantos anos, aquela intimidade, tá ligado? Aquele amor doido de crianças, com o qual eu fiquei sonhando esse tempo todo. Não queria me justificar, não queria ter de convencer ninguém, não queria pensar. Queria é voltar à minha infância, queria virar o mundo pelo avesso, queria desmanchar a escrita torta de Deus. Queria sumir.

— E aí? — disse Maria Aparecida, com uma voz que já não era cínica ou rancorosa; tinha agora uma doçura triste, dolorida. — E aí, como foi?

— Aí... sei lá, não tem muito que contar. A Renata me explicou o que eu tinha que fazer e me ajudou em tudo. Tomei hormônios quase seis meses e meu corpo mudou muito. Mas hormônio dá enjôo, é muito chato, e também não é suficiente, fica um corpo assim meio sem graça, sabe? Aí, comecei a botar silicone. Demorou bastante, quase um ano, porque é caro, e tive que fazer aos pouquinhos.

Parece tão simples, dito desse jeito, né? "Botei silicone, demorei quase um ano", como se com isso pudesse se resumir o inferno que é aquilo. Primeiro, porque botar silicone é como se jogar num abismo, dá um medo da zorra. Porque você conhece as histórias, todo mundo conhece. E não só isso, você vê. Quantos travestis eu conhecia que estavam todos deformados, cada coisa horrorosa! A Paulina, por exemplo, era um desastre. O silicone desceu da bunda pras pernas, ficou uma coisa que não dá pra descrever. E aí, rapaz, é uma desgraça, porque não estamos só falando de estética. Estamos falando de vida. Primeiro porque, quando você decide se transformar, é quase que uma decisão existencial, tá ligado? Não é bem como patricinha querendo levantar o peitinho e arrebitar a bunda pra ficar mais bonitinha na academia... Se transformar é outra coisa, muito mais profunda, tem a ver com o que você é. E, além disso, é o ganha-pão, e com o corpo fodido você tá lenhada, porque não consegue viver de programa. E arrumar um emprego decente, nem pensar, porque ninguém quer saber de travesti. Travesti, nos olhos do povo, só serve pra foder ou pra fazer show, no melhor dos casos. E para ambas coisas você precisa de corpo. Por isso, quem se dá mal, como a Paulina, a Michelle, a Camila, está destinada à miséria. Feia e miserável pro resto da vida. É foda. Sem falar das que têm reação ao silicone de má qualidade e simplesmente entregam a alma ao Senhor.

A Renata recomendou a Consuelo, uma das melhores bombadeiras[19] da Lapa. Cobrava mais caro que a maioria, mas eu não sou besta, não ia arriscar com qualquer porcaria de terceira e ficar fodida pro resto da vida. Trabalhei dia e noite, dei um duro lascado, fazia até dez programas por dia e economizava até o último centavo. Quando juntava uma grana, fazia uma parte, depois outra, e assim, aos poucos, fui me tornando o que eu sou. Cada visita a Consuelo era como uma sessão de tortura. A mulher te amarra toda com panos para evitar que o silicone se vá pra onde não tem que ir, e depois pega uma agulha veterinária de cavalo e começa a injetar o negócio. É uma dor desgraçada que você não pode nem imaginar. É um negócio que queima por dentro, parece que você está pegando fogo. É tão horroroso aquilo, que você fica pelo menos uma semana arrasada, com umas dores de enlouquecer. E ainda com medo, né? De dar reação, de embolar, de descer pra outras partes, de você ficar medonha de deformada, de você morrer. Não fosse a Renata, que cuidou de mim como se eu fosse sua filha, eu teria enlouquecido.

Nesse tempo todo, eu pensei tanto em Maria Aparecida. Sentia-me só, numa solidão como nunca antes tive. A Renata era um doce, as minhas outras amigas, Brigitte e Rosângela, a Rose do boteco e até a Consuelo eram gente fina, mas eu sentia falta da Maria Aparecida, de uma outra vida, dos tempos em que ela me deu, pela primeira vez, uma razão pra viver. A saudade queimava tanto quanto as injeções de silicone, e só não voltei porque não podia deixar as coisas no meio do caminho. Ficava ali deitada no meu cantinho no quarto de Renata, esperando as dores passem, pensando no dia em que eu voltaria à Bahia.

[19] Bombadeira — pessoa que faz implantes clandestinos de silicone

Um dia, finalmente, eu e a Consuelo concordamos que eu estava pronta. Roberta tinha terminado de nascer. Você não pode entender o que é essa sensação, de se olhar no espelho e ver que essa pessoa é você, uma pessoa que você mesmo inventou, criou, moldou, para te devolver a identidade que deveria ter sido a tua desde o início.

Voltar pra Bahia... era tudo o que eu queria então. Rever a Maria Aparecida, reconstruir minha vida... com ela.

E agora eu estava ali, ao lado dela, nesse quarto triste de hospital, ela me olhando com esses olhos tão estranhos, como se eu fosse um desconhecido, e a Creuza, sua namorada — sua namorada! —, desejando com todas as forças que eu parasse de falar logo e me mandasse pra bem longe.

— Esse tempo todo eu só queria voltar — falei —, estava com tanta saudade daqui... e de você... Quando terminei, trabalhei dobrado mais de um mês, pra pagar minhas dívidas e pra comprar a passagem de volta à Bahia.

Fiquei calada um tempo, sem saber o que dizer.

— É bom demais estar aqui... — disse em voz baixa.

Maria Aparecida tentou sorrir, mas não conseguiu.

— Eu não estou me sentindo bem — falou. — Acho que vou dormir um pouco.

— Tá... durma, rainha, descanse. Fique com ela, Creuza, eu vou sair pra dar uma volta...

Sabe esses momentos em que você se dá conta de que nada do que você já viveu faz nenhum sentido, de que você não fez nada, de que você não é nada, de que a vida é uma merda e que tudo é um vazio do caralho e é melhor morrer logo? Não, imagino que não. Também, você nunca foi menino de rua, viado, mulato, nordestino e travesti, veja só que combinação, só o diabo mesmo pra inventar uma desgraça dessas.

Estava falando uns minutos atrás dessa sensação de se olhar no espelho e ver que a pessoa que está ali refletida é você, seu verdadeiro ser, por você mesma criado. Mas isso serve pra quê, me diga, se você não tem ninguém nem nada que valha realmente a pena, se você vive num vazio de doer a alma, se seus dias passam numa solidão do caralho, se você usa seus peitos e sua bunda e suas pernas e esse ser todo que você construiu e que você acredita ser você apenas para atrair vagabundo pra te foder, pra você poder comer e comprar roupas e pagar o aluguel do buraco infecto onde você mora, e beber e cheirar ou se injetar qualquer merda pra esquecer, rodeada de malandro e companheiras de profissão ainda mais destrambelhadas dos miolos do que você? "Mas foi isso que você quis", você vai me dizer. Sim, sim, sim... mas isso porque havia um sentido, porque tinha esperança, porque queria viver... porque tinha a Maria Aparecida em algum lugar da Bahia e, com ela, tinha a vida e, pra vivê-la, eu precisava ser eu.

E agora veja, fui me tornar eu e a Maria Aparecida não conseguia mais me ver. Saí andando pelas ruas, não me lembro mais nem onde foi que eu fui. Bebi muito nos botecos onde eu passava, sem falar com ninguém, mandando os gaiatos que encostavam pra puxar conversa tomar no cu. Não voltei mais pro hospital, fiquei rodando pela cidade e depois capotei no meu quarto no hotel. Tinha combinado com a Creuza de encontrar ela mais tarde pra ir fazer a mudança, mas não queria ver ninguém. Dormi umas horas e acordei com uma dor de cabeça do inferno. Fiquei ali deitada, olhando pro teto. Já era noite, tudo estava escuro e, no quarto ao lado, dava pra ouvir um casal fodendo.

Não fazia ideia do que eu faria da minha vida. Talvez voltar pro Rio, talvez ir pra outro lugar, talvez me jogar do *ferryboat* no mar. Tanto fazia. O certo é que iria me afastar, deixar a Maria Aparecida continuar seu caminho. Loucura foi pensar em morar junto com ela e a Creuza. Que é que eu estava pensando? Sei, sei, queria cuidar dela, a Creuza é doida, não dá pra confiar. Mas que é que eu tinha a ver com isso? Eu não era mais Betinho e a Maria Aparecida não era mais uma criança... tudo muda, rapaz, tudo se vai. Fiquei pensando nela, nos anos que vivemos juntos, e me dei conta de que, de tudo o que aconteceu na minha vida, a única coisa boa foi ela.

Levantei, liguei a luz e me olhei no espelho. Estava um desastre. Tirei a roupa, tomei banho e me arrumei para a noite. Tinha gasto quase toda a grana que eu trouxe do Rio na caução do quarto na Pedra da Sereia, e daqui a pouco não teria nem como pagar esse hotel miserável, de jeito que tinha que trabalhar.

Saí andando pela Praça da Sé, com um buraco no peito e uma vontade doida de sumir do mundo. Não tinha nem um pouco de saco pra ficar na rua me submetendo às vontades alheias, e caminhava revoltada, desejando não ter nascido. Como sempre, por onde eu passava, vinham as piadinhas, as gaiatices e as vulgaridades dos homens. A gente se acostuma, com o tempo a gente nem liga. Mas, nesse dia, eu não tinha ânimo pra aturar imbecil. Quando um gaiato veio pra cima falando "venha cá, gostosa!" e pegando na minha bunda, perdi a paciência, o empurrei e o xinguei de todos os nomes. Eu já conhecia ele de vista, era um radialista mau-caráter que se dizia líder do movimento negro e era um vagabundo da pior espécie, que vivia procurando encrenca com todo mundo e caluniando gente de bem só pra se aparecer. O cara ficou irado, imagine só, na Bahia, mulher é coisa pra se pegar... e travesti, nem se fale, nem gente é. Tentou me bater, mas eu fui mais rápida, dei um murro na cara dele e o derrubei no chão. Aí, foi um zuzuê dos mil diabos, o povo achou graça e ficou dando risada e provocando e uma pequena multidão se juntou. O cara estava fora de si, mas não teve coragem de me bater, vai ver que apanhava de novo na frente de todo mundo, de jeito que ficou lá esperneando e falando merda, ameaçando me matar, até que chegou um policial e nos levou pra delegacia.

Na delegacia, os policiais ficaram rindo da minha cara e fazendo piadinha besta. O cara falou que ia me processar, fazer isto ou aquilo. Quando eu expliquei pro delegado que foi ele quem me agrediu primeiro, pegando na minha bunda, todo mundo achou engraçadíssimo e ninguém deu bola. Finalmente, o delegado convenceu o cara a deixar pra lá, mas eu tive que passar a noite na cana, com um bando de bêbados e marginais que roubaram a pouca grana que eu inda tinha e ficaram pegando em mim e enchendo o meu saco a noite toda.

De manhã, saí parecendo bicho, os cabelos emaranhados, a roupa amarrotada e suja e o rosto acabado. Fui andando pro hotel, de saco cheio da vida. Estava com uma fome retada, mas os filhos da puta da cana tinham levado toda a minha grana e eu não tinha mais nem um real pra comer.

Quando estava subindo as escadas do hotel, me bati com a Creuza, que vinha de me procurar.

— Sua filha da puta! — gritou assim que me viu.

— O que foi, agora?

— Como você some desse jeito, desgraça?!

— Mas... eu pensei que vocês precisavam de um tempo a sós...

— Um tempo, idiota... mas você não voltou, porra, ela ficou doida.

— Mas... vocês não tinham muita coisa pra se falar?

— Sim, e adianta o quê, se ela só fala em você? Porra, Roberta, você não faz ideia como ela ficou quando viu que você não voltava mais.

— Mas... ó, Creuza, eu não entendo mais nada.

— Ela pensou que você foi embora de novo, sua imbecil, que é que você acha?

— É... na verdade, eu ia mesmo... mas ia me despedir...

— Você não pode ir, sua jumenta do caralho! Não pode, tá ouvindo? Não pode!

— Mas... tudo bom... tudo bom... eu não entendo é nada.

Ela ficou me olhando mais tranquila, examinando meu rosto e minhas roupas com ar zombeteiro.

— Você está feito um lixo... deve ter sido uma farra e tanto, né?

— Foi uma noite difícil. Você me faz um favor? Tô morrendo de fome e não tenho um centavo. Cê me compra um café? Amanhã eu te pago.

— E cadê seu dinheiro?

— Roubaram.

Ficou olhando pra mim.

— Tudo bom, pintou uma grana ontem à noite. Mas vai se arrumar primeiro, que eu não vou pra canto algum com você desse jeito.

Me arrumei e fomos pra padaria, onde pedimos duas médias e dois pães com ovo. Quando sentamos, eu mencionei que não achava uma boa ideia a gente morar junta.

— Sabe, eu não vou embora não, fico por aqui numa boa, a gente se vê sempre, mas eu não tenho por que me meter na vida de vocês... Vocês podem ficar com a casa da Pedra da Sereia, a caução e o primeiro mês já estão pagos. Eu vou procurar outro canto pra mim...

Mas ela ficou puta de novo.

— Não pode, porra! Você é louca? Eu contei pra ela que você tinha arrumado um barraco pra nós três e ela está toda empolgada, só fala disso.

— É mesmo?

— É... Ela está toda alterada, sabe? Numa ansiedade louca. Só fala em você. Me contou mil vezes todas as suas histórias, não consegue pensar em outra coisa. Fica toda feliz, dá muita risada e, de repente, fica pensativa, triste, angustiada. Aí, do nada ela fica de mau humor, fica com raiva e desconta tudo em mim. Brigou comigo, ontem. Tudo bom que depois pediu desculpas, mas, porra, e eu não fiz nada... Eu não aguento mais, na moral.

— Mas... eu não tô entendendo nada. Você diz isso, mas eu vi que ela ficou tão deprimida ontem... porque me viu... assim... quer dizer... montada[20], né?...

— Deprimida? Você não sabe de nada... Deprimida foi antes... antes do acidente. Agora não, agora está louca, pirada, mas deprimida não está não. Agora está viva, sacou? Viva mesmo. Porque antes... antes de você chegar... ela estava morta. Faz tanto tempo que eu não via ela assim, sabe, do jeito que ela sempre foi...

De repente, seus lábios tremeram, seus olhos se encheram de lágrimas e sua voz se quebrou.

— Eu sei que eu não presto, Roberta, eu sei que ela estava assim por minha culpa e que tudo o que aconteceu, o acidente, tudo é minha culpa. Eu sei disso, morou? Mas... — começou a chorar, apertando o copo de café com as duas mãos, não conseguia falar. — Mas... eu gosto tanto dela, porra! Que é que eu posso fazer, se eu gosto dela, me diga? Agora você chegou... agora ela está feliz... eu só quero ver ela feliz, só isso, entendeu? Só isso...

É muita coisa pra uma pessoa só. Tentei consolar a menina: Não é assim não, você presta sim... aquela coisa toda. Mas ela nem ouviu. Ficou chorando um tempo e eu sem saber o que fazer e muito menos o que pensar. Senti tanta pena de Creuza. Eu gostava dela, mesmo pirada do jeito que era. Ficamos um tempo assim, ela chorando e eu tentando consolá-la. Mas, de repente, parou e limpou as lágrimas, sem graça por ter chorado na minha frente.

— Vamos embora — falou, com a voz ainda tremendo, e levantou sem me olhar.

Fomos direto pro Aquidabã e pegamos o ônibus pro HGE. Quando chegamos, Maria Aparecida, como no dia anterior, estava sentada na cama, mas dava pra ver que tinha piorado. Tinha grandes olheiras, como se não tivesse dormido a noite toda, e seu rosto parecia ainda mais magro e mais doente. Quando me viu, mesmo se sentindo mal pro diabo, sorriu com tanta alegria, que meu coração deu um pulo.

[20] Montada — arranjada como mulher.

Imaginei que ia exclamar, "Betinho!" e, mesmo que eu insistisse o tempo todo que eu não gostava que as pessoas me chamassem assim, eu teria ficado extasiada se ela o tivesse feito. Mas se controlou.

— Oi... — disse apenas, com uma voz fraca.

— Bom dia, rainha...

— Oi — falou Creuza, lhe dando um beijo na testa.

Sentamos cada uma de um lado da cama.

— Quer dizer que a baronesa do Rio decidiu visitar a baronesa de Itaparica... Pensei que cê já tinha esquecido de mim...

— Desculpe, eu ia voltar ontem, é que... tive que ir falar com o pessoal do quarto que estou alugando pra gente e demorou pra caramba. Creuza te contou?

— Contou. Como é?

— É um barraco, né? Pequenininho. Mas tem vista pro mar...

— Vista pro mar! Que chique! Tô doida pra sair daqui...

— O médico falou com você? — perguntou Creuza.

— Falou ontem à noite, quando você saiu — sua voz tremeu e ela ficou muito séria.

— Que foi que ele disse?

— Sei lá — falou, olhando pras mãos. — Disse que tô bem, que vou sair quarta ou quinta. Só que...

— O quê?

— Só que... não sabe se vou poder ter filhos. Não sabe, entendeu? Diz que não dá pra saber, mas que é bem provável que não.

Olhou pra mim, como tentando ler alguma coisa no meu rosto, e depois desceu o olhar pro meu corpo e ficou pensativa um tempo. Eu não sabia o que dizer, Creuza muito menos. Finalmente, ela fez um muxoxo e falou:

— Ah, também, pra que é que eu quero pirralhos enchendo meu saco?

Peguei na sua mão com carinho.

— Esquente não, rainha, vai dar tudo certo, você vai ver.

Mas ela olhou pra mim com tristeza, e tive de novo a sensação de que éramos dois estranhos que não se conheciam.

Ela ficou ainda três dias no hospital. Nesse tempo, eu e a Creuza levamos nossas coisas e as dela ao barraco da Pedra da Sereia e a gente se mudou pra lá. À noite, fazíamos programa, ela na Pituba e eu na Carlos Gomes. E, de dia, ficávamos com a Maria Aparecida no hospital. Os dias passavam numa lentidão dolorosa. Ela estava um momento alegre, outro deprimida. Falávamos de qualquer coisa, só pra passar o tempo; ela não voltou a perguntar sobre minha vida no Rio e eu não perguntei sobre a dela esses anos todos. Tinha uma distância estranha e triste entre a gente, como se tivéssemos perdido algo essencial, aquela coisa que nos unia lá trás, naqueles tempos que agora pareciam tão distantes. E, ao mesmo tempo, vai entender por quê, a gente não podia viver uma sem a outra. Eu ficava doida pra que o tempo passasse logo pra eu poder ir visitar ela no hospital, como se isso fosse a única coisa importante na vida, mesmo que, ao sair, no final da tarde, todas três ficássemos nos sentindo meio vazias e tristes.

Finalmente, o médico deu alta a ela e fomos pegá-la pra levá-la à sua nova casa. Coitada, ainda estava meio destrambelhada, e deu um trabalho retado pra chegar até lá. O barraco estava no alto do morro, do lado do mar, e era preciso subir uma porrada de escadas. A gente dava três passos e parava; eu e a Creuza tentávamos ajudar, mas não cabiam três pessoas nos becos tão estreitos, e terminávamos nos batendo nas paredes e tropeçando e dando muita risada. Maria Aparecida chegou feito um caco, mas adorou o lugar. Você, sentado ou sentada ali na sua poltrona gostosa, com o livro nas mãos, fumando um charuto — não sei por que imagino você fumando um charuto —, não entenderia como é que alguém pode adorar um buraco daqueles. E é uma pena, porque desse jeito você nunca vai poder sentir a alegria que Maria Aparecida sentiu. Era um negócio muito simples, de tijolo sem reboco, um quarto bastante pequeno, com um banheirinho e uma cozinha minúscula. Só isso. Mas, em vez do bolor e a umidade do quarto do Taboão, respirava-se o ar fresco e salgado do mar. Tinha uma única janela, também pequena, mas foi justamente isso o que deixou a Maria Aparecida pirada de felicidade. O mar batia furioso nas pedras lá embaixo e, à direita, dava pra ver toda a orla, de Ondina até a Barra. Ficamos na janela um tempo, vendo o sol se pôr, as duas lembrando da época em que a gente sentava na Praça Castro Alves no final da tarde. E, como naqueles tempos, botei meu braço no seu ombro e ela deitou a cabeça no meu. Assim ficamos até o sol desaparecer no horizonte, sentindo que o passado voltava aos poucos, que as peças do quebra-cabeças começavam a cair no lugar, que uma névoa de incompreensão começava a se desmanchar. De repente, ela se virou pra mim e me abraçou com força pela primeira vez, com verdadeira alegria.

— Obrigado, Betinho! Você se importa que eu ainda te chame de Betinho?

— De jeito nenhum, piriguete — disse feliz.

— Eu ainda te amo, seu viado.

— E eu... menina... e eu!

Fazia tanto tempo que eu não sentia tanta felicidade, que nem me lembrava que isso fosse possível.

Entretanto, a Creuza tinha ido sentar lá num cantinho, toda encolhida, parecendo cachorrinho doente. A Maria Aparecida percebeu e a chamou.

— Venha cá, sua peste linda. Venha cá ver o mar.

Creuza veio pra janela e a Maria Aparecida botou um braço na sua cintura e a beijou na boca, e assim ficamos as três, abraçadas, olhando pro mar. Ó trio esquisito, duas putas e um travesti, na verdade nada mais que três jovens meio desmioladas, meio perdidas, jogadas pra um lado e pro outro pela maré da vida, se encontrando por acaso ali, nessa janela e nesse mar.

Saí pra comprar duas cervejas na vendinha da esquina. Quando voltei, a Maria Aparecida, que era a única que sabia cozinhar, já estava fazendo um ensopado com um frango raquítico que a Creuza tinha comprado na feira de manhã. Abri a cerveja e jantamos sentadas nas escadas do lado de fora, vendo a lua sobre o mar. Depois, arrumamos uns rolos de espuma no chão, deixamos a Maria Aparecida deitada e eu e a Creuza saímos a trabalhar, ela na Pituba e eu no Centro. Quando voltei, quase de madrugada, a Creuza já tinha chegado e estava dormindo abraçada com a Maria Aparecida. Eu fiz minha cama do outro lado do quarto, tirei a roupa e deitei.

Depois desse dia, a gente começou a se curtir muito. De fato, era um barato a gente ir se descobrindo aos poucos. A Maria Aparecida nunca mais me chamou de Roberta. Eu podia ser Roberta pro resto do mundo, mas, pra ela, era Betinho. Passamos horas e horas conversando sobre os caminhos das nossas vidas. Finalmente, eu pude contar tudo o que eu vivi no Rio. Pô, rapaz, você não imagina o alívio que é poder botar tanta merda pra fora, saber que alguém... que alguém que nada, *ela*, a Maria Aparecida... ouvia e entendia, aceitava, conseguia me ver como eu sou. E ela... ela também... tinha tanta solidão presa no peito, tanta porcaria atravessada na garganta. Eu sentia uma angústia horrorosa cada vez que ela contava as muitas misérias pelas quais teve que passar. Senti vontade de matar o pai dela que, de qualquer jeito, já estava morto, e também o taxista filho da puta que tentou violentá-la. Chorei com a morte do Maruim e com o sumiço do Melê e do Calungo. Ela me contou da primeira vez que transou na casa de massagem e, depois, dos programas na Pituba e das farras com a Creuza, dos assaltos no Jardim dos Namorados e da morte do cara, da sua depressão, das drogas, das brigas com a Creuza e daquele dia horroroso no Taboão. Só não me contou do acidente, porque ela não se lembrava de nada. A última coisa que se lembrava era a chegada dos policiais, ela e a Creuza sentadas no chão e, mais tarde, a saída de Creuza. Depois disso, era tudo um grande vazio.

Mas, o que mais estranhei, foi a história com aquele menino que, mais tarde, eu vim saber que se chamava Chico. Ela ainda tinha isso remoendo lá dentro. Ela falava dele e seu rosto se transformava, seus olhos brilhavam, ficava toda emocionada. Ela contava essa história como se fosse um sonho, como se ela mesma não tivesse certeza de que realmente tinha acontecido. O que teria sido feito dele? Ela sempre se perguntava. E, sempre que pensava nisso, ficava triste...

— Besteira minha, né, Betinho, ficar pensando nisso? Um rapaz como ele nunca ia querer saber nada de mim.

Com a Creuza também comecei a me dar muito bem. Ela, finalmente, entendeu que eu não ia tirar a Maria Aparecida dela, que eu era viado mesmo, quer dizer, travesti viado, que esse negócio de mulher não era comigo. Aprendi a gostar muito dela. Ela é um barato; doida varrida, problemática pra caralho, mas um espetáculo de mulher.

O problema com ela foi que ela não largou as drogas. Maria Aparecida sim, nunca mais quis saber de nada disso, depois do acidente. E também, eu acho, por minha causa, porque sabia o quanto eu odiava esse tipo de coisa. Mas a Creuza não conseguiu. Até que tentou durante um tempo, mas não teve jeito. É foda, porque sempre tem gente oferecendo, sobretudo nessas surubas de político e empresário às quais ela gostava tanto de ir. E também porque, na verdade, ela não girava bem da cabeça. Dava um negócio nela de repente, uma angústia, uma ansiedade, vai saber que diabos é que acontecia lá dentro, e não conseguia se acalmar, tinha que fazer alguma coisa, fumar, cheirar, se injetar qualquer merda, pra fugir dos fantasmas. Aí, dava problema. Chegava em casa e dava ataque, de raiva ou de choro, um negócio chato pra porra. Ou, pior ainda, sumia um ou dois dias, e a Maria Aparecida ficava verde de preocupação. Como era doida, se metia com tudo quanto é gente baixo astral, fazia tudo quanto é besteira e a gente nunca sabia se alguma miséria tinha acontecido com ela.

Maria Aparecida demorou duas semanas para se recuperar o suficiente pra trabalhar. Na verdade, eu acho que ela ainda estava muito fraca pra isso, mas quis porque quis sair à luta, não queria ficar vivendo às custas de ninguém, ainda mais que tinha que comprar os remédios, que não eram baratos. A Creuza ficou feliz, achou que iam voltar os dias das farras intermináveis, a mesma doidice de sempre. Mas a Maria Aparecida não estava mais nessa. Não queria saber de drogas nem de ficar enchendo a cara de uísque e cachaça, e as loucuras de Creuza a incomodavam. Na primeira noite, a Creuza inventou de ir com dois caras que ela conhecia, e que passaram na rua procurando ela. Maria Aparecida foi nessa, mas se arrependeu. Foram pro apartamento de um deles, filho de um político pilantra e diretor de uma faculdade. Lá tinha mais três rapazes, todos estudantes de Direito, que as receberam com muita festa, doidos pra desfrutar do manjar. Foi um saco, porque Maria Aparecida não quis cheirar nem beber e, sem isso, ficar falando merda, dançando, fazendo *striptease* e fodendo com cinco babacas a noite toda, é de enlouquecer. Ainda mais com tão pouco tempo de ter saído do hospital, ainda toda dolorida, se sentindo tonta e enjoada. Quando saíram, o dono do apartamento pagou uma mixaria pra elas, achando que já era muito ter oferecido pó e uísque de graça. A Creuza não estava nem aí, tava chumbada, caindo de bêbada, e Maria Aparecida teve praticamente que arrastá-la até o táxi e carregá-la pelas escadas até o nosso barraco.

No outro dia, teve briga. Maria Aparecida disse que não queria mais saber disso e não pensava sair nunca mais com ela.

— Se você quer acabar com sua vida, vai em frente. Eu é que não vou cair nessa. A gente poderia ter ganho dez vezes o que ganhamos ontem com esse bando de imbecil.

— Mas eu curto eles, porra.

— Você curte porque fica enchendo a cara de merda.

— Você tá mesmo um porre, viu, Cida? Ficou numa caretice desde que o seu Betinho voltou. Antes você curtia. Agora tá parecendo freira, toda certinha, toda delicadinha. Você tá um saco, na moral.

— Saco é você! Eu não quero essa vida pra mim, tá entendendo, Creuza? Eu não quero parar no hospital de novo. Eu não quero morrer. Vai se foder sozinha, se é isso que você quer. Eu não tô nem aí. Mas você não vai me arrastar pro buraco.

— Ah, é? Você não está nem aí, não é isso, sua miséria? Sou eu que arrasto você pro buraco, né, sua desgraça?

— É sim, cara. Acorde, porra! Você acha que eu quase morri por quê?

— Por minha culpa, é isso? Por minha culpa! Eu sou um lixo, né? Uma bosta na sua vida! Você quer se ver livre de mim? Pois vai se ver livre, miséria. Vai se ver livre!

Surtou. O diabo da menina surtou. Correu pra cozinha e pegou uma faca. A gente tentou se aproximar pra acalmá-la, mas ela ameaçava as duas, dando facadas no ar na sua frente. De repente, levou a faca ao pulso para se cortar. Eu tinha aprendido alguma coisa de capoeira nos meus dias de moleque, antes de eu conhecer a Maria Aparecida, com um tal de Manduca, velho mestre que morava no Forte de Santo Antônio. Antes que ela pudesse se cortar, dei uma benção[21] nela bem no peito, com todas as minhas forças, tão bem colocada que até eu fiquei surpresa. Fiquei com pena dela, porque foi se espatifar na parede e caiu no chão sem saber que diabos é que tinha acontecido e, nisso, deu tempo de tirar a faca da sua mão.

Aí, teve crise de desespero, chororô existencial. "Eu sou uma merda, eu não presto mesmo não, eu quero morrer"... aquela coisa toda, se engasgando de tanto chorar, e a gente ali, sentadas com ela no

[21] Benção — golpe de capoeira, dado com a sola do pé no tronco do antagonista.

chão da cozinha, "O que é isso, Creuza, a gente gosta demais de você, você presta, sim" etc, etc... Demorou uma vida pra ela se acalmar, negócio mais complicado, mas, finalmente, parou de chorar e deitou no colo da Maria Aparecida como uma criança.

Resultado: prometeu tentar se endireitar. Promessa de viciado não vai muito longe, todo mundo sabe disso, mas já era alguma coisa. O negócio era tirar ela da Pituba e do povo que ela conhecia lá, levar ela pra um lugar menos barra, mais maneiro, sem tantos perigos e tanta tentação. Eu sugeri uma boate que tem perto da Rua Chile. Paga mal pra porra, mas é seguro, e tem uns quartinhos lá mesmo onde as meninas levam os clientes pra transar. Vai lá, trabalha, dança, faz programa e volta pra casa, sem complicação. E, além disso, funcionava cedo, das cinco à meia noite, de jeito que não tinha essa de ficar a noite toda na gandaia.

Foi assim que as duas largaram a Pituba e foram trabalhar no Centro. Ficavam na boate até a hora de fechar e, quando terminavam, iam andando ao ponto das travas pra me ver. Às vezes, quando o movimento estava fraco, eu largava o ponto e a gente se mandava pra algum bar, pro beco do Garcia ou pra algum pagode.

Agora veja, se as meninas não tivessem brigado, se a Creuza não tivesse surtado e se eu não tivesse sugerido que elas trabalhassem naquela boate, nada do que aconteceu depois teria acontecido. É estranho, às vezes eu me pergunto se tem alguém lá em cima brincando com a gente, dirigindo as voltas do destino. Porque, se a Maria Aparecida e a Creuza tivessem ficado trabalhando na Pituba, o Chico não as teria visto andando pela Rua Chile naquele fim de tarde, quando saía da Câmara Municipal. E, se ele não as tivesse visto, as vidas de nós quatro teriam sido completamente diferentes.

O Chico saiu da Câmara Municipal todo feliz. Tinha mentido pra sua mãe, coisa que ele nunca fazia. Era uma questão de princípio: a verdade antes de tudo. Mas, nesse caso, não teve jeito, precisou mentir porque, por mais que tentasse, não conseguia botar na cabeça da mãe que a poesia prestava pra alguma coisa. "Isso é coisa de *hippie*, vagabundo e homossexual", dizia ela. *Hippie* e vagabundo ainda se entende, mas, homossexual, vai saber de onde ela tirou isso. Deve ter sido o pastor da igreja dela, que com certeza ficava olhando pras bundas dos garotos e por isso mesmo tinha ódio de viado. Enfim, o fato é que ela não queria nem ouvir falar de poesia. Direito. Isso sim. Uma profissão decente. Seu filho ia ser advogado, que poeta coisa nenhuma! E sim, de fato, o Chico estudava Direito na UFBA[22], com ótimas notas. Seria um grande advogado; promotor, de preferência, pra acabar com esse bando de pilantra que andava solto por tudo quanto é canto. Tinha passado no vestibular de Letras e de Direito, mas sua mãe não quis nem saber. Letras é lá profissão que se preze? O Chico detestava Direito, mas não podia contrariar sua mãe, que tinha largado tudo, o marido, o sertão, se aventurando nessa cidade louca sem um centavo, passando fome, miséria e tudo quanto é humilhação, só para que ele, seu filho, pudesse ter uma vida digna. O mínimo que ele podia fazer era retribuir fazendo suas vontades, se tornando um homem respeitável

[22] UFBA — Universidade Federal da Bahia.

com uma profissão "decente" e uma posição na sociedade... e suficiente dinheiro pra cuidar dela na velhice.

Mas a poesia não saía da sua cabeça. Era como uma droga, é só assim que eu consigo entender. Tinha uma coleção de livros de poesia escondidos na estante no seu quarto, atrás dos livros de direito, os quais ele pegava à noite quando sua mãe já estava dormindo. E, nos momentos de inspiração, inventava de escrever seus próprios versos. Mas a poesia era muito mais do que isso... ela precisava voar livre, como ele tinha visto há tantos anos na Praça da Piedade, naquele dia inesquecível quando se perdeu e conheceu aquela menina. A poesia precisava sair, vibrar, cantar, voar... precisava ser declamada.

Por isso, com o coração batendo como se estivesse cometendo o pior dos pecados, mentiu pra sua mãe e falou que estava indo à Câmara Municipal pra falar com um vereador sobre um estágio que talvez pintasse no escritório dele. Não tinha estágio coisa nenhuma e não conhecia nenhum vereador. O que tinha era um concurso de poesia falada, e ele ia participar.

Naquele dia, ele tinha declamado pela primeira vez, e tinha sido um sucesso. O povo adorou, bateu palmas com emoção, e seu poema foi classificado para a final. Era um negócio que tinha a ver com justiça, mas não a justiça dos tribunais e essas coisas; a justiça de Deus, a harmonia do universo que, com sua sabedoria eterna, recompensa os homens de bem e castiga os do mal... algo nesse estilo, que não faz sentido nenhum pra mim, mas quem sou eu pra ficar dando palpite? Eu não entendo nada disso. Tinha algo muito especial, segundo eu soube, algo a ver com metáforas ou um negócio parecido, a "ambiguidade das imagens" ou sei lá que coisa. Já explicaram pra mim, mas não entendi um caralho.

O fato é que o Chico saiu da Câmara Municipal todo orgulhoso, repetindo na sua cabeça as palavras do poema e lembrando as expressões do povo que escutava e, sobretudo, dos poetas que julgavam na mesa do jurado, um bando de cabeludos que sua mãe teria odiado. E as palavras finais, sua voz retumbante e seu braço levantado ao alto, igualzinho a Castro Alves... *luzidia a inextinguível luz/ dos inefáveis caminhos do Criador*... porra, bicho, que sensação porreta!

Nessas alturas viajava a mente do rapaz, quando as formas voluptuosas e as roupas provocantes de duas moças que passavam ao seu lado o puxaram de repente pra terra. Iam conversando e não prestaram atenção nele. Não teve jeito de resistir, olhou pros corpos jovens, as curvas firmes e convidativas, e sentiu seu corpo despertar. Coisa do diabo, diria o pastor. Mas é dureza, né?, ficar fugindo o tempo todo das tentações e malandragens do capeta. Pensou na sua noiva e decidiu visitar ela, no Campo Grande. Mas, de repente, olhou pro rosto da mais escura das garotas e gelou, sentindo que o seu coração ia fugir do peito. Meu Deus... é ela! É *ela*! Tinha mudado muito, seu rosto era agora um rosto de mulher, seus lábios estavam vermelhos de batom e seus cabelos doidos agora eram tranças, pretas com marrom, decoradas com contas coloridas. E seu corpo, suas roupas, tudo era diferente. Mas era ela, com certeza era ela. Quis lhe falar, mas não conseguiu se mexer. Durante tantos anos tinha fantasiado com esse momento, no fundo acreditando que nunca ia acontecer, e agora estava ali e não fazia a menor ideia de como agir, o que dizer ou o que fazer. As moças continuaram seu caminho, viraram na Rua Tira Chapéu e desceram a ladeira.

Sem pensar, o Chico foi atrás, as seguindo a certa distância. As meninas viraram na Rua Ruy Barbosa — o grande Ruy Barbosa, professor de Direito Tributário, tinha lido sobre ele nessa mesma semana. Mas, de repente, pararam na frente de uma boate de *striptease* — *Exotique* ou coisa similar — falaram com o rapaz da portaria e entraram. O Chico ficou sem saber o que fazer e, para disfarçar, parou num telefone público, na frente da boate, e fez de conta que estava ligando para alguém. Nunca na vida tinha entrado num desses antros, achava isso tudo muito podre, tão contrário à *luzidia e inextinguível luz/ dos inefáveis caminhos do Criador*. Mas não podia deixar essa oportunidade passar. A vida toda esperando esse momento, a vida toda querendo reviver esse encontro, entender aquela noite que mais parecia um sonho do que realidade, quando conheceu uma felicidade que nunca, nunca mais voltou a sentir. Jamais falou disso com sua mãe, ela nunca entenderia. Mas sempre se perguntou se, nesse encontro, não estaria presente a mão de Deus. De fato, estava convencido disso. Deus tinha mandado essa menina, um anjo em forma de gente, para o salvar do pesadelo daquela noite e, através do seu corpo, lhe mostrar a luz do Paraíso do Senhor. Só podia ser. Só podia, embora tivesse certeza de que, se falasse isso pro pastor, ele ficaria horrorizado com tal blasfêmia e lhe diria que, ao contrário, ela só podia ter sido um emissário do demônio. Foda-se o pastor. Que é que ele podia saber? Não foi ele quem viveu essa noite. Não foi ele quem teve, com essa menina, o momento mais humano e mais divino da sua vida.

Botou o telefone no gancho, respirou fundo e lá foi ele.

— Quanto é? — perguntou ao rapaz da portaria.

— Com cabine ou sem cabine?

— O que é isso?

— Sem cabine, você entra e vê o show. Com cabine, você tem direito a escolher uma menina e ó... — e fez um gesto obsceno com as mãos.

— Sem cabine... sem cabine...

Pagou e entrou. Era um lugar muito sórdido, escuro, velho, sujo, infinitamente distante das coisas divinas do Criador. Tocava uma música estrondosa, americana, e era difícil enxergar por causa das luzes coloridas que piscavam na sua cara. Tinha um bar na entrada, várias mesas espalhadas pelo salão, assentos junto às paredes e um palco no fundo, onde uma mulher pelada com um corpo de tirar o fôlego pegava suas roupas espalhadas pelo chão, enquanto o DJ, um anão montado num banco muito alto, falava, balançando as pernas:

— Monique, com vocês! Palmas para ela!

Alguns homens bateram palmas e assoviaram, enquanto ela saía do palco carregando as suas roupas. O Chico, se sentindo como peixe fora d'água, foi sentar num canto afastado, junto à parede, pra não chamar muito a atenção. Uma garota bonita perguntou se ele queria beber alguma coisa e ele pediu um guaraná. Procurou a menina com os olhos e viu ela do outro lado do salão, sentada com um homem, batendo papo e rindo e alisando a perna do cara, enquanto ele brincava com suas tranças, acariciava seus ombros e pegava nos seus peitos como quem não quer nada.

Outra música começou e outra garota entrou no palco. Mas o Chico não prestou atenção, olhava pra menina com o rapaz, a mão na perna dele subindo e descendo, roçando de leve, como sem querer, o pau duro que se insinuava sob a calça, e a mão dele passeando pelo pescoço da menina, descendo pelo decote, se enfiando na blusa e brincando com bico do peito, enquanto conversavam e bebiam como velhos amigos. Não sabia o que pensar, não sabia o que sentir, era tudo como um cataclismo dentro dele. Se sentia profundamente triste e revoltado, mas, ao mesmo tempo, não o podia negar — e como ia negar! — estava muito excitado. Estava tão distraído olhando pra menina, que não percebeu quando a garota que fazia o show desceu do palco, afastou a mesa na sua frente e sentou de costas no seu colo. A sensação da pele nua, a bunda rebolando no seu pau, foi tão intensa que, sem pensar, levou as mãos pra barriga e pros peitos da mulher, macios e sedosos, escorregadios com o óleo que cobria a pele escura, soltando um cheiro forte e gostoso. Ai, as tentações do maldito! Uns segundos depois, a mulher levantou e foi à seguinte mesa, percorrendo assim todos os fregueses, antes de voltar ao palco, dançar mais um pouco e começar a pegar sua roupa, enquanto a música acabava e o anão falava seu nome e pedia uma salva de palmas.

Saiu a mulher e o Chico, com o coração a mil e revoltado consigo mesmo, voltou a procurar a menina com os olhos, mas ela já não estava. O anão anunciou:

— E agora com vocês, a belíssima Priscila!

As luzes diminuíram e começou uma música de Madonna, "Like a Virgin", favorita da noiva do Chico. De repente, saiu ao palco uma freira, rebolando a bunda sensualmente, com hábito completo, a touca cobrindo as tranças do cabelo, uma grande cruz prateada brilhando bem no meio do decote, que deixava ver a metade dos peitos, e uma bíblia na mão. A freira fazia uma dança sensual, olhava pro alto, como se estivesse rezando, e passava a mão nos peitos, botava o dedo médio na boca, levava a bíblia à altura do ventre e ia descendo até o púbis, mexendo os quadris, com uma expressão extasiada de prazer. O Chico ficou revoltado, desgostado, excitado, triste, puto da vida, seduzido, encantado, horrorizado... tudo junto, tudo ao mesmo tempo, numa confusão do diabo. Enquanto dançava, a freira ia deixando cair as peças do hábito, mostrando cada vez um pouco mais de pele, a maior parte dos peitos, a barriga, as pernas... Finalmente, o resto do hábito caiu no chão, deixando ela apenas com uma minúscula calcinha, o salto alto, a toca na cabeça, a cruz no peito e a bíblia na mão. Virou de costas e foi dobrando o corpo pra frente, enquanto tirava a calcinha devagar. A música terminou justamente no momento em que ela jogava a calcinha num canto do palco, e uma nova música começou. A menina agora fazia uma dança muito erótica, sem por isso soltar a bíblia ou deixar de parecer ingênua. Desceu do palco devagar e começou a percorrer o salão, sentando no colo dos homens, deixando-se apalpar, esfregando sua bunda nos corpos excitados dos caras que pegavam à vontade, enquanto segurava a bíblia com as duas mãos e fingia rezar. O Chico pensou em fugir antes que ela chegasse até ele, sair sem ser percebido e nunca mais voltar, esquecer que tinha entrado nesse lugar pecaminoso, que tinha visto a menina com a qual tinha sonhado há tantos anos, esquecer tudo, ir visitar sua noiva no seu apartamento limpo e ordenado, tomar café com biscoitos suíços e falar das aulas na faculdade ou de qualquer outra tolice. Mas não conseguia se mexer. Sua repulsa moral, sua indignação perante tamanha heresia e sua desilusão e tristeza ao ver seus sonhos convertidos nisso, contrastavam violentamente com o volume do seu pau e com um sentimento esquisito que ele não conseguia entender, uma ternura, sei lá, um desejo de pegar essa menina e levar ela pra longe desse lugar de perdição. Atordoado por tanta confusão na sua cabeça, ficou ali sem saber o que fazer, vendo a menina se aproximar.

Ela veio andando devagar, rebolando com a bíblia na mão. Mas, de repente, quando ficou na sua frente, estacou espantada, olhando pra ele fixamente, sem conseguir se mexer. Esqueceu de tudo, da música, do show, das luzes à sua volta, dos olhares dos homens e das meninas, que não entendiam por que ela estava ali parada, olhando pra aquele cara que olhava também pra ela com ar assustado. De repente, se sentiu nua, mais nua do que jamais ficou em toda sua vida. Queria fugir, se mandar correndo, se esconder em qualquer canto, mas não tinha jeito, ele estava ali e olhava pra ela com essa expressão tão esquisita, tão espantada, vai saber que milhares de coisas passavam por sua cabeça. A música continuava e as pessoas olhavam pra ela sem entender nada, até que ela caiu na real e se deu conta que não podia ficar ali parada a vida toda. Se aproximou devagar, com uma expressão totalmente distinta, um olhar sério e intenso, e, em vez de ficar de costas pra sentar no seu pau, como com todo mundo, sentou de frente, o envolveu com suas pernas e o apertou contra si, colando seu corpo no dele, e assim ficou um tempo, sem mexer, apertando o rapaz com seus braços que tremiam. O Chico fechou os olhos, respirou o cheiro da sua pele e sentiu que voltava no tempo e que caía num abismo. Abraçou a menina e suas mãos acariciaram a pele macia e úmida das suas costas. Ficaram assim um tempo, até que ela o soltou, olhou pra ele fixamente, encostou seus lábios nos dele e se afastou, pra continuar seu percorrido pelo salão. Finalmente, voltou ao palco, pegou suas roupas e saiu.

No vestiário, mudou de roupa às pressas, tentando diminuir o decote da blusa, se olhando no espelho várias vezes pra revisar até o último detalhe, morrendo de nervoso, com as mãos suando, sem saber o que faria ou o que diria, mas agoniada pra sair logo e ver o rapaz. Respirou fundo e saiu ao salão, disposta a enfrentar seja lá o que for. Mas, quando chegou, o rapaz não estava mais. Ficou ali parada, olhando pro lugar onde ele tinha estado, sentindo um vazio imenso e uma vontade doida de chorar. De repente, sentiu um braço que a pegava pela cintura. Se virou e viu o cara com o qual tinha sentado antes do show.

— Então, freirinha gostosa, vamos trepar?

Ficou olhando pra ele, com um nó na garganta, e então o pegou pela mão e o levou para a cabine.

E o Chico... O Chico ficou doido. Despirocou de vez. Assim que a Maria Aparecida saiu do palco, ele se picou, como se estivesse fugindo do próprio inferno. Saiu pra rua, respirou o ar fresco, subiu a ladeira quase correndo e chegou à Berinjela, o seu sebo favorito, onde ele comprava todos os seus livros de poesia. Pediu um café, sentou numa mesa e tentou ler Manuel Bandeira, mas não entendeu coisa nenhuma, as palavras passavam na sua frente sem nenhum sentido; na sua cabeça só cabia o corpo nu da menina, o cheiro da sua pele e o gosto do seu beijo. Fechou Manuel Bandeira e pegou uma bíblia, pra tentar se acalmar. Sempre que tinha algum problema, era isso que ele fazia. Pegava a bíblia e a abria em qualquer página, procurando ali as respostas que Deus com certeza lhe mandava. Mas a porra do azar quis que ela se abrisse no *Cântico dos Cânticos.*

Como és bela e graciosa,
ó meu amor, ó minhas delícias!
Teu porte assemelha-se ao da palmeira,
de que teus dois seios são os cachos.
"Vou subir à palmeira, disse eu comigo mesmo,
e colherei os seus frutos."
Sejam-me os teus seios
como cachos da vinha
e o perfume de tua boca como o odor das maçãs.

Fechou a bíblia. Foi pro apartamento da Ofélia, sua noiva, tomar café com biscoitos suíços e falar de coisas limpas e descomplicadas. Ofélia recebeu ele toda alegre com um beijinho, fez o café, o serviu em xícaras de porcelana holandesa junto com os biscoitos suíços, importados, comprados na Perini, e botou tudo na mesinha indiana, em frente ao sofá, na sala. Os pais dela tinham saído e só iam voltar lá pra meia-noite, de jeito que o ritual do café tinha um significado todo particular. Quando seus pais estavam em casa, café com biscoitos era isso mesmo, café com biscoitos e uma conversa tranquila. Mas, quando estavam sós, tudo mudava, ficavam nervosos, as conversas viravam esquisitas, como se falassem uma coisa e pensassem em outra. Sentavam, como sempre, no sofá, muito juntos, sentindo uma perna roçar com a outra, como sem querer, enquanto falavam de qualquer coisa. De repente, suas mãos se encontravam por acidente e ficavam assim, se tocando, se sentindo. O Chico colocava seu braço nos ombros dela, brincava com a pele do pescoço, até que, no meio de uma frase, começavam a se beijar. Então vinham as carícias, cada vez mais ousadas, cada vez mais quentes, até que as roupas começavam a se desabotoar, a pele nua a aparecer. Quando um dos peitos ficava de fora, Ofélia falava, "Vamos parar, Chico, vamos parar", e Chico respondia, "Vamos", mas não paravam coisa nenhuma, e terminavam indo pro quarto dela, onde, sob o olhar onipresente do Criador, entregavam o corpo ao diabo. Depois se arrependiam, oravam, juravam nunca mais fazer aquilo, tomavam um suco de laranja pra repor as forças, se despediam e o Chico saía, com o corpo alegre e a alma em pena.

Nesse dia, o ritual foi mais ou menos o de sempre. Só que, na hora H, quando já estavam pelados no quarto dela, a entrega do corpo ao diabo não deu certo; o instrumento do pecado murchou, se escondeu, não quis saber. Vai entender o que deu nele, nunca tinha lhe acontecido isso na vida e ficou todo encabulado. A menina falou mil vezes, "Não tem problema, Chico, acontece, é normal, é até melhor assim, Deus não quer que a gente faça" etc, etc, mas, no fundo no fundo, ficou sentida, magoada, maquinando na sua cabeça, "ele não me ama mais, não gosta de mim, tô gorda, tenho que voltar à academia, já cansou de mim..." e por aí vai. E o Chico olhava pra ela, os seus peitos, as suas pernas, na verdade não era nada feia... tentava se excitar mas não tinha jeito, não dava vontade nem de tocar nela, como se... e olha só que coisa doida!... como se, ao tocar na namorada, estivesse de alguma forma traindo a outra... ou... não, não é bem isso, traindo não a outra, mas aquela coisa incrível que sentiu quando ela olhou pra ele desse jeito e sentou nas suas pernas, apertando seu corpo contra o dele. Uma coisa sexual, com certeza — e como não ia ser, com a consciência da xoxota nua encostada no seu pau, separados apenas pelo tecido da sua calça, seus peitos no seu peito, o cheiro da sua pele —, mas era muito, muito mais. E era esse mais o que o deixava assim, sem querer sequer encostar na noiva, que o olhava tão triste e desolada.

Se despediram sem o suco de laranja e o Chico foi pra casa, com o corpo e a alma em pena. Ao chegar, não quis jantar, respondeu de qualquer jeito às perguntas da sua mãe sobre o estágio e se trancou no quarto com seus pensamentos. Tinha uma sensação de vertigem, como se estivesse na beira de um abismo no qual poderia muito facilmente escorregar — ou se jogar.

Esses anos todos, a lembrança dessa menina, que o anão tinha chamado de Priscila, tinha perseguido ele dia e noite. Guardava ela no coração como um dos seus mais valiosos tesouros, algo que era só dele e que com ninguém podia compartilhar. Alguma vez tentou falar dela com um amigo, um rapaz que ele achava sensível, um camarada que o

Chico achou que ia entender. Mas não deu certo... caiu logo nessas brincadeiras bestas, "Uma menina de rua! Você deitou com uma menina de rua! Puta que pariu! Que nojo! Pelo menos era gostosa?"

Não, essa história era sua, de mais ninguém. Pra ele guardar, curtir, amar. Mas também pra lhe tirar o sono nessas noites de cão quando, do nada, chegavam as dúvidas, quando de repente sua vida, que ele achava tão bacana e arrumada, construída na marra com tanta paciência e tanto esforço, lhe parecia vazia, incompleta e sem sentido. Porque essa noite com essa menina era o oposto de tudo o que ele acreditava. E, mesmo assim, era a melhor coisa que ele tinha vivido. Era um buraco, um ponto isolado da sua vida que não cabia em canto algum e que os seus ideais e as suas crenças não tinham jeito de explicar.

Desde que chegou a Salvador, o Chico deu um duro lascado pra se tornar o que ele era. As dificuldades que ele e sua mãe passaram não foram brincadeira. Quer dizer, tudo é relativo, né? Eu acho até normal, a maioria das pessoas que eu conheço já viveram coisas muito piores. O que me deixa besta, o que realmente não é normal, é a garra do rapaz, o jeito de ele se bater com a vida na porrada pra conseguir o que ele sempre quis. E o que ele sempre quis era estudar, entrar na universidade, ter uma profissão decente e encontrar uma mulher que o amasse pra construir uma família.

Por muito tempo, ele e sua mãe moraram numa favela na Liberdade, num barraco minúsculo com telhado de eternite no meio de uma multidão de casas miseráveis, com um calor e um abafo desgraçados, tendo que aturar os gritos, as brigas e o pagode que não parava nunca, sem falar dos tiroteios e outras coisas piores. Estudava depois de meia-noite, único momento em que dava pra pensar naquele barraco infernal, e dormia de dia, em pedacinhos, um pouquinho aqui, outro ali. Desse jeito, terminou o segundo grau, se lascando de estudar. Assim que terminou, foi logo procurar emprego, pra poder pagar o cursinho pré-vestibular, e conseguiu um numa papelaria do Comércio, ganhando uma miséria. Trabalhava feito um condenado e estudava ainda mais, virando noites, deixando de sair com amigos ou namoradas. Aliás, quase não tinha amigos e sua única namorada foi Ofélia. Fora as muito raras saídas à praia, nos fins de semana, e as visitas à igreja aos domingos, não fazia mais nada além de estudar e trabalhar.

Foi nos últimos meses do vestibular que conheceu Ofélia. Era uma menina bonita, estudiosa e crente, como ele. Morava num edifício no Campo Grande com seus pais e dois irmãos, uma família de classe média, "respeitável" — "de estirpe", dizia a avó, uma velha insuportável, meio gagá e mau-caráter, que liderava um grupo de defesa dos direitos dos bichos e detestava pobres, negros e mendigos. Ofélia gostou do Chico porque era sério, honesto, simples e, sobretudo, crente. Tão diferente dos outros rapazes que ela conhecia, que só pensavam em jogar conversa fora, biritar com os colegas e transar a toda hora... coisas tão distantes dos caminhos de Deus. Tão diferente, sobretudo, do Marcos, seu último namorado, antes de ela virar crente. O Marcos era bom de cama, não tinha como negar — bom até demais —, mas era um grandessíssimo filho da puta que a traiu com a melhor amiga. A menina se enfiou num tamanho buraco de desespero com essa traição, que pensou em se matar, e só conseguiu se acalmar quando descobriu a Igreja e virou crente. Depois, como se Deus a estivesse recompensando por sua nova fé, conheceu o Chico, menino honesto e fiel, bom como ele só, e começaram um namoro muito mais tranquilo, mais maneiro, gostoso, pacato e carinhoso. Quem não gostou nem um pouco foram os seus pais, que, mesmo não sabendo onde ele morava — inventaram que morava no Costa Azul com a mãe —, sabiam que era de família pobre, dava pra ver só pelo sotaque, pelo jeito tabaréu de sertanejo e pelas roupas simples, compradas, Deus me livre, nas Americanas. A avó, então, achou um escândalo. Mas não teve jeito, desde que a menina virou crente, ela esqueceu todos os valores próprios da sua classe. Já passaria, com certeza era uma fase. De qualquer jeito, pelo menos o garoto era educado, responsável e inteligente... e estava estudando Direito, quem sabe ainda prometesse alguma coisa, mesmo sem "estirpe".

Pois é, tudo ia de maravilha, o Chico tinha uma namorada linda com quem pretendia casar, estava se dando muito bem nos seus estudos e até tinha conseguido, graças a um primo de Ofélia, um emprego de meio turno numa escola de informática, como assistente administrativo.

A mãe estava feliz, o pastor achava ele dez e tudo se encaixava na sua vida como se Deus estivesse guiando todos os seus passos.

Mas tinha uma única coisa que o incomodava e que não tinha jeito de resolver: a lembrança daquela menina de rua e da sua casa de papelão. E isso cabia onde, no esquema de Deus? Onde ela encaixava nessa ordem divina, nesses *inefáveis caminhos do Criador*? Uma criança enxotada do paraíso, condenada a viver no inferno das ruas miseráveis, sozinha, descalça e esfarrapada, comendo do lixo, sobrevivendo de qualquer jeito entre malucos e marginais. Por quê? Pra quê? Seria tão fácil poder repetir sem pensar as palavras do pastor sobre os mistérios de Deus, que a gente não deve questionar, sobre o peso do pecado e a salvação da fé. Ou simplesmente não pensar no assunto, como Ofélia, trancada no seu quinto andar do Campo Grande, no carro de janelas fechadas e ar condicionado, no shopping ou na faculdade particular, com portões e seguranças, e reduzir tudo à conversa sobre os pivetes, a violência da cidade, o descaso do governo e da polícia. Ou, pelo menos, botar a culpa no pecado, na ignorância e na descrença na palavra do Senhor. Mas ele não podia... não podia! Não podia mesmo não, porque ele tinha caído nesse mundo aquela noite e tinha encontrado um anjo perdido nessa lama.

E mais: esse anjo, essa menina extraordinária, tinha levado ele, através do corpo, o instrumento do pecado, a conhecer algo que não podia ser — não tinha jeito de acreditar que fosse — algo sujo, malvadeza do maligno. Duas crianças desamparadas, deitadas na rua num abrigo de papelão, envoltas no cheiro de lixo e mijo, na escuridão e na violência da noite, fazem amor e descobrem a alegria de ser, de viver e, sobretudo, de amar... do mesmo jeito que Cristo quis que a gente amasse.

Esses anos todos, o Chico ficou maquinando na sua cabeça uma fantasia: encontrar de novo essa menina. Não fazia ideia do que faria, o que diria, o que aconteceria. Mas achava que, só assim, ia poder um dia resolver esse mistério.

E agora... agora que tinha acontecido, não sabia mais o que pensar. Porque, nas suas fantasias, ela era ainda uma criança, um anjo perdido nesse mundo triste, esperando a redenção. E agora descobria que a menina não era mais um anjo... não... era uma... uma puta, vivendo nesse mundo de pecado! Sentiu medo, pânico, de perder o tesouro de sua lembrança, essa imagem de amor puro que o tinha alimentado esses anos todos.

Passou uma noite de cão. Toda vez que pegava no sono, sonhava com peitos, bundas, pernas e xoxotas, escutava a música estrondosa, via luzes coloridas e cheirava a pele de Priscila. Eram mulheres e mais mulheres, carnes de todas as cores, brancas, pretas e mulatas, olhares sensuais, risadas vulgares, lábios vermelhos, todas em torno dele, sentando no seu colo, pegando no seu pau, e ele afundando o rosto nos peitos macios e cheirosos e sentindo nas suas mãos as formas quentes e redondas de tantas pernas, bundas e barrigas, enquanto Ofélia olhava séria e triste do palco, de joelhos, nua, com uma touca de freira na cabeça, uma cruz prateada entre os peitos e uma bíblia nas mãos. O anão, balançando as pernas no banquinho, repetia uma e outra vez, com a mesma voz do pastor: "Arrependei-vos, irmãos, e crede no Senhor!", mas suas palavras ficavam abafadas pela voz de Madonna que cantava "Like a Virgin". De repente, aparecia Priscila entre as mulheres, olhava pra ele intensamente, sentava no seu colo devagar, o envolvia com braços e pernas, apertava o corpo contra o seu e o beijava com paixão. O Chico acordava suando e ficava mexendo na cama de um lado pro outro muito tempo, até que pegava no sono e voltava a sonhar o mesmo sonho.

No outro dia, não foi à faculdade. Acordou tarde, se arrumou, saiu e ficou andando pela cidade. Caminhou da Liberdade até o Centro, almoçou numa lanchonete e ficou lendo Fernando Pessoa na Berinjela. No final da tarde, desceu até a boate, pagou uma entrada sem cabine, sentou no mesmo lugar do dia anterior e pediu um guaraná à menina que sorria atenciosa e olhava pra ele com curiosidade.

— Quem é esse cara? — perguntou Creuza, quando saíram da boate, na noite anterior.

— Que cara?

— Não se faça de besta. Cê sabe muito bem de quem eu tô falando.

— Ah... não sei o nome dele não.

— Sim, mas você conhece.

— Conheço. Quer dizer, conheci há muito tempo, quando eu morava na rua. Ele tava perdido.

— Ah, então é o tal?

— Que tal?

— O tal, porra. O menino sertanejo.

— Ah, sim. É ele mesmo. Nem me lembrava que eu tinha contado isso pra você.

Claro que contou, e claro que lembrava. Como não ia lembrar? Falou dele várias vezes. Ela estava enrolando, a Creuza não era besta, e isso só fez ela ficar mais desconfiada ainda. Foi por isso que, quando viu o rapaz entrar, no outro dia, foi logo ver se ele queria alguma coisa. Ele pediu um guaraná e ela foi pegar no bar. Quando voltou, sentou com ele e começou a puxar conversa. Mas ele não deu muita bola, parecia distraído, procurava a Maria Aparecida com os olhos.

— Cê tá procurando alguém? — perguntou Creuza.

— Não. Quer dizer... essa menina que estava vestida de freira ontem... Priscila, é o nome dela?

— É.

— Cadê ela?

— Daqui a pouco ela vem. Ela tá com um cliente.

— Com um cliente?

— Na cabine... — e apontou pra uma porta vermelha, a poucos metros de distância.

— Ah...

Ele ficou todo sem jeito, como sem poder ou sem querer acreditar que, naquele mesmo momento, a menina estava transando com um desconhecido a poucos passos dele.

— Cê conhece ela muito bem? — perguntou Creuza.

— Não, não conheço.

— Nunca viu?

— Só ontem... — mentiu.

— Ela é linda, né?

— É... — respondeu distraído, olhando pra porta que a Creuza tinha apontado.

Nesse momento, a menina que dançava veio chegando pra sentar no colo do Chico, mas ele fez um gesto com a mão pra ela não o fazer. Ela parou na sua frente, com as mãos na cintura e um bico de fingida frustração, e então levantou uma perna, colocou o pé na mesa e ficou rebolando ao ritmo da música, mexendo a xoxota a poucos centímetros da cara do rapaz. Todo mundo deu muita risada, até que a menina tirou o pé da mesa, deu as costas e saiu andando gaiata, rebolando a bunda e lançando um beijo ao Chico com a mão. Creuza olhava divertida. O rapaz era bonito, mas sério demais, com essas roupas comportadinhas e cafonas, calças sociais baratas, camisa de xadrez abotoada quase até o pescoço. E parecia muito chateado, vermelho de vergonha e incômodo pra porra, como se fosse sair correndo a qualquer momento.

— Agora é a minha vez — disse Creuza, levantando. — Vou fazer uma dança especial pra você.

— Hmm...

Ele olhou pra ela pela primeira vez e lembrou que era a menina que acompanhava a Priscila na rua no dia anterior. Era bonita... muito bonita. E tinha um sorriso lindo.

Assim que a Creuza foi pros fundos se arrumar, a porta vermelha se abriu. Saiu um cara com um sorriso satisfeito e foi pra saída, e Priscila foi sentar no bar. O Chico sentiu um arrepio. Não fazia ideia o que diabos ele ia dizer ou fazer, mas não queria ficar sentado ali mais um segundo, com medo de que chegasse outra mulher pelada e se jogasse em cima dele.

Levantou e foi pro bar, tentando decidir o que ele ia dizer. Mas não conseguiu falar nada. Chegou com o copo de guaraná e ficou parado ao lado dela, com a língua travada e sem saber onde botar a mão livre que não segurava o copo. Felizmente, não teve que ficar nessa agonia muito tempo.

— Oi! — exclamou ela, assim que o viu, com um sorriso tão alegre que ele perdeu uma boa parte da sua timidez.

— Oi... — respondeu, com uma voz muito baixa, enquanto pensava como lhe pedir pra sair desse lugar. Mas esse problema também foi ela quem resolveu. Pegou a mão dele com ambas mãos e o olhou com uma expressão quase de súplica.

— Cê topa dar uma volta comigo? Eu queria ver as luzes de Natal.

Que negócio esquisito, pensou o Chico. Lá estava ela nessas roupas minúsculas, com uma blusa branca tão decotada que deixava ver a maior parte dos peitos, que balançavam orgulhosos sem sutiã, uma saia pequenina e lábios vermelhos que — lembrou o Chico de repente — acabavam de chupar um pau desconhecido; e, ao mesmo tempo, ela sorria e falava com a alegria e a inocência de uma criança, querendo ver as luzes de Natal.

— Topo...

— Então peraí um minuto, vou me trocar.

Esperou uns minutos, enquanto a Creuza dançava pelada com um ursinho de pelúcia e um laço branco no pescoço. Ela olhava pra ele provocadora e divertida, mas sua expressão mudou quando viu a Maria Aparecida, de calça jeans e blusa comportada, pegar o Chico pela mão e sair com ele da boate.

Foram andando de mãos dadas, sem falar. Maria Aparecida andava rápido, como querendo chegar logo a algum lugar. Mas, assim que chegaram à Praça da Sé, ela parou na sua frente e ficou olhando pra ele.

— É você mesmo? É difícil acreditar... Cê cresceu tanto.

— Você também... você está tão diferente...

— Cê me meteu um susto ontem... Fiquei com tanta vergonha...

O Chico ficou sem saber o que dizer. Queria confortar ela, falar o que seria de boa educação falar: "Não, o que é isso, por que vergonha? É normal, imagina..." Mas não era normal coisa nenhuma, como é que ele ia dizer: "Chocado, eu? Que nada! Você é uma puta, o que é que tem? Tem tanta puta no mundo, é uma profissão como qualquer outra, ora essa. Tirar a roupa em público, esfregar a xoxota nos paus dos outros, ir pra cabine, chupar, meter, coisa mais normal do mundo..."

Ela percebeu o embaraço do rapaz e ficou toda sem graça. Tinha tanta coisa pra dizer, tantas perguntas pra fazer, mas não achava o jeito. "O que é que você tem feito esse tempo todo?", ela queria tanto dizer, mas então ele ia perguntar a mesma coisa, e isso aí não ia dar certo. Como é que ela ia falar: "Ah, nada demais, andei fodida pelas ruas, comendo do lixo e roubando, até que cansei da vida e pra não me suicidar fui ver o Maruim, que estava morrendo de AIDS, e virei puta pra comprar seus remédios e lhe dar um enterro decente, e quando bateu as botas fui fazer programa na Pituba pra não acabar de novo nas ruas, e aí eu conheci a Creuza e virei lésbica, arrumei assaltos e mataram um cara, ia pra surubas e me acabava de beber, fiquei viciada em drogas, quase morro atropelada, mas agora já estou bem, minha vida é uma beleza, moro numa favela com minha amante e meu melhor amigo, um travesti, e faço *striptease* e programa nessa boate, olha só que vida dez." Dava não.

— Olha as luzes! — disse Maria Aparecida, se virando de repente. — Venha, vamos ver o presépio.

Bem no meio da praça, tinha um imenso presépio, todo decorado com tudo quanto é coisa. Tinha todo tipo de bicho, árvores e até um riacho com uma ponte. Lá estavam os três reis magos, muitos camponeses e pastores e, bem no centro, o Menino Jesus, com José e Maria ajoelhados, um de cada lado. Maria Aparecida olhava extasiada, feliz com tanta beleza, mostrando cada detalhe pro Chico.

— Ó os passarinhos, que engraçado!

Ele olhou pra ela e sentiu um carinho tão grande que o deixou surpreso. Era uma criança, um anjo perdido na lama deste mundo. Pegou na mão dela, e ela se apertou contra seu corpo.

— Você acredita em Deus? — perguntou o Chico.

Maria Aparecida lembrou dos seus tempos na igreja da Trindade, quando ficava horas a fio conversando com o Cristo do retrato no altar, quando voltava feliz da rua pra reza das sete, quando deixou de cheirar cola e decidiu se endireitar e ir pra escola e ter uma vida legal...

— Acredito...

"Então por que...", ia dizer o Chico, mas não disse nada. A voz do pastor queria falar por sua boca, fazer discurso sobre o bem e o mal, as tentações do diabo, as chamas do inferno e a glória do Senhor. Mas, ao lado dela, essas coisas perdiam o sentido. Ela e o seu mundo eram algo incompreensível que simplesmente não cabiam nas explicações do pastor. Era fácil demais condenar e falar de pecado e castigo. Mas, sendo assim, como explicar o olhar dessa menina, a alegria, a ternura ao ver o berço de Deus?

De repente, ela o encarou empolgada, como se acabasse de ter uma ideia fantástica.

— Olha... qual é seu nome mesmo? Até hoje não sei o seu nome.

— Chico.

— Chico... gostei. Você tem jeito de Chico. Eu sou Maria Aparecida.

— Não é Priscila?

— Isso é lá — disse rindo. — Cá fora sou Maria Aparecida. Olha, Chico, eu quero te levar a um lugar muito bacana. Cê vem comigo? Não é muito longe.

— É o quê? — disse desconfiado, com medo de que fosse outro bordel.

— A casa de Deus.

O Chico olhou perplexo, quis saber de que coisa ela estava falando, mas ela só deu risada e puxou ele pelo braço. Andaram pela Rua Chile e desceram pela Ladeira da Misericórdia, a Maria Aparecida comentando tudo, as decorações de Natal, as luzes da Cidade Baixa e dos navios ancorados nos píeres do Comércio. O Chico não estava gostando nem um pouco de andar por esses lugares escuros e perigosos à noite, e muito menos ficou quando chegaram à Ladeira da Montanha e, depois, ao Comércio, coisa mais sórdida e arriscada, só doido mesmo pra passar por lá a essa hora, mas a Maria Aparecida não estava nem aí, andava como se estivesse na sua própria casa. Andaram bastante, em direção à Calçada, e o Chico não entendia que diabos é que eles estavam fazendo nesse lugar horroroso. De repente, Maria Aparecida parou em frente às escadas que davam a uma velha igreja. Uma igreja católica! Ah, não, pensou o Chico. Aí, também é demais. Posso não. Quis explicar que ele não entrava em igrejas católicas, que isso era coisa do diabo, que os santos eram ídolos e a Virgem não era virgem coisa nenhuma e muito menos mãe de Deus. Mas nada disso parecia importar nesse momento, tinha a impressão de que, se ele falasse uma coisa dessas, ela ia olhar pra ele como se fosse marciano e não entenderia coisa nenhuma... além disso, pensando bem, que mal podia fazer entrar numa igreja depois de ter passado a tarde num bordel?

Subiram as escadas e rodearam a igreja, que parecia estar abandonada, e o Chico teve a impressão que seriam assaltados e esfaqueados a qualquer momento. Maria Aparecida abriu uma porta lateral e entraram num quarto pequeno, decorado com objetos cristãos. Por uma porta coberta com uma cortina, passaram pra um quarto muito escuro e, daí, para um lugar do outro mundo. O Chico ficou pasmo, achando que tinha caído de repente não sabia bem onde, se no céu ou no inferno. Imagine só a impressão que fez no rapaz esse mundo de gente esfarrapada, homens, mulheres e crianças, rostos pobres, flagelados pela vida, iluminados por uma porrada de velas, todos olhando pro altar, cantando com voz desafinada...

Pai, ó Pai Nosso,
Quando é que esse mundo será nosso...

No altar, o famoso padre Enoque, chegado naquele dia de Canudos, com os braços levantados, cantava com o povo, ao lado de Rafael:

Pai Nosso, quando o mundo será nosso
Dos pobres, nossos irmãos
Pai Nosso, como é duro ver minha gente
Crucificada pela opressão...

Maria Aparecida e o Chico se enfiaram no meio do povo. Ela estava transformada. Olhava como extasiada pra tudo e pra todos, para o alto da igreja, para o padre, para Rafael, para as pessoas, para o retrato do Cristo no altar.

Pai Nosso, quando a terra será nossa
Dos pobres, das multidões
Pai Nosso quando o mundo será nosso
Dos povos, sem divisões...

Ela cantava baixinho com profundo sentimento. E chorava. Nunca mais tinha voltado à igreja desde que foi embora pra cuidar do pai, e agora tudo voltava, a fé, a esperança, a vontade de construir uma vida nova. Sentiu que sua vida toda era um desastre, que tudo tinha ido por água abaixo. O Chico olhava pra ela profundamente comovido. Quem é essa mulher, meu Deus? Me ajude a entender! Como é que ela pode transtornar minha alma desse jeito? Me fazer sentir tantas coisas que nunca, jamais, na minha vida eu senti?

Quando a missa terminou, Maria Aparecida foi falar com o Rafael, que conversava com o padre. Ele olhou pra ela e demorou para a reconhecer, mas de repente exclamou alegre:

— Maria Aparecida! Meu Deus, que alegria! Como você está? Sabe quem veio te procurar? O Betinho...

— Eu sei, a gente tá morando junto...

— É mesmo?... que bom!...

Ficaram conversando um tempo, e o Rafael chamou as outras pessoas que ainda estavam lá dos velhos tempos. Bom demais ver o Rafael e o pessoal. Ela apresentou o Chico, conversou com todo mundo e decidiram ficar pro mingau. Sentaram juntos num canto, com os canecos de mingau que a Renata lhes ofereceu.

— É o seu namorado? — perguntou Renata, sorrindo pro Chico.

— É um amigo... — disse Maria Aparecida, corando.

— Bonito, ele...

O Chico estava feliz. Esqueceu tudo, o bordel, as putas, o bem e o mal, o céu e o inferno, católicos e crentes, o pastor, sua mãe, Ofélia, o diabo a quatro. Estava ali, com essa garota que o deixava louco de paixão, de ternura, de desejo, de espanto, de carinho e... de amor... seria amor? Ela falava sem parar, contava dos tempos que morou nesse lugar e da Renata, do Lalau, a Imaculada, o Caburé. Ele ouvia, mas não escutava, tentava entender essa doideira que acontecia dentro dele, que crescia e crescia e não lhe cabia mais no peito. De repente, pegou no rosto dela com carinho e ela o olhou surpresa.

— Eu gosto muito de você, Maria Aparecida.

— Mesmo? — disse ela, como não podendo acreditar.

— Mesmo.

Ela sorriu um sorriso feliz. Ficaram conversando muito tempo, ele da sua vida e ela de uma outra, inventada, muito menos triste do que a verdadeira. Não falaram da boate nem da sua profissão, nem de nada que tivesse a ver com essas coisas, não fazia sentido, não cabia nesse lugar e nesse sentimento. O Chico também não falou da Ofélia, e Maria Aparecida não contou dos seus amores com a Creuza e quase não falou de mim. Eles iam se descobrindo aos poucos, se encontrando, mas era uma descoberta estranha, feita mais de sonhos e fantasias do que realidade, guiada pelo que cada um achava que o outro queria ouvir.

Já muito tarde, se despediram de Rafael e do pessoal e saíram à rua. Na porta da igreja, ele a pegou pela cintura, a abraçou e a beijou. Ela o envolveu com os braços e retribuiu o beijo, e todo o desejo que o Chico não tinha sentido com a Ofélia, no dia anterior, surgiu com tanta força, que poderia ter lhe feito o amor ali mesmo, na casa do Senhor. Mas se controlaram.

— Posso te ver amanhã? — perguntou o Chico.

— Deve. Que tal meio-dia, no Passeio Público?

Se despediram com outro beijo, e cada um foi pegar o ônibus pra sua casa.

O problema todo era Deus. Quer dizer, não Deus exatamente, mas saber onde é que Ele estava. É por isso que eu nunca acreditei em Deus. Porque, se você acreditar, e se você tiver dois ou três neurônios funcionando, não tem como fugir, tem de se perguntar: onde diabos é que Ele está? E, às vezes, quando você olha pras desgraças deste mundo, tem a impressão que Ele está de férias, se mandou pra alguma ilha do Caribe e lá está Ele, torrando ao sol com uma caipirinha ou um mojito na mão, esquecido da infelicidade desta sua criação. Porque, se realmente for verdade o que os religiosos dizem, que Ele está em todo lugar, onipresente e onipotente, o que diabos é que Ele estava fazendo, me diga, quando o pai da Maria Aparecida batia nela e a violentava, quando o vereador e seus filhos usavam a Creuza, quando meu padrasto fazia tudo o que ele fez comigo? Na moral, eu não entendo não. Ou Ele estava cochilando ou Ele tem um caráter muito duvidoso, pra ficar ali olhando essa miséria sem se mexer, de braços cruzados e palitando os dentes. E depois vem o povo e chega com essa conversa fiada: não, rapaz, não pode ficar julgando assim, Deus fez o mundo, deu ao homem inteligência e todas essas coisas e depois tirou o corpo de propósito, para que o homem pudesse exercer sua liberdade, seu livre arbítrio ou sei lá que coisa. E isso tudo é muito lindo, mas, me diga, que diabo de porra de livre arbítrio pode ter uma criança desse tamanhinho, um pinguinho de gente que não entende nada de nada, passando por essa miséria de desgraça que ninguém merece? Por mim, Deus ficava com sua tal de liberdade que ninguém pediu, porque, afinal, que grande liberdade é que a gente pode ter, eu, a Maria Aparecida, a Creuza e um milhão de outras pessoas, com essa merda toda engasgada aqui no peito que a gente não consegue tirar? Olha só pra Creuza, rapaz, se drogando de novo, se acabando em orgias nojentas, enchendo a cara de tudo quanto é porcaria e se destruindo desse jeito só porque a Maria Aparecida está namorando o Chico, só porque ela era a única pessoa, na sua vida miserável, que a entendeu, que gostou realmente dela, que a amou. Vai explicar pra ela que o fato de a Maria Aparecida andar caída pelo Chico não muda nada, que o amor é outra coisa, que o buraco é mais embaixo, e que ela, a Creuza, não é ou deixa de ser seja lá o que for só porque a Maria Aparecida faz ou pensa o que bem entender. Não adianta nada, até porque a própria Creuza está convencida de que não vale nada, de que sua vida toda é um desperdício e que era melhor não ter nascido. Livre arbítrio um caralho.

Tô, tô com raiva, sim. Porque vejo nós todos fazendo tanta asneira, desbussolados desse jeito, fodidos dos miolos, e ainda tendo de aturar abestalhado que chega com conversa de livre arbítrio e desígnios de Deus e o diabo a quatro. A Creuza estava se suicidando e eu passava um tempão com ela, tentando botar um pouco de juízo na sua cabeça.

— Betinho, porra, tô mal, cara, me ajude! — dizia chorando, chumbada com vai saber que merda, tremendo de desespero e de pavor da vida.

E eu, que é que eu podia fazer? Conversava, lhe dava todo o carinho que eu podia lhe dar, tentando substituir o que ela achava que não recebia mais da mulher que ela tanto amava.

E Maria Aparecida... Ela, coitada, estava toda despirocada. Já falei que ela tem mania de achar que tudo no mundo é culpa dela. E agora, com a Creuza desse jeito, você pode imaginar, se achava a pior miséria desta terra. Mas, também, não ia deixar o Chico; mesmo que quisesse, não conseguiria. Porque o Chico — e isso eu vim entender muito mais tarde — significava muito mais que uma paixão; ele era a redenção. E aí, entre um namoro que ela não tinha jeito de deixar e a vida da sua querida amiga, ela ficava louca de indecisão e de remorso.

O remorso. É sempre essa questão do bem e do mal. Tem gente que não pensa nisso, sabe? E vive numa boa. Como o Linguiça, o Capitão Gay, o vereador que violentava a Creuza, o pai da Maria Aparecida e meu padrasto. Mas também a mãe do Chico e a Ofélia, que achavam que pensavam mas, na verdade, não pensavam coisa nenhuma. Arrumaram o mundo em caixinhas bem ordenadas, pintaram umas de branco e outras de preto, e iam acomodando todas as novidades na caixinha que mais lhes convinha, preta ou branca, branca ou preta. Nada de cinza e cores misturadas, Deus me livre.

Pois é, mas, por infelicidade nossa, eu, a Maria Aparecida e o Chico pensávamos. E dava uma confusão da zorra. O Chico, então...

E agora me dou conta que me perdi neste meu lengalenga desmiolado. Comecei dizendo que o problema todo era Deus, mas o que eu quis dizer é que, pro Chico, o problema era entender onde é que Deus estava, em que coisas a gente podia encontrar Ele refletido, revelado. No fundo no fundo, o mesmo problema do bem e do mal. Esse problema ele tinha resolvido, como todos os crentes, com esse negócio das caixinhas do bem e do mal. Pronto: Deus está em umas coisas, o diabo nas outras, e é só saber distinguir. Em caso de dúvida, consultar o pastor. O problema é que Maria Aparecida não cabia nas caixinhas. Desde antes do reencontro, ela já não cabia, mas, naquela época, ele deu um jeito de resolver o problema: ela era um anjo no meio da merda. Ou seja, uma caixinha branca dentro de uma preta. Não entendia muito bem por que Deus, com toda a sua bondade, deixava seus anjos jogados nessa lamaceira, mas isso aí ele esperava resolver algum dia, sobretudo com a fantasia de voltar a encontrar a menina e, de alguma forma, fazer parte da sua "salvação", da sua saída da lama para a luz do Senhor. Mas, agora que a tinha encontrado, todas as suas fantasias foram pro beleléu. Ela era anjo, mas também era demônio, às vezes uma coisa, às vezes outra, às vezes tudo junto. Transava, chupava e fazia tudo quanto é porcaria com gente desconhecida naquele quartinho horroroso da porta vermelha, e depois saía pra orar com mais autêntico fervor do que sua mãe, a Ofélia ou ele próprio jamais tinham orado. Como entender? Se Deus estava nessa menina, no seu olhar cheio de vida, na alegria do seu sorriso, na paixão com que ela fazia qualquer coisa, estaria Ele então, também, no bordel e no quarto da porta vermelha?

Desde o início, essa confusão já deu problema. No dia após a visita à igreja da Trindade, se encontraram no Passeio Público, depois de ele ter passado a noite em branco pensando nela, desesperado com a lentidão das horas que se recusavam a passar logo pra que a noite virasse dia e pudesse ver de novo essa garota incompreensível. Maria Aparecida chegou usando um vestido indiano, sem mangas, belíssima. Ele lhe entregou as rosas vermelhas que tinha comprado no caminho, e ela as recebeu como se fosse o melhor presente da sua vida, com essa alegria contagiosa que tinha encantado ele desde a primeira vez que a conheceu, na rua, há tantos anos. Ficaram namorando sob as árvores, com a vista da baía, num desespero de beijos e carícias tão distinto àquelas sessões de mentirosa timidez com a Ofélia. E não deu em outra. Terminaram indo a um hotel pertinho do Campo Grande, em frente ao forte de São Pedro. Tiraram a roupa, se jogaram na cama e fizeram amor numa ansiedade desesperada que deixou a ambos espantados.

O Chico tinha sonhado com esse momento esses anos todos, e esperava reviver aquela noite de imensa doçura, aquele encontro de duas crianças desamparadas recriando o paraíso de Deus entre caixas de papelão. Mas o que sentiu não foi isso. Foi um desejo de homem, um prazer muito carnal, um delírio de sensações terrestres e extremamente sexuais. Maria Aparecida fazia coisas que ele nunca tinha nem imaginado, levava ele às alturas do prazer e o deixava ali, sem deixar que ele se jogasse no abismo que ele procurava com ansiedade de adolescente, o fazia retroceder, o empurrava mais adiante, até que finalmente os dois caíram juntos numa explosão que ele nunca antes tinha sentido. Depois ficaram abraçados, ela feliz, revivendo antigos sentimentos e deslumbrada porque nunca antes tinha gozado com um homem. Pela primeira vez na vida, o sexo com um homem tinha sido algo mais que sexo, mais que uma fonte de renda ou, pior ainda, violência e humilhação. Apertou ele emocionada.

— Foi tão bom — disse ela, e o beijou.

Mas ele devolveu o beijo sem graça. Depois do prazer — depois do pecado — veio o arrependimento. Poderia Deus realmente estar nesse prazer tão carnal, tão definitivamente sexual, tão, no fim das contas, animal? Vieram à sua mente as imagens dela pelada na boate, dançando obscenamente, se esfregando em outros homens, deixando--se apalpar, saindo do quartinho da porta vermelha. Com certeza tinha aprendido nesse ofício tudo o que ela tinha feito com ele, com certeza o fazia todo dia vai saber com quantos homens.

— O que foi? — perguntou ela.

— Nada... — disse, levantando. — Esqueci que tinha aula na faculdade.

— Eu fiz algo errado?

— Não, não é isso não, cê não fez nada errado. É a faculdade mesmo. Estou super atrasado.

— Cê não gostou?

— Gostei, claro que gostei. É que tem prova hoje, cê sabe como é. Tinha esquecido, que coisa, não sei como fui esquecer.

O Chico se vestiu com pressa enquanto ela olhava, deitada na cama, cobrindo sua nudez com o lençol. Ele pegou suas coisas e se despediu com um beijo breve.

— Tchau, Maria Aparecida.

— Tchau...

Saiu sem olhar pra trás e fechou a porta devagar. Maria Aparecida ficou ali, olhando pra porta, se sentindo suja, muito, muito suja, como se a imundície da sua vida não tivesse como ser lavada da sua alma. Suja, suja, suja, poluída pela fenda do seu corpo, a fenda do pecado, a fenda da humilhação, a ferida eterna, o castigo divino por ter nascido mulher.

Ficou ali muito tempo, encolhida na cama, abraçando o travesseiro, e depois voltou pra Pedra da Sereia. Eu estava sozinha em casa; a Creuza, sabendo que a Maria Aparecida tinha ido se encontrar com o Chico, tinha saído, provavelmente para encher a cara em algum canto. Assim que a Maria Aparecida entrou, percebi que o seu encontro com o Chico não tinha sido lá essas coisas.

— Tá tudo bem, rainha?

— Tudo uma merda.

— O que foi?

— Não foi nada.

— Teve alguma coisa?

— Não teve nada, porra. Me deixe. Não quero falar com você.

Iiiiiih... lá vem trucutru, pensei.

— Tá com fome? Vou fazer um macarrão pra você... — falei, pra distrair.

— Já falei que não quero nada, cacete. Cê tá surda? Quero é que você me deixe tranquila e vá pra puta que pariu.

Quando ela diz isso, é porque a última coisa que quer é que eu deixe ela sozinha, eu sei disso, eu a conheço.

— Eta... Venha cá. Cê tá nervosa. Que é que foi?

Tentei fazer um carinho, mas ela se virou pra mim com ódio nos olhos.

— Não me toque, desgraça!

— Tá, desculpe. Sente aí, eu vou fazer alguma coisa pra gente comer.

Ficou calada um tempo, e depois voltou a falar.

— É tudo sua culpa, sabia? Você se faz de boazinha, mas é tudo sua culpa.

— O que é minha culpa? — falei, enquanto cortava o alho.

— Tudo, caralho. Tudo. A desgraça da minha vida. Tudo.

— Como assim?

— Cê já esqueceu que você me largou quando eu mais precisava de você? Já esqueceu, foi? Justo quando eu ia entrar na escola? Quando tudo estava indo bem pela primeira vez na minha vida? Esqueceu, foi, seu viado?

— Não... não esqueci... — falei baixinho, largando a faca, largando tudo, com uma dor no peito.

Estava transtornada, com os olhos enlouquecidos. É o trucutru, já estou acostumada, não é sua culpa, coitada, ela não tem controle. É a desgraça dessa merda acumulada que tem que sair de algum jeito. Geralmente, não dou bola, deixo passar, dou até graças de ser eu quem recebe esse ódio todo e não outra pessoa, que não entenderia e não saberia o que fazer. Fico ali recebendo porrada e cuidando dela pra não se machucar, e não me importo com suas palavras. Mas, desta vez, ela tinha razão. Era trucutru, mas tinha razão, e suas palavras me bateram no fundo da alma.

— Não esqueceu, mas você não tá nem aí. Tá muito feliz com seus peitinhos e sua bundinha bonitinha e eu me fodendo, abrindo as pernas dia e noite pra desgraça de filho da puta pra não morrer de fome, porque o Betinho decidiu ser Betinha e me largou na miséria, desgraça de vida do caralho!

Eu ouvia e não sabia o que dizer. "Desculpe"... "Perdão"...? Que porra é que essas palavrinhas desse tamanhozinho podem significar, perante a magnitude da miséria que ela teve de sofrer... e perante a dor do remorso que vem me perseguindo desde o dia em que eu me mandei pro Rio atrás dessa peste do Rodolfo Beija-flor?

— Sabe que eu podia ter sido alguma coisa na vida? Sabia disso? Eu ia pra escola, caralho! Eu ia estudar! Em vez disso, eu sou uma puta! Era isso que você queria, não é? Tá feliz, Robertinha?

Não me lembro mais de tudo o que ela falou. Só sei que, nessa noite, tirou de dentro de si todo o rancor acumulado e jogou tudo na minha cara de uma vez. E, enquanto eu ouvia, ia desmanchando, desmanchando. Terminei sentada num canto do quarto, olhando pro chão, enquanto Maria Aparecida falava, gritava e dava porrada nas paredes. Finalmente, ela calou e sentou também num canto. Assim ficamos muito tempo, cada uma em nosso próprio mundo.

Como sempre, a tempestade finalmente passou e aquela coisa que possuía ela se foi. E, em seu lugar, veio o remorso, o arrependimento, o horror de si mesma pelo que tinha feito. Levantei os olhos e vi esse olhar que eu tão bem conheço, uma mistura de tristeza, súplica, desespero e tantas outras coisas. Abri os braços e ela veio até mim, me abraçou e chorou.

— Me perdoe, Betinho... me perdoe! Ai, meu Deus, me perdoe!

— Shhh...

Choramos muito, todas duas numa solidão e numa tristeza imensas. Depois deitamos e dormimos juntas, abraçadas, pela primeira vez desde que eu voltei.

Os dias seguintes foram muito bons. Maria Aparecida, horrorizada por tudo o que ela tinha falado, voltou pra mim — e pra Creuza — toda a sua atenção, como se tivesse percebido, de repente, que nós éramos sua única família, as únicas pessoas que realmente contavam na sua vida. A

Creuza respirou aliviada e andava feliz, como quem acabou de se livrar de um pesadelo. E eu e ela, pela primeira vez desde que eu fui pro Rio, voltamos a ser como éramos nos tempos do Cine Roma. É verdade que suas palavras não saíam da minha cabeça nem da dela, mas ela se esforçava tanto por apagar a sua lembrança, por me mostrar que nada disso ela sentia de verdade, que a gente conseguiu fazer de conta que estava tudo bem e que não havia ressentimentos, dores e remorsos.

Nesses dias surpreendentemente alegres, todas três pensamos que o Chico tinha sumido de vez e não voltaria mais. É claro que a Maria Aparecida ainda sofria por causa dele, mas tentava não pensar nisso.

Mas o Chico não sumiu de vez. Na verdade, ele andava completamente despirocado esse tempo todo, atormentado por essa questão de Deus, das caixinhas, do bem e do mal, aquela coisa toda. O diabo é que a Maria Aparecida, pela sua forma de ser, pela sua vida, por tudo o que ela era, tinha um jeito de desarrumar completamente o mundo do Chico. De repente, depois do seu encontro com ela, sua vida, que um tempo atrás ele achava bacana, arrumada, perfeita, desmanchou, não fazia mais sentido. A faculdade, sua poesia, sua mãe, o apartamento que tinham conseguido alugar no Politeama, muito simples mas arejado, de dois quartos, com suas poucas coisas bem organizadas, tudo limpo, tudo direitinho, sua rotina, seus estudos, a igreja, seu relacionamento pacato e simples com a Ofélia... tudo isso de repente parecia sem graça, morno, entediante e sem sentido. Pensava no mundo de Maria Aparecida, essa sua energia doida, sua alegria em frente ao presépio na Praça da Sé, a missa na igreja dos pobres, as emoções que a menina deixava à mostra sem qualquer pudor, essa vida toda que surgia dela tão sem restrições, aquela tarde de sexo no hotel do Campo Grande — a uns passos do apartamento de Ofélia. Era tanta energia, tanta força, tanta vida que ele nunca tinha se permitido sentir, nesse seu caminho sério e responsável pra responder à altura às expectativas da sua mãe, que, agora que tinha provado dela, não queria mais largar. Mas pensava também na boate, na putaria, na vida nas ruas, em todo esse mundo sórdido do qual ela — não tinha jeito de negar — fazia parte, e se dizia que precisava, a qualquer custo, se afastar. Porque, no fundo, o mundo de Maria Aparecida o atraía com a mesma vertigem de um abismo. Queria loucamente se jogar, sentir o sabor dessa vida, mas tinha pânico de se espatifar.

Ao cabo de três dias, não resistiu e foi à boate. Maria Aparecida estava sentada conversando com o anão quando o viu chegar e parou no meio da frase, sem saber o que fazer ou o que pensar. Queria sentir raiva, queria se vingar, e de fato tinha pensado nisso quase obsessivamente desde aquele dia no hotel. Mas, quando o viu, desajeitado, tímido, visivelmente incômodo de estar nesse lugar e, no entanto, não conseguindo tirar os olhos da Mônica e da Taís, que naquele momento dançavam juntas, sentiu um carinho e uma saudade que desmancharam todos os seus rancores e fantasias. Não tinha jeito: gostava muito do rapaz.

Ele a viu, a chamou, e ela foi sentar com ele.

— Como é bom te ver... eu estava com tanta saudade de você — disse ele.

— Mas sumiu...

— Me desculpe. Aconteceu tanta coisa, provas na faculdade, problemas com minha mãe... e depois me lembrei que eu não tenho o seu telefone, não tinha como falar com você...

— Você não pediu...

— Eu sei, eu sei, saí azoado esse dia com o diabo dessa prova... Mas, olha, você pode sair? Vamos dar uma volta?

— Posso... Quer dizer, não deveria, o gerente ficou puto comigo da outra vez. Mas tanto faz. Já tô cheia deste lugar. Se quiser me botar pra fora, problema dele.

Tiveram uma noite gostosa. Foram pra Barra, caminharam pela orla, tomaram sorvete, viram os capoeiristas no Porto da Barra e depois subiram ao Forte do Farol, onde ficaram namorando, vendo as luzes da cidade. Como naquele dia no Passeio Público, suas mãos, suas bocas e seus corpos se procuravam numa agonia de ansiedade, mas nenhum dos dois se atreveu a sugerir que fossem a um hotel, de jeito que ficaram lá até que o guarda veio enxotá-los porque já estavam fechando. Se despediram contentes e, como ainda era cedo, Maria Aparecida foi me visitar no ponto dos travestis. Ela estava feliz, falou sem parar do Chico, das suas mil qualidades, de como era inteligente e preparado e isto e aquilo, que estudava Direito, que escrevia poesia, que trabalhava sei lá onde. O rapaz tinha recitado um poema pra ela, no alto do forte, com o mar e as estrelas e as luzes da cidade e da ilha como pano de fundo, e ela tinha achado a coisa mais bela e romântica do mundo. Tentei imaginar a mim mesma recitando um poema pra ela no forte da Barra. Triste figura. Que porra é que eu ia recitar? *Batatinha quando nasce, / se esparrama pelo chão, Meu coração quando te chama / se enche de paixão...* Tenha paciência! De repente, lembrei de tudo o que ela tinha dito pra mim uns dias antes: "Lá está você com seus peitinhos e sua bundinha bonitinha e eu me fodendo...", "tudo porque o Betinho decidiu ser *Betinha* e me largou na miséria...". Ela não fez por mal, mas disse a verdade: eu não era coisa nenhuma, uma bicha de peitinhos e bundinha bonitinha. Teria gostado tanto de ouvir ela algum dia falar de mim com o orgulho com que falava do Chico! Mas, não tinha jeito, né? O Rodolfo Beija-flor tinha razão: eu sou um monumento à ignorância. Que é que alguém poderia dizer de mim, me diga, fora os meus peitinhos e minha bundinha bonitinha? Que é que eu já fiz na vida? Me senti mal pra porra, mas não disse nada. Falei que estava feliz por ela, mas pedi pra ir devagar.

— Fique fria, rainha, não se empolgue demais. Não quero ver você se machucar.

— Eu não sei ficar fria, Betinho, cê sabe muito bem. Eu sou assim mesmo.

Voltamos juntas pra casa, era segunda-feira e a noite estava devagar. A Creuza não estava. Ficamos conversando mais um pouco e depois fomos dormir, cada uma no seu canto, ela a sonhar com o Chico e eu a ficar acordada a noite toda me perguntando que porra de sentido tinha continuar vivendo.

Assim começou esse namoro maluco da Maria Aparecida com o Chico, que destrambelhou todas as nossas vidas. Maria Aparecida perdeu o emprego na boate, mas, na verdade, não se importou. O Chico lhe emprestou uma grana, em teoria pra ela se manter enquanto procurava um trabalho "decente", e com isso ela comprou um celular e botou um anúncio no jornal: "Priscila – iniciante, 18 aninhos, corpinho violão, faço bem gostoso, ele, ela, casais". Não foi mal negócio. Ganhava mais que na boate e era mais seguro que na rua. Fazia programa a qualquer hora, de manhã, de tarde, no meio da noite. E, quando estava com Chico ou simplesmente sem vontade, desligava o celular.

Quem não gostou nem um pouco foi a Creuza. Sem a Maria Aparecida, não tinha por que ficar na boate. Voltou ao seu ponto na Pituba, caiu de novo nas drogas e começou a se enfiar novamente nessa vida da qual com tanto trabalho tinha saído. Conforme a Maria Aparecida mais se envolvia com o Chico, mais e mais ela afundava, numa espiral de autodestruição. Não adiantava nada falar com ela, tentar botar juízo na sua cabeça. A nossa casa, que com o tempo a gente tinha ido arrumando e transformando num lar, onde cozinhávamos, conversávamos, bebíamos, ríamos e curtíamos a nossa companhia, sentadas nas escadas, olhando pra cidade e ouvindo as ondas batendo nas pedras lá embaixo, começou a se tornar um lugar triste, primeiro, e insuportável depois. Quando a Creuza não estava bêbada ou drogada, estava brigando, ou simplesmente andava sumida e a gente não sabia se tinha morrido ou estava toda arrebentada, internada em algum hospital. Eu tentava segurar a barra, acalmar a Creuza e confortar a Maria Aparecida, mas eu também tinha os meus problemas, minhas maluquices atazanando o meu juízo. Sobretudo depois do *réveillon*, quando eu finalmente conheci o Chico.

Estávamos na Barra, eu, a Maria Aparecida e a Creuza, curtindo o show da Margareth. Era a primeira vez que saíamos juntas desde que Maria Aparecida começou a namorar o Chico, e estávamos curtindo à beça. Ela tinha querido passar o *réveillon* com ele, mas ele confessou que a família da Ofélia o tinha convidado a celebrar com eles na cobertura da avó, num edifício da Vitória, e ele não podia se negar. Já nesses tempos ele tinha falado da Ofélia, mas tinha prometido largar ela assim que conseguisse dar um jeito pra mãe dele não se zangar demais; eram noivos, tinham planejado casar assim que ele terminasse a faculdade, e a mãe estava toda empolgada. É claro que Maria Aparecida não gostou nem um pouco dessa história, mas que é que ela podia fazer? Ela também tinha prometido largar a vida, mas não largava coisa nenhuma. De jeito que, de promessa em promessa e de mentira em mentira, iam empurrando o problema com a barriga.

Enfim, o fato é que o Chico estava lá, com a Ofélia, no apartamento da avó. Haja chatice! O apartamento todo cheio de dondocas fofocando e falando asneira, olhando com desgosto pro Chico por seu jeito de segurar a taça de champanha e por pegar o garfo errado na hora de comer o *canard à l'orange*. Pelo menos suas roupas não deram o que dizer, foi a própria Ofélia que comprou, na Sartore, de acordo com as últimas modas do verão. A velha avó, vai saber por que cargas d'água, decidiu puxar conversa com o rapaz. Na verdade, puxar conversa é um dizer, ela não tinha costume de conversar com ninguém, só de falar. E falou, falou, falou, de bichinho isto, bichinho aquilo, cachorrinho desamparado, gatinho desnutrido, da inconsciência da sociedade e da humanidade toda, sobretudo dos pobres, dos pretos e dos primitivos, coitados, e do trabalho dela, seu labor heroico a favor dos bichos, criaturas de Deus etc, etc, uma chatice interminável do caralho, e isso tudo apesar de ela ter devorado, com francesa elegância, o *canard*, seguramente importado de algum lago bucólico do outro lado do Atlântico. Quando o Chico viu os fogos na Barra e pensou na Maria Aparecida, curtindo com esse seu jeito doido no meio da multidão, não aguentou mais. Deixou a velha falando sozinha e se mandou. Desceu os treze andares pela escada e foi quase correndo pra Barra.

Vai saber como é que ele achou a Maria Aparecida nesse mundo de gente. Nós estávamos na praia, tomando banho de mar pra saudar a Iemanjá e receber a benção do ano novo, quando, de repente, chegou o Chico correndo, gritando o nome de Maria Aparecida, todo mauricinho nas suas novas roupas. Ela ficou alegre primeiro, mas sem graça imediatamente depois. Olhou pra Creuza e depois pra mim, como pedindo ajuda. Se beijaram, e depois apresentou a gente.

— Ó gente, este aqui é o Chico.

Todas três estávamos meio peladas, as roupas finas, brancas, molhadas e grudadas ao corpo, e o coitado não conseguia tirar os olhos da gente. A Creuza olhava pra ele zombeteira.

— A Creuza você já conhece... e ele é o Betinho.

O Chico olhou pra mim levantando as sobrancelhas.

— Betinho??

— Roberta — falei, olhando pra Maria Aparecida zangada.

— É isso, desculpa. Roberta.

O rapaz não entendeu nada e a Creuza caiu na risada.

— Era Betinho, entendeu? Agora é Roberta.

De repente, entendeu e não gostou, ficou todo incomodado. Já não era fácil esse negócio de ter que conviver com putas, de aceitar que estava namorando uma... uma mulher da profissão... Mas, ainda por cima, um travesti? Peraí, né? O pior é que o rapaz não sabia bem ao certo o que diabo era um travesti. Sabia que existíamos, nos via na Carlos Gomes, mas nunca olhava pra gente e nunca pensou muito no assunto. Aberrações do reino de Deus. Criações do tinhoso. Mas agora olhava pra mim e — ó carne pecadora, invento do demônio! — não conseguia tirar os olhos do meu corpo e, não tenho dúvidas, se perguntava a mesma coisa que se perguntam todos os homens: Será que realmente tem *isso* entre as pernas? A Creuza se acabou de rir.

— Menino, mas que cara é essa? Parece que cê viu assombração!

Olhei pra Maria Aparecida e vi que ela estava toda sem jeito, e me senti mal pro diabo. Será que ela tá com vergonha de mim? Não, pelo amor de Deus, que não seja isso! Qualquer outra pessoa, ainda vai, já estava acostumada, era quase de se esperar, mas ela, a minha rainha, com vergonha de mim? Mas, é óbvio, né? Orgulhosa é que não podia estar! Deu vontade de sumir. Fiquei com raiva do olhar luxurioso e ao mesmo tempo depreciativo do rapaz e das asneiras da Creuza, que continuava enchendo saco só pra pirraçar. E, sobretudo, fiquei com uma dor tão grande de ver a Maria Aparecida desse jeito, com um buraco tão imenso no meio do peito, que tive vontade de nunca ter nascido.

— Ó os Filhos de Gandhi — falei, pra mudar de assunto. — Vamos ver?

Subimos pra rua e nos enfiamos bem no meio do povo, no gramado em frente ao forte, para ver eles de perto. Adoro afoxé[23], sempre curti, sobretudo porque Maria Aparecida fica doida, acho que lembra dos tempos do terreiro da sua mãe na ilha e se acaba de dançar, como se voltasse a ser aquela criança ainda não violentada

[23] Afoxê — cortejo do candomblé.

pela vida. Mas, naquele momento, o ritmo do afoxé, com essa sua força de vida e esperança, só me fez ficar mais triste ainda. Fiquei pensando em nossas vidas, a Maria Aparecida toda perdida, depois de passar por tanta desgraça, se apegando agora a esse rapaz com uma agonia que, na moral, eu não entendia. E a Creuza, desmiolada desse jeito, precisando ainda se refugiar no álcool e nas drogas pra fugir do inferno da sua cabeça, das lembranças, do nojo, da humilhação e do desgosto de ter nascido. E eu, que não sabia mais nem quem eu era, procurando a vida toda ser alguma coisa, fazendo esta miséria com meu corpo pra me tornar o que eu achava que era eu e que de fato não era mais que uma boneca de mentira, um objeto curioso, desejável até, mas quase sempre desprezível e, sobretudo, sempre apenas um objeto, do qual nem a pessoa que eu mais amava no mundo podia se sentir orgulhosa. Um incômodo insuportável caiu entre a gente e lá se foi nosso *réveillon*. O Chico estava todo sem jeito, se sentindo fora de lugar. Não gostava desse negócio de candomblé, a zoada o incomodava e não gostava da minha presença nem da de Creuza, que ele achava vulgar. Maria Aparecida estava toda sem graça e Creuza não parava de encher a paciência, até que brigaram, com muita gritaria e muito palavrão. Eu segurei a Creuza pra não ter baixaria, mas ela me encheu de pontapé, me xingou de todos os nomes e se mandou. A gente soube depois que, como sempre, caiu na vadiação, arrumou uns gringos por aí, se encheu de cocaína e só apareceu lá em casa no terceiro dia.

Depois que a Creuza tirou o corpo, eu fiquei segurando vela. E, na moral, isso não é comigo não. Inda mais com o cara me achando a própria encarnação do pecado.

— Eu tô cansada, rainha, com uma dor de cabeça da zorra. Eu acho que eu vou pra casa.

— Vai não, fique um pouquinho... — disse Maria Aparecida com um olhar triste, mas sem muita convicção.

— Não, vô embora. Se divirta. Foi um prazer — falei pro Chico, e ele me deu a mão sem muita vontade.

Fui andando até a Pedra da Sereia. Quando cheguei, fiquei bebendo sozinha nas escadas da frente, olhando pro mar. Mais tarde, fui deitar, desejando que pelo menos a Maria Aparecida estivesse curtindo.

Mas acho que não curtiu. Eu ainda estava acordada quando a ouvi chegar. Em vez de ir dormir no seu canto, se enfiou comigo sob o lençol e me abraçou. Ficamos assim, abraçadas, sem falar, e eu senti suas lágrimas molhando meu peito.

Eu cheguei a me perguntar por que diabos é que a Maria Aparecida continuava nessa agonia de ficar com o Chico, mesmo vendo a Creuza desse jeito, mesmo sentindo que eu também não estava lá essas coisas e, sobretudo, tendo ela própria que passar por tanta merda, tanta humilhação, tanta desilusão. Porque o Chico estava doido, pirado, e só fazia asneira. Um dia ela era o centro do mundo, a mulher mais maravilhosa da terra, e no dia seguinte ela não prestava, estava cheia de defeitos, era muito ignorante, muito devassa, muito isto e aquilo. Pra que aturar isso tudo? Mas acontece que, para Maria Aparecida, ter o amor e, sobretudo, o respeito e a admiração do Chico significava ser parte de um mundo do qual ela sempre foi banida. Achava que, entrando nesse mundo, de alguma forma ia poder desmanchar toda essa infelicidade, todo esse ódio que tinha acumulado, de si e do mundo, por ter sido violentada, por ter morado na rua, por ser ignorante, pobre, negra e puta, por saber que não era nada aos olhos do mundo, no máximo um corpo bonito, algo pra se usar, pra se comprar e consumir. Ser algo: era isso que ela queria mais que nada na vida. Ser algo mais que menina de rua ou puta.

Mas nada dava certo. O Chico chegou ao apartamento da Ofélia um dia e ela o recebeu virada no cão. Alguém lhe disse que tinha visto o Chico no Porto da Barra com uma puta.

— Como uma puta?

— Uma puta, Chico, uma puta. Sabe o que é uma puta? Uma puta. Não posso acreditar isso de você.

— Mas, como é que você fala uma coisa dessas? Era uma amiga.

— E quando é que você já teve esse tipo de amigas?

— Que tipo?

— Putas, diabo!

— Mas, que puta? De onde você tirou que ela é puta?

— Pelo jeito, né, Chico? Ninguém é besta.

— Que jeito, Ofélia? Cê quer dizer pela cor?

— Também. Pelo jeito, pelo cabelo, pelas roupas, pela cor.

O Chico brigou, ficou puto da vida, não gostava de racismo. E brigou também com a mãe, quando ela veio com a mesma conversa:

— Quem é essa neguinha com quem você anda ultimamente?

— Não chame ela assim, minha mãe. É minha amiga.

— Ô, Chico, não se misture com essa gente. Você tem que andar com pessoas do seu nível...

E por aí vai. Mandou todo mundo pro diabo, mas ficou abalado. Começou a ficar com medo de encontrar pessoas conhecidas na rua quando estava com ela. O pior é que Salvador é um lugar muito estranho. Eu não entendo não. São quase três milhões de habitantes, mas não tem jeito de a gente dar dois passos sem encontrar alguém conhecido. O Chico, como eu já disse, quase não tinha amigos, mas estudava na UFBA, frequentava os cinemas de arte e ia a tudo quanto é palestra, recital e lançamento de livro. E aí, você sabe, as pessoas vão se conhecendo, se inteirando da vida dos outros, e daqui a pouco começam os falatórios e as fofocas, passatempo preferido da maioria dos mortais. A praia do Porto da Barra, que por um tempo foi lugar favorito de ambos, começou a ficar mais e mais complicada. Sempre tinha alguém que chegava pra falar com ele, só pra bisbilhotar, pra saber quem era a menina e por que ele estava com ela. No cinema, nem se fale. Alguém sempre o reconhecia. E nos bares do Rio Vermelho, no Pelourinho... um saco.

Maria Aparecida não é besta e sacou na hora que ele estava com vergonha dela. Várias vezes chegou alguém pra falar com o Chico e ele não a apresentou. Ela ficava ali, parecendo enfeite, enquanto os dois conversavam. Finalmente, a outra pessoa se tocava e falava pro Chico:

— Você não vai me apresentar a sua amiga?

— Ah, sim, desculpe! Fulano de tal, Maria Aparecida.

— Tudo bom?

— Tudo.

— Você também estuda?

— Não... — respondia sem olhar pra pessoa.

— Ah...

E todo mundo ficava sem jeito. Ou pior, quando o cara não tinha semancol e continuava enchendo a paciência, fazendo pergunta indiscreta. As mulheres, então, não dava em outra, faziam só de pirraça.

— Você faz o quê?

— Trabalho numa loja — mentia.

— Ah... E vocês se conheceram como?

E, a cada resposta, uma sobrancelha levemente levantada, um sorrisinho imperceptível assim como o da Mona Lisa, um olhar distraído que a percorria de cima a baixo. Santa infernação. Concordaram, sem nunca ter tocado no assunto, nas mentiras de praxe. Trabalhava numa loja de roupas no Iguatemi, morava no Rio Vermelho com duas amigas, sua família morava em Itaparica, se conheceram lá mesmo, na loja, e no próximo ano ela estava pensando fazer o cursinho pré-vestibular. Não era um currículo muito impressionante, mas era bem melhor que a verdade.

O Chico ficava muito incômodo, não olhava pra Maria Aparecida quando estava com outras pessoas, fazia de tudo pra desviar a atenção dela. E ela se sentia a criatura mais insignificante da terra. "Você é maravilhosa, meu amor, você é a mulher mais admirável que eu conheço...", dizia nos seus acessos de paixão, quando estavam a sós. Mas isso tudo sumia assim que saíam da intimidade da sua borbulhazinha e entravam nos seus mundos independentes; do dele, da faculdade, da família, da igreja e dos amigos, ou do dela, das ruas, dos bordéis, dos pagodes e das festas de largo.

Maria Aparecida estava se acabando com essa história. Achava que, com o Chico, ela poderia sair do mundo ao qual ela tinha sido condenada a vida toda, mas, na verdade, ela só se afundava mais e mais.

Chegava em casa arrasada, num desespero de doer o coração, e eu tinha que ter muito cuidado pra ela não dar trucutru. Até cheguei a sugerir que esse relacionamento não estava lhe fazendo bem, que era melhor ela largar o rapaz. Mas, pra quê? Por pouco não quebra a casa toda. Imagina... largar o Chico significava largar a oportunidade de sair do buraco, admitir que ela não valia nada, que ela realmente só era feita pra ser menina de rua, puta ou coisa similar.

O Chico também andava pirado. Cê sabe que ele sempre teve esse negócio com a verdade, eu já falei disso. "A verdade acima de tudo." Mas, agora, só vivia de mentiras. Já era bastante ter uma noiva e trair ela com a Maria Aparecida — ou, alternativamente, trair a Maria Aparecida com a noiva. Mas isso era o de menos, comparado com o mundo de mentiras que ele e a Maria Aparecida tinham construído. As mentiras que eles contavam aos outros para esconder o que ela era realmente, as mentiras que eles contavam um ao outro, para disfarçar o abismo que os separava, e as mentiras que eles contavam a si mesmos, pra fazer de conta que, se esse amor não estava dando muito certo, era por razões externas e não pelo pavor que tinham de não suportar a dureza de uma realidade que não fosse suavizada através das mentiras.

No fundo, quando o Chico falava "você é maravilhosa, a mulher mais admirável que eu conheço" e aquela coisa toda, ele não estava mentindo. Era a mulher mais admirável do mundo, só que o mundo não sabia reconhecer essas qualidades porque o mundo estava cego. Mas, como mudar o mundo inteiro? E, sobretudo, como conseguir não ser dominado pela cegueira desse mundo. Como poder ver ela sempre como essa mulher maravilhosa — essa caixinha branca dentro de uma preta —, sobretudo quando ele percebia que ela realmente era ignorante, quando ela dizia coisas que ele achava vulgares, quando lembrava que ela continuava vendendo seu corpo, quando via que seu mundo era tão infinitamente distante do dele? O jeito era ela se instruir, crescer, mudar.

Começou a lhe ensinar um bocado de coisas, num tom didático que a intimidava, mas mesmo assim ela se esforçava por aprender. "Não coma com a colher, meu amor, coma com o garfo." "Não fale com a boca cheia, fica feio." "Não se diz *pobrema*, meu bem, é *problema*." "Não fale *na moral*, querida, e também não fale *desgraça*." "Essa blusa está decotada demais, meu amor." "Você precisa mesmo usar esse batom tão vermelho?" "Não, meu amor, não é *Oropa*, é *Europa*, e não fica nos Estados Unidos." Ela não reclamava, tentava assimilar, mas às vezes perdia a paciência.

— Porra, velho, que pôr do sol lindo!

— Como "porra, velho", Maria Aparecida? Fale como gente!

— Tá, tudo bom, mas não é lindo?

— É... Sabia que pôr do sol também se diz "crepúsculo"?

— Porra, velho, que crepúsculo do caralho! Na moral, Chico, cê não consegue ver uma desgraça dum pôr do sol sem ficar enchendo a paciência, buceta?

Mas o Chico não desistia do seu propósito educativo, e começou a levar ela a eventos onde ele achava que ela poderia aprender alguma coisa. O primeiro foi um recital de poesia, numa livraria no Pelourinho. A Maria Aparecida não gostou nem um pouco da ideia, não queria ficar de novo parecendo enfeite no meio de gente chata, mas não teve coragem de recusar. Na hora de se arrumar, estava toda nervosa.

— Que roupa eu boto, Betinho? Me ajude!

— E eu sei, rainha? Eu vou saber que porra é que o povo usa pra recital de poesia?

— Você também não presta pra nada, cacete!

Passou a tarde toda botando e tirando roupa, e finalmente optou por um dos vestidos do Maruim, um negócio esquisito dos tempos da marinete[24].

— E isso não está um pouco fora da moda? — perguntei com jeito, pra ela não dar ataque.

— Pode até ser, mas não deixa os peitos todos de fora, como essa porra dessa blusa que você queria que eu botasse.

— É que você fica linda nessa blusa...

— Mas não é pra ficar linda, seu otário.

— Se não é pra ficar linda, então pra que é que veste?

— Ah! Você não entende nada mesmo. É um recital de poesia, diabo!

Eu não entendo nada mesmo não. Eu tava achando ela cafonérrima, mas tudo bom, quem sou eu pra opinar. Lá foi ela, se sentindo

[24] Marinete — automóvel urbano da cidade de Salvador até à década de 60 do séc. XX.

toda deslocada e preocupada pra caralho, e ficou mais ainda quando o Chico viu ela e deu risada.

— Que vestido engraçado! Onde foi que você arrumou isso?

Homem, bicho, às vezes não se toca, na moral. Mas, quando chegaram à livraria, não é que seu vestido fez sucesso? Só tinha poeta no tal do recital, e poeta, você já deve saber, não gira bem da cabeça. É tudo doido. Todo mundo adorou suas roupas, sobretudo as mulheres. Acharam ela hippona, um barato, e foi logo se enturmando. Ninguém perguntou se ela estudava, se ela trabalhava nisto ou naquilo, porque poeta é assim mesmo, nem estuda nem trabalha, é tudo vagabundo como a gente, fica por ali poetando e ganhando uns trocados do jeito que pode. Maria Aparecida gostou. Não entendeu muita coisa, mas achou tudo um barato. Teve um bocado de poeta recitando, cada um mais doido do que o outro, o Chico recitou seu poema sobre os *inefáveis caminhos do Criador*, e várias pessoas vestidas de índio, com penas na cabeça e rostos pintados, dançaram e cantaram em guarani. O dono da livraria, um tal de Olympio, ficou conversando com a Maria Aparecida um tempão, contando história de Boipeba[25] e dos índios do Xingu, onde ele tinha morado uma porrada de tempo.

Maria Aparecida voltou feliz. Mas aí o Chico inventou de levar ela a palestras, ao cinema, ao teatro. As palestras eram um inferno, dava um sono do caralho. Ficava se mexendo pra cá e pra lá, e o Chico só enchendo saco: "Fique quieta, Maria Aparecida, preste atenção!" Ela não entendia um caralho porque o povo tinha mania de falar de um jeito esquisito. Ninguém nunca fala desse jeito, vai saber pra que é que precisa tanta presepada, cada palavra que ninguém nunca ouviu, umas frases deste tamanho que a gente não sabe onde começam e onde terminam. Ficava todo mundo sentado muito quieto enquanto alguém pegava o microfone, todo formal, e falava uma porrada de tempo sem parar. Depois todo mundo batia palmas e ela respirava aliviada porque achava que já podiam se mandar pra ir tomar uma cervejinha em algum bar e dançar um bom pagode, mas aí passavam o microfone pra outra pessoa e lá vinha mais uma hora de falatório. Haja tortura. Isso só pode ter sido inventado por algum malandro da ditadura.

[25] Boipeba — ilha no estado da Bahia.

Já o cinema e o teatro ela gostou, embora muitas vezes não entendia muita coisa, sobretudo esses filmes estrangeiros nos quais tinha que ficar lendo as letrinhas embaixo da tela, coisa mais chata. As letrinhas passavam muito rápido, e ela apenas estava na segunda palavra quando sumiam e vinham mais letras. Cansava e ficava vendo as imagens, inventando suas próprias histórias.

Mas, quando foram ver *Madame Satã*[26], ela saiu toda empolgada.

— É igual ao Betinho, não é?

— É... mais ou menos.

— Por que mais ou menos? É igual. Só que o rapaz não botou silicone.

— É, porque na época não tinha silicone.

— Tá vendo? E era um rapaz legal, não era?

— Era.

— Cê achou ele legal mesmo?

— Claro. Achei.

— Então por que você não gostou do Betinho?

— Não, não é isso. É que... sei lá. Madame Satã era artista, sabe?

— O Betinho também. Sabia que tá fazendo show no Âncora do Marujo?

— O que é isso?

— Um bar na Carlos Gomes. Não sei se você ia gostar. Cê quer ir, um dia?

— Não sei. Acho que não.

O problema do cinema, do teatro, das palestras e de todos os lugares onde não tinha poetas era o povo. Agora o Chico não a ignorava mais, fazia questão de a apresentar, mas não adiantava nada. As pessoas a olhavam de cima a baixo, a examinavam como se fosse inseto e não tinha jeito, ficava nervosa e não conseguia se comportar como o Chico tinha lhe ensinado, falava "pobrema", "chicrete" e essas coisas, não olhava as pessoas nos olhos, como o Chico dizia que tinha que olhar, e causava uma péssima impressão. As pessoas perguntavam se tinha gostado do filme, se tinha achado isto ou aquilo de tal ou qual

[26] Madame Satã — foi pseudónimo do transformista João Francisco dos Santos que se celebrizou quando, em 1942, criou a personagem de Madame Satã, protagonista do filme homónimo de Karim Ainouz.

coisa, e ela não sabia responder, achava que tudo o que ela dizia era muito bobo e as pessoas só não davam risada por educação. Quando se despediam, ela tinha certeza de que ficavam falando dela, se perguntando o que diabo o Chico estava fazendo com uma mulher assim.

Mas o maior problema foi a mãe do Chico. Desde que começou a namorar a Maria Aparecida, ela não parava de atazanar seu juízo. Primeiro porque deixou de ir à igreja, depois porque estava sacaneando com a Ofélia e finalmente porque estava todo largado na faculdade. Quando soube, por uma amiga, e depois pela própria Ofélia, que o Chico andava pra cima e pra baixo com uma "neguinha", ela começou a encher a paciência todo dia com a mesma lengalenga.

— Não é assim que eu eduquei você, Chico. Você está botando sua vida pra perder por causa de uma qualquer.

— Não é uma qualquer, minha mãe. É minha amiga.

— Sua amiga. E a Ofélia, que é que ela pensa da sua amiga?

— Ela está chateada.

— E não é pra estar? Uma menina tão boa, tão honesta. Uma menina decente! Você é igual ao seu pai, sabia? Nunca pensei que eu ia falar uma coisa dessas, mas você é igual ao seu pai. Ainda não casou e já está traindo a menina. E ainda por cima com uma vadia!

— Não é vadia, minha mãe! Não gosto que a senhora fale assim.

— Então é o quê? É gente de Deus, por acaso?

— É sim.

— É? Ela vai à igreja?

— Vai... quer dizer, foi... — como explicar? — Não, não vai, mas acredita em Deus.

— Chico, Chico, não faça isso com sua mãe! Você sabe o sacrifício que eu fiz por você estes anos todos? Você acha que foi fácil largar o seu pai, largar nossa casa, largar tudo, só por você? É assim que você me paga?

— Mas, que é que eu estou fazendo?

— Você está jogando sua vida fora! Está largando a faculdade, está traindo a Ofélia e anda com uma mulher dessas. É o quê, Chico? É o sexo? Você sabe que Deus vê tudo? E Deus castiga, não esqueça disso!

— Não, não é o sexo.

— Você não faz sexo com ela?

— Minha mãe! Que pergunta é essa? O que acontece é que ela é uma pessoa muito especial. Uma pessoa maravilhosa. Eu quero que a senhora conheça.

— O quê? Você vai trazer uma mulher dessas aqui na minha casa?

— A senhora nem conhece! E, afinal, por que não? Não somos todos filhos de Deus?

— Haja paciência, meu santo Deus! Tudo bem. Traga sua "amiguinha".

Foi um desastre. Eu falei pra Maria Aparecida:

— Olha, eu fosse você, não ia não, vai dar pobrema.

— Não é *pobrema*, seu burro. É *problema*. E tenho que ir, não tem jeito. É a mãe dele, algum dia vou ter que conhecer.

Botou uma calça jeans e a blusa mais comportada que achou, um troço calorento pra porra, fechado até o pescoço. O Chico encontrou ela no ponto no Campo Grande e foram andando até o apartamento. A mãe dele tinha preparado suco de manga, beiju e bolinhos de tapioca, e estava tudo servido na mesa de centro, na sala. O Chico e a Maria Aparecida sentaram no sofá, a certa distância. A Maria Aparecida ficou olhando a sala. Curiosamente, lhe trazia lembranças de algumas casas da ilha, esse mesmo jeito de arrumar as coisas com cuidado, as flores de plástico, os retratos na parede. Gostou do lugar. Mas, quando a mãe de Chico chegou, se arrependeu de ter ido. Todos dois levantaram e ela a olhou sem tentar disfarçar o desgosto, olhou pro Chico franzindo o cenho e falou secamente:

— Boa tarde.

— Boa tarde.

— Minha mãe, ela é Maria Aparecida.

— Um prazer. Pode sentar.

Ninguém sabia o que dizer, de jeito que o Chico serviu o suco e ofereceu um bolinho a Maria Aparecida. Ela não quis pegar, porque teve medo de comer errado, mas o Chico insistiu, e pela sua expressão viu que precisava pegar pra não ficar feio. Estava nervosa, e de saco cheio de estar sempre nervosa.

— Quer dizer que você é a nova amiga do Chico? — perguntou a mãe.

A Maria Aparecia mexeu a cabeça. Detestava ser chamada a "amiga" do Chico.

— Você acredita em Deus, Maria Aparecida?

— Acredito.

— Você sabe o que é o pecado?

— Sei... quer dizer, acho que sei...

— E como é que você acredita em Deus e você não sabe o que é o pecado? Você vai a alguma igreja?

— Não.

A mãe do Chico começou um discurso interminável sobre Deus e o diabo, o pecado, o bem e o mal, o céu e o inferno, os castigos eternos para os pecadores etc, etc. A Maria Aparecida só mexia a cabeça, concordando com tudo, enquanto a mãe repetia com as mesmas palavras o falatório do pastor.

— Minha mãe, vamos falar de outra coisa? — interrompeu o Chico.

— Sim, como você já não acredita mais em Deus...

— Claro que acredito, a gente não ir à igreja não quer dizer que a gente não acredite. Nós acreditamos, eu e a Maria Aparecida. Agora vamos falar de outra coisa.

— Tudo bem. Me diga então, Maria Aparecida, vocês se conheceram como?

— Na loja onde eu trabalho, no Iguatemi.

— Você trabalha numa loja? Fazendo o quê?

— Sou vendedora. No próximo ano, estou pensando fazer cursinho pré-vestibular.

— Quer dizer que você já terminou o segundo grau?

— Terminei.

— E você estudou onde?

— Na escola.

— Sim, mas que escola?

— Não me lembro o nome...

— Não lembra o nome da sua escola? Como não lembra? Quando já se viu alguém não lembrar o nome da própria escola? Onde era, então?

— Na... na Baixa do Cacau...

— E onde é isso?

— Na Suburbana...
— Ah... Isso não é uma favela?
— É... é uma invasão.
— Quer dizer que você mora numa favela...
— Morava.
— Você mora onde, agora?
— No Rio Vermelho.
— Com sua família?
— Não, com duas amigas.
— Ah... uma menina novinha como você morando sozinha com duas amigas. Já posso imaginar no que dá isso. Do jeito que são as jovens hoje... Que é que elas fazem, suas amiguinhas?
— São... trabalham em lojas também.
— Todo mundo trabalhando em lojas. Ninguém estuda não, hein?
— Não... Quer dizer, eu quero fazer vestibular...
— Pois é bom você começar a estudar, menina, porque as coisas não caem do céu. Fica na farra o tempo todo e não chega a canto algum.
— Sim senhora.
— E cadê sua família?
— Eles moram na ilha.
— E eles não ligam? Deixam você aqui sozinha?
— É que... eu vim pra estudar...
— Numa favela... Hmmm. E seus pais fazem o quê?
— Minha mãe — interrompeu o Chico. — Para que esse interrogatório todo?
— Eu quero conhecê-la, ora essa. Não é pra isso que você a trouxe? Seu pai faz o quê?
A mulher olhava pra Maria Aparecida como se fosse delegada da polícia.
— Meu pai era pescador. Quer dizer, é pescador.
— Era ou é?
— É. Quer dizer, era. Morreu.
— Ah. E sua mãe? Ela faz alguma coisa, ou fica de barriga inchada, trazendo gente pro mundo?

Maria Aparecida olhou pra ela nos olhos pela primeira vez. Sua mãe... Sua mãe era infinitamente melhor do que ela, infinitamente mais caridosa, mais compreensiva, mais conhecedora. Sua mãe nunca trataria as pessoas como ela... ai, sua mãe!

— Minha mãe era mãe-de-santo.

— Como é?

— Mãe-de-santo. Batia candomblé. Tinha um terreiro. Era maravilhosa, minha mãe! Gente vinha de todos os lados pra consultar ela. Todo mundo adorava minha mãe. Ela era muito boa.

— Você sabia que candomblé é coisa do diabo?

— Coisa do diabo uma ova! — respondeu Maria Aparecida encarando-a. — Minha mãe não era coisa do diabo! Minha mãe foi uma grande mulher.

A mãe do Chico ficou surpresa com a reação, e o Chico botou a mão na perna da Maria Aparecida pra ela se acalmar.

— Eu entendo que você goste da sua mãe, mas isso tudo é ignorância. É coisa do diabo sim.

— Minha mãe... — tentou dizer o Chico.

— Eu não permito que ninguém fale assim da minha mãe! — gritou Maria Aparecida.

— Nem eu permito que você grite na minha casa, menina. Se respeite! Além disso, você vem mentindo pra mim esse tempo todo. Você não disse que sua família morava na ilha? E agora você me diz que seu pai morreu e que sua mãe *era* mãe-de-santo. Cadê sua mãe? Você não tem família nenhuma, não é? Eu não suporto gente mentirosa. Mentir é pecado.

A Maria Aparecida tem paciência, você já viu isso. Se não tivesse, não teria aturado tanta merda ao lado do Chico. Mas demais é demais. De repente, se deu conta o quanto era idiota ficar tentando agradar essa mulher, uma mulher que não valia nada, banal, escrota, estúpida, sobretudo comparada com sua própria mãe. E ainda ouvir que sua mãe era do diabo? Peraí... Passou dos limites. Deu trucutru.

— Então quer saber a verdade, é isso? — falou levantando. — Pois vou falar a verdade. Não, não tenho família. E eu não conheci o Chico numa loja. A gente se conheceu quando ele tinha dez anos, quando eu era menina de rua e vocês acabavam de chegar do interior e ele se perdeu, e eu cuidei dele e pedimos esmola juntos e transamos no passeio. E a gente começou a namorar uns meses atrás, quando ele me achou no bordel onde eu trabalhava como puta. E não, não terminei o segundo grau, nunca na vida botei o pé numa escola porque nunca tive oportunidade. E não trabalho em loja nenhuma, continuo sendo puta porque não sei fazer outra coisa, e se eu torrar no inferno por isso, que seja, mas nenhuma abestalhada vai vir me dizer que minha mãe era coisa do diabo, sobretudo uma bruxa mal-educada como a senhora que não chega nem à altura do calcanhar da minha mãe!

E saiu batendo a porta. O Chico ficou doido, sem saber o que fazer. Correu atrás dela, mas ela o mandou pra puta que o pariu e não quis conversa.

Pegou o ônibus no Campo Grande e voltou pra casa, pensando na sua mãe e queimando de raiva. Subiu as escadas do morro atordoada, com uma saudade terrível dos tempos da ilha, da sua mãe e do Pedrinho. Onde será que ele estava? Se é que ainda estava vivo. Ai, Pedrinho, ai, minha mãe, que desgraça de vida é esta! Ainda estava com esse mundo de coisas no peito quando abriu a porta, ansiosa pra desabafar comigo, mas não teve tempo.

— Rainha! Meu Deus, inda bem que você chegou!

— O que foi?

— A Creuza tá passando mal. Não sei o que fazer!

A Creuza tinha se enchido vai saber de que porcaria e estava tendo um ataque de pânico. Estava encolhida num canto do quarto e tremia desesperadamente, chorando e gritando. Há mais de meia hora que eu tentava acalmar ela, mas não tinha jeito.

— Não, não não, por favor, não deixe ele encostar! — gritava.

— Não deixo não, Creuza, eu tô aqui, não vou deixar ninguém te fazer mal.

— Cadê a Maria Aparecida? Cadê!? Ai, meu Deus, vão me pegar!

— Ela tá aqui, ó, ela acabou de chegar.

— Cadê? Cadê?

— Tô aqui, minha linda, tô aqui. Que é que foi?

— Me proteja, me proteja, por favor, me proteja! Não deixe ele me pegar!

— Quem, meu bem? Quem?

— Ele, ó. Ele aí, ó! Ai, não, meu Deus, não deixe não!

De repente, gritava feito doida, cobria o rosto com as mãos, tremendo de pavor.

— Calma, Creuza, ninguém vai te fazer mal.

— Não me deixe, Cida, não me deixe, por favor não me deixe!

— Tô aqui, meu bem, não te deixo não, tô aqui...

— Ai, meu Deus, tô com tanto medo!

Maria Aparecida chorava quase tanto quanto a Creuza, e eu sabia muito bem o que acontecia dentro dela.

— Me perdoe, Creuza... Me perdoe, Betinho... Eu fiz tanta merda com vocês!

— Para com isso, rainha. Você não fez nada...

Ficamos muito tempo cuidando da Creuza, não sei quantas horas. Não sabíamos o que fazer, se levar ela pro hospital, se ficar ali tentando acalmar ela. Estava completamente fora de si, enlouquecida, desesperada, tendo visões pavorosas. Só com o passar das horas as visões começaram a se afastar aos poucos e, no lugar, veio um mal-estar físico do caralho, náusea, dor de cabeça, falta de ar. Vomitou, se melou toda e a gente tirou sua roupa e a lavou. Depois botamos uma blusa limpa, a ajudamos a deitar e ficamos com ela muito tempo.

Maria Aparecida estava arrasada, triste de dar dó. Quando, finalmente, a Creuza pegou no sono, deitamos juntas ao lado dela.

— Acabou, Betinho. Acabou. Eu não quero mais saber do Chico. Vocês são a minha família. Foda-se o resto.

Nesse tempo todo, eu estava tendo uma porrada de problemas. Não falei nada pra ninguém, porque a Maria Aparecida já estava azoada demais com esse negócio do Chico e a Creuza andava toda destrambelhada, e não adiantava ficar ainda complicando suas vidas com os meus problemas. De forma que fiquei caladinha, apoiando a Maria Aparecida e a Creuza do jeito que podia e segurando a barra sozinha.

Acontece que, quando voltei do Rio, um par de anos atrás, eu fiz uma puta besteira. Eu tinha contado pra Maria Aparecida que, quando terminei as sessões com a Consuelo, eu trabalhei dobrado durante um mês para pagar minhas dívidas e comprar a passagem pra Bahia. Mas não foi bem assim. Acontece que minhas dívidas não eram pouca coisa. Devia um dinheirão à Consuelo, que não tinha costume de trabalhar fiado mas, no meu caso, porque gostava muito de mim e confiava na Renata, deixou passar. E devia um bocado à própria Renata, que me emprestou uma boa grana pra comprar os hormônios, roupas, perucas, sapatos e até comida, quando o bicho pegava, sem falar que em teoria era pra eu ajudar com o aluguel do barraco, coisa que eu nunca fiz porque nunca tinha um centavo sobrando. O diabo é que eu já estava doida pra voltar à Bahia e procurar a Maria Aparecida, e não queria esperar sei lá quanto tempo, até poder pagar isso tudo fazendo programa na rua. Eu poderia ter me mandado e deixado todo mundo na mão, afinal, ninguém ia se dar ao trabalho de vir me procurar na Bahia.

Mas eu não ia fazer uma coisa dessas, né? Tem muito pilantra que faz, não está nem aí pra ninguém, mas eu não sou assim não.

Foi aí que tive essa ideia besta. O Rodolfo Beija-flor não me devia uma porrada de grana? Então, ele ia me pagar. Fui pro apartamento de Copacabana no dia da folga da empregada, no horário em que eu sabia que ele não estava. Eu conhecia o porteiro, um cara safado que me paquerava quando eu morei lá. Quando me viu, ficou deslumbrado.

— Porra, meu, cê ficou uma lindeza! Agora é que não vou deixar você escapar.

— Quem sabe eu não queira escapar... — brinquei.

Eu disse que eu queria ver o Rodolfo.

— Ele não está.

— Eu sei, ele me pediu pra esperar no *playground*.

— Mas ele só chega à noite.

— Não, rapaz, ele tá vindo só pra me ver. Deve estar chegando já já.

— Sei não, não posso deixar ninguém entrar sem autorização.

— Mas eu não tô dizendo que ele mesmo me pediu pra esperar no *playground*? Vai, meu amor, deixe eu entrar, não vai me deixar aqui torrando no sol, vai? Além disso, depois a gente faz alguma coisinha... Que horas você larga o serviço?

O rapaz me deixou passar e eu subi ao apartamento, no nono andar. Eu sabia que ele não tinha costume de trancar a porta de serviço, ele tinha perdido a chave e ela ficava só encostada. Peguei uma chave de fenda na minha bolsa, tirei a tampa da fechadura e destravei o ferrolho com um canivete. A porta se abriu. Coloquei a tampa da fechadura no lugar, entrei e fechei a porta. Fui direto pro quarto do Rodolfo e, numa gaveta, onde eu tinha visto ele guardar o dinheiro, achei mais de três mil reais. Imagina só, eu com uma fortuna dessas! Peguei a grana e me mandei.

— A porra do Rodolfo sempre me deixa de molho — falei pro porteiro. — Vou tomar um guaraná no mercadinho. Se ele chegar, diga a ele que já volto.

— Tudo bom, gatinha. Não esqueça nosso negócio, viu?

— Viu.

Com essa grana, paguei todas as minhas dívidas e comprei minha passagem pra Bahia, e ainda sobrou pra eu me manter enquanto procurava a Maria Aparecida e pra pagar a caução do barraco na Pedra da Sereia. Pensei que tinha me saído muito bem e me achei muito esperta, muito porreta e tudo o mais. Foi asneira demais, né? Pensar que eu não ia me dar mal algum dia. É óbvio que o porteiro ia abrir o bico e é óbvio que o Rodolfo Beija-flor não ia deixar passar. E como ele sempre ia à Bahia...

Pois é, na verdade, passei muito tempo com medo dele me achar. Por isso, botei uma peruca loira e troquei o nome de guerra. Na rua, eu era Claudette Mignon. Elegante, né? Ficava ligadíssima, esperando ele chegar a qualquer momento. Mas, passou o tempo e não aconteceu nada, de jeito que fui esquecendo, até que cheguei a achar que isso tudo estava no passado e não tinha mais por que me preocupar.

Foi por isso que comecei a fazer show no Âncora do Marujo. Desde que virei travesti, meu sonho foi ser artista. Quando estava no Rio, ficava pensando em voltar à Bahia toda montada, um arraso, e bolar um show de arrebentar em alguma boate. Eu tenho jeito, sabe, danço bem, tenho presença no palco. Eu fiz algumas brincadeiras com as minhas amigas no Rio e todo mundo me disse que eu tinha mesmo jeito. Aí, eu ficava sonhando... quem sabe eu não chegava a ser uma Dimmy Kieer baiana? Por que não? Mas depois teve esse negócio do roubo e não quis arriscar. De jeito que fiquei quase dois anos nessa vida, só fazendo programa na rua, sem me atrever a entrar no Âncora ou em qualquer outro lugar onde eu achasse que podia encontrar o Rodolfo. E o tempo todo me sentindo uma fracassada. Quando a Maria Aparecida brigou comigo e falou essas coisas todas e pensei que ela não me respeitava, fiquei numa depressão que você não pode nem imaginar. Decidi que tinha de fazer show, queria que a Maria Aparecida me visse no palco, que visse o público me aclamar pra ela entender que eu não era apenas uma boneca de peitinhos e bundinha bonitinhos, que eu era uma artista, uma estrela! De jeito que, finalmente, decidi que não ia ficar me escondendo a vida toda e fui falar com o gerente.

No dia da minha primeira apresentação, eu estava nervosíssima, mas fui um sucesso. A Maria Aparecida e a Creuza estavam lá, junto com todas as minhas amigas travas, e ficaram encantadas. Você não sabe como é gostoso estar ali no palco, o público te olhando e você dominando, seduzindo, fazendo todo mundo viajar na fantasia. E você mesma viajando na fantasia, sendo qualquer coisa que você queira ser, Whitney Houston, Christina Aguilera, Thalia... O povo adorou, os viados todos ficaram me cantando a noite toda e a gente se acabou de curtir. Bebemos todas e, quando o bar fechou, fomos dançar na Off, e só chegamos em casa lá pras oito da manhã.

Pois é, isso deveria ter sido o início da minha carreira. E, de fato, tudo ia muito bem durante um tempo, virei atração especial da casa todas as sextas-feiras e muita gente começou a ir só pra me ver. Eu só não estava mais feliz por causa de todas as outras coisas que estavam acontecendo nas nossas vidas. Meu sonho de ter a admiração de Maria Aparecida só se realizou em parte, porque ela estava preocupada demais com seu relacionamento com o Chico e com a loucura da Creuza. Porém, quando ela ia me ver, nos dias em que o Chico saía com a Ofélia, a gente curtia pra caramba, e sempre acabávamos passando o resto da noite dançando, na Off, no beco da Gal ou em algum pagode qualquer.

Mas uma noite apareceu o Rodolfo Beija-flor no Âncora e botou tudo pra foder. Eu vi ele desde o palco, e quase tive um troço. Mas disfarcei, e terminei meu número sem que ninguém percebesse meu nervosismo. Fui me trocar no camarim e desci pro bar, ignorando ele e esperando que não me reconhecesse. Sentei num canto e puxei conversa com um rapaz, mas percebi que o Rodolfo não tirava os olhos de mim. Finalmente, ele veio sentar do meu lado.

— Há quanto tempo! Gostei do seu show.

— Obrigada. Mas acho que a gente não se conhece. Eu sou Claudette Mignon.

— Eu sei. E a gente se conhece sim. Acho até que você está ainda me devendo alguma coisa.

— Olha, eu já estava de saída. Eu não conheço o senhor. Com licença.

Mas ele me puxou pelo braço e falou no meu ouvido.

— Eu acho melhor eu te acompanhar, porque uma mulher sozinha, com o crime do jeito que está na cidade, acho bem difícil que chegue na esquina com vida. Tem tanto malandro armado por aí — e tocou de leve o revólver disfarçado embaixo da camisa.

Não teve jeito. Saí com ele me cagando de medo. Não fazia ideia do que ele ia fazer, era bem capaz de simplesmente me levar pra algum canto e me dar um tiro na cabeça. O carro dele estava estacionado a uns metros, e ele me fez entrar. Ele ligou o carro e começou a dirigir. Eu olhei pro revólver dele na cintura, calculando se eu teria jeito de pegar, mas ele pareceu ler a minha mente.

— Nem pense em fazer alguma besteira, viu Roberto? Eu acabo com você.

— Olha, Rodolfo, que é que você quer comigo?

— Você sabe muito bem o que eu quero. Três mil oitocentos e cinquenta e quatro reais. Mais os juros. E o vaso chinês que você quebrou.

— Eu não quebrei vaso nenhum!

Ele olhou com um sorriso sarcástico.

— Você continua igual de idiota.

— Olha, eu vou te pagar. Juro que eu vou pagar.

— Eu sei disso.

Paramos na frente de um prédio na Saúde, perto da Baixa de Sapateiros. Era um lugar horroroso, caindo aos pedaços, velho e sujo. Subimos vários andares por umas escadas fedorentas, com cheiro de mijo. Por trás de algumas portas dava pra ouvir os sons de alguma TV ou de algum casal transando. Entramos, finalmente, num apartamento abandonado. Era um lugar sórdido pra porra, iluminado por uma única lâmpada amarelenta pendurada por dois fios, com um fedor de esgoto e latas de comida vazias e garrafas de cerveja espalhadas pelo chão.

O Rodolfo fechou a porta e parou na minha frente. Sem falar uma palavra, pegou o revólver e começou a passar pelo meu rosto, pelo pescoço, pelos peitos, pela barriga, e o colocou entre as minhas pernas.

— Você ficou muito bonita, Roberta.

— Rodolfo, por favor. Eu já disse que vou pagar. Deixe esse revólver, vai.

Eu tentava ser sedutora, aparentar que não estava com medo, mas nunca senti tanto pavor na minha vida. Rodolfo fez de conta que ia apertar o gatilho, sorriu e depois voltou a passá-lo pelo meu corpo. De repente, rasgou meu vestido, arrancou meu sutiã e começou a brincar com os bicos dos peitos com o revólver.

— Olha só, que bonitinhos. Devem ter custado uma fortuna...

— Eu faço o que você quiser, Rodolfo, por favor...

Colocou o revólver embaixo da minha orelha e me olhou com ódio.

— Ninguém fode comigo, seu imbecil. Ninguém!

— Desculpa... Rodolfo, desculpa, não me mate não, pelo amor de Deus...

De repente, ele sorriu e tirou o revólver da minha cabeça. Seu rosto mudou completamente, virou amável e bondoso.

— Senti muita falta de você, garoto.

Respirei aliviada e sorri, ainda com medo.

— Eu também...

Mas, de repente, me deu um murro na barriga com tanta força que caí no chão, sem conseguir respirar. Senti uma porrada na nuca, e depois pontapés na cara e no estômago. Arrancou minha peruca e rasgou minha roupa toda, me deixando completamente nua, sem parar de me bater. Depois me pegou pelos cabelos, me fez ficar de joelhos, abriu a calça e me forçou a chupá-lo, estocando com violência na minha boca, me engasgando com o pau. Finalmente, me jogou de bruços contra a pia da cozinha e me violentou. Quando acabou, ainda me deu um murro e me deixou jogada num canto da cozinha, no meio da porcaria.

Abotoou as calças, arrumou a roupa, penteou o cabelo e guardou o revólver embaixo da camisa.

— Eu vou ser generoso com você — disse num tom de voz perfeitamente calmo. — Eu vou querer quatrocentos reais toda quarta-feira, lá mesmo, no meu apartamento, às cinco da tarde. Você lembra onde é, não lembra?

— Lembro.

— Muito bom.

Ainda pegou minha peruca e jogou pela janela antes de sair.

Eu não gosto nem de me lembrar. Nunca tinha me sentido tão humilhada. E olha que eu já passei por cada coisa. Vida de travesti é assim mesmo. É um vexame após o outro. Mas esse dia foi demais. Estava toda arrebentada, com o corpo todo doendo, o rosto inchado e sangrando nos lábios, a roupa toda em frangalhos, sem peruca, com meus cabelos daquele jeito, e ainda por cima sem um centavo pra pegar pelo menos um táxi, porque minha bolsa tinha ficado no carro do Rodolfo Beija-flor com todo o dinheiro da noite. Tive que caminhar até o Rio Vermelho, com as pessoas me olhando como se fosse bicho. As pessoas odeiam tudo o que é diferente, sabe, como se as diferenças fossem uma afronta pessoal. É por isso que tanta gente detesta travesti. A gente não faz mal a ninguém, ficamos no nosso canto sendo apenas o que queremos ser, mas as pessoas ficam com ódio como se tivéssemos cometido algum crime. Aí, quando têm a oportunidade de ver um de nós degradada, rebaixada, humilhada, acham divertidíssimo, ficam felizes da vida, como se fosse o justo castigo pelo crime de ousar ser diferente. Foi tanto insulto, tanta piadinha, tanta infernação! Uns moleques jogaram até pedra e ameaçaram me bater, só pela alegria de me humilhar. Graças a Deus quando cheguei em casa a Creuza não estava e Maria Aparecida tinha saído pra fazer um programa. Tomei banho e me olhei no espelho. Um desastre. Desabei a chorar. Estava tão cansada de viver. Como é que eu ia fazer programa desse jeito? E onde é que eu ia arrumar quatrocentos reais numa semana, se nem sequer podia trabalhar? E que é que eu podia fazer? Eu não podia simplesmente sumir, porque o Rodolfo não ia me deixar em paz, não seria muito difícil descobrir onde eu morava. Só me mandando pra outro lugar, pra outra cidade. Mas, deixar a Maria Aparecida de novo? Nem pensar. Pedir pra ela fugir comigo? Imagina, se ela andava toda empolgada com o Chico. Mesmo que ela topasse, não podia fazer isso com ela. Tinha que arrumar a grana de qualquer jeito.

Dormi muito mal, com dores no corpo todo. No outro dia, assim que Maria Aparecida me viu de manhã, deu um grito.

— Betinho! Meu Deus, que foi que aconteceu?

— Nada, rainha, um pessoal me bateu na rua.

— Como nada? Olha só como você está! Que pessoal?

— Sei lá. Esse povo que detesta viado. Eram três ou quatro, iam passando num carro e quando me viram pararam e me bateram.

— Filhos da puta! Desgraça de filhos da puta!

Ficou doida de ódio e de pena.

— Olha só pra você, Betinho, como é que alguém pode fazer uma coisa dessas, meu Deus? Puxa vida, não é justo! Mas porra, já falei que não é pra você andar sozinho, fique sempre com alguém...

— Fico, mas é que fiz um programa e o cara não quis me levar até o ponto...

Ela estava tão mal, tão angustiada, que me senti culpada.

— Deixa pra lá, rainha, esquente não. Tô bem.

— Cê não está bem não, Betinho. Não é justo alguém fazer isso com você, caralho!

Ficou me olhando muito tempo com os olhos chorosos.

— Que porra de vida é esta, hein, Betinho? Que porra de vida é esta? Tô tão cansada de viver assim. Será que algum dia vamos poder viver como gente? Me diga, será que algum dia vamos viver bem?

— Tomara, rainha. Tomara.

Não, não tinha jeito de lhe contar a verdade, imagina.

Naquele mesmo dia, eu fui procurar o Pitanga. Na minha profissão, a gente conhece muito malandro, muita gente baixo astral. Detesto esse tipo de gente, nunca gostei de mexer com essas coisas, mas que é que eu podia fazer? O Pitanga era um antigo cliente, me procurava duas ou três vezes por mês, e vivia me convidando pra tudo quanto é coisa que não presta. Ficou feliz quando eu disse que estava precisando de uma grana e que topava entrar numa parada.

Nessa mesma noite, eu fui fazer ponto na Pituba, numa esquina onde não tinha outros travestis. Demorou pra alguém parar, porque quando viam meu rosto inchado desistiam. Mas, finalmente, parou um coroa, mais interessado no meu corpo do que no meu rosto, e começou a negociar o preço. Enquanto isso, o Pitanga veio de mansinho por trás, se enfiou no banco da carona e botou o revólver nas costelas do homem. Eu abri a porta de trás e entrei. Foi tudo muito mais fácil do que eu esperava. Não teve gritaria, não teve violência, não teve confusão. O Pitanga fez o cara subir pela orla e, lá em Patamares, mandou ele descer do carro, depois de passar a carteira e o relógio. Ele me deixou perto do Iguatemi e, pelo meu trabalho, me deu os quatrocentos reais que eu precisava. Um roubo, porque ele ficou com o carro e tudo o mais, mas eu não tava nem aí. Só queria arrumar essa grana até meu rosto desinchar e eu poder voltar ao trabalho de vez.

Na quarta-feira, fui ao apartamento do Rodolfo Beija-flor, na Vitória, pra entregar a grana. Ele me recebeu na porta e eu entreguei o envelope com o dinheiro sem falar. Ele o contou, o botou no bolso da calça e me convidou pra passar.

— Não, obrigado. Vou indo.

— Eu não estou perguntando. Estou mandando. Tem uns amigos que querem te conhecer.

Na sala, tinha dois caras mais ou menos da mesma idade que o Rodolfo, bebendo uísque e fumando, já meio bêbados. O Rodolfo não me apresentou. Em vez disso, disse simplesmente:

— Tire a roupa.

— Como é?

— Tire a roupa.

— Não, peraí, Rodolfo. A gente acertou, tá acertado. Não tem isso não.

— A gente acertou o que você me roubou. E os juros?

— Que juros, porra?! Eu pago em dinheiro. Isso aí eu não aceito não!

—Tudo bom. Então pode ir. Mas meus camaradas estão com tanta vontade de se divertir que eu acho que vou ter que procurar essa menina... qual é o nome dela? Maria Aparecida, eu acho. Ou é Priscila?

Arregalei os olhos. Como porra é que ele sabia da Maria Aparecida?

— Com ela você não mexe não, cara! Não brinque com isso! — falei encarando-o com ódio. Mas ele não se alterou. Ficou ali me olhando, sorrindo.

— Tire a roupa.

Se você fosse travesti, você saberia que transar com três, quatro caras não é o fim do mundo. Eu não gosto, mas faço se precisar. Cobro caro, mas faço. O problema não é esse, pega chupa mete, com um ou mais, tanto faz, tô cansada de dizer que isso aí é o de menos. A questão é como é que isso é feito. Porque, você precisa saber, em tudo na vida tem de haver dignidade. A gente se prostitui, sim, mas não é pra ninguém ficar fazendo da gente o que quer. A gente exige respeito, tá entendendo? Às vezes dá confusão porque tem muito imbecil que se faz de besta, não quer pagar na hora, puxa revólver ou canivete, e aí cê tem que falar com jeito, sabe? Resolver o problema com a conversa, quando dá, e na porrada quando não. Isso tudo faz parte, todo dia o perigo, todo dia ficar antenada pra se sair de confusão. Mas humilhação, isso aí ninguém aceita.

Mas o Rodolfo queria mesmo me humilhar, a graça toda era essa. Eu não vou nem contar tudo o que fizeram comigo. O sexo é o de menos, a violência física, que até que não foi muito ruim, também é o de menos. Mas é a humilhação, rapaz, isso aí não dá pra suportar. Eu não entendo como é que tem gente que curte tanto o sofrimento alheio. O Rodolfo ainda se entende, estava com raiva, queria se vingar, provar que ninguém passava a perna nele. Mas, os outros? Nem me conheciam, nunca tinham me visto na vida. Como é que alguém consegue curtir tanto humilhando alguém que nem conhece? Mas curtiam, rapaz, cê precisava ver. Bando de porcos desgraçados. Até hoje eu fico com um ódio que você nem imagina, só de lembrar.

Felizmente, na outra semana não precisei entrar na malandragem com o Pitanga porque meu rosto já estava bem melhor e, com a maquiagem, não dava quase pra ver as marcas nos olhos. Caprichei no visual e trabalhei dobrado, chegava no ponto cedo e voltava de madrugada. É de lascar, quem nunca fez não entende disso, a gente fica acabada. Juntei os quatrocentos e ainda sobrou um pouquinho, pra contribuir com os gastos da casa.

Quando fui ao apartamento de Rodolfo, na quarta-feira, teve suruba de novo, com outros amigos. O cara estava disposto mesmo a acabar com a minha dignidade. É de lascar se submeter a tanta merda e ainda conseguir achar que a gente vale alguma coisa. É preciso muita força de vontade, muito peito, muita garra. E como fazer, cara, me diga, se a gente já não tem estrutura, se a vida toda a gente apanhou, se a vida toda tudo o que aconteceu foi só pra te dizer que você não vale nada mesmo, que você é um lixo que não merecia ter nascido? Mas segurei, não sei como, mas segurei, muito mais tempo do que muita gente teria segurado. Na verdade, tudo teria sido mais fácil se eu tivesse tido o apoio da Maria Aparecida, se eu tivesse podido falar com ela e compartilhar tudo o que estava acontecendo. Mas eu não ia fazer uma coisa dessas. Pra que fazer ela sofrer à toa? Ela já tinha tanta coisa na cabeça, ela já estava passando por tanta confusão. Foi nessa mesma semana, depois da segunda visita ao Rodolfo, que ela brigou com a mãe do Chico e a Creuza teve a crise e a Maria Aparecida decidiu largar o rapaz. Eu até pensei em falar com ela então, mas preferi ficar quieta, segurar a barra mais um tempo. Afinal, já tinha pago oitocentos reais, mais algumas semanas e eu estaria livre do filho da puta e voltaria a viver uma vida normal. Pra que incomodar a menina?

Eu tenho certeza de que, em outras condições, a Maria Aparecida teria percebido que eu não estava bem. Difícil até não perceber, porque eu era uma pilha de nervos. Sentia que ia explodir a qualquer momento, tinha um negócio engasgado aqui na garganta, como se de uma hora pra outra eu fosse desabar de chorar ou encher de porrada qualquer coitado que fizesse ou falasse a coisa errada no momento errado. Andava desorientada, esquecia as coisas, me sentia tonta a maior parte do tempo e quase não comia, não tinha mais fome. Mas a Maria Aparecida não percebia. Quer dizer, sentia que tinha alguma coisa, sabia que eu estava estranha, mas não dava muita bola.

— Cê queimou o arroz de novo, Betinho! Cê anda todo desmiolado ultimamente, que é que deu em você?

— Nada... sei lá.

— Ah, de qualquer jeito você nunca prestou na cozinha. Vai, deixe que eu faço. Sente aí e me conte uma história.

Cada cabeça é um mundo, como diz o ditado. É estranho como todo mundo vive no seu próprio universo, como a gente não consegue entrar na cabeça dos outros, mesmo daqueles que a gente ama. Veja a Creuza. Ela também nem imaginava que eu estava com problemas, que eu andava toda complicada. Mas, mesmo que tivesse sabido, nem sei se ela teria se importado. Porque, na sua cabecinha pirada, não tinha muito espaço para outras coisas que não fossem seus próprios problemas. E sua obsessão era a Maria Aparecida. Ela disse que ia largar o Chico, se dedicar à sua família, que éramos nós duas, e de fato o fez, mas a verdade é que a relação entre ela e a Creuza nunca mais foi como antes. Maria Aparecida amava ela como uma irmã, como companheira, como amiga, mas não como amante. Há muito tempo que elas quase nunca transavam, mesmo dormindo juntas, desde que o Chico entrou na vida de Maria Aparecida. Não eram escrúpulos, fidelidade, essas coisas. Era simplesmente falta de vontade. E isso não mudou depois que ela largou o Chico.

Quando a Creuza percebeu isso, quando viu que, mesmo sem o Chico, mesmo com a atenção e o carinho que a Maria Aparecida lhe dedicava depois da sua crise, ela nunca voltaria a ter o seu amor exclusivo, ela deixou de lutar. Se antes ela se revoltava furiosa, numa espécie de suicídio vingativo através das drogas e do sexo, agora ela estava vazia, apática, como quem desistiu de viver. Vai entender. Ela, que a vida toda lutou na porrada e segurou tanta merda, que passou por tudo quanto é coisa com a cabeça levantada, zombando da miséria da vida, se largava agora desse jeito por causa da Maria Aparecida.

O Chico, entretanto, tentava refazer a sua vida, que tinha desabado. Durante anos ele tinha tentado agradar a sua mãe, fazendo tudo o que ela queria, sacrificando até a sua paixão pela poesia e estudando Direito, pra se tornar o profissional bem-sucedido com o qual ela tanto sonhava. Mas agora, pela primeira vez na sua vida, quando a Maria Aparecida saiu do apartamento parecendo o cão em pessoa, ele brigou com ela e deixaram de se falar durante quase duas semanas. Ficar sem a Maria Aparecida foi como perder um pedaço de vida. Não queria mais saber de coisa nenhuma, nem da faculdade, nem do trabalho e nem sequer da poesia. Ainda visitava a Ofélia, quase que por obrigação, mas achava suas tardes com ela uma chatice do caralho. Começou a beber, a passar muito tempo zanzando pelas ruas do centro e a encher a cara nos puteiros, onde procurava um pouco da luz que perdeu quando a Maria Aparecida se mandou da sua vida. Mas não adiantava, só conseguia ficar mais e mais deprimido. Às vezes, pegava alguma mulher pra transar, nas boates ou nas ruas. Não gostava, achava tudo muito vulgar e muito falso e depois ficava com nojo, mas fazia do mesmo jeito, como se fosse uma espécie de castigo que precisava se infligir, vai saber por quê.

Durante um tempo, ele ainda continuou procurando a Maria Aparecida. Ligava todo dia, mas ela mandava dizer que não estava. Na verdade, Maria Aparecida não queria falar com ele porque tinha medo de não resistir. Sentia falta dele, dos seus poemas, do seu jeito meio azoado, da sua ingenuidade e, ao mesmo tempo, dos seus conhecimentos e de tudo o que ele representava. Sobretudo, sentia falta da esperança de poder algum dia se mandar pra longe das ruas, da putaria, das humilhações e de tudo o que ela tinha vivido sempre. Viver sem essa esperança era viver num vazio tão medonho que, apesar da sua decisão de se voltar para a sua "família" e de esquecer suas ambições bestas, não conseguia mais sentir essa alegria de viver que sempre foi sua e que, de repente, sumiu quando o Chico lhe mostrou que sua vida não valia um caralho.

Mas o Chico continuou enchendo o saco. Achava que precisava ver ela, nem que fosse mais uma vez, para poder botar sua vida novamente nos trilhos. Sem ela, tudo parecia árido, seco, sem cores, sem vida, sem razão de ser. E, ao mesmo tempo, lembrava das vezes que tinha pensado, quando estava com ela, como seria bom não precisar se preocupar pelo que sua mãe pensava, pelo que seus colegas da faculdade e o pessoal do trabalho e o mundo inteiro pensavam, e não ter que ficar agoniado o tempo todo porque sua namorada ia vestir errado e falar errado e comer errado e se comportar assim e assado. Seria tão bom ter uma vida normal — pensava — estar com alguém como a Ofélia, que todo mundo aceitava e achava linda e educada e maravilhosa, alguém que não se prostituía e não morava com um travesti e uma puta numa favela e não passava a noite toda dançando nos pagodes cheios de povão, nem insistia em levar ele a lugares esquisitos e perigosos e muito menos à macumba, veja só, e nem sequer a igrejas cheias de mendigos e malucos franceses e padres revolucionários, pra abalar todas as suas crenças e arrasar de vez com todas as suas caixinhas pretas e brancas com as que vinha arrumando o mundo com tanto cuidado durante tanto tempo. Pois é, mas, agora que tinha se livrado dessa confusão, não achava graça na vida, e pra compensar se perdia na putaria dos bordéis onde não encontrava nada que se parecesse com as noites de prazer que conheceu na cama com a Maria Aparecida.

E, como Maria Aparecida não atendia o telefone, decidiu ir procurá-la na Pedra da Sereia. Nunca tinha estado em nossa casa, mas sabia que ela morava lá, e não foi muito difícil achar o barraco. É um morro pequeno e todo mundo se conhece, basta sair perguntando ao povo, que as pessoas informam. Ele tinha ligado antes e, como sempre, a Creuza falou que a Maria Aparecida não estava: "Saiu pra fazer um programa", era a explicação de sempre. "Não, não sei a que horas ela volta, ela quase não para em casa ultimamente."

O Chico bateu na porta e a Creuza abriu, vestindo uma camisa de malha comprida sem nada por baixo. A Maria Aparecida, de fato, não estava, tinha saído à praia comigo. A Creuza estava de ressaca e sem vontade de nada, e não teve jeito de convencê-la a ir com a gente. Ela ficou surpresa quando viu o Chico.

— Oi...

— Oi. Queria ver a Maria Aparecida.

— Eu não falei que ela não tá?

— Sim, mas ela sempre manda mentir.

A Creuza deu risada.

— Pois pode entrar e procurar. Quem sabe ela não esteja escondida no armário.

— Não, não é isso... desculpe.

— Vai, entre. Estava preparando o café.

A Creuza não deixou de perceber o incômodo do Chico que, contra sua vontade, não conseguia tirar os olhos dos seus peitos e das suas pernas nuas, e achou muito engraçado. Puxou o rapaz pra dentro e fechou a porta, roçando de propósito seu peito esquerdo no seu braço ao passar.

— Sente aí. Cê quer uma cervejinha?

— Logo de manhã?

— Já é quase meio-dia.

— Então aceito.

— Vou fazer um ovo, quer?

— Não, obrigado.

Vai saber por quê, a presença do rapaz fez a Creuza se sentir bem. Serviu a cerveja, preparou um ovo e sentou à mesa perto dele, deixando as pernas descobertas bem à vista.

— Creuza... — disse o Chico. — Eu preciso falar com a Maria Aparecida. Por que é que ela fica fugindo?

— Porque ela não quer saber de você, só isso.

— Mas, por quê?

— Entre outras coisas, porque sua mãe é uma vaca.

— Minha mãe não é uma vaca, Creuza! É só que ela tem suas ideias...

— Ela é racista e não gosta de putas.

O Chico sorriu. Achava a Creuza vulgar, mas gostava do seu jeito cru de falar tudo o que lhe dava na telha.

— Tudo bem, mas o que é que isso tem a ver comigo?

— Eu sei lá. Não me pergunte. Eu não tenho nada a ver com isso.

— Vai, Creuza, me ajude. Preciso de você.

— Oxe. Endoidou, foi? Tô fora, rapaz. Não me meta nos seus pepinos. Mas, me diga, que é que você tanto quer com ela?

— Rapaz, ela é maravilhosa — e assim que ele começou a falar da Maria Aparecida, sua expressão mudou e esqueceu completamente das pernas da Creuza. — Sabe, ela me faz sentir vivo como eu nunca me senti.

Falou de Maria Aparecida com tanta paixão, que até ele mesmo se surpreendeu. Contou do seu primeiro encontro com ela, quando era criança e se perdeu no centro, do pavor que sentiu quando pensou que nunca mais ia ver sua mãe, dos meninos que roubaram sua roupa, do maluco que tentou bater nele e de como Maria Aparecida o salvou. E contou, também, de como perdeu a virgindade com ela essa noite, no seu abrigo de papelão. Falou dos anos que tinha guardado essa lembrança no peito como o seu tesouro mais valioso e de toda a loucura que ele vinha vivendo desde que voltou a encontrar ela naquele dia quando saía da Câmara Municipal, seu espanto na boate e o nascimento do amor na igreja dos pobres. Nunca na vida tinha podido falar de nada disso com ninguém, simplesmente porque não conhecia ninguém capaz de entender. Mas com a Creuza era diferente, ela sabia o que era viver na rua, ser prostituta, conviver com a miséria e o horror e ao mesmo tempo ter esperança, sonhar, amar. Coisa mais esquisita, né? Nas poucas vezes que eles tinham se encontrado, nunca tinham se dado bem; ela tinha ciúmes dele e ele achava que ela representava todo esse lado obscuro da vida de Maria Aparecida que tanto o incomodava. E agora ele desabafava com ela e ela ficou toda remexida, pelo que ele falava sobre a Maria Aparecida — porque ela adorava a garota do mesmo jeito que o Chico — mas também porque se deu conta de que nunca ninguém tinha falado dela, da Creuza, desse jeito, e provavelmente nunca ninguém o faria. O Chico percebeu que os olhos da Creuza ficaram chorosos e parou de falar.

— Tudo bem, Creuza?

Ela olhou pro Chico e, de repente, sentiu que podia confiar nele.

— É que... cê fala tão bonito! Eu gostaria de poder falar como você. Porque eu também gosto muito dela, sabe... Eu amo ela.

— Como assim?

— Amando, ora essa! Amando. Ela era minha namorada, antes de você chegar.

Coitado do Chico. Esse negócio das caixinhas definitivamente não dava certo.

— Namorada?

— Sim, Chico, namorada.

— Quer dizer... vocês dormiam juntas?

A Creuza deu risada. O rapaz não tinha jeito mesmo não.

— Porra, Chico. Você nasceu ontem, foi? Sim, dormíamos juntas, transávamos. Quer saber como é? Eu posso te contar tudo.

— Não, não. Não precisa.

Ficaram calados um tempo.

— E agora? — disse finalmente o Chico.

— Agora acabou. Ela não me ama mais. Aliás, nem sei se ela realmente me amava.

— Como era?

— A transa?

— Não, diabo. O namoro.

Falaram muito tempo, beberam mais uma cerveja e mais uma. Vai saber de onde saiu tanta afinidade, tanta confiança. Conforme bebiam, a Creuza ia se soltando. Era bom poder falar com alguém sobre seus sentimentos por Maria Aparecida, alguém que entendia perfeitamente porque ele sentia a mesma coisa. Desabafou, chorou, falou dos tempos da Pituba e do Taboão, do Cemitério dos Ingleses, do assalto, do desespero de Maria Aparecida, do acidente, da minha chegada. E também das loucuras que ela andava fazendo ultimamente, das festas, das surubas, das drogas, do medo que ela tinha de morrer e do pânico de sentir que sua vida não valia nada, que nunca tinha feito nem faria nada que valesse a pena. E, coisa que ela não fazia com ninguém, falou da sua infância, do vereador e seus filhos, da casa que ela queimou, da sua chegada a Salvador e da sua vida nas ruas. O Chico já tinha ouvido de Maria Aparecida histórias parecidas sobre a vida nas ruas, mas nunca com tanta violência, com tanta crueza. A Creuza falava com esse seu jeito de sempre, sem enfeites, sem tentar disfarçar as asperezas, e o Chico sentiu uma mistura de horror e profunda ternura. De repente, sem pensar nem saber por que o fazia, pegou na mão dela. Ela parou de falar e os dois se olharam, como se ambos quisessem falar algo que as palavras não davam conta de dizer.

Mas, nesse momento, a porta se abriu e entrei junto com a Maria Aparecida. O Chico largou a mão de Creuza e Maria Aparecida estacou na porta.

— O que é que cê tá fazendo aqui?

— Roberta — disse a Creuza levantando. — Cê me acompanha ao shopping? Tô precisando comprar uns sapatos.

Botou uma calça jeans, trocou a camisa, botou uns tênis, me pegou pela mão e saiu, enquanto o Chico olhava pra Maria Aparecida sem responder.

— Que é que cê tá fazendo aqui? — voltou a perguntar, assim que a gente saiu.

— Meu Deus, como você está bonita... — disse o Chico levantando.

— Chico...

Mas ele não deixou ela falar. A abraçou e a beijou, com tanta ansiedade, que ela não resistiu. Fizeram amor ali mesmo, na cama onde ela dormia com a Creuza.

Depois ficaram ali deitados, abraçados. O Chico estava bêbado e não conseguia pensar direito. Sua cabeça era um bolo, sua conversa com a Creuza tinha feito uma confusão dos mil diabos nele. Mas, no momento, ele não se importava. Preferia ficar assim, curtindo, só sentindo, sem pensar, com o corpo dessa garota extraordinária ao lado dele. Passou a mão pelo rosto, pelas costas, pela bunda, pelas pernas.

— Senti tanta falta de você...

— Eu também. Mas não vamos começar tudo de novo.

— Por que não? — perguntou espantado.

— Porque não. Você tem sua vida, eu tenho a minha. Eu gosto muito de você, mas não dá certo.

— Só porque minha mãe...

— Não tem nada a ver com sua mãe. Aliás, tem a ver com sua mãe, com sua Ofélia, com seus amigos, com seu mundo todo. Já chega. Eu não quero mais isso.

— Mas... Cida, tenha calma. Você vai ver, com o tempo, as coisas se acertam.

— Não, Chico, ao contrário — disse, levantando. — Com o tempo não. No dia em que você estiver pronto pra mandar todo mundo pro diabo que os parta e casar comigo, você me procura.

Ela teria gostado tanto de ouvir ele dizer, "Eu caso, eu não tô nem aí pra minha mãe, a Ofélia, os colegas, a faculdade, o trabalho, o cacete, só quero você, vamos casar hoje mesmo, eu te amo..."

— Meu amor, vamos com calma, pra quê tanta pressa?...

— Tchau, Chico.

Bem que ele teria gostado de falar o que ela queria ouvir. Mas, como contrariar sua mãe, que tanto tinha sacrificado por sua causa? Ela, cujo único sonho na vida foi ver ele formado, exercendo uma boa profissão e criando uma família com uma boa esposa? Como largar mão de tanta coisa, depois de ter lutado tanto a vida toda pra chegar onde ele estava? Como largar até mesmo a Ofélia, uma menina "de família", admirada por todo mundo, com um pai influente que, com certeza, arrumaria um bom emprego pra ele assim que terminasse a faculdade? Você vai me dizer que isso tudo é banal, coisa de espíritos pequenos, e pode até ser, mas, para um menino que passava fome no sertão e que chegou a Salvador sem um tostão, por mais banal que seja, largar mão disso não é mole. Pelo menos assim, de um momento pra outro, sem ter tempo de pensar, de ir encaminhando as coisas devagar... De jeito que o Chico saiu cabisbaixo, desceu as escadas do morro, bebeu mais uma cerveja no largo da Dinha e pegou o ônibus pro Campo Grande. Pensou em visitar a Ofélia, mas não teve saco. Pensou em ir pra casa, mas era domingo e sua mãe estava lá e não queria ter que ouvir discurso. De jeito que foi ver um filme no Pelourinho e depois ficou bebendo no Cravinho. Saiu andando pela Carlos Gomes e pensou em entrar num bordel, mas achou a ideia tão repugnante que preferiu ir pra casa e dormir.

Depois daquele dia, decidiu refazer a sua vida. Não tinha feito quase nada nesse semestre, tinha perdido muitas aulas e suas notas estavam baixíssimas. Mas ainda tinha tempo para se recuperar. Nunca mais faltou às aulas, começou a estudar dia e noite e, em pouco tempo, suas notas começaram a melhorar. Era esperto e aprendia muito rápido, embora achasse tudo um grande saco; se antes ele já não gostava de Direito, agora ele tinha verdadeiro nojo. Mas fazia, porque era uma profissão respeitável que agradaria sua mãe e lhe permitiria ganhar uma boa grana.

Também fez as pazes com a Ofélia. Pediu perdão, confessou que tinha ficado cego durante um tempo e que tinha se deixado levar por seus impulsos, que, segundo ele disse, eram mais de caridade do que de amor, mas que agora tinha aberto finalmente os olhos e se dava conta do quanto ele tinha errado. Contou uma história romântica e muito bonitinha do seu encontro com a Maria Aparecida quando criança, e pintou ela como uma vítima do destino, coitada, à qual ele quis ajudar quando a achou de novo. Disse que tinha se empolgado com a ideia de poder tirar ela dessa vida, mas era vaidade demais, né? Achar que alguém pode "salvar" outra pessoa. Falaram uma porrada de tempo sobre o altruísmo, filosofaram sobre se a caridade realmente existe ou se ela é só uma forma de se agradar a si mesmo, discursaram sobre as injustiças da sociedade e o sofrimento dos pobres e, no final da conversa, a Ofélia estava encantada e comovida porque seu Chico tinha uma alma tão boa e tão sensível. Voltaram a se ver todos os dias e a sair ao cinema e ao teatro, e o Chico até tentou se convencer de que a amava, lhe repetindo isso o tempo todo e escrevendo uns poemas de amor horrorosos, que ela adorava.

A única coisa que não teve jeito de fazer foi voltar à igreja. O falatório do pastor, com toda a sua arrumação de caixinhas pretas e brancas, o faziam pensar na Maria Aparecida e no seu mundo desarrumado e maluco e, enquanto o homem falava e berrava com o dedo apontando pro céu, o Chico ia ficando mais e mais agoniado, até que não aguentava mais e tinha que se picar. A mãe dele ficou preocupada, é óbvio, e não era pra menos: tratava-se da salvação eterna da alma do seu filho; a diferença entre uma eternidade no céu e no inferno não é pouca coisa. Mas, como ele estava tão certinho em todos os outros sentidos, decidiu não encher muito o seu saco; afinal, devia ser coisa passageira, ninguém se conserta completamente de um dia pro outro, os caminhos do Senhor são misteriosos e "inefáveis", como o próprio Chico dizia em seu poema.

Quem não se importou muito com esse aspecto do novo Chico foi a Ofélia. Desde que o rapaz voltou ao seu lado, ele nunca mais se preocupou por fazer-de-conta-que-não-resiste-ao-pecado, beijinho-aqui-beijinho-ali, tira-roupa, vamos-parar-com-isso, sim-meu-amor, papai-mamãe, ui-ai, perdoa-nos-Deus-Pai-pela-fraqueza-da-carne. Agora levava ela pra cama com todo o despudor do mundo e lhe fazia todo o repertório de coisas maravilhosas que tinha aprendido com a Maria Aparecida, sem orações nem arrependimentos. E era bom demais. E, como em todos os outros sentidos o Chico continuava sendo completamente diferente do Marcos, a Ofélia não precisava mais se refugiar na igreja dos crentes para fugir da vida. Seus pais ficaram felizes de ver a filha voltar para esse catolicismo cômodo e saudável dos domingos na igreja da Vitória, sem fanatismos e exageros, e passaram a ver o Chico com muito melhores olhos.

Estava tudo indo tão bem, e tanta era sua vontade de "se endireitar", que o Chico pediu a Ofélia pra casar. Antes da chegada da Maria Aparecida na vida dele, era a Ofélia quem ficava enchendo a paciência com essa história de casamento. Não gostava de "viver no pecado", amava o Chico e queria logo atar os laços para formar uma família e viver como Deus manda. Mas o Chico não queria, achava que precisava primeiro se formar. Só que agora era ele que estava com pressa.

— Mas, você não acha melhor a gente se formar primeiro? — perguntou a Ofélia.

— Você não me ama? Eu te amo. E se a gente se ama, por que não casar logo? Quero viver com você.

Na verdade, queria era fugir da tentação de procurar novamente a Maria Aparecida e botar sua vida de novo pra perder por causa de uma paixão que não saía da sua cabeça. Apesar de todas as mudanças na sua vida, apesar de toda a sua dedicação e todo o seu esforço, a sua lembrança era uma obsessão. Sonhava com ela quase todas as noites, sonhos cheios de sexo que o faziam acordar no meio da noite com o pau duro e o corpo doendo de saudade e de desejo do cheiro da sua pele e das formas dos seus peitos, do seu ventre, da sua bunda. Mas não era só disso que ele sentia falta. Tinha saudade da sua alegria de doida, da sua curiosidade, da sua risada, da forma em que podia passar horas dançando com uma felicidade tão aparentemente completa, como se fosse a única coisa que importasse na vida. Tinha uma saudade terrível dessa paixão, e tinha medo de surtar um dia e se jogar de cabeça numa vida que não podia dar certo. Por isso, insistiu em casar logo, e finalmente convenceu a Ofélia a marcar o casamento dali a dois meses. Os pais dela não gostaram, mas não teve jeito, a Ofélia emperrou e ninguém conseguiu fazê-la desistir.

Maria Aparecida ficou sabendo do casamento porque o Chico se bateu um dia com a Creuza no shopping Lapa e contou tudo pra ela. Nesse tempo todo, Maria Aparecida nunca mais tinha tocado no nome do Chico, de jeito que eu e a Creuza pensamos que ela já o tinha esquecido. É verdade que ela ainda estava toda amuada, que não tinha mais essa mesma alegria de sempre, mas naquela época eu estava com tantos problemas que não prestei muita atenção, simplesmente pensei que era tudo parte do processo e que em breve ela ia voltar ao normal. Foi por isso que eu estranhei tanto a sua reação quando a Creuza contou, não sem uma dose de maldade, que tinha visto o Chico e que ele estava todo empolgado com essa questão do seu casamento. Eu olhei pro rosto da Maria Aparecida e vi logo que ia dar trucutru.

— Desgraça de filho da puta...

— Deixa pra lá, rainha, não tem importância.

— Desgraça... desgraça... — ela balançava a perna com esse olhar de doida que dá nela.

— E dizem que a namorada dele é toda patricinha... — continuava a Creuza.

— Cala a boca, Creuza, porra! — gritei.

— Desgraça... desgraça...

— Esqueça, rapaz. Deixa pra lá...

— Ah, me deixe! Vão pra merda, todas duas!

Deu uma porrada na mesa, derrubou a cadeira, jogou um copo contra a parede e saiu. E, como sempre, lá fui eu atrás dela. Diabo de porra de desgraça de menina problemática do caralho! Eu já estava toda embananada com meus próprios pepinos, e ainda isso de novo! Adoro a Maria Aparecida, mas, na moral, esses seus ataques cansam. E não tem jeito de deixar ela sozinha, né? Capaz de ela se jogar na frente do primeiro carro que passar. Nem vou contar o resto, é a mesma coisa de sempre, cê está careca de saber. Horas e horas andando pela cidade atrás dela, tentando acalmá-la, de olho pra ela não fazer alguma besteira e ainda por cima recebendo tudo quanto é insulto e porrada. É tudo uma questão de paciência. Como sempre, depois de muito tempo, ela foi se acalmando, até que me deixou levá-la pra casa, andando como zumbi, com o rosto inchado e os olhos de doida.

Durante o mês que ainda faltava pro casamento, ela começou a ficar mais e mais pirada. Brigava por qualquer coisa e estava sempre à beira do ataque. Eu tentava ficar com ela o máximo possível, e ficava com medo toda vez que ela saía pra fazer programa. Ela precisava muito de mim. Brigava comigo o tempo todo, mas ficava muito chateada quando eu tinha que sair a trabalhar e deixava ela sozinha. Às vezes, quando não estava atacada, ela desabafava, e então ela ficava muito emocional.

— Você é tudo o que eu tenho, Betinho — falava.

Mas, apesar de tudo, eu não podia lhe dar a atenção que ela precisava. Minha vida estava tão embananada, que eu pensei que ia pirar. No dia do casamento, não teve jeito, eu tive que sair. Creuza também saiu, tinha sido convidada a trabalhar numa festa para um grupo de gringos numa escuna junto com outras meninas. Maria Aparecida ficou em casa sozinha, numa apatia profunda. Não quis levantar da cama, não quis comer. Ficou ali, com a televisão ligada, olhando pro teto, sem vontade de nada.

Conforme as horas passavam, ela ia se enfiando num buraco cada vez mais fundo, desprezando-se mais e mais. Sozinha nessas quatro paredes, ficava imaginando a missa, os convidados todos empeiquitados, os enfeites da igreja, os ternos, os vestidos, as flores, todas essas frescuras de telenovela que esse povo gosta tanto, os caras se amostrando, as mulheres fofocando, e o Chico ali, todo certinho e com cara de susto, todo tabaréu num *smoking* que, com certeza, a Ofélia tinha escolhido, segurando a mão da noiva, sorridente e feliz, num vestido de sonho, com os ombros à mostra, parecendo atriz de cinema, e o povo todo olhando, comentando, achando tudo muito bonitinho, o noivo muito elegante, a noiva um arraso. Imagine só quanta asneira, ficava se dizendo, ter imaginado que poderia ter sido ela, Maria Aparecida, no lugar de Ofélia... só uma burra, ignorante, idiota, cabeça de jegue pra pensar uma coisa dessas. Parecia até que gostava de sofrer, ficava imaginando ela própria enfiada nesse vestido, caminhando pelo corredor da igreja até o altar, os olhares de desprezo desse bando de imbecis, o Chico todo encabulado, com vergonha dos olhares e dos cochichos e das risadas, doido pra se mandar pra bem longe, covarde demais pra dar as caras por ela, pra brigar com qualquer abestalhado que ficasse botando defeito nela. Ficava injuriada, ardendo de raiva, mas no fundo sabia que não podia ser de outra forma. Que porra é que ela era, afinal? Nada, garota, você não é nada, ficava se dizendo, você não é coisa nenhuma: preta, puta, fodida, ignorante... uma gostosa pra comer e jogar fora, no melhor dos casos... e por aí vai. Se torturando e se destruindo com prazer masoquista. Vai saber o que teria acontecido se ela tivesse continuado desse jeito. Era ataque certo. Começou a dar um negócio esquisito por dentro, uma vontade de gritar, de puxar os cabelos, de sair desse quartinho minúsculo, do tamanho da sua própria vida, e se mandar pelas ruas pra fazer tudo quanto é merda, beber, cheirar, fazer maluquice, injuriar o povo com a sua presença e mandar todo mundo pra puta que os pariu, ter o prazer de ver as pessoas desprezá-la do mesmo jeito que ela desprezava a si mesma, brigar com todo mundo, levar porrada, se machucar, se humilhar, só de revolta, de raiva com a vida e com o mundo inteiro.

Eram já as quatro da tarde e ela estava botando a roupa pra sair, com a cabeça nessa piração de revolta e angústia, quando o telefone tocou. Ficou olhando pra ele como se não entendesse que porra era isso. Finalmente atendeu, parecendo robô.

— Diga — falou secamente.

— Maria Aparecida?

A voz... essa voz...

— Quem é? — perguntou, não querendo acreditar.

— Sou eu... o Chico.

Seu coração deu um pulo, suas mãos gelaram, sua voz ficou engasgada.

— Chico... que é que cê quer?

— Eu quero você, meu amor, eu quero você!

Ela pensou que estava endoidando, ficou puta da vida.

— Você é louco? Vai pra merda, Chico! Cê não vai casar daqui a pouco? Vai pra puta que pariu! Cê tá achando que eu sou idiota, seu imbecil do caralho!

— Não, Maria Aparecida, escuta, escuta! — interrompeu o Chico as berros. — Não vou casar não. Eu não posso fazer isso comigo... não posso fazer isso com a gente... não posso! Eu quero viver minha vida com você!

— De que é que cê tá falando? Cê tá maluco! — a cabeça de Maria Aparecida girava, não estava entendendo nada.

— Meu amor, eu quero casar com você. Doa a quem doer, eu só quero você. Eu fui tão idiota, esse tempo todo, mas chega. Vamos embora? Eu tenho um dinheiro guardado que era pra minha formatura. Estou com ele aqui no bolso agora mesmo. Venha comigo pra São Paulo, longe de todo mundo. Lá a gente casa. A gente se vira, trabalha de qualquer coisa, depois eu volto a estudar. Você vem? E a Creuza e a Roberta, elas podem vir com a gente, se quiserem. Tudo, tudo o que você quiser... venha comigo! Eu te amo...

Maria Aparecida não podia acreditar, não queria acreditar.

— Cê tá me pirraçando, Chico. Eu não sou brinquedo não!

Mas o Chico insistia, estava excitadíssimo.

— Pirraçando o quê, Maria Aparecida? Estou falando sério. Você acha que eu ia brincar com uma coisa dessas? Não diga que não, pelo amor de Deus!

— E o povo? E a Ofélia? E a sua mãe? O casamento não é agora? Deve estar todo mundo te esperando... Cê tá maluco, Chico?

— Foda-se todo mundo! Porra, Cida, cê não está ouvindo? Eu quero casar com você! Estou aqui na rua com a minha mochila e o dinheiro... Vamos! Venha comigo!

A realidade do que o Chico estava dizendo começou a entrar na cabeça da Maria Aparecida e ela começou a tremer. "Eu vou mesmo casar? Eu vou mesmo viver uma vida de gente?", pensava, e não podia acreditar.

— Tá, Chico, eu vou. Eu vou, eu vou, eu vou. Ai, amor, eu vou...

Combinaram de se encontrar na rodoviária em uma hora. Tomou banho, tremendo de nervoso, de emoção, de ansiedade, de medo e vai saber de quantas coisas mais. Se arrumou e botou algumas roupas numa sacola. Não tinha como falar comigo ou com a Creuza porque nem eu nem ela tínhamos celular, de jeito que deixou um bilhete avisando que não voltaria pra casa essa noite. Assim que chegasse a São Paulo, ela pensava ligar para pedir que a gente fosse lá.

Saiu, fechou a porta e olhou pra nossa casa por última vez. Ia sentir saudades... apesar de tudo, ia sentir saudades. Estava com medo, mas que jeito, tinha que arriscar. Viver em São Paulo, imagina, começar uma vida nova... Ah, Betinho, tá vendo? A gente vai viver, sim, uma vida decente...

Já estava no ponto, esperando o ônibus, quando o celular tocou. Atendeu, mas do outro lado só se ouvia alguém chorando.

— Alô... alô... quem é?

— Sou eu...

— Betinho? Que é que cê tem, Betinho, que foi que houve?

Mas eu chorava e não conseguia falar.

— Fala, Betinho, porra, o que foi que aconteceu?

— Preciso de você, rainha...

— O que houve, pelo amor de Deus, fale!
— Venha logo, por favor, venha logo… Estou no Hotel Granada…
— Tudo bem, eu vou, mas me diga, que foi que aconteceu?
— Acabei de matar o Rodolfo Beija-flor.

Durante várias semanas eu tive que passar por essa humilhação. Aparecer lá no apartamento do Rodolfo, entregar a grana, tirar a roupa e ser tratada como animal e usada por um bando de porcos. Já tinha saldado a metade da minha dívida quando o Rodolfo teve que viajar, e pude ficar tranquila durante alguns meses. Mas eu teria preferido acabar logo de vez, porque era um tormento não saber quando ele ia voltar para fazer da minha vida de novo um inferno. Só queria me ver livre, saber que nunca mais ia ter que ver a cara dele, que podia finalmente ter uma vida normal. Sentia que minha vida tinha sido sequestrada e que eu não tinha mais direito de viver como gente.

Foi já perto do casamento do Chico que ele voltou e começou tudo de novo. Era inverno, chovia muito e era quase impossível ganhar quatrocentos reais por semana na rua, de forma que eu ficava desesperada, me virando para arrumar a grana de qualquer jeito. Felizmente, não teve mais as sessões de humilhação no seu apartamento, imagino que seus amigos cansaram da brincadeira. Ou foi ele que cansou. Seja como for, eu aparecia lá, entregava a grana e, a depender do seu humor, ele me deixava ir ou me usava, sempre com violência, sempre de forma a mostrar que eu não era nada, apenas um brinquedo ao seu dispor. E começou a agendar visitas a hotéis para eu fazer programas com clientes que ele arrumava, vai saber como. De graça, é obvio. Ele estava me explorando, fazendo comigo exatamente o que tinha feito há anos no Rio, eu sabia disso. Mas, desde o início, ele tinha prometido me deixar tranquila assim que eu pagasse o que eu devia, de jeito que eu ficava contando os dias para o momento em que eu me veria livre. Enquanto isso, aguentava calada.

O dia do casamento do Chico coincidiu com o meu último pagamento. Eu não tinha conseguido arrumar a grana e eu não tinha mais um centavo em casa, de jeito que tive que largar a Maria Aparecida de manhã e ir procurar o Pitanga, para pedir a grana emprestada. É foda, porque mexer com o Pitanga é quase a mesma coisa que mexer com o Rodolfo, mas não tinha jeito, eu não conhecia mais ninguém que pudesse me emprestar. Ele soltou a grana, me cobrando uma porrada de juros.

— Só não foda comigo, viu, Claudette?

— De jeito nenhum, meu amor, imagina!

Fui pro apartamento do Rodolfo. Ele abriu a porta com um copo de uísque na mão.

— Entra — disse ele, e eu vi que esse dia ele não ia deixar eu me mandar tão cedo.

Quando chegamos à sala, entreguei o dinheiro.

— Tá aqui o meu último pagamento.

Ele levantou a sobrancelha enquanto contava o dinheiro.

— Último?

— Último, sim. Faça as contas.

Guardou o dinheiro numa gaveta.

— Faça as contas você. Os juros acumulados estes anos todos, o dinheiro que eu perdi por não ter podido usar essa grana para um negócio que eu precisava naquela época... sem contar os danos morais, né, Roberto? E o vaso chinês. E o fato de você ser uma bicha imprestável e eu ser Rodolfo Beija-flor.

— Você é louco, Rodolfo? Você vem me explorando esse tempo todo, me usando com seus amiguinhos, me tratando como cão, me mandando fazer programa de graça, e ainda quer que eu continue pagando? Você tá achando que eu sou otária, cara?

— Você é otária sim, se não fosse, não teria pego essa grana. Mas vou ser generoso, não gosto de explorar ninguém. Daqui pra frente, só precisa trazer duzentos por semana. Agora tira a roupa.

— Tira a roupa o caralho. Acabou a brincadeira. Eu não pago mais um centavo e não vou ficar aqui fazendo suas vontades.

Eu dei as costas e fui andando para a porta, mas, antes de eu chegar, ouvi o barulho de um revólver sendo engatilhado.

— Se eu fosse você, não faria isso não.

Me virei; ele apontava o revólver na minha cabeça.

— Volte aqui.

Que é que eu podia fazer? Voltei sem falar uma palavra e fiquei parado na sua frente, fervendo de ódio e impotência.

— Ah, esqueci de lhe contar — disse sorrindo, como se estivéssemos tendo a conversa mais amável do mundo. — Essa sua amiga... qual é o nome dela? Priscila? Conheci ela outro dia. Ela fode que é uma beleza. "Iniciante, 18 aninhos". Para uma iniciante, ela faz um boquete de foder...

Rapaz, você não faz ideia do que eu senti. Não conseguia nem respirar de tanto ódio, de tanta revolta, de tanta dor. Rodolfo sorria satisfeito, curtindo o efeito das suas palavras em mim.

— Tira a roupa! — gritou de repente.

Eu não conseguia me mexer, tremia dos pés à cabeça. Na minha mente, só via o Rodolfo usando a Maria Aparecida, humilhando-a, desprezando-a como se fosse uma coisa qualquer.

— Eu mandei tirar a roupa, sua miséria!

Você nunca passou por essas coisas, não sabe o que é ter que engolir esse tipo de ódio. Ele queima como carvão em brasas. Ele dói na barriga, no peito, na cabeça, nas mãos. Tirei os sapatos e comecei a desabotoar a blusa, o sutiã, a saia, o tempo todo pensando na Maria Aparecida. Finalmente, me abaixei pra tirar a calcinha. Tal como imaginei, o Rodolfo relaxou a mão que segurava o revólver e olhava divertido enquanto eu me abaixava, descia a calcinha pelas pernas e tirava o pé esquerdo. Ele nem soube o que aconteceu. A chapa bateu em cheio no peito, bem embaixo do pescoço, e ele foi cair do outro lado da sala. Já disse que eu sei capoeira, eu nunca esqueci as lições do velho Manduca. Com a queda, o Rodolfo largou o revólver e eu aproveitei pra pegar uma peça de madeira que estava na mesa, um santo ou uma virgem, e cair em cima dele. Bati com todas as minhas forças na sua cabeça. Ele ficou atordoado, colocou os braços na sua frente para se proteger e tentou levantar. Mas, quando vi o sangue, perdi completamente o controle. O ódio é uma coisa doida. O ódio pede violência, exige violência. Mas a violência só faz inflamar o ódio mais ainda, num círculo vicioso que não acaba nunca. Abre as portas para outros ódios, ódios enterrados no fundo da alma, ódios de coisas que a gente nem se lembrava mais, e o ódio cresce, a violência cresce, até que se torna algo que não tem mais controle. Fiquei louca. Vi o sangue e quis mais, e mais e mais. Veio tudo junto, tudo o que o Rodolfo me fez, o fato de ele ter tocado na Maria Aparecida, tudo o que eu vivi no Rio, mas também as misérias que a gente sofreu como meninos de rua, o Capitão Gay, a morte do Maruim, o sofrimento de tanta gente que eu conheci e que já se foi, perdida nas drogas e na violência e no desespero, as frustrações de toda uma vida de miséria e humilhação, meu padrasto me violentando, meus irmãos me chamando de bicha, aqueles filhinhos de papai me arrebentando no Rio pelo fato de eu ser viado, a vida toda eu sendo visto e tratado como se não fosse nada, bicha, menino de rua, travesti, um inseto pra se pisar, lixo pra se jogar fora. E essa desgraça de canalha que estava agora ali, aos meus pés, com pânico nos olhos, representava isso tudo. Foi ele quem me tirou da Maria Aparecida no melhor momento das nossas vidas, foi ele quem me deixou na miséria no Rio, que botou pra foder minhas chances de estudar e de fazer algo na vida, só pra me explorar e me jogar fora, e foi ele quem me humilhou como nunca antes tinha sido humilhada, destruindo aos poucos o pouco que eu ainda tinha de respeito por mim mesma. Eu pirei de tal forma, que não consigo mais me lembrar dos detalhes. Lembro apenas da expressão do seu rosto, como a de um bicho acuado, o medo tomando conta dele de tal forma que eu sentia um prazer violento e quase sexual. Lembro claramente o som dos ossos dos braços quebrando, um estalo surdo acompanhado de um gemido de dor e a imagem do braço torto, inútil, se mexendo ridiculamente na frente do rosto, incapaz de o proteger. E depois, as porradas na cabeça, o sangue espichando por tudo quanto é canto, aquela pasta avermelhada saindo do topo, e eu batendo, batendo, até seu rosto virar uma massa sangrenta e irreconhecível. Mas, ainda assim, não consegui parar, mesmo depois de ele já ter morrido há muito tempo, como se, através desse corpo, dessa massa de carne, sangue e ossos quebrados, eu pudesse me livrar do peso de tanta porcaria acumulada no meu peito durante tantos anos. Quando finalmente parei, tinha sangue no chão, nos móveis, nas paredes, nas minhas mãos, no meu cabelo, no meu corpo. Eu tremia descontroladamente e vomitei num canto da sala. Quando consegui me acalmar um pouco, me lavei no banheiro do jeito que pude, vesti minhas roupas, peguei minha grana e saí correndo. Impossível o porteiro não ter suspeitado alguma coisa, eu tinha um ar de doida e minha roupa estava manchada de sangue. Não sabia o que fazer, não conseguia pensar direito. Não podia ir pra casa, os tiras com certeza iriam me procurar lá. De jeito que peguei um táxi, desci no largo de São Pedro e me enfiei no primeiro hotel que achei.

Quando a Maria Aparecida chegou, eu ainda não conseguia parar de tremer. Ela ficou num desespero de dar dó. Nunca tinha me visto daquele jeito. Estava acostumada a me ver forte, segurando a barra, protegendo ela de tudo quanto é perigo desde o dia em que a gente se conheceu na igreja da Barroquinha. Mas agora era eu quem precisava dela, era eu que estava completamente despirocada, tão desesperada que não conseguia falar nem pensar. Quando ela entrou, eu estava sentada na cama, pálida, tremendo. Ela se acocorou na minha frente e me pegou pelas mãos.

— O que foi que aconteceu, Betinho, meu Deus, o que foi que aconteceu?

Ela olhava com muito medo pro sangue no meu cabelo e nas minhas roupas.

— Ele te fez alguma coisa? — perguntei chorando, acariciando seu rosto. — Me diga, rainha, ele te fez alguma coisa?

— Quem, Betinho, quem?

— O Rodolfo Beija-flor, porra! Ele te fez alguma coisa? Me diga!

— Que Rodolfo? Eu não conheço o seu tal Rodolfo. De que é que você está falando?

— O Rodolfo, merda, ele me disse que esteve com você!

— Eu não conheço nenhum Rodolfo, Betinho. Se acalme, me conte tudo, eu não tô entendendo nada.

— Ele pegou seu anúncio no jornal, ele disse que... — não consegui continuar, a abracei com força, chorando descontroladamente.

Ela me abraçou e vi que alguma coisa passava por sua cabeça, como se lembrasse de alguma coisa, mas não disse nada. Me pegou pelo rosto e me olhou fixamente, com os olhos chorosos. Estava com muito medo.

— Olha, ninguém me fez nada. Juro por Deus. Agora, tente se acalmar e me diga, o que foi que aconteceu?

— Aconteceu que eu matei o desgraçado! Eu não aguentava mais, rainha, eu não aguentava mesmo não, estava me enlouquecendo, você não imagina tudo o que ele me fez. E... o filho da puta me disse que te pegou pra transar, merda! Aquele porco botando as mãos em você! Desgraça! Fiquei louca, rainha, fiquei louca! Eu estava com tanto medo, este tempo todo, de que ele fosse te fazer algum mal!

— Este tempo todo? Mas que tempo, Betinho? Você nunca me disse que você tinha encontrado ele. E o que foi que ele fez com você, meu Deus? Me fale tudo, porra!

— Você lembra daquele dia que eu cheguei em casa toda arrebentada? Eu menti pra você... Foi ele quem me bateu. Ele me achou no Âncora do Marujo, me levou para um apartamento abandonado, disse que ia me matar e me quebrou toda... Fez tanta miséria comigo, o filho da puta!

Descrevi o que aconteceu no apartamento, naquela noite. Só de lembrar, comecei a tremer de novo. Maria Aparecida me olhava com uma expressão de sofrimento e muita raiva.

— Mas, por quê?

— Porque eu fiz uma babaquice quando eu estava no Rio, rainha. Eu fiz uma asneira porque não aguentava mais viver sem você.

Contei, pela primeira vez desde que eu voltei, tudo o que eu tinha escondido dela sobre a minha vida no Rio: a exploração, as humilhações, a forma como o Rodolfo me enxotou do seu apartamento a porradas, com o revólver na mão, no dia em que eu fui cobrar meu dinheiro, as misérias que eu passei quando me vi na rua sem um tostão, o medo de nunca mais poder voltar à Bahia para refazer minha vida ao lado dela, o remorso por ter deixado ela, a saudade que me enlouquecia dia e noite. E, finalmente, contei como roubei o dinheiro pra pagar minhas dívidas e poder vir pra Bahia, porque não podia imaginar passar vai saber quanto tempo ainda longe dela. Ela nunca antes tinha querido acreditar que eu tinha voltado à Bahia por causa dela. De fato, toda a minha história no Rio era algo no qual ela não gostava de pensar. Mas agora, pela primeira vez, ela escutava... E, conforme ouvia e entendia, o seu rosto mudava e as lágrimas desciam.

— Desde que cheguei, tinha pânico que ele fosse me achar. Por isso é que eu não queria entrar no Âncora e nas boates esse tempo todo, porque sabia que, quando vinha à Bahia, ele ia pra esses lugares. Mas aí, fiz a besteira... fui relaxando. Achei que estava tudo tão longe que ele já teria esquecido. E também... eu queria muito fazer show, entendeu? subir no palco... eu queria muito que você ficasse orgulhosa de mim.

— Mas, seu idiota! Eu sempre fui orgulhosa de você!

Eu mexi a cabeça, pensando no Chico, na sua poesia, nos seus conhecimentos... mas não falei nada.

— Aí, ele me achou... e fez aquilo comigo. Mas não só. Começou a me explorar, me fazia pagar quatrocentos reais toda semana, imagina! Faz meses que eu fico louca tentando arrumar a grana. E me mandava fazer programa de graça, do mesmo jeito que ele fazia no Rio. Ameaçava me matar se eu não fizesse... e o pior, ameaçava se vingar em você. Ai, rainha, eu estava doida de preocupação! Eu não faço ideia como foi que ele ficou sabendo de você. E, além disso... fizeram tanta coisa... você nem imagina...

— O quê, Betinho, quem? O que foi que fizeram com você?

Ela estava sofrendo demais e eu não deveria ter falado, mas não consegui me controlar, não aguentava mais carregar tanta merda no peito. Contei tudo. As humilhações no apartamento do Rodolfo, as coisas que seus amigos me forçavam a fazer, só pra curtir com a minha cara, e também das vezes que ele me violentava, me batendo e me humilhando pra me mostrar que eu não era nada. Maria Aparecida escutava horrorizada, apertando os punhos, mexendo a cabeça e chorando, chorando. Pegou no meu rosto com as duas mãos e me olhou com dor.

— Betinho, meu Deus!...

Estava tão desolada, que me arrependi de ter contado.

— Mas, porra, por que é que você não falou nada? Como é que você estava passando por isso tudo e não me disse nada?

— Eu não podia, rainha. Você já estava tão mal por causa do Chico...

O Chico. Durante toda a nossa conversa, ela tinha estado consciente de que o Chico esperava por ela, naquele momento, na rodoviária. Antes de entrar no hotel, ela tinha desligado o celular e, com certeza, ele estava ligando feito maluco. Imaginou ele andando de um lado pro outro, sua alegria se transformando aos poucos em preocupação e, depois, em pânico de ela não aparecer. Imaginou a Ofélia, envergonhada e desesperada, querendo sumir do mundo, chorando em algum canto, longe dos convidados, que com certeza não falavam de outra coisa. Sentiu muita culpa mas, ao mesmo tempo, se deu conta — com um certo espanto — de que isso tudo, o Chico, a promessa de uma vida nova em São Paulo, o desespero do rapaz... tudo isso era secundário, que a única coisa que realmente importava era estar ali, ao meu lado, naquele momento.

— O Chico! O Chico! Meu Deus do céu, você acha que alguém pode ser mais importante do que você? Como você pôde pensar uma coisa dessas, Betinho, porra!

Sim, só que ela mesma só se dava conta disso agora.

— Mas o que é que você podia fazer, meu bem. O quê?

— Fugir com você, seu idiota! Ir pra qualquer canto com você! A gente se mandava e nunca mais voltava, que merda! Que necessidade você tinha de passar por isso tudo, porra!

Ela estava com raiva. Com raiva da vida, por tudo o que aconteceu, de mim, por não ter confiado nela, e, sobretudo, dela mesma, por ter estado tão ausente esse tempo todo. Fervia de raiva por ter ficado tão cega, por causa do Chico, que não tinha percebido que eu precisava dela. E estava com raiva também por, naquele mesmo momento, se sentir culpada, angustiada e com pena por ter largado o rapaz esperando por ela.

— Você é doida! Eu sei que você iria, mas eu não ia fazer isso com você, de jeito nenhum! Você amava o Chico... Que direito eu tinha de tirar você desse amor?

Amava o Chico... E era? Amava mesmo? Por que essa agonia toda nesses últimos meses? Essas depressões, essa ansiedade, esses ataques? Por amor? Será? E, agora, que ele esperava por ela na rodoviária, depois de ter finalmente prometido casar com ela e fugir pra São Paulo, tudo isso parecia tão pequeno, tão pouco importante, comparado com a dor de saber que eu tinha passado por tudo o que eu passei e que nada disso teria acontecido se eu tivesse confiado nela e a gente tivesse fugido juntas.

— Não, Betinho, eu não amava o Chico. Eu não sei por que eu fiz tanta besteira! Não sei mesmo não. Me desculpe... me desculpe!

— Oxe! Desculpe por quê? Você é doida? Cê não fez nada errado...

— Você não entende nada, cacete! Você não entende nada...

Não entendia mesmo não. Mas, como é que ela ia falar, se a vida toda tinha aprendido a disfarçar os sentimentos, a escondê-los até dela própria? E falar pra quê, se de qualquer jeito eles não serviam pra nada — sentimentos estéreis destinados à frustração?

Ela me pegou pelos ombros e me olhou com uma expressão que eu nunca tinha visto nela.

— Escuta uma coisa, Betinho. Eu iria com você até o fim do mundo, entendeu? Até o fim do mundo! Não me interessa que você seja travesti, homem, mulher, o que for. A única coisa que eu quero e que eu sempre quis foi viver com você o resto da minha vida. E agora você vem me dizer que por causa do Chico... por causa do Chico!... você deixou eles fazer isso com você! Como é que eu posso viver com isso, me diga? Como é que eu posso me perdoar? Porra, Betinho, você não entende mesmo não?

Eu não sei explicar exatamente o que foi que aconteceu. Ela me olhava com tanta intensidade, querendo tanto que eu entendesse... e, no fundo no fundo, eu entendia sim; como não ia entender? Não sei o que foi que deu em mim. Foi um impulso surgido de tantos anos frustrados, de tantos anos andando perdida pelos caminhos tortos de Deus. Peguei no seu rosto do mesmo jeito que ela pegou no meu naquele dia, há quase dois anos, quando acordou no hospital e viu que eu tinha voltado. Passei os dedos pela testa, pelos olhos, pelo nariz, pela boca, e depois a beijei. E senti um carinho, uma paixão e — ô surpresa extraordinária — um desejo como nunca antes tinha sentido.

Fizemos amor, sim, mas não vou descrever como foi porque não saberia nem o que dizer. Como falar do cataclisma dentro de mim... dentro da gente? Como falar dessa coisa imensa que não tem palavras, que é feita de anos e anos de sentimentos acumulados, de desejos reprimidos, de monumentos construídos com a dureza das nossas vidas, com tudo aquilo que a gente foi guardando como um tesouro no meio das tempestades de miséria, fome, violência, medo e desprezo, e que nessa noite surgiu como se todo o sentido da nossa existência tivesse sido poder viver esse único momento?

Passamos a noite toda vivendo essa descoberta, dormindo por momentos e acordando de novo para a gente ter a certeza de que essa felicidade era de verdade, de que não a tínhamos sonhado. A gente acordava, se abraçava, se beijava... ríamos e chorávamos ao mesmo tempo enquanto nos amávamos de novo. Eu, que nunca na vida imaginei sequer a possibilidade de amar uma mulher, passava minhas mãos pelo seu corpo e descobria um universo dentro de mim.

— Eu acho que tô virando lésbica — brinquei.

— Você devia ter virado lésbica desde que a gente se conheceu, seu idiota...

Ela deitou no meu peito, acariciando meus seios, beijando meu pescoço.

— Betinho... Você lembra de quando a gente prometeu ficar juntos pra sempre?

— Lembro...

— Desta vez é pra valer, não é?

— É sim, rainha. Nada vai tirar você de mim...

— Eu tô tão cansada de viver esta vida, Betinho! Eu quero começar tudo de novo, com você, longe daqui.

— Sabe o que eu estava pensando? A gente pode ir pra Fortaleza, dizem que lá se ganha bem. A gente trabalha até juntar uma grana e, daqui a uns anos, a gente compra um sítio e se manda pro interior.

— Jura? Ah... eu vou querer ter um bocado de galinhas! Imagina, uma roça igual à da ilha...

— E a Creuza? A gente não pode deixar ela.

— Ela vem com a gente, ué.

Decidimos pegar um táxi pra rodoviária logo de manhã cedo e fugir pra Fortaleza, longe da Bahia, longe de tudo, para começar uma vida nova. Para, de fato, começar, enfim, a viver.

Mas nem sempre a vida permite que a gente faça o que a gente planeja. Aliás, quase nunca. De madrugada, quando deveríamos ter levantado, pegamos no sono, e só acordamos às dez da manhã, quando ouvimos as porradas na porta e vimos três tiras nos apontando com as armas.

Me diga, que é que você acha? É pra ficar com raiva de Deus ou não é? É uma questão muito complicada e todo mundo tem opiniões distintas, não dá pra saber qual é a coisa certa. E, como aqui o que não falta é tempo, eu tenho ficado remoendo isso no meu neurônio uma porrada de anos. Tem um cara que diz que o problema é que eu sou muito descrente e é por isso que acontece tanta desgraça na minha vida. Vai ver que ele tem razão. Mas, que é que eu posso fazer? Sempre fui assim. Eu lembro que, na época em que a gente morava no Cine Roma, eu vi um dia, na sala dos milagres da igreja do Bonfim, um quadro pintado por um cara que trabalhava instalando as luzes da igreja. O coitado estava pendurado lá em cima, ajeitando sei lá que coisa, quando levou um choque de foder que o deixou ali se estrebuchando no chão. Mas não morreu, e ele pintou o quadro para agradecer o Senhor do Bonfim por não ter despachado ele pro outro mundo. Olha só que ideia! Eu, por mim, teria ficado puta da vida por Ele ter me eletrocutado de graça. É tudo uma questão de perspectiva.

Eu, na verdade, fiquei brigadíssima com o bom Deus durante muitos anos. A gente nem se falava. Eu via crucifixo, bíblia, padre, crente, pastor, seja lá o que fosse, e virava a cara, não queria conversa. A Patrícia, um travesti que morou na mesma cela comigo um tempão, acreditava em anjos, espíritos e forças divinas e ficava enchendo a paciência porque eu não queria nem olhar pro seu altarzinho, todo cheio de bugiganga. "Não faça assim, Roberta, isso traz azar. Deus é nosso melhor amigo..." Veja só. Com esses amigos, quem é que precisa de inimigos? A Patrícia pegou a maldita[27] uns anos atrás e morreu, espirrando sangue pela boca.

Eu peguei oito anos de cana. Deveria ter pego quatro ou cinco no máximo, pelo fato de ter matado no calor da hora, com o Rodolfo apontando um revólver na minha cara e prestes a me estuprar. Mas, sem grana pra um advogado decente, cê sabe como é. Que moral pode ter um travesti?

Eu não vou nem tentar descrever o que é morar aqui porque, se eu começar, não tem pra quando acabar. Só posso dizer que, se for verdade que existe o inferno, não pode ser pior do que isto. A Lemos Brito, como qualquer outra penitenciária, é uma fábrica de doido e marginal, não tem praticamente ninguém que saia daqui sem se tornar uma coisa ou outra. E, quem já era, sai com pós-graduação. Durante estes anos, tenho passado por coisas muito piores do que todas as que eu vivi lá fora. Se já não é mole pra marginal da pesada viver cá dentro, imagina pra gente como eu, que nunca mexeu com essas coisas. E ainda mais travesti... Mas não tô afim de falar disso não. Só posso dizer que já teve momentos que eu achei que não ia segurar a barra. É tanta violência, tanta morte, tanto horror, um dia após o outro, e você trancada cá dentro, sem ter pra onde correr, segurando o medo, a solidão, as porradas, os estupros, o nojo, a sensação de estar presa num buraco escuro com um monte de rato, vendo o sol apenas umas horas por dia, com anos e anos desta miséria ainda pela frente. Se não tivesse a Maria Aparecida me esperando lá fora, renovando a minha esperança toda semana, no dia das visitas, com seu sorriso, sua tagarelice, sua empolgação, seus planos de vida e todo o seu amor, eu teria me enforcado há muito tempo.

A minha rainha é um barato. Quando os homens me levaram, eu fiquei numa agonia doida ao ver ela pirada de desespero. É impossível descrever a impotência que a gente sente nesses momentos. Ela ali, parada no meio da rua, olhando pro carro da polícia se afastar, com as mãos nos cabelos e uma expressão de horror, como se fosse sua própria

[27] Maldita — AIDS.

vida que estava indo embora. Fiquei com tanto medo de ela desabar, de ela não conseguir segurar a barra, de ela dar trucutru e se jogar na frente de um carro ou se cortar toda com um caco de vidro ou cair nas drogas de novo... Besta eu de achar que ela era tão frágil, que ela ainda precisava da minha proteção como quando a gente morava na rua. Pode, uma coisa dessas? Eu, que a conhecia melhor do que ninguém, não tinha me dado conta do quanto ela tinha crescido, não sabia que ela era agora uma mulher com tanta garra, com tanto valor. Quando viu que era assim mesmo, que não tinha jeito, que o destino ou Deus ou o diabo ou vai saber quem decidiu de novo dar uma rasteira na gente e que íamos ter que esperar muitos anos pra poder viver nossa vida juntas, ela decidiu que ia brigar com tudo e que nada ia nos separar. Afinal, não foi isso que a gente se prometeu? Todos estes anos ela tem ficado firme, do meu lado, sem falar um piu da sua dor, mesmo quando, nos primeiros tempos, eu entrava em parafuso e xingava Deus e o diabo e queria estourar a cabeça na parede.

E olha que ela própria já passou por maus bocados.

O Chico, quando viu que a Maria Aparecida não chegava, ficou doido. Esperou horas e horas, ligou mil vezes pra ela e, finalmente, lá pra meia noite, decidiu ir à nossa casa e esperar lá, na porta, até o outro dia, se fosse preciso. E foi o que fez, porque ninguém dormiu lá essa noite. A Creuza, de fato, não parou em casa durante três dias. Voltou da festa na escuna e foi direto pro hotel de um dos gringos, e passou o resto da semana trepando e curtindo os luxos, as boas comidas e os presentes, sem saber da tragédia que tinha acontecido com a gente.

Depois que os tiras me levaram, Maria Aparecida ficou andando pela cidade parecendo zumbi. Chegou à praia do Farol da Barra, se jogou na areia e ficou ali deitada, chorando, olhando pro céu. Pegou no sono e só acordou lá pras duas da tarde, tonta por causa do sol e da angústia. Foi andando pela orla até a casa, arrastando os pés, com a mente travada, sem conseguir pensar em nada. Quando chegou, encontrou o Chico na porta com cara de doido, a barba sem fazer e olheiras escuras por não ter dormido a noite toda. Quando a viu, levantou e desceu as escadas ao seu encontro.

— Maria Aparecida... o que foi que aconteceu? Esperei por você na rodoviária horas e horas! Desde ontem que eu estou aqui na sua porta!

Ela estacou e ficou olhando pra ele como se não o reconhecesse, como se não entendesse uma palavra do que ele estava falando. Depois, desviou a vista, passou por ele sem responder, subiu as escadas e entrou em casa. Ele a seguiu sem entender nada.

— Maria Aparecida! Fale comigo, diabo! Que é que está acontecendo? A gente não ia casar?

Ela sentou numa cadeira e olhou pra ele com um ar de cansaço.

— Não, Chico — respondeu finalmente. — Me desculpe. Não vamos casar mais. Eu vou casar com o Betinho.

O Chico sentiu que seu mundo estava desabando. Ficou ali parado, sem saber o que dizer.

— Como é?

— É isso. Me desculpe... me desculpe mesmo. Não posso casar com você.

— Mas... você me fez largar a Ofélia no dia do meu casamento!

— Eu não fiz você fazer nada. Você fez porque quis.

— Você está me dizendo que você vai casar com Roberta? Você está me deixando por um travesti? Você enlouqueceu?

Mas ela não tinha ânimo para discutir nem pra ficar dando explicações; só queria ficar só.

— Chico, me desculpe. Estou muito cansada. Preciso dormir.

— Você precisa dormir?! Eu jogo minha vida fora por você e você me diz que precisa dormir?! Não, não aceito não! Fale comigo, porra!

Estava puto da vida, mas, ao mesmo tempo, olhava pra ela com ar de súplica.

— Eu não quero falar com você. Eu não quero falar com ninguém. Vá embora, por favor.

— Maria Aparecida — se jogou de joelhos aos seus pés. — Não faça isso comigo, por favor não faça. Me diga o que foi que aconteceu. Que é que você tem? Eu te amo!

— Chico, porra! — gritou, levantando. — Entenda uma coisa. Eu não amo você! Bote isso na sua cabeça! Eu vou casar com o Betinho! E agora saia da minha casa!

Olhou pra ela com uma dor imensa, levantou e saiu sem falar, fechando a porta devagar.

Foi só no outro dia que Maria Aparecida ficou sabendo: os pescadores acharam o Chico lá embaixo, no pé do morro, do lado do mar. Foi muito difícil tirar ele de lá porque as ondas batem com muita força contra as pedras e não dá pra chegar perto de lancha. Tiveram que improvisar uma maca com tábuas e puxá-lo com cordas até a varanda de uma casa que dava pro mar. Para surpresa de todos, ainda estava vivo. Levaram ele ao HGE e lá ficou, largado num canto sem atenção médica, no meio da mais impressionante coleção de desgraças que se possa imaginar.

Maria Aparecida ficou arrasada e, como sempre, se culpou por tudo, se achando a pior espécie de gente na terra. Durante várias noites, sonhou com ele, pesadelos horríveis nos quais ela o via se jogando, desesperado, no mar. Via tudo em câmara lenta, o corpo batendo nas pedras, os ossos quebrando, a pele rasgando, o sangue espirrando, a carne viva exposta, a expressão de dor no rosto e os olhos fixos nela, acusadores. Eu tenho certeza de que, se não fosse por minha prisão e pelo fato de que eu estava precisando muito da sua força, ela teria feito alguma besteira. Sentia um remorso do cão de ter aceito fugir com ele e, sobretudo, de ter sido tão fria quando o viu de manhã. Ficava remoendo a conversa na sua cabeça uma e outra vez, pensando como poderia ter sido menos dura, mais compreensiva, mais maneira. Mas, e ela, me diga? Quem é que ia segurar a barra dela?

Assim que ela soube o que tinha acontecido, foi correndo pro HGE, e ela mesma ligou pra mãe dele. O Chico estava inconsciente, com contusões por tudo quanto é canto e um bom número de ossos quebrados. Ninguém sabia se iria sobreviver, sobretudo porque não tinha médicos suficientes para atendê-lo. A mãe dele, como era de se esperar, ficou pirada e culpou a Maria Aparecida por tudo. Assim que ela chegou, fez um escândalo dos mil diabos.

— Satanás! Você é coisa de Satanás! Saia de perto do meu filho, sua prostituta!

Teria batido nela, se a Maria Aparecida não tivesse saído sem dizer nada.

No outro dia, a Creuza apareceu em casa, toda despreocupada. Já imaginou? Voltar de uma farra de três dias, com uma ressaca da zorra, e ser recebida com uma enxurrada de notícias terríveis e absurdas? "O Chico largou a noiva no dia do casamento pra fugir comigo pra São Paulo, mas eu deixei ele na mão porque o Betinho precisava de mim porque deu fim no Rodolfo Beija-flor, e a gente descobriu que se ama e transamos a noite toda, mas os tiras pegaram ele e agora está na cana, e o Chico tentou se suicidar e está agonizando no HGE." Parece coisa de novela... Mas o mais surpreendente foi a reação da Creuza. É óbvio que ficou preocupada comigo, mas ficou piradíssima com a história do Chico, como se fosse o seu ser mais querido, e se mandou pro hospital na mesma hora.

Eu, na moral, não acredito em milagres não. Todo mundo diz que foi milagre o Chico não ter batido as botas, mas eu acho que não foi milagre coisa nenhuma. Foi o empenho da Creuza. A mãe do rapaz estava toda azoada, não sabia o que fazer, ficava ali perdida, no meio daquele purgatório cheio de horrores, orando com a bíblia na mão. Mas a Creuza viu logo que ficar apelando pras forças divinas não ia resolver o problema; o negócio era conseguir que alguém o atendesse, porque no estado em que ele estava, se ficasse mais alguns dias sem atenção médica, com certeza entregava a alma ao Senhor. De jeito que foi procurar todos os clientes que ela conhecia e que achava que poderiam ajudá-la, até que um político, que gostava muito dela, fez algumas ligações e, dois dias depois, chegou um médico, o examinou, mandou fazer raios-X e outros exames e determinou que ele tinha a coluna quebrada. Foi mais um corre corre, encheção de saco e promessas de favores a gente influente para conseguir que ele fosse operado, duas semanas depois, e transferido para um quarto decente.

Nessas primeiras semanas, a mãe do Chico e a Creuza fizeram amizade. A Creuza contou um bocado de mentiras sobre si mesma para lhe agradar, e a mãe, que não acreditou em coisa nenhuma, se fez de besta porque estava precisando do seu apoio, pois não tinha mais ninguém. No desespero da tragédia e na convivência com a morte, que é que podia importar a procedência, a família ou a profissão daquela menina, que se empenhava de tal forma em salvar o seu filho?

Os pais da Ofélia estavam tão ofendidos que não quiseram mais saber do Chico, nem mesmo depois de eles ficarem sabendo do acidente.

A própria Ofélia ficou doente, delirando com febre, quase duas semanas. Quando, finalmente, se recuperou, virou crente de novo e jurou nunca mais voltar a se apaixonar. Mas hoje ela já não é mais crente. Conheceu uma tal de Verônica e, você já sabe... Seus pais não gostaram nem um pouco, mas, que é que há de se fazer. A filha deles nunca foi muito certa do juízo...

O Chico ficou meses no hospital. Não era só o seu corpo que estava feito um caco; seu espírito também. Tinha perdido tudo; tudo mesmo. Suas ambições, seu futuro, sua noiva, a alegria e o orgulho da sua mãe, sua vida pacata e sensata, e também a doideira da paixão, a vertigem de vida da Maria Aparecida. E mais: os médicos diziam que nunca mais ia poder caminhar.

Ele poderia muito facilmente ter se entregado ao fatalismo, se tornado amargo, tomado ódio de Deus e do mundo e passado o resto da vida maldizendo a sua sorte. Mas ele via a Creuza lutando com tudo para lhe salvar a vida e pra não deixar o seu espírito murchar, como se fosse a coisa mais importante do mundo, e isso começou a dar um novo sentido à sua vida. Aos poucos, conforme crescia um sentimento inesperado por essa mulher, começou a descobrir que ainda não estava pronto pra morrer, nem física nem espiritualmente. Queria aprender a viver a vida do mesmo jeito que ela, uma mulher que tinha sofrido tanto, que tinha sobrevivido a tão impensáveis crueldades e que era capaz, agora, de se entregar dessa forma para salvar a vida de um cara que ela mal conhecia. Começou a precisar dela, a esperar ansioso o horário de visitas para vê-la chegar, sorridente, trazendo novas histórias desmioladas sobre acontecimentos inventados, só para o alegrar.

Naquela época, Maria Aparecida me contou das mudanças da Creuza e eu não acreditei. Me disse que largou as farras, entrou num programa de reabilitação e nunca mais quis saber de drogas ou de cachaça. Passava todo o horário de visitas ao lado do Chico e, quando estava em casa, só falava dele. Quando ela foi me visitar, um tempo depois, me dei conta de que ela realmente estava muito mudada. Estava muito preocupada comigo e me fez um bocado de perguntas sobre minha vida na cadeia e sobre tudo o que aconteceu. Depois falamos do Chico e ela me contou que ele estava melhor, que estava começando a se animar, mas que ela estava com medo de que, quando saísse do hospital e se desse conta de que, realmente, nunca ia poder andar, ele cairia novamente na depressão. Ficamos falando do Chico um tempão, mas percebi que ela evitava falar da Maria Aparecida e que havia uma certa tensão entre a gente. Não sei por que, mas tive a certeza de que a Creuza ainda sofria por causa dela e que amar o Chico era, de certa forma, um jeito de amar a Maria Aparecida também.

O Chico saiu finalmente e não voltou à faculdade. Também não quis morar mais com a mãe. Ele e a Creuza mudaram pra uma kitchenette minúscula no Largo Dois de Julho. Quem sustentava ele, é óbvio, era a Creuza, fazendo programa. O Chico começou então a transformar os poemas que tinha escrito no hospital num livro que, um ano mais tarde, publicou. Hoje é isso que ele faz: escreve poesia. Não escreve mais sobre *os caminhos inefáveis do Criador*. Agora escreve umas coisas muito complicadas que eu não entendo e, quando entendo, me deixam deprimida. Mas o povo diz que seus poemas são muito bons; parece que, em termos de literatura e de poesia, é assim mesmo, quanto mais deprimente, melhor. Recita na Praça da Piedade, em livrarias, restaurantes e qualquer outro lugar onde o povo estiver disposto a escutar, e vende seus livros nos bares do centro, andando pra cima e pra baixo na sua cadeira de rodas. Ganha uma mixaria, na verdade é ainda a Creuza quem os sustenta, mas ela não se importa, contanto que ele seja feliz.

Mas ele não é. A amargura da qual conseguiu escapar quando estava no hospital, graças à Creuza, o pegou nos últimos anos, também por causa dela. Com a paralisia, ficou impotente. É como se a metade do seu corpo tivesse sumido. Precisa usar fraldas, porque não tem controle nenhum, e a Creuza tem que limpá-lo e vesti-lo. E ele se sente envergonhado e humilhado e, ao mesmo tempo, com uma dívida moral tão grande que não sabe o que fazer com ela. Detesta precisar dela, mas precisa, e tenho a impressão que se ressente por isso. E odeia a profissão dela, queima com um ciúme do caralho só de imaginá-la na cama com outros caras. Mas não pode exigir nada dela porque, afinal, é disso que eles vivem. Assim, a cada dia ele se torna mais amargo e mais sombrio. E essa raiva toda ele bota pra fora na poesia. O povo adora, dizem que é genial, e começa a ser reconhecido fora da Bahia.

Maria Aparecida visita eles de vez em quando, mas ela sempre sai deprimida. A Creuza a recebe feliz, desce pra pegar umas cervejinhas no boteco da esquina e fica tagarelando, quer saber as notícias ao meu respeito, conta as novidades e insiste em ler os últimos poemas do Chico. Ela andou estudando, tem uma tutora particular, uma coroa, professora de português, que lhe ensina um bocado de coisas. O Chico não sabe, mas ela faz de graça, em troca de alguns "carinhos íntimos", como ela diz agora, no seu português de doutora, depois das aulas. "É por uma boa causa", ri a Creuza, gaiata. Ela ainda mantém sua alegria, mas é uma alegria tristonha. É difícil não se deixar abalar pela amargura do Chico. Quando a Maria Aparecida está lá, há uma tensão muito chata no ar. Até hoje a Maria Aparecida se sente culpada quando vê o Chico, cabeludo e de barba, sentado nessa cadeira de rodas, enchendo a cara e fumando, rindo com ironia e fazendo comentários ácidos sobre qualquer coisa. Ela tem a impressão de que, quando ela está lá, todos dois botam uma máscara e fazem de conta que são o que não são, para ela e para eles próprios. Mesmo depois destes anos todos, ela continua sendo o elo que os une e, ao mesmo tempo, os separa.

De jeito que, na verdade, a Maria Aparecida tem estado muito só neste tempo todo, sem ninguém pra partilhar a solidão e a angústia da espera. Não é que não tenha amigas, conhece um bocado de gente, mas não é a mesma coisa, os assuntos do coração não se falam com qualquer pessoa. Diz ela que não faz falta, que o que faz ela ficar viva, brigando e saindo pra frente na marra, é saber que, daqui a uns anos, eu vou sair deste inferno e a gente vai morar junta. Mas eu sei que não é bem assim, eu sei que está muito só. Eu sei disso porque ela agora deu de falar no Pedrinho o tempo todo. Não é que ela não falasse antes, a vida toda ela ficou com essa história na cabeça, rezando pra ele aparecer. Mas agora é diferente, virou uma obsessão, como nos dias do Cine Roma. É como se a ferida tivesse voltado a se abrir e não tivesse jeito de sarar, como se toda a dor adormecida tivesse acordado de repente e ficasse se remoendo ali dentro, queimando ali dentro. A dor de ter perdido tanta gente e tantas esperanças na sua vida.

Mas a Maria Aparecida tem garra, uma força de vontade como eu nunca vi. Engole a dor e vai em frente. Durante mais de três anos, depois que eu fui parar na cana, ela deu um duro lascado e economizou cada centavo. Finalmente, dois anos atrás, ela conseguiu montar um salão de beleza. Há anos que ela vinha falando disso. Foi dureza, sobretudo no início, cê não pode nem imaginar. Se já não é fácil para uma mulher se fazer respeitar nesta cidade, imagina para uma mulher que é puta e já foi menina de rua. Eu ficava morrendo de pena e me sentindo frustrada e impotente, quando via ela chegar no dia das visitas toda azoada, aérea de tanta preocupação, achando que ia falir. Só conseguiu segurar porque compensava as perdas fazendo programa. Mas no ano passado, finalmente, o negócio começou a dar certo e agora ela se dedica só a isso, e não quer voltar à putaria nunca mais.

— Cê vai ver, Betinho, quando você sair, meu negócio vai estar tão bom que eu vou poder vendê-lo pra gente comprar nosso sítio e se mandar pra bem longe.

Adoro ver ela sonhando, viajando nos planos do futuro. Alguém lhe falou do Capão[28] e agora só fala disso. Quer comprar uma chácara, plantar um bocado de coisas e ter um monte de galinhas. Está aprendendo massagem terapêutica e diz que quer trabalhar com isso. É bom demais ouvir ela falando, toda empolgada, sobre tudo o que a gente vai fazer e viver, mas, no fundo, fico com um pé atrás. Já estou cansada de levar rasteira da vida, prefiro levar um dia de cada vez. Pra que ficar sonhando e se empolgando se depois vai quebrar a cara? Melhor ficar fria. Por enquanto tô aqui, e a minha única felicidade é ver ela uma vez por semana.

Ficar fria... é isso aí. É isso aí. Não se empolgar demais, não cair na besteira de ficar sonhando e fazendo planos. Mas também, e isso é o mais difícil, não esquecer que tem vida lá fora. E, sobretudo, não deixar que a vida morra cá dentro. Porque isto aqui vai tirando pedaços da gente, arrancando bocados de alma, comendo, comendo por dentro como cupim. E esse é o meu maior medo: que, quando eu finalmente possa sair, não fique mais nada de mim, só uma carapaça oca sem ninguém dentro. Eu me olho no espelho e sei que não sou mais a mesma, tem alguma coisa quebrada, alguma coisa morrendo. Vejo tanta

[28] Capão — o Vale do Capão, no município de Palmeira, reconhecido pela sua beleza natural e região de ecoturismo, é também um centro holístico importante.

miséria, tanta baixaria, tanta desgraça, passo por tanta merda e tanta humilhação e não sinto mais nada, só um imenso vazio. É só a Maria Aparecida que me faz ficar viva, que preenche com um pouco de luz a escuridão que carrego cá dentro.

Mas, às vezes, eu acordo no meio da noite com uma angústia tão grande que sinto que estou me afogando. É que, nesses momentos, eu acho que eu não sou mais que um sonho na vida dela, uma ilusão, e que isto tudo que estamos vivendo não é mais que uma grande fantasia. Eu estou trancada aqui há anos, num mundo que ela não tem como entender, num mundo que não tem nada a ver com o dela. Como é que ela pode saber realmente quem eu sou, quem eu tenho me tornado, nestes anos todos, se nem eu mesma sei? Será que ela não ficaria horrorizada se enxergasse toda a podridão que eu carrego cá dentro? E eu, será que eu realmente sei quem ela é? São tantos anos morando sozinha, vivendo a vida dela longe de mim. E tantos anos ainda pela frente... Eu também invento ilusões. Eu também faço dela meu sonho, minha fantasia do futuro. É como se a gente só vivesse em função da fantasia que cada uma construiu na cabeça, como se o presente fosse um grande vazio que a gente tivesse que aturar até o dia em que eu possa sair deste inferno e a gente possa começar a viver. Mas, será que as nossas fantasias vão se encontrar? Será que a gente vai se reconhecer quando a gente puder, finalmente, se ver fora desta gaiola, no ritual das visitas semanais? Será que a Maria Aparecida que vive lá fora, no mundo que ela tem construído sozinha nestes anos todos, tem algo a ver com a Maria Aparecida que eu venho criando na minha solidão? E eu? Será que ela vai conseguir enxergar em mim, nesta Roberta endurecida pelos anos de cana, o Betinho que ela inventou pra poder continuar vivendo sem endoidar?

Mas deixa pra lá... Hoje é dia de visitas e ela já deve estar por chegar, toda cheia de história, toda cheia de vida, de gaiaticie e de empolgação. É só isso que importa.

Eu não tô mais afim de escrever.

Este livro foi composto
em Sabon para a Leya em
junho de 2010.